Frank Schulz
Anmut und Feigheit

Frank Schulz

Anmut und Feigheit

Ein Prosa-Album
über Leidenschaft

Galiani Berlin

Die Rechtschreibreform von 2006 spiegelt sich bewusst im Lauftext der Erzählungen wider: neue Rechtschreibung bis einschließlich »Nachts im Nichts«, alte Rechtschreibung ab »Geliebte mein im Schuhkarton«.

MIX
Papier aus verantwortungsvollen Quellen
FSC® C083411

Verlag Kiepenheuer & Witsch, FSC®-N001512

1. Auflage 2018

Verlag Galiani Berlin
© 2018, Verlag Kiepenheuer & Witsch, Köln
Umschlaggestaltung: Manja Hellpap und Lisa Neuhalfen, Berlin
Umschlagmotiv: © Stephan Storp
Autorenfoto: © Gunter Glücklich
Lektorat: Wolfgang Hörner
Gesetzt aus der Alegreya
Satz: Felder KölnBerlin
Druck und Bindung: CPI books GmbH, Leck
ISBN 978-3-86971-173-7
Weitere Informationen zu unserem Programm finden Sie unter *www.galiani.de*

Es ist ein großer Unterschied, ob ich etwas weiß,
oder ob ich es liebe;
ob ich es verstehe, oder ob ich nach ihm strebe.

PETRARCA

Man kann das Leben nur rückwärts verstehen;
leben muss man es aber vorwärts.

KIERKEGAARD

Inhalt

Szenen in Beige

Hellgraue Hosen, und überm dicken mittelgrauen Pullover eine – *ha!* – beigefarbene Funktionsweste. Die Füße V-förmig gestellt, die Finger im Kreuz verschränkt, beugt der betagte Herr sich vor, bis der Schirmstutzen seiner dunkelgrauen Schiebermütze gegen das Schaufenster stößt. Dann bleckt er das Gebiss.

Vorbildlich, der alte Zausel, denkt Kortsch, während er sich nähert; *Gebiss blecken beim Gucken: ungeschriebenes Greisengesetz. Die Weste: sicher kugelsicher,* denkt er und lächelt, zugegeben: blasiert. Er wirft den Gedanken auf, ob er all die Einfälle in seinem iPhone notieren soll, verwirft ihn aber gleich wieder. Er hasst dessen Tastatur-Attrappe. Und diktieren, mitten auf dem Bürgersteig? So weit kommt's noch. Außerdem fiele ihm jetzt so auf Anhieb kaum wieder ein, wie noch mal gleich die Diktier-Funktion funktioniert. Einfach hoffen, dass er sich alles merken kann, um es Köhler erzählen zu können.

Als er noch drei Schritte von dem alten Herrn entfernt ist, erhält Kortsch eine SMS. Der alte Herr fährt zusammen und starrt den herannahenden Kortsch an, und sofort grault sich der. Weil er vergessen hat, das iPhone leise zu stellen, als er aus dem Haus gegangen ist, und wegen des Geräuschs an sich. Zum x-ten Mal nimmt er sich vor,

Yvonne zu fragen, wie er den Ton, mit dem eine Kurznachricht angekündigt wird, ändern kann. Ist der Pfiff einer (Miniatur-)Dampflok eines beamteten Kulturmenschen nicht überaus unwürdig? Und zudem schämt sich Kortsch insofern, als seinen gedanklichen Reflexen (Zausel, Greisengesetz, kugelsichere Weste) die Reflexion folgt. Unweigerlich. So schnell fliegt kein Bumerang.

Irgendwo hat Kortsch mal gelesen, dass man andere Menschen als alt empfindet, wenn sie mindestens fünfzehn Jahre älter sind als man selbst. Nicht zum ersten Mal wird ihm bewusst, wie viel peinliche Milde, seichte Überheb- und Selbstherrlichkeit aus dieser Haltung sprechen. Und wie viel Angst.

Nach wie vor im Fokus des alten Mannes, spitzt Kortsch die Lippen und hebt die linke seiner überzüchteten Brauen, indes er in seinen Mantel greift; dabei rollt er die Augen, sodass er mit ein und demselben Schwenk erstens selbstironische Technophobie signalisieren, zweitens direkten Blickkontakt vermeiden sowie drittens seine Lust zu rätseln befriedigen kann, welche der Waren in jenem Schaufenster wohl des Westenträgers Interesse geweckt haben mag: die rosafarbene Faszierolle? Der Kompressionsstrumpf-Anzieher *MediButler*? Den Rollator zum Einführungspreis von € 259 braucht er ja ganz offensichtlich noch nicht. All das im Vorübergehen. Ha! Synapsen 1a geschmiert.

Den starrenden, zähnefletschenden Greis hinter sich lassend, gewahrt Kortsch allerdings, dass er nicht sein iPhone zu fassen bekommen hat, sondern vielmehr den Event-Rekorder, den Dr. Tanners MTA ihm vorhin um den Hals gehängt hat. Zufällig im selben Moment beginnt die Manschette um seinen linken Oberarm sich unterm Mantelärmel aufzublähen, begleitet von einem Surren. Automatische Blutdruck-Messung. So wird das jetzt alle zwanzig Minuten gehen, die nächsten vierundzwanzig Stunden lang. Kortsch lässt die Linke hängen, während er sein iPhone aus der Innentasche fischt und mit ein-, zweimal Daumentippen und -wischen befragt.

Die Nachricht lautet:

Ja, mach ich. Schalt die Autokorrektur wieder ein!!!

Als Absenderin steht da *Betreuerin*. So beliebt er Yvonne zu bezeichnen, seit sie zu ihm gezogen ist, Ende letzten Jahres, ein paar Wochen nach seinem leichten »Infarkt im Kleinhirnschenkel links«. Dreiundzwanzig Jahre jünger als er, Kortsch, ist sie. Auch trotz sechs Jahren glücklichen Zusammenseins vermag er nicht in wünschenswerter Tiefe zu begreifen, was zum Kuckuck sie an ihm zu finden meint. Er ist kein Hollywood-Star – und sieht auch nicht so aus –, sondern eben Beamter. Und sieht auch noch so aus. Und sie eine attraktive Mittdreißigerin mit Charme, Humor und Aussichten auf Habilitation. Irgendwas stimmt mit ihr nicht. Hoffentlich merkt sie's nicht, solang er lebt.

Kortsch liest seine Kurznachricht nach, die Yvonne zu ihrer galligen Replik veranlasst hat.

Uch bring Brätchen mot. Denkst du an Kloüaüoer?

O. k.

O. k., auf einen groben Klotz gehört ein grober Keil. Nachdem die Blutdruck-Manschette wieder erschlafft ist, antwortet er auf Yvonnes Ansinnen, die automatische Korrekturfunktion wieder zu aktivieren:

Den Trugel werd uch tin!

*

Auf der Feier seines sechzigsten Geburtstags hatten er und Köhler sich mit Yvonne und ihrer Freundin Wiebke »krass gefetzt«, wie Wiebke sich ausdrückte. (Bis auf den heutigen Tag hat sich Kortsch nicht daran gewöhnen können, dass Yvonne und die Freundinnen und Freunde aus ihrer Alterskohorte an diesem albernen ›krass‹ – oder noch schlimmer: ›voll krass‹ – ihres Jugendjargons festhielten; und Yvonnes Nachweis, dass er und die Freundinnen und Freunde aus *seiner* Alterskohorte es mit ›geil‹, ›echt geil‹, ›echt ätzend‹ und so weiter keinen Deut anders hielten, half ihm auch nicht weiter.)

»Noch würdeloser«, so Köhler vom edlen Grappa befeuert, »als das eigenhändige Gescrabbel auf dieser Winztastatur ist es ja wohl, die Verantwortung für die Verstümmelung allfälliger Simse zu *deligieren!*«

»Deligieren?«

»Na ja, an die Autokorrektur eben. Oder an Schiri oder wie die heißt.«

Die Damen lächelten schief.

»Ist doch wahr!«, tönte Köhler. »Ihr tippt ›Heilerde‹ und nehmt billigend in Kauf, dass ›Heil Hitler‹ oder so was dabei rauskommt.«

»Quatsch«, ereiferte sich Wiebke; Yvonne aber lachte nur.

»O doch. Und überhaupt.« Kortsch beeilte sich, in dieselbe Kerbe zu hauen. »Abgesehen davon, dass diese kümmerliche Tastatur für normale männliche Wurstfinger völlig ungeeignet ist – die QWERTZ-Belegung ist allemal idiotisch.«

»Die was?«

»Na, die übliche Belegung der Tasten mit den üblichen Buchstaben.«

»Wieso denn das, wenn sie doch üblich ist?«

»Na ja, herrje, im Zehnfingerblindsystem erfüllt die ja ihren Sinn, aber doch nicht auf dieser ... ätzenden Miniaturimitation einer Tastatur! Warum sind die angeblich so genialen Apple-Nerds denn nicht auf den Bolzen gekommen, die Lettern schlicht und einfach alphabetisch anzuordnen? Dann bräuchte man als Zehnfingersystemiker nicht ständig wie ein Idiot herumzusuchen.«

»Wieso denn das, wenn du's doch angeblich blind –«

»Na, weil ›blind‹ eben nur haptisch funzt und beidhändig, und dafür ist diese idiotische Tastatur eben viel zu mickrig; davon rede ich doch die ganze –«

Und so weiter, und so fort. Als Höhepunkt der hitzigen Debatte hatte Köhler in Yvonnes iPhone hineingerufen: »Siri, wir wissen, wo dein Auto steht!« Und als leidenschaftlicher Fußball-Hasserin musste man Yvonne den Witz dann auch noch erklären, Siri gleich Schiri gleich Abkürzung für Schiedsrichter, und dass Schiedsrichter von den Fanchören gern mal daran erinnert werden, dass ihre Autoreifen angreifbar sind, insbesondere bei Fehlentscheidungen, und bei all den langwierigen Erläuterungen konnte man amüsierte Langmut vorspiegeln, dabei machte es geradezu Spaß, den bis in die Niederungen der Popkultur hinunter bewanderten Weltversteher zu geben, und so weiter und so fort. Ein prima Fest.

Es anzuzetteln, hatte Kortsch lange gezaudert. Zuvor hatte er beim Abendessen Yvonne gegenüber einen Versuchsballon steigen lassen. »Die Geburtstagsfeier findet in aller Stille statt.«

»Mein Beileid.«

»Was ein zünftiger Senior ist«, versetzte Kortsch, »der schätzt nun mal die Gemütlichkeit, ja Ruhe und Besinnlichkeit. Auf den Zapfen gehauen wird erst wieder zum *Fünfundsechzigsten*.«

»Ist das nicht einigermaßen widersinnig?«

»Wann, wenn nicht jetzt, soll es denn noch gelingen, dieses deprimierende Prinzip der Dezimierung zu überwinden?«

»Dezimierung. Witzig, witzig.«

»Ist doch wahr ... O.k., den zehnten Geburtstag zu feiern leuchtet ja noch ein. Den zwanzigsten erst recht, zu schweigen vom dreißigsten. Den vierzigsten und fünfzigsten zu begehen aber war schon fragwürdig genug. Nix da! Der sechzigste fällt aus. *Dixit senior in spe*.«

Seit einem halben Jahr bereits hatte er die Rede vom Seniorentum strapaziert. Genauer: seitdem er aus dem Newsletter der Deutschen Bahn AG erfahren hatte, ›Personen ab sechzig Jahren‹ hätten für die BahnCard 50 Anspruch auf ›Seniorenrabatt‹.

Ein Schock. Empfanden Leute Leute als alt, die mindestens fünfzehn Jahre älter waren als sie selbst, so empfanden Leute wie Kortsch sich als locker fünfzehn Jahre

jünger, als sie nun mal waren. Seniorenrabatt, Senioren-
teller ... furchtbar. Wie sang doch Stoppok seinerzeit so
lustig: von der »harten Zeit zwischen Twen-Tours und Se-
niorenpass«? Die war dann ja wohl tatsächlich bald vorbei.
Da half nur noch Selbstironie.

Und kurz darauf, vier Monate vorm Jubiläum, sollte er
die bitterer nötig haben, als er je befürchtet hätte. Jene
acht Oktobertage 2016 würde er zeit seines Lebensabends
nicht vergessen: den Moment nachts um vier, als er verschwitzt aufwacht und beim Gang zur Toilette plötzlich
von ›starker Fallneigung nach links‹ überwältigt wird, sodass er sich an Wänden und Türzargen entlanghangeln
muss. Den Moment in der Notaufnahme, als die dienst-
habende Ärztin den Verdacht auf Schlaganfall äußert.
Den Moment in der Stroke Unit, als dieser junge Arzt ihm
eröffnet, er müsse erst wieder *lernen*, geradeaus zu laufen.
(Bis dahin hatte er in seiner jugendlichen Gedanken-
losigkeit gemeint, man würde ihm eine Spritze oder so
was geben und fertig – ungeachtet der Tatsache, dass er
es doch tausendfach anders gehört und gelesen und im
Fernsehen gesehen hatte. Das Ego denkt halt nicht gerne
nach, und das Gedächtnis ist nun mal egozentrisch.) Den
Moment in den statistisch so wichtigen ersten dreiund-
siebzig Stunden, da die Pflegerinnen und Pfleger jeweils
ans Bett treten, seine Körperempfindungen testen und
ihn bitten, den Wochentag zu nennen und den Bundes-
präsidenten und ›Die Katze tritt die Treppe krumm‹ nach-
zusprechen. Den Moment, als Yvonne mit feuchten Augen sagt, er sehe aus »wie ein defekter Terminator mit all
den Kabeln, Steckdosen und Lüsterklemmen«. Den Moment, als er Yvonne aus jener Informationsbroschüre für

Angehörige vorliest (»Sie können Ihr Mitgefühl bspw. durch Streicheln oder Halten der Hand ausdrücken. Keine Babysprache verwenden! Gut gemeinte Appelle wie ›Jetzt stell' dich mal nicht so an!‹ haben einen negativen Effekt.«), und den Moment, als sie entgegnet, »jetzt stell dich mal nicht so an«, und er: »Und jetzt noch mal in Babysprache.«

Am fünften Tag wurde er entlassen, und am achten konnte er schon wieder auf eigene Faust den Gertrudenberg erklimmen. Nur bei raschen Drehungen wurde ihm noch ein paar Wochen lang schwindlig.

Und das ihm, der seit zehn Jahren nicht mehr raucht, maßvoll trinkt, maßvoll isst und regelmäßig joggt. *Altwerden ist nichts für Feiglinge* ... Erst nach dieser schallenden Ohrfeige hatte er Bette Davis' Bonmot *wirklich* kapiert. Die schwarze Pädagogik des Schicksals.

Eines Abends, kurz nachdem sie eingezogen war, kündigte Yvonne dann eine »wichtige Amtshandlung« an. »Hier, hier und hier«, sagte sie, indem sie ihm einen Stapel Papiere über den Küchentisch zuschob. Zum Unterzeichnen nämlich, offensichtlich.

»Och nö. Was zum Kuckuck –«

»Erstens die sogenannte Vorsorgevollmacht, vulgo Konto-, Depot- und Schrankfachvollmacht, abgestimmt mit den in der Deutschen Kreditwirtschaft zusammenarbeitenden Spitzenverbänden. Zwotens –«

»Moment«, bremste Kortsch sie, zugegebenermaßen tatsächlich ein wenig unlustig und ungehalten; doch nach einer Schrecksekunde ließ er sich auf ihren Frotzelmodus ein. »Moooment. Heute ist Dienstag, die Katze tritt die Treppe krumm, und der Bundespräsident heißt –«

»Und der Bundesminister der Justiz und für Verbraucherschutz Heiko Maas. Der meint auf seiner Homepage, es sei wichtig, sich mit dem Thema ›Patientenverfügung‹ auseinanderzusetzen, ehe es zu spät dafür ist.«

»Was denn überhaupt für ein Schrankfach? Was für ein Depot? Und wo bleibt mein frisch aufgebrühter Ginseng-Quinoa-Umckaloabo-Tee, du ›Betreuerin‹?«

Sie kicherte und las ihre Antwort vom Blatt: »Im Alltag wird das Wort ›Betreuung‹ oft falsch verstanden und mit einer sozialen Betreuung verwechselt, mit praktischer und persönlicher Hilfestellung zur Bewältigung des Alltags. Die *rechtliche* Betreuerin hat aber vielmehr die Angelegenheiten des Betroffenen *rechtlich* zu besorgen. Ich will dir doch bloß weitere Teilhabe am öffentlichen Leben und Teilnahme am Rechtsverkehr ermöglichen!«

»Wie bitte? Teilnahme am Geschlechtsverkehr?« Er legte die Hand ans Ohr, lachte ranzig und beeilte sich gespielt (oder vielmehr *gespielt* gespielt): »Wo soll ich unterschreiben?« Dann las er, gespielt vom eigenen ›Humor‹ ermüdet, was sie ihm hinhielt. »Was? Ich befuge dich, über freiheitsentziehende Unterbringung und/oder Maßnahmen, zum Beispiel Bettgitter ... He, Finger von meiner Gurgel!«

Wieder kicherte sie. »Du hast gesabbert.«

»Bettgitter. Das hätte ich nicht von dir gedacht. Sag mir die Wahrheit! Wie lange hab' ich noch?«

»Das«, so frömmelte die Betreuerin, »weiß nur der liebe Gott.«

»Was aber«, zitierte Kortsch aus Eckhard Henscheids altehrwürdigen ›Sudelblättern‹, »wenn sich später, in der

Ewigkeit, herausstellte, dass Gott gar nicht ›Gott‹ heißt. Sondern beispielshalber ›Hottner‹ ...?«

»Ein Grund mehr zu unterschreiben.«

Sechs Wochen vor seinem Sechzigsten hatte er dann doch das deutliche Bedürfnis verspürt, denselben im Kreise seiner Liebsten zu feiern. Zu Yvonnes freudiger Überraschung. Per E-Mail lud er alle ins Da Capo.

Nachdem er den Einladungstext mit ihr durchgegangen war, hatte sie sich wie üblich erkundigt, ob er sich etwas wünsche. Weil ihm nichts einfiel, seufzte er scheinheilig: »Ach, ich hab doch alles.«

»Ach, komm. Du kriegst den Hals doch nie voll.«

Das war niederträchtig, aber nicht falsch. Er mochte Dinge; er hing an seinen Büchern und seiner Vinyl-Platten- und DVD-Sammlung, und er bekam gern entsprechende Geschenke. Nur hegte er den romantischen Wunsch, die Schenkende möge eigene Ideen entwickeln, und mochte diesen mädchenhaften Gedanken nicht aussprechen.

»Zusammen alt werden«, sagte er. Das war noch niederträchtiger, denn als sie geboren worden, war er bereits zehn Jahre Raucher gewesen.

»Mit wem denn?« Das war natürlich am niederträchtigsten.

In der darauffolgenden Nacht, nach der zweiten der üblichen Pinkelpausen, begann eine absurde Grübelei darüber, was denn ein angemessenes Geschenk zum sechzigsten Geburtstag tatsächlich sein könnte. Dinge vermochten ja über ihren Gebrauchswert hinaus Bedeutung zu transportieren, symbolische, entwicklungspsychologische oder so. Rätselhafterweise fiel Kortsch die Gillette-Werbung aus den späten Achtzigern ein. (Warum sagten eigentlich alle immer »Neunzehnhundertachtzigerjahre«, auch wenn stets klar war, dass die Achtzehnhundertachtziger mitnichten gemeint sein konnten; und warum sagten übrigens alle immer »D-Mark«, seit es sie nicht mehr gab, wohingegen jeder »Mark« sagte, als es sie noch gab; und warum musste man eigentlich über derartigen Kram ausgerechnet mitten in der Nacht nachdenken?) Jene Gänsehaut-Szene also, da der Vater dem Sohn einen Rasierer überliefert, während die Filmmusik den aufwühlenden Refrain ›Vom Vater zum Sohn / so war es immer schon‹ intoniert ...

Nun ja, er hat weder Vater mehr noch Sohn je gehabt (geschweige Tochter), und allein deshalb hatte es darüber hinaus wenig Sinn, sich die Augen aus dem Kopf zu heulen, wenn der Opi im Fernsehen dem Enkel Sahnebonbons zusteckte oder Ähnliches. Kortsch selbst hält zwar Opas Zigarrenschneider mit Hirschhorngriff in Ehren, obwohl er die letzte Zigarre im vergangenen Jahrtausend geraucht hat. Rasiert aber hat Kortsch sich auch schon lang nicht mehr, und mit Bonbonwünschen dürfte man der sehr geehrten Betreuerin wohl ebenso wenig kommen dürfen.

Wie so häufig in solchen Momenten, da er sich in Gedankenspielen verhedderte, tauchte vor Kortschs innerem Auge Köhlers Imago auf, und dann dachte Kortsch praktisch vermittels Köhlers Verve in Köhlers Schwurbelduktus weiter: Ja, dachte er, es müsste ein Ding mit Stil sein, ästhetisch plausibel, weil ironische Brechung eingebaut, das dennoch die neue Altersstufe berücksichtigte, ja hervorhöbe und doch auch ein Stück weit aushebelte; ein Ding, das Würde im Sinne des Artikels 1, Absatz 1 GG repräsentierte, aber auch ungebrochene Virilität signalisierte; das dem Präsens Präsenz verliehe und allegorische Trostmächtigkeit verströmte und – – und plötzlich fiel es dem Köhlerkortsch wie Plaque aus den Synapsen: ein Spazierstock!

Au ja, Mensch. Nein, natürlich nicht so einen, wie er ihn dem Alten Herrn selig mit ins Grab gegeben hatte; vernagelt mit bunten Plaketten vom Rheinfall bei Schaffhausen, aus Hannoversch Münden und Fusch am Großglockner, mit gebogenem Griff und Metallspitze. Vielmehr so ein Dings, mit dem der Lüpertz immer rumfuchtelt, der alte Geck, der; vielleicht nicht unbedingt mit silbernem Totenschädel-Knauf, aber ...

Beim Frühstück war wieder Vernunft eingekehrt. Kortsch konnte sich vorstellen, wie Yvonne auf eine solche Idee reagierte. »Einen *Stock*? Ach du dicker Vater. Kommt der mit der Gummikapsel nicht noch früh genug?«

Aber was sonst? Einen hübscheren Tablettenspender vielleicht?

Der Schlaganfall hatte erhöhten Pillenbedarf zur Folge gehabt – und der wiederum eine Neuanschaffung: zwei längliche Medikamentenboxen nämlich, deren sieben Segmente mit *Mo* bis *So* beschriftet waren. Eine Box für morgens (pro Segment 1 ockerfarbene Bohne, 1 braun-beige geteilte Kapsel, 1 kreideweiße Pastille, 1 senfgelbes Zäpfchen, 1 beigefarbener Torpedo mit Aufdruck *OM 20*), eine Box für abends (je 1 ockerfarbene Bohne, 1 altrosafarbene Linse, 1 cremefarbener Drops und alle zwei Wochen sonntags zusätzlich 1 transparente Perle).

O.k., diese Plastikdinger hatten je 1 € gekostet und sahen entsprechend trostlos aus. Doch wäre eine Pilletagere aus Gold und Elfenbein im Jugendstil, wenn es denn so etwas gab, wirklich tröstlicher? Und musste man die Betreuerin denn wirklich mit der Nase drauf stoßen, *wie* hinfällig ihr Klient bereits war?

Am Ende gab es dann ein Heizkissen mit Kragen. »Ein Syntrox Germany XXL!«, jubelte Kortsch, damit seine Gäste im Da Capo was zu lachen hatten.

»Aua, aua«, jammerte Köhler.

»Tja«, bestätigte Kortsch. »Und künftig, sagt der Onkel Doktor, gibt's statt schwarzem Tee bloß noch weißen Tee.«

»Und statt Schwarzem Krauser«, sagte Yvonne, »ja eh seit zehn Jahren Weißkohl.«

»Na ja«, sagte Köhler, »immer noch besser, als aus einer dieser Deppenflöten heiße Luft zu nuckeln. Mit Aprikosen-Spargel-Aroma oder was weiß ich.« Eine Spitze gegen Wiebke, die grad draußen vor der Tür stand.

»Und statt schwarzem Humor bloß noch weiße Folter«, fügte Yvonne hinzu, um ihrer Freundin beizustehen, und nur, weil Kortsch ihre bevorzugte Musikfarbe mal als solche bezeichnet hatte.

»Und statt Schwarzhaarigen bloß noch Blondinen«, so Kortsch wuchtig, nicht übel stolz auf seine Schlagfertigkeit. Doch anstatt den Fehdehandschuh aufzunehmen wie ein Mann, kicherte Yvonne tussihaft und sagte, perfiderweise zu Köhler gewandt: »Köstlich, dieser Plural!«

Dazu gab's eine Glückwunschkarte, die beim Aufklappen *Sechzig Jahre und kein bisschen weise* dudelte. »Ah! Curd Jürgens. Der normannische Kleiderschrank.« Ganz Zeitzeuge, schnalzte Kortsch mit der Zunge.

»Ist übrigens«, ergänzte Köhler aus seinem gusseisernen Gedächtnis, »mit sechsundsechzig gestorben. Wiewohl doch wiederum Namensvetter Udo behauptete, da fange das Leben erst an.«

»Hm«, sinnierte Yvonne doppeldeutig. »Sechs Jahre noch. Was machen wir denn so lange?« Ein prima Fest, wie gesagt.

*

Teils mangels ärztlicher Vorsorge, teils mangels Eigeninitiative hatte Kortsch es hingekriegt – häufiger Nachfrage vonseiten Yvonnes zum Trotz –, die endgültige Fahndung nach der Ursache für den kleinen Schlaganfall anderthalb Jahre lang zu verschleppen. Zwar hatte die MRT Verkalkungen offenbart, doch schienen die zu geringfügig, als dass sie als Auslöser infrage kämen. Plaque konnte sich im Prinzip jederzeit lösen und irgendwelche Durchgänge verstopfen. Jedenfalls war es nach wie vor angezeigt, Herz-Rhythmus-Störungen und vor allem Vorhofflimmern als Gefahrenquelle auszuschließen. Das ist der Grund, weshalb ihm heut Morgen von Dr. Tanner die Alternative eröffnet worden ist, immer mal wieder ein Langzeit-EKG zu tragen oder aber sich den Event-Rekorder dauerhaft implantieren zu lassen, in Form eines Chips in der Brust. Er hat sich zunächst einmal für Ersteres entschieden.

Nachdem er seine SMS an Yvonne abgesetzt hat, setzt er seinen Weg durch die Hasestraße fort, überquert den Markt am Rathaus – wo er ein Schwätzchen mit einem Kollegen aus dem Amt hält – und biegt links in die Bierstraße ein. Vor der Bäckerei wartet bereits, unterm Arm eine Achter-Packung Kloüaüoer, blond lächelnd Yvonne.

»He, bist du schnell! Ihr jungen Leute!«

»Tja! Mit dem Trugel im Bunde!«

Gemeinsam treten sie ein.

Die Verkäuferin ist, was man zu Kortschs Zeit Twen nannte. Wenn nicht Teen. Ihre blauen Augen strahlen mit derartiger Blauäugigkeit, dass es ihm schier das Herz zerreißen will. (Ob darauf wohl der Event-Recorder reagiert?)

Was folgt, ist ein alltagsmagischer Moment. Kinder- und familial ahnungslos bis dorthinaus, hat Kortsch eine Art Vision: Innerhalb jenes zufälligen Drei-Generationen-Ensembles – Senior, Betreuerin, Verkäuferin – tritt ihm plötzlich, wie aus den Tiefen der menschlichen Entwicklungsgeschichte, seine Rolle als designierter Stammesältester ins Bewusstsein. Liegt es nicht in seiner Verantwortung, denkt er im Köhler-Sprech, jenem Küken da ein paar mahnende Philosopheme in puncto offensichtlich himmelschreiender Naivität zu vermitteln – *hic et nunc*, ganz nonverbal, einfach qua Aura? Oder vielmehr ein Quantum Trost zu teleportieren angesichts einer nur allzu langen, ungewissen Zukunft voller Trolle, Starkregen und Black Rocks?

Leider geht ihm schlechterdings nichts Bedeutungsvolleres im Kopf herum, als dass er gern vier Brötchen hätte. Folglich sieht er sich unvermittelt mit ihren blauen Äuglein und empfängt aus ihrem von unverkalkten, blutdurchtosten Arterien versorgten Gehirnchen folgenden Gedanken: Na los, Opi. Zwei Megaknackis und zwei Weltmeister?

Und in derselben Sekunde beginnt sich erneut die Manschette um seinen linken Oberarm unterm Mantelärmel aufzublähen. Jenes dezente, doch unüberhörbare Surren erfüllt die Luft zwischen ihnen dreien, zu ausdauernd, als dass die Blauäugige etwaigen Vibrationsalarm eines Mobiltelefons hätte vermuten dürfen. Kurzes Pingpong undefinierbarer Blicke zwischen allen Beteiligten, und – nichts.

Vielleicht sollte er sich doch einen Chip implantieren lassen …

Köhler meinte später am Telefon, er an Yvonnes Stelle hätte die Situation mit folgenden Worten erlöst: »Ach, das ist nur seine Penispumpe. Zwei Megaknackis und zwei Weltmeister, bitte!«

Und schon am darauffolgenden Abend erlebt er eine weitere solcher ›Szenen in Beige‹, als die Köhler sie tituliert hat. Erst im üblichen nächtlichen Grübelzirkel nach der zweiten Pinkelpause wird Kortsch erkennen, dass sie höchst geeignet ist, seinen Wunsch nach einem tröstlichen Sinnbild zu erfüllen …

Gedankenverloren steht er auf der Angers-Brücke und starrt, aufs Geländer gestützt, in den seichten Lauf der Hase. Da naht ein ›Seniorsenior‹ (wie Köhler die mindestens fünfzehn Jahre Älteren in Abgrenzung zu ihnen beiden, den ›Juniorsenioren‹, getauft hat). Ein hagerer Altvorderer, wie er im Buche steht (1. Mose). Unter anderem trägt er eine Fellmütze, eine unbeschreibliche Nase und ein Gebiss, das – wie aufgrund seiner faszinierenden Äußerungen deutlich vernehmbar – nicht eben fugendicht sitzt. Gebannt lauscht Kortsch, gestützt durch das Brückengeländer, doch nachhaltig bedürftig und vorauseilend dankbar, Methusalems Wort. Rüstig und mit luziferischem Blick marschiert er vorüber und verkündet – im Vollbewusstsein der wissenschaftlichen Unumstößlichkeit mit bescheidenem Stolz, vor allem aber mit nüchterner Festigkeit – seiner unmittelbaren Umwelt die präzisen Resultate seiner Lebenserfahrung. Und zwar mit lässlicher Ausnahme der S-Laute wohlprononciert: »Einsch und einsch ischt tschwei. Tschwei und tschwei ischt vier. Vier und vier ...«

Rechne nach, o Kortsch.

[2017]

Rotkehlchen
Ein Fragment

I

Letztendlich kam der Anruf tatsächlich – natürlich; nur entsetzlich viel zu früh –, der Anruf, den ich so oder so ähnlich mein ganzes Hamburger Leben lang gefürchtet hatte. Nicht, dass die Furcht es beeinträchtigt hätte. Doch saß sie tief in den Eingeweiden, wie ein verkapselter Tumor, fast vierzig Jahre lang. Und als er dann kam, der Anruf, platzte die Kapsel auf, und der Albtraum begann.

Vorangegangen war ein Anruf meiner anderen Schwester. Dass schon der nichts Gutes bedeuten konnte, war klar: Wenn an einem Samstagmorgen das Telefon vor acht Uhr läutet (war es nicht sogar noch vor sieben? ich weiß es nicht mehr), löst das Immunsystem automatisch Alarm aus. Besorgt, aber gefasst teilte S. mir mit, unsere Mutter sei wieder einmal ins Krankenhaus eingeliefert worden.

»Das kann ja wohl nicht angehn!« So oder ähnlich werde ich reagiert haben. (Auch daran kann ich mich – jetzt, bei der Niederschrift, mehr als anderthalb Jahre später – nicht mehr erinnern.) Irgendeine solche Erregungs- und Empörungsformel wird es gewesen sein. Im Nachhinein peinigend, diese Dissonanz von kindlicher Angst und nach-kommenschaftlicher Arroganz, die in dem Ausruf mit-schwang. Andererseits, mit Selbstverlaub, verständlich; denn genau ein Jahr zuvor, an ihrem fünfundsiebzigsten Geburtstag, war sie zum ersten Mal mit Vorhofflimmern eingeliefert worden, zum zweiten Mal irgendwann zwi-schendrin (ich meine, im Vorfeld des einundachzigsten Geburtstags unseres Vaters) und nun, am Morgen ihres sechsundsiebzigsten Geburtstags, zum dritten Mal.

S. berichtete, gegen sechs Uhr habe unsere Mutter unseren Vater gebeten, den Notarzt zu rufen. Wie auf den Tag genau ein Jahr zuvor hatte sie viel zu lange da-mit gewartet, hatte bereits die ganze Nacht (in ihrem Schnarchexil, sodass unser Vater es nicht mitbekam) un-ter Symptomen gelitten: Herzrasen, massives Herzstol-pern, flatternder Puls, Atemnot. Ihr war das nächtliche Aufhebens unangenehm gewesen. Und obwohl Notarzt, Hausarzt, Kardiologe und ihre Familie ihr eingeschärft hatten, beim nächsten Mal nicht zu zögern, hatte sie auch diesmal wieder viel zu lange gewartet. Im Übrigen hatte sie, genau wie ein Jahr zuvor, am Vorabend geputzt und geräumt und vorbereitet, um Familie und Anverwandten zur Feier ihres Geburtstags ein Haus präsentieren zu kön-nen, dessen Behaglichkeits- und Gastlichkeits-, Ordent-lichkeits- und Sauberkeitsniveau ihren Vorstellungen Ge-nüge tat (Vorstellungen, die sie wiederum von ihrer Mutter übernommen hatte). Zum Zeitpunkt von S.s Anruf wurde sie bereits im Elbe-Klinikum St. versorgt. Unser Vater war bei ihr.

S. versprach mir, mich auf dem Laufenden zu halten. Sie und A. übernahmen die Absagen an die Verwandten.

Resigniert verabredeten wir, dann eben – wie bereits ein Jahr zuvor – am Krankenbett zu »feiern«. Wenn ich mich recht erinnere, peilten wir achtzehn Uhr an.

Ohnedies hatte ich schlecht geschlafen. Kam manchmal vor. Der unvollendete neue Roman – heikel nicht zuletzt just aus familiärer Indikation –, permanenter wirtschaftlicher Druck, das ein oder andere Zipperlein (»Zimperlein«, wie mein Vater später gut freudianisch sagen sollte), die ein oder andere Meise. Nicht zuletzt womöglich gar die alltägliche Tagesschau (wen ließ das Drama millionenfacher Flucht schon kalt in jenem Spätsommer und Herbst des Jahres '15). Ich weiß nicht mehr, was ich in diesem überreizten Zustand an diesem Vormittag tat. Schlafen, so meine ich, konnte ich nicht mehr. Ich meine, ich grübelte über unser Geschenk, das noch nicht fertig war.

Immer mal wieder hatte unsere Mutter von einer Radtour um die Berliner Seen geschwärmt, die sie vor Jahren einmal mit dem Landfrauen-Verband unternommen hatte. Ich hegte die fixe Idee, die Neuauflage einer solchen Tour für sie zu arrangieren. Die Sache war aber unausgegoren: Nähme die gesamte Familie teil, wäre die Unternehmung bei Weitem zu teuer; ohnehin übernachtete mein Vater nicht mehr gern aushäusig; allein hätte meine Mutter dazu aber wohl auch keine Lust; und so weiter. Unser Wunsch, unserer Mutter ein Geschenk zu machen, das sie *über* das in ihren eigenen Augen angemessene Maß *hinaus* erfreuen würde, war groß. (Jetzt, anderthalb Jahre später, wächst er bei jedem Gedanken daran weiter ins Unermessliche.) Doch war er nicht einfach zu verwirklichen. In unserer lebenspraktisch orientierten, nicht sonderlich begüterten Familie war es völlig in Ordnung, ihr zum Siebzigsten zum Beispiel einen sogenannten Hackenporsche zu schenken. Nicht von ungefähr hatte ich in einer meiner früheren Geburtstags-Oden auf sie (zum Fünfzigsten? zum Sechzigsten?) auf »unsere Mama« »genügsam wie ein Lama« gereimt. (Mein Gedicht zu ihrem Siebzigsten ging übrigens so:

Mama wird – angeblich – siebzig!
Drum lasst uns sie mit ein paar kecken
gereimten Versen bisschen necken.
Denn was sich neckt, das liebt sich.

Jeden Morgen vier Uhr dreißig
weckt die Mama einen Hahn,
auf dass dann seinerseits *der* fleißig
krähen und *sie* wecken kann.

Zack! steht sie auf, denn Punkt halb acht
muss sie die Gartenblumen wässern,
um all des Wachstums bunte Pracht
möglichst erheblich zu verbessern.

Drei Stunden noch. Das wird recht eng.
Was ist des eil'gen Pudels Kern?
Die Mama *wohnt* morgens so gern.
Ihr Ritualfahrplan ist streng.

Kaffee tanken: rund zwei Stunden.
Erst dann hat sie ihr Quantum drin.
Sie lässt es sich wohlweislich munden –
trotz Zeit*verlust* steigt Lust*gewinn*.

Zähne putzen: halbe Stunde.
Verflixt, die Blumen schreien schon!
Durchs Fenster dringt beredte Kunde
Von ihrer schlimmen Leidensfron.

»Frau Sch.!« Eindeutig Phlox-Gejammer.
»Hilfe! Hilfe! Ich verdürste!«
Zutiefst geschockt verschluckt die Mama
den Motor ihrer E-Zahnbürste.

»Frau Sch.! Frau Sch.!«, stimmt auch der Krokus
ins Klagelied vollmundig ein.
Die aber muss noch auf den Lokus
und fällt vor Schreck fast rückwärts rein.

Nun fängt auch noch der Sonnenhut
zu heulen an: »Frau Sch.! Frau Sch.!
Mir geht es überhaupt nicht gut!
Hab' nur noch äußerst schwachen Puls!«

Da endlich ... ah! Die Rettung naht
mit Gartenschlauch. Im Morgenrock.
Das ist nun mal Mamachens Art:
Im Morgenrock zum Rosenstock.

Nun ist's vollbracht. Total besoffen,
gluckst die Flora. Kurz und gut,
wir wollen einfach mal schwer hoffen,
die Mama wisse, was sie tut.

Meistens weiß sie es tatsächlich:

Blümchen, die bei A. schwächlich,
erholen sich bei Mama tüchtig.
Wahrscheinlich sind sie mamasüchtig.

So. Acht Uhr. Jetzt geht's zum Duschen.
Allmählich kommt Mama in Fahrt
und auch ihr Gatte in die Puschen
(der das ja auch durchaus bejaht).

Nun schreien Abwasch, Bügeleisen,
Einweckgläser, Tiefkühlspeisen
nach Mamas fachkundiger Hand.
Doch die ist grad zum Unterpfand

der Television geworden!
Man glaubt es nicht! Um neun am Morgen!
Muss man sich um die Mama sorgen?
Um ihren güld'nen Hausfrau'norden?

Ach wo. Sie setzt nur rigoros
Prioritäten. Denn famos
gefallen ihr TV-Beiträge,
die über Bau und Schau und Pflege

ihres Steckenpferds berichten:
zum Beispiel »Hessens schönste Gärten«.
Und auch auf »Bayerns schönste Gärten«
mag sie mitnichten gern verzichten.

Geschweige Brandenburgs, Tasmaniens,
Nordrhein-Westfalens, Schweiz' und Spaniens ...

und so weiter und so fort
bis an der Welten letzten Ort.

Am Abend kommen dann die Jäger
mit Sauenknochen an der Mütze.
Meist fordern sie nicht Bier noch Häger,
sondern vielmehr – Rote Grütze!

Ja, Mama hat die zünft'gen Männer
mit leichter Hand längst umerzogen:
vom Saufaus hin zum Nachtischkenner.
Da staunen selbst die Soziologen.

So ist sie, uns're liebe Mutter:
Bis heut' sorgt sie für Seelenfutter.
Und ihren letzten Hähnchenschenkel
kriegt noch der satteste der Enkel.

Auch in uns'ren größten Schmerzen:
Auf Mama konnten wir uns stets verlassen.
Wir lieben sie von ganzem Herzen
und woll'n sie jetzt HOCH leben lassen!)

Zwischen halb zwei und zwei muss es gewesen sein, als letztendlich A.s Anruf kam. Um die Tageszeit ist mein Biorhythmus – selbst nach einem Vormittag, der auf normale Nachtruhe folgt – auf seinem Tiefpunkt (seit Jahrzehnten ist das so). Um sich zu regenerieren, lechzt mein Körper dann nach einer Siesta. Normalerweise hätte ich Handy und Festnetztelefon aus- und erst gegen 15 Uhr wieder eingeschaltet, doch heute ließ ich es wegen der besonderen Umstände selbstverständlich durchgehend an.

A.s Stimme war tränenerstickt. »Du, Papa hat eben angerufen, Mama ist im Krankenhaus umgefallen.«

Umgefallen?

Ich zunächst: na ja, kann passieren. Sie war leider mehrfach gestürzt in den letzten Jahren; im Garten ein-, zweimal (und im Anschluss so benommen, dass unser Vater in Panik geriet); einmal auf dem buckligen Pflaster des samstagmorgendlichen Stader Gemüsemarkts (was sie uns Kindern gegenüber zu verschweigen versuchte); einmal am Hauseingang so schlimm, dass sie sich das Becken brach. Und wenn das einmal mehr passierte – zumal im Krankenhaus –, wie dramatisch konnte das schon sein?

Dann fragte ich nach, wie unser Vater am Telefon geklungen habe, und da sagte A.: »Er hat geweint ... Wir sollen sofort kommen.« Und da packte mich dann eine Heidenangst. In aufwallender Verzweiflung wich ich noch aus, doch sie packte mich am Schlafittchen.

Trotzdem spulte ich mein Programm ab. Na ja, du weißt ja, wie er ist, macht doch immer erst mal ziemlichen Wind, ich würd ja erst mal davon ausgehen, dass es nichts Schlimmes ist. Ich mach' mich dann mal fertig und fahr los. Und legte auf, und in dem Moment wurde dieses ahnungsvolle Grauen von einem jähen Zorn auf ihre Putzwut überwältigt, und ich pfefferte ein Sofakissen in eine Zimmerecke.

Um nicht in lebensgefährliche Hektik zu verfallen, *zwang* ich mich zu Ruhe, Besonnenheit und Konzentration. Das war anstrengend, und flatterig – phasenweise wie in Zeitlupe – packte ich vorsichtshalber für eine Nacht Wäsche ein, die üblichen Pillen und ich weiß nicht was. Stuhlgang drängte. Kehle und Mundraum waren staubtrocken, aber Wasser kaufte ich, glaube ich, erst an der Tankstelle in der Julius-Vosseler-Straße, der letzten Tankstelle vor der Autobahnauffährt Hg.-Stellingen, wo ich zum zweiten Mal unwiderstehlichen Drang zum Stuhlgang verspürte; kein Durchfall, doch meiner nahezu psychotischen Unruhe zum Trotz keinerlei Aufschub duldend. Bei den ersten Fahrten in den Wochen danach sollte der Anblick jener Tankstelle so schmerzlich für mich werden, dass ich künftig andere Routen wählte.

Mein Körper ahnte längst, wie ernst es war, während ich die endlose Fahrt durch Elbtunnel und Altes Land minütlich bittere, bange Blicke nach dem Nebensitz warf, auf den ich mein Smartphone platziert hatte. Doch je länger eine erlösende SMS meiner Schwestern auf sich warten ließ, desto zermürbender der Kraftaufwand, meine Unruhe zu bändigen, um mich auf den Verkehr konzentrieren zu können. *Male mir die ganze Zeit aus, wie ich ankomme und sich alles als harmlos herausstellt,* steht in meinen Laptop-Notizen, die ich ungefähr zwei Wochen danach anfertigte, immer wieder von Weinkrämpfen unterbrochen, doch dann mit der blindwütigen Energie eines vollgekoksten Jazzpianisten fortsetzte, weil ich genau wusste, wie schnell die Erinnerung an die Dinge verblasst, wenn man sie nicht fixiert; ich war von meinem eigenen Tun unangenehm berührt – ein Sohn, der seiner sowieso sehr zweifelhaften Arbeit wegen über die Leiche seiner zweifellos sehr geliebten Mutter geht (und der unausbleibliche Koketterie-Verdacht macht's natürlich nicht besser). Doch später, beim Wiederlesen von Philip Roths *Patrimony*, verspürte ich einen (wiewohl wiederum vielfältig anrüchigen) kleinen Trost, als der große Schriftsteller von diesem seinem Buch sprach, an dem er, während sein Vater starb, die ganze Zeit über geschrieben hatte, und zwar »in keeping with the unseemliness of my profession«. Die Ungehörigkeit, Unschicklichkeit meines Berufes.

Wie auch immer: Habe ich mir tatsächlich die ganze Zeit ausgemalt, wie ich ankomme und sich alles als harmlos herausstellt? Seltsamerweise kommt mir, was ich zwei Wochen später niederschrieb, heute, anderthalb Jahre später, ausgedacht vor. *Ich spiele mit dem Gedanken, anzuhalten und meine Schwestern anzurufen, sehe aber die Sinnlosigkeit ein.* Ja, das klingt schon anders.

Gewiss bin ich nicht der Einzige, der Krankenhäuser hasst, und sehr wohl ist mir bewusst, wie wohlfeil diese Abneigung ist. Dennoch, zeit meines Lebens wird meine Vorstellung von Krankenhäusern mit dem süßlichen Gestank meiner eigenen Exkremente verbunden bleiben, die ich beim ersten (nein, zweiten) Klinikaufenthalt meines Lebens, mit neun oder zehn Jahren, zu meinem schamhaften Entsetzen in eine Bettpfanne zu setzen angewiesen worden bin. (Bettpfanne! – was für ein Ausdruck! Ein Wunder, nie an Albträumen gelitten zu haben ...) E.L. hatte mir beim Fußball derart heftig gegens Schienbein getreten, dass es glatt durchgebrochen war.

Mein erster Aufenthalt aber muss früher datieren. Ich dürfte sieben oder acht Jahre alt gewesen sein, als ich heimlich mit dem Hirschfänger meines Großvaters gespielt hatte. Das Blut eines Fuchses unter Tollwutverdacht klebte daran. Meine Mutter und ich sitzen in einem nach Bohnerwachs riechenden Krankenhausgang mit Linoleumboden und warten. Sie trägt ihre Ausgehsachen, in denen sie immer so unvergleichlich schön aussieht – immer wieder fällt mir auf, dass sie mit großer Selbstverständlichkeit die Schönste und Anmutigste unter allen anderen Frauen ist, sei's im Dorf oder in den Straßen von St.; bis heute erinnere ich mich an eine Szene im roten Schienenbus: Ein rauchender, Anzug tragender Mann sitzt uns gegenüber, und beim Abaschen krümelt er aufs bemäntelte Knie meiner Mutter (Nichtraucherin). Er beeilt sich, den Schmutz wegzuwedeln und -zuwischen, mit leichter Hand, vollkommen seriös, ohne auch nur den Anflug einer Anzüglichkeit; mit selbstsicherem Charme entschuldigt er sich und verwendet dabei eine grammatische Finesse, wie sie mir bis dato unbekannt ist: »Das hat nicht sollen sein.« Sein Blick aber hat sich mir eingeprägt. Meine Mutter reagiert, wie es sich Mitte der Sechzigerjahre Fremden gegenüber als Dame vom Lande ohnehin gehört: höflich und kurzangebunden.

Nun, im Krankenhausgang, bemerkt sie meine spröde Betäubung, ausgelöst von der Hiobsbotschaft, dass ich womöglich hier bleiben muss. Sie schaut mir in die Augen, streicht mir übers Haar und gurrt »Ach, Jüngeli!« – ein Diminutiv aus abgrundtiefer Einfühlung, das sie selten verwendet; es ist reserviert für Trost in dramatischen, tragischen Momenten. Weswegen mir die Dramatik und Tragik *dieses* Moments erst mit voller Durchschlagskraft zu Bewusstsein kommt. Auf dass erst jetzt die Tränensäcke überlaufen. Ich meine aber, mich erinnern zu können, dass ich nicht dort zu bleiben brauchte. Allerdings bekam ich eine Spritze, von der ich kollabierte.

Mein dritter Krankenhausaufenthalt wiederum – mit dreizehn, vierzehn, wegen eines gebrochenen Arms, geschlagene sechs Wochen, wenn ich mich recht entsinne – zeitigte ein wiederum anders gelagertes mindergradiges Trauma: dieser melancholische Nadelstich, als ich bei meiner Rückkehr durchs Autofenster erkannte, dass die Bäume im Dorf in hochsommerlicher Pracht grünten, als sei das über Nacht geschehen; ein erster, unverschmerzter Aderlass an Lebenszeit.

Meine Abneigung Krankenhäusern gegenüber ist also ganz trivial begründet. Wer mag schon Krankenhäuser. Wie auch immer, sobald ich ein Krankenhaus betreten musste, beschwor ich, um es überhaupt betreten zu können, imaginativ den Zeitpunkt, da ich es wieder verlassen würde. Am heutigen Tag, dem 10. Oktober 2015 – dem sechsundsiebzigsten Geburtstag meiner Mutter –, tat ich das nicht; ich hatte keine Zeit dafür: In dem Moment, als ich die Intensivstation betrat, rief S. auf meinem Mobiltelefon an. Ihre Stimme klang – nun ja, scheinbar normal, in Wahrheit bloß absorbiert von der Konzentration auf unsere Kommunikation und die Lotsenaufgabe, und so schreiend ungerecht es meiner Schwester gegenüber ist, ein tief in der Hölle meines Innersten tobender Vierjähriger nimmt es ihr bis heute krumm, dass jene vermeintliche Normalität in ihrer Stimme den kläglichen Rest an utopischer Hoffnung für wenige Sekunden zum Ballon aufblies. Er platzte, als ich sah, wie ihre im ersten Moment noch gefasste Miene angesichts meiner angst- und schreckenerfüllten brach.

Sie hat einen Schädelbasisbruch, und die Ärzte sagen, es gibt keine Hoffnung.

Was?

Sie greift nach meiner Hand, oder ich nach ihrer. Ich will

nicht weitergehen. Ich will stehen bleiben. Ich will mich setzen, einfach hinsetzen und nachdenken. Aber ich gehe mit ihr. Oder wer immer das ist, der da mit ihr geht, ein schwerfälliger Fremder, der mir seine weichen Knie unterschiebt. Mussten wir vor jener automatischen Doppeltür, die mir in den kommenden drei Tagen so abscheulich vertraut werden sollte, warten und klingeln? Weiß ich nicht mehr. Einige Meter den aseptischen Korridor entlang, an den ich mich erinnerte, weil wir meinen Vater dort an Weihnachten besucht hatten. Bevor wir eintreten, sagt sie einen Satz, der ihre Schockschwere hinter der Anstrengung, Fassung zu bewahren, besser zum Vorschein bringt, als ein Zusammenbruch es vermocht hätte:

Erschrick dich nicht, sie hat ganz blaue Augen.

Sie führt mich in einen kleinen Saal mit all den elenden medizintechnischen Gerätschaften und mehreren Betten, in denen Patienten liegen – in einem davon unsere Mutter. S. setzt sich auf einen Stuhl an der Wand, ein paar Meter entfernt, und hält sich den Leib. A. und mein Vater stehen an dem Bett, in dem meine Mutter liegt, ins künstliche Koma hinabgeschickt, gehalten von Schläuchen. Sie hat die geschwollenen, blutunterlaufenen Lider geschlossen. (Ein gottverfluchter Satan hat sie geschminkt – wann war es, dass sich mir dieser beschissene, bescheuerte Gedanke ins Hirn pflanzte und nie wieder verschwand?) Am Ohrknorpel verkrustetes Blut. Ihre Zunge findet zu wenig Platz neben dem hakenförmigen Plastikröhrchen im Mund, quillt zwischen den Lippen hervor, in einer Weise, wie es ihr peinlich wäre, wenn sie nicht im Sterben läge, und abgesehen von ihren Verletzungen ist dies das untrügliche Zeichen, dass sie nicht bloß schläft. Ihre Brust hebt und senkt sich in maschinellem Rhythmus. Mein Vater und meine Schwester stehen da, schockgeschlagen. Oder *sitzt* mein Vater? Hält er die Hand meiner Mutter? Streichelt meine Schwester ihr Gesicht? Wir schauen uns in die abgrundtief entsetzten Augen, die vertrauten Gesichtszüge verzerrt.

Das darf nicht wahr sein ... (Wie oft flüstern wir diesen Satz in den kommenden Tagen und Wochen – Monaten? Wie oft hat man diesen Satz in seinem Leben schon vor sich hin geknurrt, meist bloß wütend, verärgert, gedankenlos. Nun besagt er nichts als kristallklare, steinharte Verzweiflung. Als ich acht, neun oder zehn Wochen danach von einem vierwöchigen Aufenthaltsstipendium wiederkehre und meinen Vater im verwaisten Hauswirtschaftsraum begrüße, ist es der zweite Satz, den er einverständig ausspricht, indem er ihn von meinen Augen abliest: Das darf nicht wahr sein ...)

Kam dann eine Krankenschwester oder Ärztin und kündigte an, meine Mutter würde demnächst in ein Einzelzimmer verlegt, damit wir uns »in Ruhe verabschieden können«? Ich weiß es nicht mehr. Ich weiß nur noch, dass diese Formulierung so früh von irgendwem fiel, dass ich vor Empörung stumm aufschrie.

War es diese junge Ärztin? Auch das weiß ich nicht mehr. Hätte ihr jedenfalls ähnlich gesehen. Ich sehe uns im Wartezimmer sitzen, und es setzte sich zu uns diese junge Ärztin, womöglich im Praktikum oder weiß der Teufel was – jedenfalls schaffte sie es, mich innerhalb von Sekunden aufzubringen.

Ihre Mutter kommt gleich in den OP, aber es gibt wenig

Aussicht (oder so ähnlich). Wir brauchen Ihr Einverständnis (für irgendwas, weiß der Teufel was), falls (irgendwas).

Ich, der ich vor wenigen Stunden noch den Geburtstag meiner Mutter feiern wollte und nun gerade mal seit ein paar Minuten mit ihrem so gut wie sicheren Tod konfrontiert bin, sage irgendetwas, von dem ich nicht mehr weiß, was. Bis heute kann ich mir nicht verzeihen, dass ich sie nicht einfach weggeschickt und den Chefarzt verlangt habe.

Daraufhin sie so etwas Ähnliches wie: Ich verstehe Ihren Frust, aber Sie müssen uns auch verstehen!

Ich kann es bis heute nicht glauben, was ich da gehört habe, aber ich habe es gehört; in dieser Hinsicht ist die Erinnerung untrüglich. Sie war hübsch und schlank und noch jung und vermutlich unerfahren, und als Metzgerin hätte sie die weitaus bessere Figur gemacht. Später geriet ich noch mit ihr aneinander, ich weiß nicht mehr, wann genau – am selben Tag? Einen Tag später? Ich sitze am Bett meiner Mutter, nun schon im Einzelzimmer, und die junge Ärztin steht rechts hinter mir und sagt wieder: Ich verstehe Ihren Frust.

Nur um Missverständnisse zu vermeiden: Sie ist lupenreine Bio-Deutsche, und sie mag eine Eins in Latein haben – Deutsch jedenfalls kann sie offensichtlich nicht. Mein unermesslicher, gerechter Zorn scheitert an meiner inneren Mauer aus ohnmächtigem Kummer, und so diffundiert bloß ein schwächlicher, gnatteriger Satz:

Das ist ja wohl kaum der richtige Ausdruck.

Die junge Ärztin, nicht faul: Was wollen Sie damit sagen!

Ich werde hier nicht mit Ihnen zanken.

S. schaltet sich ein, von der anderen Seite des Bettes, von der anderen Flanke meiner geliebten, sterbenden Mutter: Nicht hier. Geht raus.

Ich gehe raus. Später bin *ich* es, der *ihr* versöhnlich gegenüber tritt, dieser Schnepfe – diesem Ausbund an Stumpfherzig- und Überheblichkeit –, ohne den Disput zu thematisieren. (Sie nimmt es großmütig entgegen.) Meine Mutter aber ist es – war es –, die mir jenen Geist der Versöhnlichkeit implementiert hat, und in den Genuss jenes Geistes kommt wie von ungefähr selbst ein solcher Ungeist der Empathielosigkeit. Allerdings, das räume ich ein, in diesem Fall bin ich gescheitert. Ich war und bin nicht versöhnt, bis heute nicht. Bis heute möchte ich diese Person ohrfeigen, wenigstens verbal. Ist es also statt Versöhnlichkeit nicht Feigheit gewesen? Eigentlich bin ich nicht feige. Durchaus einige Male in meinem Leben habe ich meinem zwingenden Bedürfnis nachgegeben, ohne Rücksicht auf Verluste ad hoc auszurasten (nie gewalttätig, versteht sich – dafür war ich seit jeher zu zivilisiert, oder feige). Zumindest scheint es keine Feigheit vor dem Feind, jedenfalls nicht unbedingt. Eher vor der eigenen Rage, deren Botenstoffe noch stunden-, tage-, ja, in zwei, drei Fällen jahrelang so gut wie ungebremst durchs Nervensystem toben und womöglich irreparablen Schaden anrichten. Nichts gegen Versöhnlichkeit. Meine Mutter war eine zutiefst versöhnliche Frau, ohne krank- und krampfhaft harmoniesüchtig zu sein; sowieso war sie ein guter Mensch. Sie war der beste Mensch der Welt. Niemand, der sie kannte, würde das je bestreiten.

Dieses Wartezimmer. Blaue Schalensitze? Nein, Stühle

mit harten blauen Polstern, glaube ich. Nachrecherchieren? Wozu.

Wiewohl ...

Einige Tage vor dem Tag, der die bisher tragischste Wende im Leben jedes einzelnen Mitglieds meiner Stammfamilie bedeutet, hatte ich *Crosseyed Heart* von Keith Richards auf meinen iPod geladen. Wenn ich auf den Hometrainer stieg, lief es on heavy rotation auf meinem Kopfhörer. Insbesondere das zweite Stück hatte mich schon tagelang begleitet, und abartiger-, unerwünschterweise drehte der Ohrwurm auch seit dem Unglückstag weiterhin seine Runden, all die drei Nächte und vier Tage lang, die es dauerte, bis meine Mutter starb. Seither habe ich das Album nicht mehr gehört; jetzt, fast auf den Tag genau ein und eindreiviertel Jahr danach, werde ich es erstmals wieder tun; in der ekelerregenden Erwartung, die Klänge möchten darin konservierte Erinnerungen wecken, möchten die albhafte Atmosphäre wieder heraufbeschwören. Die ganze Unschicklichkeit, Ungehörigkeit meines Berufs. Die ganze Abartigkeit. Warum setze ich mich dem aus? Pseudo-Erklärungen wie ›Ich kann nicht anders‹ viel zu pathetisch, also per definitionem zu nahe an der Unwahrheit. (Auch wenn V. sagt, »du hast sowieso keine Wahl«: Natürlich habe ich sehr wohl eine; die Frage ist nur, was *die andere* mich kostete – aber auch diese Antwort viel zu pathetisch.)

Ich habe keine Erklärung. Eigentlich brauche ich auch keine. Vielleicht habe ich sogar Angst vor einer. Vielleicht bin ich doch im tiefsten Inneren feige, denn so bange mir vor dem Wiederhören mit dem nicht totzukriegenden alten Briten ist – unverkennbar sind unangenehmer, doch unabweisbarer Drang, wider die Vernunft zu handeln, schwache, doch deutlich genug stinkende Anflüge von Lüsternheit nach Selbstquälerei und Suhlen im Unglück, verbrämt mit dem billigen Parfüm der höheren Ambition, sowie eben doch auch unsteuerbare, gutartige Leidenschaft, meinetwegen verdreht narzisstisch ... wie auch immer. Doch wie auch immer: Es hat nicht funktioniert. Ein Evokationseffekt blieb aus. Der Erinnerung an den migränischen Ekel vor der deplatzierten Begleitmusik jener vier Tage in der aseptischen Hölle hat das Wiederhören keinerlei Detail hinzugefügt.

In den erwähnten Notizen, die ich etwa zwei Wochen nach dem Unglück machte, habe ich auch eine Art Chronologie zu rekonstruieren versucht. Vielleicht ist sie mir sogar geglückt – ich werde aber keinen systematischen Gebrauch davon machen. Scheue ich vor der Mühe zurück? Vielleicht. Diese Arbeit ist ohnedies traurig genug: jeden Morgen wieder an den Schreibtisch mit einem genetischen Schwung, der einem über all die inneren Widerstände hinwegzusetzen hilft, bis er erlahmt und von ihnen bis zum Stillstand ausgebremst wird. (Ist das nicht immer so beim Schreiben, auch bei anderen Gegenständen? Nein, in den allermeisten Fällen hält der Schwung viel länger, weil die zeitliche oder psychische Distanz komfortabler ist. Außerdem bin ich noch nie von Weinkrämpfen unterbrochen worden.)

Laut meinem iPhone-Account schickte ich um 17:35 Uhr die erste SMS an V.:

Ganz schrecklich. Mama liegt im Sterben. Ist gestürzt. Schädelbasisbruch. Keine Hoffnung. Melde mich später.

Was zwischen der ersten Begegnung mit der abscheulichen jungen Ärztin im Wartezimmer und dieser Nachricht war, weiß ich nicht mehr mit Sicherheit zu sagen. Vermutlich warteten wir im Wartezimmer, während meine Mutter im OP war. Vermutlich informierten wir per Telefon Verwandte. Wer hat Onkel W. angerufen? Meine Neffen sind gewiss von meinen Schwestern informiert worden – bis auf C., der vorübergehend nicht erreichbar war und dann auf dem Handy meines Vaters anrief, um meiner Mutter zum Geburtstag zu gratulieren. Zu dem Zeitpunkt befanden wir uns aber schon im Einzelzimmer. Mein Vater reichte es an mich weiter, und ich informierte C. Ich sagte, dass es mir leidtue, ihm das sagen zu müssen, und sein Schock gellte still aus der Membran.

Wann waren wir ins Ärztezimmer gerufen worden? Ein sehr freundlicher, einfühlsamerer Kollege jener jungen Ärztin zeigte uns am Bildschirm die Computertomografie von der fatalen Gehirnblutung meiner Mutter. Zufällig anwesend war eine ruhige, empathische Ärztin, die Sekunden nach dem Sturz Wiederbelebungsmaßnahmen eingeleitet hatte. »Sie war ja per Funkelektroden mit der Zentrale verbunden, Herzstillstand, wir haben noch das Poltern gehört und sind sofort hin, aber durch die Blutverdünner ging natürlich alles zu schnell.«

Wann hatte mein Vater erstmals seine Geschichte erzählt, die er in den nächsten Monaten immer und immer wieder erzählen würde, oft mit denselben Formulierungen? »Als ich mit der Tasche nachkam (in die er nach ihrem Abtransport Wäsche, Handtücher etc. gepackt hatte), war sie so fein zuwege. Mir geht's schon viel besser, hat sie gesagt, ich war auch schon zum Klo ... Und sie hatte so 'n schönes Einzelzimmer gekriegt, und wir wollten schön zusammen Zeitung lesen ...« und so jedes Mal aufs Neue herzzerreißend weiter.

Wann kam dieser wohl noch junge Pfleger? Der zu meiner ein-, zweisekündigen Irritation sagte: »Achtung, ich rücke jetzt ihr Kopfkissen zurecht.« Bis ich vergegenwärtigte, dass er *sie* ansprach: »Ich rücke jetzt Ihr Kopfkissen zurecht.« Er hob die Stimme nur ein wenig, aber er tat es eindeutig. Er tat es kontrolliert und doch trotzig (ein denkwürdig zielloser Trotz), und so schwang unverkennbar die volle Bandbreite unser aller existenziellen Bodenlosigkeit mit. Es war befremdlich, aber auch gut, weil respektvoll. Respektvoll ihr, aber auch uns gegenüber, dem Teil in uns gegenüber, der die Endgültigkeit noch nicht begriffen und akzeptiert hatte. Andererseits furchtbar, weil die Schlussfolgerung furchtbar wäre: dass sie im Falle jenes Falles uns alle um ihre Lagerstatt herum würde hören und spüren können; dass sie in ihrem maschinell beatmeten Körper mit seinem blutüberfluteten Gehirn gefangen wäre, ohne uns – alle ihre Liebsten –, die wir vor Kummer, Entsetzen und Ohnmacht nicht aus noch ein wussten, beschwichtigen, beruhigen, trösten zu können. Ohne sich entschuldigen zu können für diese Zumutung.

Denn das wäre ihr Impuls gewesen. So war sie immer gewesen und wäre es folglich immer noch, falls die leicht erhobene Stimme des Pflegers sie wirklich hätte erreichen können.

Ich erinnere mich an einen sonnigen Tag an A.s Gartentisch. Unser Vater war nicht dabei, glaube ich, aber unsere Mutter und wir Kinder. Befremdlich hitzig schmiedeten wir Pläne, wie meine Mutter zu entlasten wäre. Ich weiß nicht mehr, in welcher Phase ihres, nennen wir es so umständlich wie möglich: Kräfteabbau-Prozesses es war; allzu lange ist es nicht her. Maximal vier, fünf Jahre vor ihrem Tod. Weihnachten 2012 war meines Erachtens das letzte, das sie in Eigenregie ausgerichtet hat. Das Ausrichten des Weihnachtsessens für die ganze Familie inklusive Schwiegerkindern und Enkelsöhnen samt Anhang dürfte in ihrem eigenen Verständnis die Nagelprobe für ihre hausfrauliche Kompetenz und mütterliche Freude gewesen sein. In meiner (vielleicht zu strengen) Erinnerung reden wir über ihren Kopf hinweg, wiederum mit jenem im Nachhinein peinigenden Anklang von genetischer Überheblichkeit der zweiten Generation, die nicht abgemildert wird, nur weil von nassforscher Zärtlichkeit gespeist. Jedenfalls gilt das für mich. Der Hamburger nun wieder. Selten da, aber wenn, macht er den Manager.

Jetzt mache ich mir natürlich Vorwürfe. Mamas Grünkohl war legendär, und dass er das war, war Ausweis ihrer ganzen Liebe für ihre Familie, die sie über *alles* liebte – sie die Familie, und die Familie sie. Nassforsch entwertete ich diesen Ausweis. Das ist es, was ich getan habe; heute weiß ich es. Hätte ich früher gründlicher darüber nachgedacht – und vor allem ohne diese von Verlegenheit gesteuerte Quasi-, sondern mit mutigerer, ruhigerer, besonnener Zärtlichkeit –, dann hätte vielleicht etwas ganz Schlichtes Raum gefunden: eine Möglichkeit für sie, diese ihre letzte Entwicklungsaufgabe anzugehen, ohne das Gefühl haben zu müssen, ihr werde etwas mit unerträglichem Vorwitz entrissen. Und zwar ausgerechnet von denen, die sie liebte.

Diese Erinnerung an jenen sonnigen Tag an A.s Gartentisch, sie ist nur aus einem Grund halbwegs erträglich:

Nachdem meine Mutter sich unsere Pläne und vor allem meinen kühlen, kriseninterventionistischen Pseudopragmatismus eine Weile lang hatte gefallen lassen, platzte ihr der Kragen. Mit der natürlichen Autorität der Macherin, die sich zeitlebens auf ihre ureigenen Kräfte hatte verlassen müssen und auch hatte verlassen können – eine Autorität, die sowohl ihren Vater als auch ihre Mutter in unterschiedlichen Ausformungen, doch mit demselben Kern auszeichnete –, polterte sie los, jetzt reiche es ihr aber; sie brauche nur die zweite Knie-OP, dann wäre alles wieder in Butter, und »ich reiße wieder Bäume aus«.

Wann habe ich R. angerufen? Die Notizen sagen, ungefähr halb acht. Sie nahm die Nachricht, wie es ihre Art ist, mit dem Anschein von Gefasstheit auf; den Grad ihrer Erschütterung konnte ich mir nach all den Jahren, die wir zusammen gewesen waren, nichtsdestoweniger mühelos vorstellen. Und mit Selbstverständlichkeit setzte sie sich unverzüglich ins Auto, nach einem langen, anstrengenden Tag – dem für sie gewöhnlich längsten, anstrengendsten Tag der Woche –, und fuhr die gleiche Strecke, wie ich sie am späten Mittag gefahren war.

Wir saßen um das Bett meiner Mutter herum, mein Vater, meine Schwestern, mein Onkel, meine Neffen und später auch R., und hielten Wache und versuchten, Abschied zu nehmen. Wir streichelten ihre Hände, ihre widerstandslosen, doch warmen, dickadrigen, knotigen und doch kräftigen und eleganten, unendlich lieben Hände, wo sie nicht von Schläuchen und Nadeln und Pflastern verunziert waren. Ihre Wangen, die rosig und warm waren. Der Schmerz war ganz einfach *unerträglich*, und immer wieder flüsterten wir *Das darf nicht wahr sein* und bäumten uns auf und brachen wieder zusammen. Die allmächtige Gewalt im Raum war mit Händen zu greifen, sie würgte und beugte uns nach Belieben. Mein schier unwiderstehlicher Drang, sie zu umarmen und mit aller Kraft an mich zu drücken, um ein Gegengewicht zu meiner Fallsucht zu schaffen, um sie als Gefäß für meine blutwarmen Tränenströme zu missbrauchen wie vor fünfzig Jahren – dieser Drang fand einfach kein Ventil: So wie sie da lag, an all den Schläuchen und Kabeln, unter den Monitoren, auf dieser Bahre, vermochte sie uns nur wenig Körperfläche anzubieten, bloß allzu kleine Hautinseln für unsere so überaus bedürftigen Fingerkuppen; bis heute und bis an mein eigenes Lebensende wird diese Sehnsucht, sie ein allerletztes Mal fest und mit all meiner Sohnesliebe zu umarmen, unerlöst bleiben. Bis heute schwer erträglich – hoffentlich mache ich noch meinen Frieden damit, bevor ich selber sterbe; das hoffe ich wirklich, obwohl ... kann es noch unerträglicher werden, als es in jener Nacht ihres 76sten Geburtstags bereits war? (Und dieses dauernde ›unerträglich‹: was für eine melodramatische Hyperbel. Wir *haben* es ertragen. Auch wenn wir glaubten, wir ertrügen es nicht: Unsere innerste Lebenskraft hat stur und stumpf einfach immer weitergemacht – gegen unser Empfinden, ja gegen unseren Willen. In den darauffolgenden zwei Jahren besonders eindrucksvoll zu beobachten gewesen an unserem Vater.)

Wir saßen und standen rund um ihre Lagerstatt, sie in der Mitte – genau dort, wo ihr Platz ihr ganzes Erwachsenenleben lang gewesen war (an Weihnachten, zweieinhalb Monate später, sollte es sich anfühlen, als säßen wir alle um einen schwindelerregenden Krater herum) –; und doch strahlte sie eine Würde und Ruhe und Bescheidenheit aus, wie sie sie zu Lebzeiten ausgezeichnet hatte (keine banale Glorifizierung: jede und jeder, die und der sie kannte, würde es jederzeit bezeugen und bestätigen). Trotz der widerspenstigen Zunge, die neben der Schlauchtülle einfach keinen Platz finden wollte. (Irgendwann zwischendurch bat ich eine Krankenschwester, sie zu richten – ich konnte den Gedanken nicht aushalten, dass es meiner Mutter peinlich gewesen wäre, wäre sie bei Bewusstsein gewesen.) Es gelang nur schlecht und recht, und doch, an ihrer Ruhe und bescheidenen Würde änderte es kaum etwas.

Stunden um Stunden saßen wir um sie herum; immer wieder brach einer oder eine von uns unter dem Joch der Tragödie zusammen und gab sich ihrer beziehungsweise seiner Verzweiflung hin. Wir weinten und weinten, leise und unterdrückt; dann wieder heulten wir klagend – jede und jeder von uns auf die ihm eigene und doch wir alle auf unsere urfamiliäre Weise. Schlafwandlerisch wechselten wir uns ab in unseren Verzweiflungsschüben; ging über die eine oder den anderen eine Serie von Brechern hinweg, klammerten die anderen sich an eine Stuhllehne oder kauerten in einem verborgenen Windfang ihrer Seele nieder, oder erholten sich gar in einem Akt von Aktionismus, Pragmatismus, Alltäglichkeit, indem sie Papiertaschentücher besorgten, einen Arzt irgendetwas fragten, irgendjemanden anriefen, SMS entgegennahmen und abschickten, einen Schluck Wasser tranken, zur Toilette gingen – über den Gang, vorbei am Ärztezimmer, vorbei an ganz normal redenden, manchmal lachenden Pflegekräften, und durch die Doppeltürschleuse, die wir nunmehr auch von der anderen Seite einfach durch einen Druck auf den offiziellen Knopf an der Wand öffneten, ein Privileg, auf das verzichten zu dürfen wir jeden Preis gezahlt hätten. Mein Vater sprach mit ihr, und wir wollten doch so schön Zeitung lesen, schimpfte zärtlich mit ihr, was machst du bloß für Sachen, Mieke, während er sie schmerzerfüllt betrachtete und ihre Wangen streichelte. Das gibt's doch gar nicht, sie ist doch ganz warm! Und währenddessen entfuhr ihm unentwegt ein unwillkürliches Wimmern. Schon immer ist er ein empfindsamer, gefühlsbetonter Mensch gewesen, aber ein so hemmungsloses, markerschütterndes Heulen hatte ich aus seiner Kehle noch nie in meinem Leben vernommen.

Wann kam eigentlich erstmals der Chefarzt? Hatte er sich überhaupt schon am ersten Tag blicken lassen? War es nicht erst am nächsten gewesen? Ich weiß es nicht mehr.

Ich kann mich nur an seinen ersten Auftritt erinnern, und auch das nur schwach. In dieser meiner schwachen Erinnerung tritt er grußlos ins Zimmer, ebenso selbstverständlich wie der Tod. Er sieht kaum uns an, sondern blickt schweigend auf die Monitore und Displays: Blutdruck und Herzschlag seien stabil. Immer noch, ohne sich vorgestellt zu haben – entweder hat er es einem von uns (meinem Vater?) gegenüber bereits getan, oder er vertraut auf seine Aura –, erläutert er uns allerhand Weiteres; unter anderem, dass eine Obduktion unsinnig wäre, weil man sowieso nie werde herausfinden können, ob eine Hirnblutung vor oder nach dem Sturz geschehen sei (oder so ähnlich; ich bin immer ein unmotivierter, also schlechter Journalist gewesen).

Gerade die Pointiertheit seiner Erklärungen macht uns misstrauisch. In unseren Ohren klingen sie wie Vertuschung *in actu*. Warum hatte meine Mutter überhaupt aufstehen dürfen? Immerhin war sie ja – wie sie meinem Vater gegenüber berichtete, nachdem er dem Krankenwagen gefolgt war – schon zur Toilette gewesen, offensichtlich eigenständig, falls nicht, hätte sie es sicher erwähnt. Hätte sie aber die ärztliche Anweisung bekommen, Bettruhe einzuhalten, hätte sie nicht zuwidergehandelt. (Oder? Sie konnte widerborstig sein. Angesichts eines Honecker-Porträts an der Wand eines Grenzpostens hatte sie bei der Einreise in die DDR mit keineswegs gedämpfter Stimme verlautbart: »Na, den haben sie ja ganz schön aufgemotzt!«) Bestand da ein Versäumnis vonseiten der Kardiologie, der Notaufnahme, der Intensivstation? Oder war es denkbar, dass sie aus dem Bett gefallen war? Haben wir den Chefarzt das überhaupt zu dem Zeitpunkt gefragt? Sind wir nicht erst später darauf gekommen? Viel später jedenfalls sollte ich von meinem Hausarzt, vordem ebenfalls Kardiologe am Krankenhaus, erfahren, für Patientinnen und Patienten mit Vorhofflimmern gelte strenge Bettruhe. (Was der Chefarzt im August des darauffolgenden Jahres bei unserem Klärungstermin mit dem Hinweis auf neueste Entwicklungen bestreiten sollte. »Heutzutage lassen wir Patienten mit Vorhofflimmern Marathon laufen!« Im Übrigen hat er alle unsere Fragen endgültig geklärt. Und uns ohne zu zögern die Fallakte überreicht. Hat jemand Fehler gemacht? Nein. Hätte man mehr tun können? Nein. Hat sie leiden müssen? Nein. Ihr Tod war Schicksal, und sie ist gestorben, wie sie es sich gewünscht hat: schmerzlos, ohne das Bewusstsein zurückerlangt zu haben.)

Laut meinen Notizen hatte ich in jener ersten Nacht gegen halb eins versucht, im Wartezimmer zu schlafen. Ein Bett aus Stuhl, flachem Tisch, Stuhl. Vermutlich hatte mir eine Pflegekraft Bettdecke und Kissen besorgt. Ich war einmal kurz weggedämmert, wurde um 1:18 Uhr aber vom iPhone-Summen wach. SMS von R. Ich hatte sie gebeten, eine zu schicken, sobald sie wieder sicher nach Hg. zurückgekehrt sein würde.

Gegen halb zwei entschied ich mich um. Ich ging zurück ins Zimmer meiner Mutter und bat meine Schwestern, nach Haus zu fahren, um ein paar Stunden zu schlafen. Sie wollten anfangs nicht, ließen sich aber überreden. Wir verabredeten, dass sie meinen Vater und mich um sechs Uhr ablösen würden.

Damit brach die schlimmste Nacht meines Lebens an. Ich nahm den Platz an der Fensterwand ein, ein Stuhl mit hölzernen Armlehnen, direkt am Heizkörper. Zwar war's mir viel zu warm hier, und mein Vater fror, doch passte sein bequemerer Halbliegestuhl erstens nicht auf diese Seite des Bettes, und zweitens hätte er unter dem Zug der Lüftung gelitten, die hier fauchte. Das Fenster durfte man aus irgendwelchen Gründen nicht öffnen, und so hockte ich auf dem Stuhl direkt an der Heizung, die so hoch eingestellt war, dass auf der anderen Seite bei meinem Vater auch noch etwas ankam; mir platzte fast der Kopf, der ohnehin zentnerschwer auf meinen Schultern balancierte und immer wieder vorwärts sackte, sodass ich immer wieder aus meinem Sekundenschlaf erwachte und auf die Uhr an der gegenüberliegenden Wand, knapp unter der Zimmerdecke, schaute, wo dann doch weitere drei Minuten vergangen waren. Das Wimmern meines Vaters im Halbschlaf wie im Fieberwahn (ob auch ich innerhalb jener Drei-Minuten-Zyklen wimmerte?); immer wieder schreckte er hoch und wandte sich wieder an meine Mutter, streichelte ihre Wange, ihre Stirn, ihre Hände, die paar Quadratzentimeter Haut, die ohne Pflaster und Schläuche waren, das gibt's doch nicht, sie ist doch ganz warm, das kann doch nicht angehn, o Gott, o Gott; wir wollten doch so schön Zeitung lesen und haben uns gefreut, dass wir 'n Einzelzimmer haben, hätten wir schön alle feiern können, keinen gestört, du warst doch so fein zuwege ...

Am schlimmsten war, als mein Vater plötzlich aufmerkte – die Haut meiner Mutter prüfender streichelte – und sagte: Sie ist ganz warm! Sie ist viel wärmer als vorhin! und mich in seiner jungenhaften Art (er war einundachtzig) anstrahlte und sagte: Pass auf, gleich schlägt sie die Augen auf!

Da riss etwas in meinem Herzen.

Ich musste den Blick von seiner hellauf strahlenden Miene abwenden, und gleich darauf verfiel er wieder in seinen Singsang und nickte wieder ein.

So saßen und lagen wir da, Vater, Mutter, Kind. Ab viertel nach vier hörten auch die Drei-Minuten-Schlaf-Wach-Phasen auf, und ich blieb permanent wach und wachte über Vater und Mutter. Das erstickte, konvulsivische Weinen tat auch physisch weh, im Nacken, in den Schultern, in den Kiefern, in den gezerrten Gesichtsmuskeln – die Kraft, die den Drang zu schreien unterdrückte, kehrte sich gegen sich selbst. Zwischendurch simste ich mit V.

4:29 ... Nur noch 36 % Ladung. Simst Du vorsichtshalber auch A. Deine Ankunftszeit? Aber erst ab 7 Uhr, ja? ...
... Es ist furchtbar hier im Krankenhaus ...

4:37 ... Kannst Du Dich gar nicht lang legen? Ich komm
frühestens um 11 an! Frag mal Pflege evt schon wegen
meiner Infektion ...
... Es gibt grad nichts Tröstliches zu sagen, nicht? ...

Um sechs lösten meine Schwestern meinen Vater und
mich ab. Ich verließ das Krankenhaus. Ich nahm die nunmehr nicht mehr nötige Tasche mit, die mein Vater für den
Krankenhaus-Aufenthalt meiner Mutter vorbereitet hatte,
und stellte sie in meinen Kofferraum. Soweit ich mich erinnere, hatte es noch eine kleine Nerverei mit dem Parkticket
gegeben. Aber stand ich wirklich vor der Rezeption und
sagte: »Entschuldigung, meine Mutter liegt im Sterben,
und könnten Sie deswegen dieses Ticket in ein Dauerticket
umwandeln?« Oder handelt es sich um eine Schein-Erinne-
rung?

Der dämliche Alltag jedenfalls triumphiert über den Tod.
Deine Mutter liegt im Sterben? Nun, ich, Alltag, bin der
Herr der Welt. Ich triumphiere sogar über den Tod. Ich *bin*
der Tod, die Auferstehung und das Leben, und ich sage dir:
Kümmere dich um dein Ticket, so müde, zermürbt und zu
Tode betrübt du auch bist, sonst kommst du aus dem ver-
fluchten Scheißparkhaus nicht raus.

Ich weiß nicht mehr, ob mein Vater nachkam oder gebracht oder abgeholt wurde. (Von wem? Al.?) Sein Auto
muss doch auch im Parkhaus gestanden haben. Sicher
haben wir ihn nicht selbst fahren lassen. Jedenfalls war er
dann auch in Hn. Er wollte nicht in dem Haus schlafen, das
er künftig würde allein bewohnen müssen. Ich auch nicht.
S. hatte in ihrem Haus zwei Notlager für uns vorbereitet.
Ich schlief von halb sieben bis acht und dämmerte noch ein

wenig vor mich hin (so besagen meine Notizen; heute keine nähere Erinnerung mehr daran). Um halb elf fuhr ich los, um V. vom Bahnhof abzuholen. Trotz ihrer schweren Erkältung war sie aus O. angereist. Schon am Vortag hatte ich mich auf der Station erkundigt, ob die Infektion ein Problem sein könne.

Das Wiedersehen in der Klinik ... surreal, albhaft. Die da liegt, reglos, doch gehorsam im maschinell schnaufenden Rhythmus atmend: meine Mutter? Unsere über alles geliebte Mutter? Niemand von uns hatte je damit gerechnet, sie als Erste zu verlieren. Nicht nur nicht damit gerechnet; selbst eine spielerische Vorstellung davon erschien wenn nicht ohnedies frevelhaft, obszön, morbide und grotesk, so allemal müßig. Überflüssig. Unsinnig. Ihr Tod zur Unzeit war schlicht undenkbar, ebenso undenkbar wie etwa der Abwurf einer Atombombe über Hamburg. Ihr Vater war mit siebenundachtzigeinhalb totgefahren worden, ihre Mutter kurz nach dem neunzigsten Geburtstag friedlich für immer eingeschlafen, und sie selbst war erst Mitte siebzig, sah aus wie Mitte sechzig und entbehrte, zumal sie gewissenhaft ihre Haare färbte, ohnehin jedes typisch geriatrischen Kennzeichens, geistig schon mal sowieso. Nur bei der Arbeit bemerkte man, dass Knochen und Gelenke aufgrund der lebenslangen harten Haus- und Gartenarbeit nicht mehr die jüngsten waren, aber das war ein lächerlicher Grund zu sterben.

Nein, zeitlebens hatte sie das mentale und physische Kraftzentrum der Familie gebildet – den Schwachpunkt, auch nach eigenem Dafürhalten, vielmehr mein Vater. Er war derjenige, der als jüngstes von vier Kindern einer kriegsvertriebenen, lebensmüden Mutter schon als junger

Mann mit Migrationstrauma, Hypochondrie, Herzphobie und einem ganzen Bündel weiterer psychosomatischer Beschwerden seinen vorzeitigen Tod erwartet hatte. Zudem war er fünfeinviertel Jahre älter als meine Mutter, und an der Erfüllung seines innigsten Wunsches – vor meiner Mutter zu sterben – hatte er niemals gezweifelt. Es bestand überhaupt kein einziger vernünftiger Grund für Zweifel. Nicht einmal ein unvernünftiger. Dass ihm dieser Wunsch versagt wurde; dass diese unser aller Gewissheit zunichtegemacht wurde, war schier unbegreiflich. (»Es ist 'ne uralte Weisheit«, sprach mein Vater später in der Terminologie seines Fünfziger-Jahre-Kodex, »die Frau darf nicht vor dem Mann sterben.«)

Und doch hatten wir uns jetzt mit der Frage zu befassen, ob, und wenn ja, wann und unter welchen Umständen wir die Herz-Lungen-Maschine abschalten lassen sollten. Schon vor Jahren hatte sie eine Patientenverfügung unterschrieben, dass sie ihr Leben auf keinen Fall künstlich verlängern zu lassen wünsche, sofern es keine Hoffnung auf Genesung gebe. Ihr zweitältester Bruder war nach einem Schlaganfall schwerster Pflegefall mit nach menschlichem Ermessen kaum einzuschätzendem Bewusstseinsstand, und eine solche Existenz wollte sie für sich auf jeden Fall ausschließen. Damit wusste sie sich im Übrigen mit meinem Vater, ja mit ihrer ganzen Familie einig.

Man musste sie also, damit sie sterben konnte, aus dem künstlichen Koma holen. Das Abschalten der Geräte warf Fragen unter uns auf. *Wird sie leiden müssen?*, notierte ich in meinem iPhone. *Was passiert, wenn man dabei ist? Es wird doch keinen Todeskampf geben? Worin genau besteht die Alternative? Hirntod noch nicht von drei Ärzten bestätigt? Wie geht die*

Prozedur vor sich? Die vorläufige Antwort von dem netten Arzt, der uns die Computertomografie von ihrem Hirn gezeigt hatte, lautete: abwarten, ob die Werte nicht langsam sänken und ihr noch innerhalb des künstlichen Komas ein natürlicher Tod vergönnt sei.

Was ging noch so vor sich an jenem Tag zwei, einem strahlenden, goldenen Sonntag im Oktober, einem Tag, wie sie ihn geliebt hätte (sie war ein ›Herbsttyp‹, sie liebte die Herbstfarben)? Laut Notizen bat mein Vater S., bestimmte Sachen aus dem Haus zu holen. »Und schmeiß bloß die Blumen weg!« Er hatte ihr wunderschöne, frische dunkelrote Rosen zum Geburtstag besorgt, die sie unter Garantie entzückt hätten, und bereits auf dem Küchentisch arrangiert, als er die Tasche geholt hatte. Ferner war auch der letzte der vier Neffen eingetroffen, aus Berlin. An viel mehr kann ich mich nicht erinnern – außer an die surreale Atmosphäre jenes Tages. Die Schärfe des Lampenlichts, die Stickigkeit der Luft, die diamantene Härte des Bewusstseins. Keith Richards' *Heartstopper*, ein rasender Wurm, der mein Kleinhirn reizt, bei jedem Gang den Gang entlang seine Runden dreht – noch heute wird mir übel, wenn ich mir die Kakofonie aus dem Schnaufen der Herz-Lungen-Maschine, dem Brummen der automatischen Schleuse zwischen Intensiv-Station und Besucher-WC sowie dem *Heartstopper*-Refrain vergegenwärtige.

Mein Vater wollte partout nicht von ihrer Seite weichen. Nix! Kein Stück!, sagte er, als ich ihn fragte, ob er nicht besser zu Hause schlafen wolle (beziehungsweise bei S.).

Gegen halb fünf nachmittags sind V. und ich nach Hg. gefahren. Ich brauchte frische Wäsche. Das war Sonntag, der erste Tag nach dem Unglück (von heute aus betrachtet erscheint's mir wie eine Woche), ein strahlend goldener Oktobertag, wie gesagt, und die Straßen waren rappelvoll. An einer Tankstelle kauften wir etwas ein, ich weiß nicht mehr, was; im Alten Land hielten wir an einem Hofladen, aber ich weiß nicht mehr, was wir dort einkauften, wenn überhaupt. In meiner Wohnung bereitete ich uns ein Kindergericht zu, dessen Rezept ich einst von meiner Mutter übernommen hatte – das für mich stets *Soulfood* gewesen war: Bröckchen von Wiener Würstchen mit Nudeln und Tomatensoße. Ich weiß nicht mehr, ob's schmeckte; ich weiß nur noch, dass ich aß. (Auch mein Vater hat gegessen, daran erinnere ich mich; es war beeindruckend, wie unser Organismus einfach weitermachte, wenngleich auf Sparflamme; die Lebenskraft machte einfach weiter.) Koffer gepackt.

Gegen neun zu Bett. V. schniefte und hustete. Ich stopfte mir Oropax in die Ohren und nahm 1 mg Tavor ein. Um vier aufgewacht, um fünf aufgestanden und gefrühstückt, um sechs los, um sieben wieder im Krankenhaus, A. abgelöst. Außer meinem Vater hatte S. von acht Uhr am Vorabend bis morgens um vier Wache gehalten.

Was genau an jenem Tag drei geschah? Wohl nicht viel anderes als an Tag eins und zwei. A., S. und ich beweinten unsere Mutter; C. und H., J. und M. ihre Großmutter; W. seine Schwester; mein Vater die große Liebe seines Lebens. Sechzig Jahre. Immer wieder liebkoste er sie; strich ihr über die Stirn, über die Hände; sprach zu ihr: Guck mal, sie sind alle hier, die Enkel; alle sind hier, deine Kinder, so liebe Kinder ... Und dann wieder klagt er – o Gott, großer Gott! – und ringt die Hände. Seine Klage ist expressiv, voller Pathos, *altmodisch* – ganz ähnlich den Frauen und Männern aus anderen Kulturkreisen, wie man sie nach Anschlägen oder Bombenangriffen in Fernsehbildern sieht –; und es ist kaum auszuhalten, das mitzuerleben, weil er zeit seines Lebens bei allen möglichen Anlässen scheinbar ähnliches Verhalten an den Tag gelegt hat (*scheinbar*, grausam scheinbar, denn jetzt ist tatsächlich das allerschlimmste nur Vorstellbare geschehen). Wie oft ist er meiner Mutter mit seiner Panik, ihr könne etwas Schlimmes passieren, auf die Nerven gegangen? Wie ungehalten sie war, nachdem er vor Angst kaum einen klaren Gedanken fassen konnte, als sie im Garten gefallen war und benommen einige Sekunden liegen blieb. Und jetzt ist es Wirklichkeit. Was für eine bodenlose Grausamkeit! Was war das, das sich anmaßte, eine so starke, warmherzige Frau aus vollem Leben herauszureißen ...? Eine Ungeheuerlichkeit.

Und dann erzählt mein Vater die Geschichte wieder, wie er ins Krankenhaus zurückkehrt und meine Mutter nicht mehr in dem Zimmer liegt und eine Schwester sagt, kommen Sie mal mit, Ihre Frau ist »schwer krank« (hat er sich das wirklich richtig gemerkt?), und wir wollten doch so schön Zeitung lesen, und sie war doch so gut zuwege, und dann komm ich wieder und kann nicht mal mehr mit ihr sprechen – so stark kann man doch gar nicht sein, so was zu überstehen, weinte er zwei Wochen später, zurück in Hn., im Haus, auf dem Flur, und ich flüstere in mein Diktiergerät: So stark kann man doch gar nicht sein, so was zu überstehen.

Am Abend jenes Tags drei jedenfalls überredeten die Ärzte uns, meine Mutter für die kommende Nacht allein zu lassen. Es gelang ihnen, selbst meinen Vater zu überzeugen: Sie müssen aufpassen, dass Sie nicht zusammenbrechen, Herr Sch. Sollte es mit Ihrer Frau zu Ende gehen, geben wir Ihnen telefonisch Bescheid, und dann sind Sie ja innerhalb einer Viertelstunde hier. Versuchen Sie, sich auszuruhen.

V. fuhr zurück nach O. Mein Vater und ich schliefen bei S. und Al.

Als wir am nächsten Morgen im Krankenhaus eintrafen, begrüßte uns der freundliche der Ärzte mit den Worten: Sie hat sich schon selbst auf den Weg gemacht.

Die Werte fielen, und der Chefarzt meinte, seiner Erfahrung nach würde sie die nächsten vier, fünf Stunden nicht überleben.

Die Frage nach dem Abstellen der Geräte war damit beantwortet. Eine schwache Erleichterung.

Wir überlegten, ob wir alle vier an ihrem Bett sein sollten, wenn sie starb. A. sagte, Nachbar J. habe gesagt, wir seien eine starke Familie, er rate zu. Der Chefarzt warnte davor, mit welchem Argument, weiß ich nicht mehr, aber er verunsicherte mich derart, dass ich erstmals erwog, zurückzutreten. Vielleicht nur unser Vater, A. und S., die ihm auf jeden Fall zur Seite stehen wollten? Wir berieten uns, doch unser Vater machte unmissverständlich deutlich, dass wir alle vier an ihrem Sterbebett sein sollten.

Also saßen wir an ihrem Bett und warteten. Am Nachmittag kam ein Arzt herein, welcher, weiß ich nicht mehr – ich glaube, der nette –, und sagte, die Werte sänken rapide ab, es könne nicht mehr allzu lange dauern. Ich weiß nicht mehr, wie wir uns im Einzelnen verhielten. Ins Gedächtnis eingeätzt hat sich aber der Moment, in dem – es lässt sich nicht anders sagen – meine Mutter ihrem Körper entwich.

Im einen Augenblick noch straff und lebendig, war im nächsten bloß noch eine schroffe gelbliche Wachspuppe übrig. Im einen Augenblick noch lieb und warm, blieb im nächsten nur eine hornige Kralle übrig von der Hand, die ich gehalten hatte und nun entsetzt fahren ließ. Es war viel schlimmer, als ich je befürchtet hatte, zusehen zu müssen, wie ihr Ich, mein geliebtes Du, aus ihrer Haut glitt und einen fürchterlichen Abklatsch zurückließ. Unser Grausen war kaum auszuhalten, doch wir hielten es aus. Heulen und Zähneklappern. Das da war nicht mehr Vaters Frau und unsere Mutter, sie war jetzt fort. Gerade eben, am 13. Oktober 2015, ungefähr halb fünf nachmittags; und voller Verzweiflung schrie mein Vater: »Da kommt aber noch was auf uns zu!«

II

Die Leidenschaft meiner Mutter für ihren Garten erstreckte sich auch auf einen Teil seiner Bewohner. Igel liebte sie (Katzen und Maulwürfe nicht); Amseln, Sperlinge, Meisen liebte sie (Krähen und Elstern nicht). Ihre ganz besondere Zuneigung aber galt den Rotkehlchen.

Jätete meine Mutter Unkraut in den Blumenbeeten oder an den Rasenkanten, folgten ihr die Federgewichte auf dem Fuße. Furchtlos hockten und hüpften sie um sie herum, um Larven, Insekten und Regenwürmer abzustauben. »Wegen seiner Häufigkeit und oft geringen Fluchtdistanz ist das Rotkehlchen ein besonderer Sympathieträger«, heißt es auf wikipedia. Legenden besagen, das Rotkehlchen biete Sterbenden Trost; schon Christus habe es am

Kreuz beigestanden. Dabei habe ein Dorn von dessen Krone es verletzt. Seither leuchte das Lätzchen rot.

In den ersten Wochen nach dem Tod meiner Mutter waren wir übrig gebliebenen Familienmitglieder *sehr* trostbedürftig – und -empfänglich, ein jedes auf seine Art. Ich bin weder gläubig noch sonstiger Mystiker, und V. besorgte mir einen philosophischen Podcast. Dem entnahm ich, es wäre selbst unter physikalischen Prämissen betrachtet nicht ganz und gar unsinnig, wenn ich meine Mutter auf subatomarer Ebene transformierte. Auf subatomarer Ebene – wenn ich mich recht entsinne – geht nie je Energie verloren. Wenn ich die Energie meiner Mutter also in etwas Handfestes transformierte, vermochte ich – so die Idee – ihre Gegenwart dergestalt heraufzubeschwören, dass diese Form der Anrufung ein Gran unmittelbarer lindere als in puren, unstofflichen Gedanken.

Ich hörte diesen Podcast Anfang Dezember in einem Schweizer Hotel, für das mir bereits im Sommer ein vierwöchiges Aufenthaltsstipendium zugesprochen worden war. Da ich Ende des Jahres ein Romanmanuskript abzugeben hatte, dessen Beendigung noch einigermaßen schwierig zu werden drohte (zumal meine Mutter als Modell für eine der Figuren fungierte) – und da ich leider nicht zu den Autoren zähle, die unter Termindruck zur Hochform auflaufen –, blieb mir kaum eine andere Wahl, als meine Schwestern mit unserem erheblich betreuungsbedürftigen Vater alleinzulassen. Ich igelte mich in dem Zimmer mit jenem wunderbaren Panoramablick auf den St.-Moritz-See ein und tat nichts als in drei Tagesschichten essen, schlafen, arbeiten (nebst der nötigen Dosis Gymnastik und Ausdauertraining). Und täglich eine halbe

Stunde spazieren gehen. Diese Spaziergänge führten mich nach fünf Minuten Fußmarsch in den Bergwald, und oft beschleunigte ich kurz vorher meinen Schritt, um den herannahenden Weinkrampf von der stoischen Präsenz der Arven, jener besonderen Lärchen-Art, abfedern lassen zu können.

Eines Nachmittags waren Trauer und Verzweiflung so mächtig, dass sie mich buchstäblich niederbeugten. Ich musste mich hinhocken, weil mich die Knie ums Verrecken nicht mehr tragen mochten und das gesamte Muskelkorsett dabei versagte, mich aufrecht zu halten. Die Zuckungen beutelten mich auf geradezu groteske Weise, und selbst in diesem Zustand warf ich immer wieder Blicke den Pfad hinauf und hinunter, weil ich mit meinem Anblick keinen zufälligen Wanderer verstören mochte.

In dem Moment flatterten in nächster Nähe zwei Vögel durchs Unterholz. Der eine verharrte kurz. Bestimmen konnte ich ihn nicht, meine ornithologische Ader war bereits mit elf, zwölf versiegt, doch er löste aus, dass ich ohne jede vorangegangene Überlegung einen unfasslich kindlichen, kindischen Satz von mir gab: »Mama, bist du das?« Ich war einfach so unendlich am Arsch, und womöglich bewirkte das unwillkürliche Eindringen von etwas Lebendigem in meine momentane Einsamkeitsblase diese spontane Regression.

Immerhin konnte ich meinen Weg nun fortführen. Sicher, hätte ich früher oder später auch ohne den Vogel müssen. Dennoch, ich beschloss, *unsere gefiederten Freunde* künftig als Botschafter meiner Mutter zu betrachten – insbesondere das Rotkehlchen, das sie zu Lebzeiten so sehr geschätzt hatte. Zum probaten Handwerkszeug des

Schriftstellers zählt die Allegorik, und Mystik und Allegorik dürften aus demselben Holz geschnitzt sein.

Mein Vater hat V. zum vergangenen Geburtstag ein exakt gleiches Vogelhaus gebaut, wie er in seinem Garten eines hat. Auf einem Dreibock aus rohem Birkenholz ein ebensolches schlichtes Häuschen (mit Reetdach!). Regelmäßig hänge ich Meisenknödel daran auf und streue den Boden mit einem Körnergemisch aus.

Seitdem also auf unserer Veranda auch ein solches Vogelhäuschen steht, nehme ich regelmäßig Grüße meiner Mutter entgegen, in Gestalt jener fünfzehn Gramm leichten, bräunlich gefiederten Engelchen mit rötlicher Brust. Trotz des zackigen Verhaltens – schwirrender Anflug, punktgenaue Landung, abgehackte Abfolge zwischen Verhoffen und Hüpfen, Picken und Umherspähen – wirkt Rotkehlchens Habitus keineswegs nervös oder hektisch, vielleicht, weil eben nicht fahrig, sondern flink und zielgerichtet, und insgesamt umsichtig und unerschrocken zugleich. Zwar passt diese Schnelligkeit eigentlich nicht zu der gelassenen, erdenschweren, wenngleich ebenso selbstgewissen und sachlichen, sachkundigen Bewegungsform, die meine Mutter für gewöhnlich an den Tag legte. Gerade der Kontrast aber macht das Rotkehlchen zu ihrem perfekten Botschafter. Die Vorstellung, wie es und seine Artgenossen sie bei ihrer Gartenarbeit vertrauensvoll begleiten – mir selbst ist das Schauspiel, glaube ich, nie vergönnt gewesen –, diese Vorstellung frommt meinem Bild von meiner Mutter sehr.

»Botschafter«? Erhalte ich Botschaften? Nein. Eher Kundschafter, vielleicht? Schön wär's, aber meine Mutter als Subjekt existiert nicht mehr, und so sehr ich ihr versichern möchte, dass mein Leben weitergeht – so sehr ich sie als »Publikum an der Theaterbühne meines Lebens« (wo habe ich das so oder so ähnlich gelesen?) vermisse –, Kundschafter auszuschicken passt nicht zu ihr, so diskret und rücksichtsvoll und unaufdringlich sie zeitlebens war.

Nein, die Rotkehlchen, sie sind weder Bot- noch Kundschafter noch wiedergeborene Repräsentanten ihres einstigen Daseins oder so etwas; sie sind einfach, was sie sind, und erinnern mich an meine Mutter, die ich bis auf den heutigen Tag, zwei Jahre nach ihrem Tod, vehement vermisse. (Wie schrieb doch Kollege W.B.: »Der Schmerz lässt nicht nach, er entfernt sich nur.«) Immer noch fährt mir ein Degen diametral durch Hirn und Herz, wenn ich mitten im Alltag unversehens der Ungeheuerlichkeit innewerde, dass sie tot ist; dass dieser so sehr geliebte Mensch nicht vorübergehend abwesend ist, sondern für immer verschwunden; dass diese Gefühlsfestung dem Erdboden gleichgemacht wurde.

Eine Fotografie aus schönen Zeiten, die die liebsten Menschen zeigt, doch in der Mitte klafft ein hässliches, scharfkantiges Loch; gez.: der Schnitter. Der Tod – wahrlich, er ist zum Kotzen.

*

In Hn. Letztes Augustwochenende 2017. Schützenfest. Sonntagmorgen.

Ich sitze im verwaisten Garten. Er ist immer noch schön. Die Basis, die meine Mutter gelegt hat, hält noch. Mein Vater trägt sein gar nicht so weniges Möglichstes zur Erhaltung bei, und meine Schwestern unterstützen ihn tatkräftig dabei (sowie ein professioneller Gärtner, den mein Vater sich aber nur für die wichtigsten Arbeiten leisten kann und will); meine Wenigkeit ist mal wieder die Fehlanzeige.

Ungeachtet unverkennbarer musischer Einflüsse besteht meine Stammfamilie aus handwerk- und hauswirtschaftlichen Fachleuten. Mein Vater war Klempner- und Installateurmeister, der Vater meiner Mutter hochgeschätzter Maurergeselle, der Vater meines Vaters Wasserwerker, beide Väter der Eltern meines Vaters Schmiede; die Mütter meiner Eltern waren in der Wolle gefärbte Hausfrauen, mit allen Wassern gewaschen, mit allen Kunstgriffen, Kniffen und Schlichen vertraut, abgesehen vom alltäglichen Brot-und-Butter-Geschäft zudem Virtuosinnen der Häkelei, Stickerei, Näherei, Einkocherei und so weiter und so fort.

Meine Mutter machte all das gern. Sie putzte gern, sie kochte gern, sie stopfte und bügelte gern und war auch gern allein, wenn mein Vater zum Musikmachen war, um ein paar Groschen dazuzuverdienen, damit dem ersten Sprössling beider Stammbäume, der es je aufs Gymnasium geschafft hatte, die teuren Schulbücher bezahlt werden konnten. Sie war von Herzen gern Hausfrau und Mutter, und sie war sehr gut darin – zumal angesichts der Tatsache, dass sie bereits in einem Alter Mutter wurde, in dem etwa ich noch nicht einmal für mich selbst die Verantwortung zu übernehmen in der Lage war. Das sollte ich erst etwa zehn Jahre später mühsam lernen. Und wem schob ich das dann in die Schuhe? Ihr natürlich.

Einer der Arbeitstitel, die ich für dieses Fragment vorgesehen hatte, lautete »Die letzte Hausfrau«. Aus zwei (paradoxerweise gegensätzlichen) Gründen kam der aber letztlich denn doch nicht infrage: Erstens würde er ihr wegen des Doppel*sinns* nicht gefallen. (»Letzte« im umgangssprachlichen Sinne von »schlechte«.) Und zweitens wegen der Doppel*bödigkeit*. Obwohl sie, wie gesagt, eine leidenschaftliche und geschickte, begabte Hausfrau (Putzfrau, Köchin, Erzieherin, Näherin, Strickerin, Gärtnerin, Dekorateurin, Innenarchitektin etc. pp.) war, hatte die gesellschaftliche Abwertung ihres Berufsbildes in ihrem Selbstwertgefühl Spuren hinterlassen. Während der Dreharbeiten zu einem WDR-Film über meines Vaters Geschichte als Kriegskind verwahrte sie sich schon weit im imaginären Vorfeld gegen etwaiges Ansinnen, sie als Hausmütterchen zu präsentieren. Einst hatte sie Goldschmiedin werden wollen, und an ihren schulischen Leistungen wäre es weiß Gott nicht gescheitert (bis heute spricht mein Vater mit Hochachtung und Bewunderung von ihren ausgezeichneten Zeugnissen); geworden ist sie aber Verkäuferin. Und zwar eine sehr gute, und nachdem sie uns Kinder großgezogen hatte, kehrte sie mit Freude auf Teilzeit ins Berufsleben zurück. Ihre Abteilungsleiterin schätzte sie nicht nur als versierte Verkaufskraft, sondern auch als kompetente Begleiterin auf Messen.

Ich sitze in dem dreiwandigen, offenen blauen Gartenhäuschen, das nach den Wunschvorstellungen meiner Mutter zu erbauen meinem Vater noch vor wenigen Jahren so viel Freude bereitet hat, und schaue nach wie vor in den Garten, der ihr so viel bedeutet hat. Rund sieben Jahre ist es her, dass ich mir von ihr habe die Namen ihrer Blumen und Staudenpflanzen nennen lassen, um sie für Beschreibungen verwenden zu können: Blauregen und Kriechspindel, Fuchsie und Island-Mohn, Rittersporn und Lichtnelke, Hortensie und Geranie, Schleierkraut und Spiree, Phlox und Ilex ... In einer der letzten Erinnerungen an sie sitzen wir drei da vorn auf dem Rasen, im Schatten der hohen Eiche, deren Stamm inzwischen fast gänzlich von Efeu überwuchert ist. Meine Mutter entsteint Kirschen im Akkord, um sie einwecken zu können. Ich habe ein paar Recherchetage eingelegt. An einem der Abende hat mein Vater mir einen Hochsitz am Rande der Schwinge-Wiesen gezeigt, auf dem ich eine Vollmond-Nacht verbringen will, um sie adäquat beschreiben zu können, und im Reflex die sogenannte Knagge herumgedreht. Somit bin ich in der hölzernen Kabine eingeschlossen gewesen. Mein Handy lag zu Haus. Glücklicherweise habe ich mich durch die Front-Schießscharte retten können. Eine lustige kleine Anekdote, die nun traurig ist.

Alles rund um dieses Haus ist traurig. Wenn ich die Eicheln auf dem Rasen sehe, die unsere Eiche jetzt schon, Ende August, abzuwerfen beginnt, denke ich nicht länger wie zuvor an jenes reinste Jungenglück damals, als ich bei stürmischem Wetter ein paar jener Früchte einsammelte, um sie alsdann in meinem gemütlichen Kinderzimmer als Fracht für die Rungenwagen meiner Märklin-Eisenbahn verwenden zu können. Heute muss ich vielmehr an den Eichel-Teppich denken, der sich auf der L-förmigen Zufahrt zum Carport gebildet hatte, nachdem wir erstmals nach dem Tod meiner Mutter zurückkehrten. Im Bestreben, meinem Vater anstrengende Arbeiten abzunehmen, begann ich, die Eicheln mit dem harten Besen zusammenzukehren. Nach wenigen Minuten wurde mir schwarz vor Augen. Der Stiel war für mich zu kurz und die halb gebückte Haltung für meine ramponierten Bandscheiben ungünstig. Mein Vater übernahm. Ein erneuter Beweis für meine Unbrauchbarkeit als Haus-und-Garten-Bewohner.

Hier geht eine Geschichte zu Ende. Der Garten ein Gedächtnispark, das Haus ein Museum.

*

Wieder daheim in O. Zwiesprache mit meiner Mutter: Ein Rotkehlchen sitzt auf der Verandabrüstung und dreht und wendet sein Köpfchen. Es ist noch jung. Noch ist die Brustfärbung eine perfekte Melange aus Hellbraun und Orange, unmöglich zu entscheiden, was davon eher. Mindestens zwei Minuten lang schauen wir uns aus zwei Metern Entfernung gegenseitig beim Anschauen zu; zwei, dreimal setzt es zum Abheben an, als wolle es doch lieber flüchten, schwingt sich dann aber ins Häuschen auf, um sich aus der von mir gerade frisch ausgestreuten Bodenschicht Sommerfutter ein paar der besten Körner herauszupicken.

Wenn es eine Ebene der Kommunikation mit unseren toten Liebsten geben sollte, dann sähe sie vielleicht so aus: Berührungen sind unmöglich, aber wir sind uns nahe. Das mangelnde Bewusstsein des einen lebendigen Organismus wird vom Entzücken des anderen wettgemacht, und immerhin nehmen sie einander wenn auch nicht als bewusste, so doch als lebendige Organismen wahr. Es ist ein kontemplatives, kompensatorisches, melancholisches poetisches Spiel – ein Spiel, das anflugsweise immer noch Züge von Verzweiflung annehmen kann.

Diese Form der Zwiesprache zwischen mir und meiner Mutter erscheint *gegenständlich* – es gibt ein Gegenüber –, im Gegensatz zu inneren Dialogen. Führe ich überhaupt innere Dialoge? Nein. Die Stimme meiner Mutter bleibt meistens stumm. Sobald ich aktiv versuche, sie zum Sprechen zu bringen, fühle ich mich wie ein Betrüger. Ich kann keine Annahmen darüber machen, was sie sagen würde – dafür hat sie mich zu oft überrascht. Was ich mit meiner Mutter zu reden hatte ab einem gewissen Zeitpunkt meiner Biografie als Sohn meiner Mutter, vermochte ich in der Sprache zweckentkernter Liebe mit ihr auszutauschen – im Grunde wortloser Sprache. Für mich war außer Gesten, Umarmungen, Neckereien das Wichtigste, dass ich in ihrem Bewusstsein als liebender Sohn präsent war, wessen ich mir zu ihren Lebzeiten stets einigermaßen sicher zu sein glaubte.

Jetzt, da sie tot ist, quält mich plötzlich ein Zweifel. Habe ich ihr wirklich deutlich genug gemacht, gezeigt, gesagt, wie sehr ich sie liebte? Wenn ich nichts mehr mit ihr zu besprechen hatte über die reine Liebe hinaus, musste das dann zwangsläufig auch für sie gelten? War ich ihr wirklich liebender Sohn genug, als sie über ihre zunehmenden Probleme klagte, ihre Gebrechen etwa; wann immer ich sie am Telefon fragte, ob es ihr gut gehe, bejahte sie das mit diesem typischen Doppelklang: Er konnte *Ja, mit Ausnahme der üblichen Zipperlein* bedeuten – oder *Nein, aber ich will dich damit nicht behelligen.* Im Gegensatz zur Klischeemutter meinte sie Letzteres wortwörtlich. Will eine Klischeemutter nur Widerspruch herausfordern, so konnte meine Mutter nur nicht besser lügen. Der Umstand an sich aber forderte meinen Widerspruch heraus, und ich versuchte hartnäckig nachzuhaken – vergeblich. Und ich werde eben das Gefühl nicht los, sie hätte vielleicht doch mit der Sprache herausgerückt, wenn ich ihr meine Hilfe überzeugender angeboten hätte. Wenn sie sich mit Fug und Recht etwas davon hätte versprechen dürfen.

Zwiesprache ...

Sie hatte mal gesagt, sie schwatze gar nicht allzu gern. Dennoch war sie keineswegs wortkarg oder gar maulfaul. Sie schwatzte nur nicht allzu gern. Sie war einfach keine allzu begabte Kaffeeklatschtante. Sie war eher schweigsam wie ihr Vater, aber wenn sie etwas zu sagen wusste, hielt sie damit keineswegs unbedingt hinterm Berg. So schön sie war, als mein Vater sich in sie verliebte, so schüchtern war sie auch, und nicht von ungefähr verliebte sie sich in den geselligen, gewandten Haudrauf mit der blonden Tolle und dem jungenhaften Charme. Sie hat mir mal erzählt, wie groß der Anteil meines Vaters daran war, dass sie sich über den Familienkreis hinaus zu öffnen lernte – einem Kreis befreundeter Paare aus dem Dorf, zum Beispiel. Ich entsinne mich noch gut. Auf dem Stubentisch Puschkin Vodka, Cocktailkirschen, Käseigel, Zigarettenspender, Biergläser mit Goldrand und Jagdmotiven – das ganze Sechzigerjahre-Dekor. Meine Schwestern und ich durften im Ehebett schlafen; unten dann das Bimbam der Türglocke; lautstarkes Bohei und das mitreißende Gelächter meines Vaters. Und das zurückhaltende, aber nicht minder herzliche meiner Mutter. Ein Herzensanliegen mit sofortiger Belohnung, sie zum Lachen zu bringen.

Wir hatten das Glück.

Zwei Briefe in die Zukunft

Ibbenbüren, den 23.11.1997

An
Lisa Wacholdt
Eulenstieg 15
49477 Ibbenbüren

Hi Lisa!
Na, hast Du den Brief nicht vergessen?
Oder bist Du gerade zu neugierig und konntest die 20 Jahre
nicht abwarten?
Lebe ich noch?
Wenn Du es wirklich geschafft / nicht vergessen haben solltest,
den Brief aufzubewahren, dann ist heute der 23.11.2017.
Wahnsinn!
Ich weiß vielleicht gar nicht, wo Du gerade bist, wie Du
aussiehst, wie Du lebst. Vielleicht liest Du den Brief ja Deinen
Kindern vor, vielleicht war Dein Mann die ganzen Jahre über
eifersüchtig, weil Du diesen Brief noch aufbewahrst.
Oder Du bist völlig verbittert oder verzweifelt, vielleicht ja
auch glücklich allein, oder, oder, oder.
Erinnerst Du Dich überhaupt noch an mich? Also, ich bin
Daniel Tontow, und wir sind zusammen zur Schule gegangen.

Vorgestern (21.11.1997) hast Du Dich gefragt, ob wir uns in 20 Jahren wohl noch kennen. Tja, ich weiß es nicht. Jedenfalls habe ich dann beschlossen, Dir diesen Brief zu schreiben. Ich fände es wahnsinnig interessant, wenn das wirklich geklappt hat ...

Wie blöd, daß ich Dir nicht jetzt schon sagen kann, wo ich mich in 20 Jahren aufhalten werde, sonst könntest Du ja mal anrufen (wenn man das dann noch tut).

Mein Gott – 20 Jahre! Du bist jetzt 38, und ich habe nicht die leiseste Ahnung, wie die Welt in 20 Jahren sein wird. Vielleicht gibt es jetzt ein vereintes Europa und unvorstellbare Computer – vielleicht auch gar nichts mehr ...

Was soll ich noch schreiben? Was hat ein 17jähriger einer erwachsenen Frau schon zu sagen?

Was für eine seltsam bekloppte Idee! Da fällt mir ein: Ob sich die Rechtschreibe-Reform wohl schon durchgesetzt hat?

Kannst Du Dich noch an Herrn Grohnde erinnern? Vielleicht sollten wir ihn mal besuchen.

Bist Du immer noch so vergeßlich?

Irgendwie ist der Brief ziemlich wirr geworden. Am besten höre ich jetzt auf, mir fällt eh nichts mehr ein. Was soll ich schließlich schreiben?

Also dann,
bis bald (?)

Daniel Tontow

P.S.: Wenn ich nicht gestorben bin, habe ich bald Geburtstag (5.12.2017)!

Berlin-Prenzlauer Berg, 27. 11. 2017
Daniel Tontow
Ziegelstr. 2a
49088 Osnabrück

Lieber Daniel!
Ist jetzt wirklich der 27.11.2037? Bin ich 58 und du 57 Jahre
alt? Mit andern Worten: leben wir noch?
Voll krass! (Sagt man das überhaupt noch, auch in unserem
Alter?)
»Wahnsinn«, hast du in deinem Brief geschrieben. Ja, seit
Tagen und Wochen hatte ich ziemlich gemischte Gefühle,
wenn ich an deinen Brief dachte ... (Den ich – unfassbar!!! –
tatsächlich bis auf den heutigen Tag aufbewahrt habe. Jedes
Mal von der Pinnwand genommen und in die Dokumenten-
mappe gelegt. Als ich von Ibbenbüren nach Marburg zog, von
Marburg nach Münster, von Münster nach Bremen, von Bre-
men nach Ibbenbüren und von Ibbenbüren nach Berlin. Und
das, obwohl ich tatsächlich »immer noch so vergesslich« bin!!)
Gemischte Gefühle, weil ich 1. Schiss hatte, dass du dir einen
Scherz mit mir erlaubt hast damals und in dem Brief nur
Blödsinn steht; du 2. ja selber bei unseren seltenen Begegnun-
gen in den letzten zehn Jahren sagtest, du wüsstest nicht mehr,
was drin steht (konnte es dann nicht nur Blödsinn sein?!);
ich 3. nach all der langen Zeit ja eigentlich bloß enttäuscht
werden konnte – 20 Jahre Spannungsaufbau, wie soll das ein
Inhalt je einlösen?? Und 4. war ich schon im Voraus traurig,
dass alles vorbei sein würde – ich meine, 20 Jahre lang guckt
man immer mal wieder auf das Datum, und dann rückt
es immer näher und wird immer konkreter, und dann ist es
plötzlich ruck, zuck vorbei!

Na ja, jedenfalls, vergangenen Donnerstag hab ich mir einen Rotwein aufgemacht und eine Kerze angezündet (aber keine Zigarette: aufgegeben vor 101 Tagen) und deinen Brief von 1997 geöffnet. Was soll ich sagen? Es war einfach toll. Hatte einen schwer beschreiblichen Zauber! (Mein Lieblingssatz übrigens: »Was hat ein 17-jähriger einer erwachsenen Frau schon zu sagen.«) Ganz kurz hatte ich das Gefühl, in beiden Zeiten gleichzeitig zu sein. Das war sehr seltsam. Und im Rückblick kam mir 1997 zwar lange her vor, aber doch nicht so lange her, wie 2037 noch hin ist.

Ich meine: nicht, dass es so unvorstellbar wäre, 58 zu werden. Mein Vater ist ja in dem Alter. Er wird im Dezember gar 60 bzw. in diesem Dezember hoffentlich 80!

Ich hoffe außerdem, du hast mittlerweile aufgehört zu rauchen, damit die Wahrscheinlichkeit, dass wir auch jetzt noch Kontakt haben, deutlich erhöht ist. (Ich hab vor 101 Tagen aufgehört. Dann sind das jetzt ... Ach nee, Mathe kann ich immer noch nicht. Jedenfalls sehr viele Tage. Es sei denn, ich habe aus schrecklichen Gründen wieder angefangen.)

In deinem Brief fragst du dich, wie wohl die Computer heutzutage sind – nun ja, diesen Text diktiere ich in ein Handy! Noch sind die Sprachprogramme ganz schön fehlerhaft, allerdings. Und ich wollte eigentlich noch ein Bild von mir einfügen, aber irgendwie funzt das nicht, oder ich bin zu blöd. Mich an dein 57-jähriges Ich zu wenden, fällt mir nicht so schwer, wie es dir als 17-Jährigem gefallen zu sein scheint, dich an mein 38-jähriges Ich zu wenden. Damals dachten wir vielleicht, dass wir mit 37/38 doch ganz anders sein müssten als mit 17. Was wahrscheinlich bloß bedingt stimmt. Ich glaube zwar, dass ich mit 17 umfassend anders getickt habe, bin mir aber manchmal unsicher, wie viel doch gleich geblieben ist und wie sehr ich meine eigene Entwicklung überschätze. Du kommst mir bisher schon noch vor wie »ganz der Alte«. Du schienst immer schon so sicher in deiner Unangepasstheit. Angeblich spitzt sich der Charakter im Laufe der Jahre nämlich noch zu. Studien zufolge gibt es größere Persönlichkeitsunterschiede innerhalb der Kohorte der 58-Jährigen als unter 38-Jährigen, und unter denen immer noch viel mehr als unter den 18-Jährigen. Weil man zunehmend mehr individuelle Entscheidungen treffen konnte oder musste, welche zu unterschiedlichen Umwelten führen, die immer spezifischer auf den Charakter zugeschnitten sind bzw. einwirken. Damals hatten wir alle die gleiche Umwelt: Schule. Aber Jordis Probst und Marcus Stephan z.B. sind jetzt eben nur noch in Arzt- bzw. Immobilienmakler-Kreisen unterwegs. Warum auch immer mir gerade die beiden jetzt einfallen. Optisch jedenfalls fängt vielleicht langsam das Stadium an: »Toll, man erkennt sich noch!« Von 17 bis 37 wird man zwar älter, aber die grundsätzliche Form bleibt ja erhalten. Die dürfte nun allmählich an der einen oder anderen Stelle nachlassen. Oder gibt es mittlerweile ein Mittel gegens Älterwerden, das man standardmäßig nimmt? So wie in einem gruseligen Roman von Karen Duve, den ich neulich gelesen habe?

Älterwerden war wahrscheinlich zu allen Zeiten unbeliebt, aber in den heutigen narzisstischen Zeiten scheint es wirklich das Schlimmste überhaupt zu sein. Schlimmer offenbar als der drohende Weltuntergang. Was es wohl mittlerweile für krasse Schönheits-OPs gibt? Ob ich selbst eine gemacht habe?! <u>Du</u> hast das jedenfalls <u>nicht</u> getan, da bin ich sicher. Sind die Leute immer noch so neurotisch, was das Älterwerden betrifft?

Vor allem die Frauen? Überhaupt, wie hat sich wohl die ganze
Genderfrage entwickelt? Das Wort »Gendermainstreaming«
habe ich ja erstmalig vor ca. 15 Jahren in _deiner_ WG mit so
einem Typen diskutiert, Basti oder so. »Ob ich einen Penis
habe oder nicht, macht keinen Unterschied!« Also: _gar_ keinen
Unterschied – weder sexuelle Präferenzen geschweige denn
Verhalten werden durch das biologische Geschlecht bedingt
(alles nur Umwelt). Sagte Basti. Ich fand den aber komplett
bescheuert und habe umso mehr biologische bis biologistische
Gegenargumente gebracht. Mittlerweile habe ich dazu eine
differenziertere Einstellung, hurra! Falls AfD und Co. an die
Macht gekommen sind, dürfte es allerdings weitere Rück-
schritte bezüglich feministischer Ideen gegeben haben. Oder
gab es doch eine Revolution? Was ist aus Trump geworden? Ist
er umgebracht worden? Wäre / ist das besser? Und Erdogan?
Gruselig ...
Wir beide haben keine Kinder, und wahrscheinlich ist das
auch jetzt noch der Fall. Du warst ja schon immer überzeugt
davon, und ich bin langsam zu dieser Überzeugung gekom-
men. Und da müsste sich schon sehr viel verändern, damit
ich plötzlich anders darüber denken würde, und da ich schon
38 bin, ist das nicht sehr wahrscheinlich – beziehungsweise,
wenn ich in zehn Jahren drauf komme, zu spät. Manchmal
habe ich Sorge, dass ich diese Entscheidung bereue, obwohl ich
eigentlich sehr sicher bin, dass sie zu mir passt, und seit dieser
Entscheidung auch andauernd froh darüber, ein anderes
Leben führen zu können als die Leute mit Kindern. Allein das
Reisen! Ich war in Süd- und Westafrika, in Nord-, Süd- und
Mittelamerika, in der Antarktis, in x europäischen Ländern
und in Neuseeland und auf den Seychellen und hab noch
lange nicht die Nase voll davon! Ich liebe meine Neffen und

bin eine gute Tante. Aber das ist eben auch was ganz anderes – und für mich so sehr viel besser.

Ich bin gespannt, heute Abend (d.h. 2017) bei dir einen Einblick in dein Leben zu bekommen. Weil wir zwar Kontakt gehalten haben über die Jahre, uns aber seit ca. zehn Jahren doch immer nur kurz gesehen haben, und das auf einer Party oder so. Liegt wohl auch an meiner Herumreiserei. Dieses Jahr wird Alex heiraten (ausgerechnet! Du erinnerst dich an Alexander Cara?); mit dem hast du aber kaum Kontakt, soweit ich weiß. Deshalb bist du wahrscheinlich nicht eingeladen. Jedenfalls möchte er das Ding jetzt durchziehen mit Haus und Frau und Baum und Kind und so weiter. Er hat sie übrigens durch eine Internetvermittlung kennengelernt! Wahrscheinlich macht man das heute nur noch so?

Ich weiß auch nicht, wann hat das eigentlich angefangen, dass die Jubiläen fetter werden? Vor neun Jahren das Abi-Treffen (10-jähriges), das ging ja noch. (Wirst du 2018 hingegangen sein? Wird es überhaupt wieder eins gegeben haben? Wer hatte es letztes Mal eigentlich organisiert?) Vor sechs Jahren hab ich mit meiner Kommilitonin Swantje (kennst du, glaub ich, nicht) aber Silberfreundschaft (!) gefeiert! Ostern 1986 waren wir uns erstmalig auf Töwerland begegnet. Wir haben's richtig schön begangen, direkt auf der Insel.

Je älter man wird, desto weniger Freiheitsgrade für die Gestaltung des Lebens ergeben sich, das merkt man ja jetzt schon. Ich bin seit elf Jahren freiberufliche Journalistin, ein hartes Brot. Trotzdem ist die Wahrscheinlichkeit, dass ich noch einmal etwas ganz anderes mache, doch eher gering. Zum Glück verdient Thorben ganz gut. Wir haben zwar getrennte Kassen, aber die relative Sicherheit im Hintergrund ist nicht zu unterschätzen. Und wenn wir uns mal was gönnen wollen, lädt er mich ein. Und du, hast du immer noch deine Stelle bei den Stadtwerken? Ich versuche allerdings, »nebenbei« einen Reiseroman zu schreiben. Cool, oder? Wie liest man wohl heutzutage? Wenn überhaupt? Haben sich die analogen Bücher gehalten? Und wie sehen die Handys aus? Die Computer der Zukunft machen mir eher Angst, zum Beispiel, wenn ich an Bots denke. Postfaktische Zeiten. Postfaktisch war das Wort des Jahres 2016. Facebook, Twitter? Alles noch am Start? Meines Wissens bist du ja nirgends angemeldet, das werde ich gleich mal prüfen.

In ein paar Stunden lerne ich auch deine Freundin kennen und die Katze, die sehr alte Katze. Oder war es ein Kater? Jedenfalls weiß ich leider gerade den Namen nicht. Vom Kater nicht, aber auch von deiner Freundin nicht. Interessante Frauen hattest du jedenfalls immer am Start. So viel weiß ich noch! Und du musstest nicht danach suchen. Sind dir quasi immer so zugelaufen ☺! Setzt man eigentlich immer noch Emoticons?

Hoffentlich gibt es die zivilisierte Welt überhaupt noch. Im Moment sieht es ja eher so mittel aus. Schlechter als 1997, frage ich mich gerade? Ja, ich denke schon. Rechtsruck, Flüchtlinge, Terror – gab es damals auch, nun sind wir nur näher dran. Vor rund einem Jahr erlebten wir ja den ersten größeren IS-Terroranschlag hier (falls bei dir in Vergessenheit geraten: da ist ein Lkw in einen Charlottenburger Weihnachtsmarkt gerast). Was es wohl mittlerweile für fürchterliche Anschläge gegeben hat? AKW? O Gott. Na, unsere werden ja immerhin sukzessive abgeschaltet. Falls es dabei bleibt.

Und Europa zersplittert immer mehr, und sogar der eigene Fernseher begeht Lauschangriffe aufs Individuum, und hinsichtlich der ökologischen Entwicklung gibt es auch wenig Hoffnung, und so weiter. Allein der ganze Plastikmüll im Meer! Neulich hab ich ein Feature über diesen Mikroplastikschrott gehört, was allein der Reifen- und Schuhsohlen(!)-abrieb anrichtet! Und das Atombombenarsenal in zunehmend komplexer Weltlage ... nie hätte ich gedacht, je konkrete Angst kriegen zu müssen, doch noch persönlich einen Krieg miterleben zu müssen ... Aber vielleicht ist ja irgendein Wunder geschehen oder so. Ich tu auch zu wenig für eine bessere Welt. Oder? Na. Schauen wir mal, wie unsere Bilanz 2037 aussieht. So! Das ist jetzt alles nicht so repräsentativ, ich könnte natürlich noch viel mehr schreiben. Aber das war eigentlich ja auch gar nicht der Plan. Sondern? Hm. Jedenfalls: Ich habe keine Zeit mehr. Muss gleich duschen, damit ich pünktlich zum Zug komme, damit wir unsere Verabredung einhalten können, damit ich dir diesen Brief überreichen kann. Bin gespannt, ob auch du ihn über 20 Jahre aufbewahren wirst.

Mit besten Hoffnungen und Wünschen aus den unsicheren Zeiten des Jahres 2017 verabschiedet sich einstweilen
Deine Lisa

P.S.: Kannst DU dich noch an unsere Listen erinnern, die wir im Unterricht von Herrn Brosamer immer geführt haben? Der sprach die Buchstabenkombination »nf« doch immer als »mpf« aus. Folgende Beispiele weiß ich noch genau: Sempf, Hampf, sampft, umpfertig, Ampfang, Remmpferd.
SO WAS kann ich mir merken! Krass, oder?

Hüli mit Füll

»Okay, ist nicht Harvestehude oder Blankenese hier – aber auch ganz schön gediegen«, raunt Röver aus dem Fond, nachdem Darja in den Robinienredder eingebogen ist.

»Aber echt«, sagt Darja. »Krass.«

»Na ja«, sagt Büttner lahm. Verantwortlich immer noch der Katzenjammer, wiewohl er allmählich schwindet. Und die Schwüle, die der Fahrtwind kaum hat lindern können. Amseln pfeifen ihm spitz ins Ohr.

»Wie, ›na ja‹?«, versetzt Röver aus dem Fond. »Eischer architektonischer Mix! Einerseits diese modernen kubistischen Einfamilienhäuschen mit diesen typischen Teflonfassaden, andererseits so hübsche historistische kleine Stadtvillen ... Professionell gepflegte Vorgärten, milieugeschütztes Kopfsteinpflaster, fast so breit wie in Berlin ... Und all die strotzenden Robinien und so weiter, und guck mal, wie viele freie Parkplätze, und das am Samstagabend, mitten in Hamburg! Klar: weil die fast alle Garagen im Keller haben und hier kein Publikums–«

»Na, ›mitten‹ in Hamburg ist ja wohl übertrieben. Und sind das nicht Eschen? Ebereschen?«

»Verdammt. Verdammt, die haben mal wieder Scheiße gebaut, die da oben. Das muss hier Ebereschenredder heißen.«

Darja kichert.

»Was gackerst du denn, du Kücken!« Da kommt denn doch selbst ein *verkaterter* Büttner aus'm Quark. »Du Quiddje, du!« Er zwickt sie ins feuchte Ohrläppchen, und für diesen neuesten fälligen Eintrag in die Liste seiner Onkelhaftigkeiten möchte er sich gleich wieder eine Kugel in die ergrauende Schläfe schießen.

Oder womöglich lieber in die noch pur dunkelblonde von Darjas Vater? An Viktor (47) muss Büttner (49) seit der gestrigen erstmaligen Begegnung nämlich ständig denken. Vor diesem Klischeerussen empfindet er, Büttner – Dr. phil. Philipp Büttner –, klischeehafte Russen-Angst, da kann jener quadratschädelige, Wodka wie Wasser saufende Wjatitschenhäuptling seinen Puschkin noch so zivilisiert daherdeklamieren. Angst und, übrigens, Abscheu. Nichts gegen gesunden Machismo (bewahre!), doch all diese Witzelei, Abklatscherei und augenzwinkernde Verbrüderungswut wird, wenn du Büttner fragst, von ein und demselben Motiv gespeist: Inzest. *Okay, du altärr Sack fieckst meinä bluutjuungä Tochtärr (24). Aberr nurr, weil angebbliech niecht iech darrf, okay?*

Als hätte es einer Bekräftigung des Entschlusses bedurft, sich am heutigen Abend gleich wieder zu besaufen. Als hätte er nicht ohnedies seit der Einladung zu diesem Gartenfest getagträumt, sich ebenda danebenzubenehmen. Vor allem, weil eigentlich nicht er, sondern Röver eingeladen ist. Den anstelle seiner verreisten Gitta nun Büttner begleitet. Der gatsbyhafte Tenor der Einladung erlaube das. Ferner meint Röver herausgehört zu haben, Büttner wiederum dürfe gern eine Darja mit sich führen.

Und zwar, so denkt sich wiederum Büttner: wie eine

Trophäe, nein: wie eine Waffe ... In seinen Tagträumen hat er sich an der Farce von Neid und Verachtung ergötzt, die sich in Veit Rosarius' Visage abspielt, sobald er Darja erblickt, wittert, lauscht, ihre zarten, saftigen Schenkel, ihr Sucht und Sehnsucht und Wahnsinn triggerndes Parfüm und den Porno-Appeal ihres slawischen Zungenschlags. Denn seit Studienzeiten tummelt sich der Gastgeber auf Büttners langer Liste der unerlösten Racheschwüre, zugegebenermaßen ganz unten. Seit Beginn des diesjährigen Bücherfrühlings jedoch hat er sich bis auf Rang 2 emporgearbeitet – analog zur SPIEGEL-Bestsellerliste Belletristik (*Doctor amoris causa*. Rosarius, Veit. Edition Van Huis. 19,90 Euro).

Seiner *hidden agenda* entsprechend hat Büttner Darja zu zwei Dingen überredet: erstens, ihr Kleid mit dem Mondrian-Muster anzuziehen. (Nicht wegen scheiß Mondrian, sondern weil hauteng und aggressiv kurz.) Zweitens, bereits auf dem Hinweg das Steuer zu übernehmen, damit sie sich an sein Auto gewöhne. Um Büttners Bus-und-Bahn-Phobie weiß Röver, Darja nicht. Ihr hat Büttner irgend einen Quatsch erzählt. Entsinnt sich selbst nicht mehr, was für einen, und da Darja nach fast einem Jahr »immer noch so verknallt« ist »wie am ersten Tag« und sich im Gegensatz zu ihrem Pappowitsch aus Alkohol nicht viel macht, hat sie »okay« gesagt. Allerdings angeblich »vorschnell«, weil angeblich »aufgeregt wegen all der interessanten Leute«, die zu erwarten seien. Büttner aber hat sie mit vergifteter Engelszunge betäubt.

»... und BMWs und weiße Q8 und schwarze SUVs«, raunt Röver unbeirrt, im Stile eines *embedded journalist* aus dem Fondfenster spähend, »und markentreue biodeutsche

Thirtysomethings, die ihre einskommadrei Kinder übers stets gefegte Trottoir schieben, und wenn hier so jemand wie die da mit Hüftgold unterm *kik*-Shirt einhergeschlingert kommt, kannst du sicher sein, das ist 'ne billige Perle.« Zum wie vielten Male wohl bewundert Büttner seinen Kollegen und einzigen Freund für dieses unwiderstehliche Talent, Beobachtungsgabe aus dem Stegreif mit Beredtsamkeit zu paaren?

»Ihr seid vielleicht drauf«, sagt Darja. »Welche Nummer?«

»Spießig«, sagt Büttner. »Mir wär's zu spießig hier. Welche Nummer?«, fragt er und dreht sich zu Röver. Der beginnt, auf seinem iPhone herumzuwischen.

Nummer 79 ist eine cremefarbene Jugendstilvilla mit Bogenfenstern und Erkerchen sowie Tympanon überm Eingang. Der laminierte Hinweis auf die Party, im Vorgärtchen aufgepflockt, wäre nicht nötig gewesen, schallt den Neuankömmlingen doch das Geschnatter und Gegacker durch das geöffnete Tor in einem zurückgesetzten Mäuerchen entgegen, das dieses Haus mit dem daneben verbindet. Dergestalt abgeschottet, erstreckt sich der Rasen, tiefer als breit, bis zu einem Gerätehäuschen nebst Veranda, von denen allerdings nur First und Pergola zu sehen sind. All die teils *casual*, teils elegant, aber stets leicht bekleideten Stehgrüppchen ballen sich zwischen gutnachbarschaftlich niedrigen Buchsbaumhecken, Koniferen und blühenden Rabatten. Über den Köpfen steigt Grillrauch in den verschleierten Himmel. Die seit Tagen herrschende Schwüle, hier verdichtet sie sich geradezu gebärmütterlich.

Büttner und Darja bleiben gleich am Rande stecken.

»Irgendwo dahinten muss er sein. Ich kämpf mich mal zu ihm durch«, sagt Röver, »und bring' Bier mit. Darja?«

»Wasser, bitte. Einfach Wasser. Danke!« Schutzsuchend legt sie den Arm um Büttners Hüfte. Sofort wird die Druckstelle feucht. Wie gewohnt versucht Büttner, die Blicke der Umstehenden zugleich zu ignorieren und zu genießen.

Bisher hat er noch nicht ein einziges bekanntes Gesicht entdeckt. »... Implikationen für Marx' Mehrwert«, vernimmt er eine eklig sympathieheischende Stimme von links; »und ich kann dir auch keinen verminderten Septakkord erklären oder das Lacan'sche Objekt klein a oder die Relativitätstheorie oder ...« Und aus einem ganz anderen Grüppchen ein bulliger Bariton, wahrscheinlich ein Nachbar, ein Ureinwohner: »Fatzinier'nd. *Ich* komm dabei immär inne Petrouille!«

»Fühl mal, meine Hände sind ganz feucht«, wispert Darja.

»Nur deine Hände?« knurrt Büttner, und sofort hasst er sich dafür, und zwar mit Inbrunst. Vielleicht, weil er erstmalig gewärtigt, dass er ihr neuerdings des Öfteren mit derlei Plumpheiten auf den Wecker fällt. Und sich selbst. Seit er arbeitslos ist – zum zweiten Mal in seiner Laufbahn, und schlechterdings womöglich zum letzten Mal –, denkt er von morgens bis abends an Darjas Siebensachen. Eine seiner Exen hat das »soziopathischen Priapismus« genannt. Psychologin.

Prompt stöhnt Darja auf, drückt ihm aber gleich wieder die Hand. Will sich hier offenbar keine Missstimmung leisten. Außerdem, so sagt Büttner sich mit wohlbemessenem Selbstwertgefühl –: hat nicht Darjas Vorgängerin sehr wohl, auch jenseits der Periode, einen Tampon benützen müssen, damit sie ihre dünne weiße Leinenhose zum Ausgehen risikolos tragen konnte?

Erneutes Wispern, heiß in seiner ohnehin verschwiemelten Ohrmuschel: »Ist das nicht – Henner Günther Hirschfeld?« Sie verstärkt den Druck ihrer nassen Hand, sackt einen Dezimeter in die Knie wie ein Backfisch und versucht grimassierend, Büttners Blick mit dem ihren zu lenken. »Wo? Der Arsch«, knurrt Büttner, und obwohl gegen einen Henner Günther Hirschfeld überhaupt gar nichts vorliegt, und obwohl auch Büttner persönlich gar nichts gegen einen Henner Günther Hirschfeld hat und im Gegenteil früher nichts lieber getan hätte, als ihm seine gesammelten Exemplare des *Hornberger Zyklus* zur Signatur vorzulegen, überwältigt ihn plötzlich universelle Abgespanntheit. Jäh bereut er seinen Racheplan, der ihn in diesen schwülen Garten geführt hat. Bereut, der Versuchung nachgegeben zu haben, en passant Darja mit Kulturpromi-Kontakten zweiten und dritten Grades zu imponieren. Und bereut, nicht in seiner kühlen Wohnung verblieben zu sein, um Darja nach einem leichten Abendimbiss, bei einem schönen Sancerre, in aller Gemütsruhe auf seinem behaglichen weißen Sofa die sogenannte Arabische Brille aufzusetzen. Das wäre Anstrengung genug gewesen, zum Kuckuck. Von ferne meint er Viktors Zustimmung zu vernehmen.

Doch dann spielt ihm das Schicksal in die Hände, indem es von dem zwischen anderen *talking heads* silbrig und gülden hindurchschimmernden Henner Günther Hirschfeld (53) ablenkt. »Ach du Schande«, knurrt Büttner, »was will denn *die* Schlampe hier!«

Dr. Catrin Moormeyer (47) nämlich, Dermatologin,

Bestsellerautorin und vor allem liebende Gattin vom Chef der *Hamburger Expresszeitung*. Unverkennbar, sie ist es. Hört einem frühreifen 16-Jährigen zu (Rosarius' Sohn?) und steht, gelungene Simulation sympathischer Bescheidenheit, einfach so da. Hat man nicht grad was gegen teuren Zwirn und Leder, bietet sie keinerlei Angriffsfläche. Sieht sehr gut aus; selbst ihre Augen wirken nahezu warmherzig. Und doch stimmt etwas ganz entschieden nicht mit ihr. Aber was? Eine Art auratisches Pendant zu Mundgeruch oder so? Jeder, der für fünf Cent Grips besitzt, durchschaut, wie niederträchtig diese Frau im Innersten ist. Charakterlich unterste Schublade, moralisch vollkommen verkommen.

Äußerlich kalt wie Hundeschnauze, erzählt Büttner Darja, wie er diese Moormeyer einmal in einem Klatschmagazin von RTL gesehen hat. Dabei klopft sein Puls durchaus ein bisschen heftiger: wegen ihrer bloßen Anwesenheit, vor allem aber, weil er Mithörer riskiert. Allerdings ist er es seinem Selbstverständnis schuldig, die Stimme nicht *unter* Verschlagenheitsniveau zu senken. »Das war zu der Zeit, als Pete Doherty – ist der dir –«

»Babyshambles. Libertines. Cool, 'türlich.«

»– als der mit Kate Moss das Skandalpärchen schlechthin abgab, Heroin-Chic, Alk ohne Ende und so, und die Society-Expertinnen sich ständig das Chanel-Kostümchen besabberten, wenn sie darüber meditierten, was die göttingleiche Kate Moss wohl bloß an diesem fiesen kleinen Rüpel finden mochte und so. Nur, um es an dieser Stelle festzuhalten: ein sehr guter Musiker, ein Poet, ein talentierter Künstler durch und durch.«

»Aber hallo! Krass.«

»Zu der Zeit war das, und da wurde einmal also auch Frau Dr. Catrin Moormeyer um ihre fachliche Meinung gebeten. Und ließ sich natürlich keineswegs lumpen. Und sagte, indem sie sich so ganz ›subtil‹« – Büttner kratzt Gänsefüßchen in die dicke Luft –, »aber sichtlich graulte: ›Ja, das versteh ich auch nicht; bei dem hat man ja das Gefühl, ihn erst mal entlausen zu müssen ...!‹«

»Waaas?!«

Befriedigt nimmt Büttner Darjas Empörung zur Kenntnis. »Und das, wohlgemerkt«, ergänzt er, »sagt die Gattin des fettigsten, lausigsten Typen der westlichen Hemisphäre! ... Dass die hier ohne Bodyguard – nee, das da wird er wohl sein.«

»Wo?«

»Nicht so hinstarren. Der Typ, der als Einziger bei der Hitze Jackett trägt. Hu! Irre, der hat unseren Blick über die Entfernung bemerkt! Vollprofi.« Büttner gibt einen Laut abgeklärten Weltekels von sich. Nun geht es ihm schon besser, und wie gerufen kehrt auch Röver zurück, inklusive Zaubertrank. »Prost! Veit freut sich, dich zu sehen.«

»Quatsch«, entfährt es Büttner. Doch woher dieser Anflug liebedienerischer Erleichterung? Er ärgert sich. Die Hitze, die Hitze.

»Doch, hat er glaubwürdig gesagt. Woher kennt ihr euch eigentlich?«

»Puh, aus'm Studium. Und kennen ist viel zuviel gesagt.«

»Und warum hast du dann einen Rochus auf ihn?«

»Ich, Rochus? Wieso Rochus ...«

»Na, was. Ich kenn dich doch. Mensch Büttner, wenn *du* jemanden gefressen hast, dann merk ich das an deiner Einsilbigkeit, wenn von demjenigen die Rede ist. Verkauf mich nicht für blöd.« Die unausgesprochene Frage lautet natürlich: Was zum Teufel willst du denn dann eigentlich hier?

»Ach wo! Da war nur, da war gar nix. Aber dass der sich jetzt *freut*, mich zu sehen – da gibt's aber auch wieder keinen Grund für.«

In der Tat, da ist gar nichts gewesen.

Vor über zwanzig Jahren, zweiundzwanzig, dreiundzwanzig Jahren, hockten er, Philipp Büttner, und er, Veit Rosarius, zu vorgerückter Stunde auf dem bloßen Dielenboden irgendeiner WG irgendwo im Grindelviertel. Sie kannten sich – auch wenn sie kaum miteinander gesprochen hatten – aus einem sechzig-, siebzigköpfigen Seminar über Schnitzlers Reigen. Auf jener öden, sturen Studentenfete hatte Veit ihn um ein Zigarillo angeschnorrt.

Es hatte sich um Büttners dritten oder vierten Versuch gehandelt, sich das Zigarettenrauchen abzugewöhnen, diesmal vermittels Zigarillorauchens. In Eimsbüttel gab es einen pittoresken Souterrain-Laden, den ein wahrer Fex betrieb, und die am besten schmeckenden Tabake waren, wenig überraschend, auch die teuersten. Ein Zigarillo kostete eine Mark zehn oder so, und fünf Stück pro Tag genehmigte er sich. Außer auf Feiern, dort die doppelte Menge. Immer noch billiger als zwei Schachteln Camel ohne pro Tag, und erheblich weniger schädlich.

Lästig war, dass häufig irgendein Hans oder Franz meinte, ihn um ein Zigarillo anschnorren zu dürfen, »nur mal probieren, zur Abwechslung«. Meist kam Büttner der nassforschen Bitte schweigend nach; Geiz passte nicht in sein Selbstbild, obwohl er trotz BAföG-Höchstsatzes gezwungen war zu kellnern. Morgens befüllte er aus seinem stationären Zigarillokistchen das hübsche antiquierte Etui,

Erbstück von seinem Großvater, der es von *seinem* Großvater geerbt hatte. Genau zehn Stück passten hinein; eine
selbstdisziplinarische Maßnahme. Und als Veit Büttner
fragte, waren nur noch zwei übrig – es war, wie gesagt, spät
in der Nacht –, und die brauchte Büttner selbst. Und zwar,
weil er im Begriff war, eine allerletzte Attacke auf diese
enorm ordinäre BWLerin zu reiten (rosa Nägel!), an die er
sich – wie an die allermeisten seiner Eroberungen – bis
heute erinnert: Die Doppelkerbe zwischen den Augenbrau-
en und die Philtron-Kerbe wirkten, so dachte er damals
und hat es nie vergessen, wie Anführungszeichen für die
schiefe Nase. Allein, dass die sich in die Höhle der post-
feministischen, -strukturalistischen und -blablaistischen
LöwInnen getraut hatte, machte ihn scharf. Zu schweigen
von dem Ruf, den er sich als Freier einer solchen Schnepfe
bei seinen öden, sturen Kommilitoninnen und Kommilito-
nen erwirtschaften würde.

Der dergestalt induzierte Zigarillobedarf war einem Veit
Rosarius also schwer zu vermitteln, und deshalb versuchte
Büttner es gar nicht erst, sondern verzettelte sich in einer
Ausflucht, die nach Geiz müffelte. Und anstatt Einsicht
wenigstens zu heucheln, rümpfte Veit Rosarius die Nase.

Das war auch schon alles. Wann immer sie sich in den
darauffolgenden zweiundzwanzig, dreiundzwanzig Jahren begegneten – bei einer Premiere im Schauspielhaus,
einem Poetry Slam im Uebel + Gefährlich, auf irgendeiner
Privatparty oder am Rande eines Konzerts von Morrissey
(und in den letzten Jahren natürlich in der Kantine des
Verlagshauses) –, taten sie so, als wären sie sich nie zuvor
begegnet.

Nicht, dass sie außerdem so taten, als wüssten sie nicht,

wer der jeweils andere sei. Der Unterschied zeigte sich an der gleich bleibenden Qualität des jeweils einmalig erfolgenden, bemüht neutralen Augenkontakts. Anhand der gelegentlichen Lektüre von Branchendiensten und Impressen Hamburger Presseerzeugnisse verfolgte Büttner über die Jahre Rosarius' Karriere – vom freien Mitarbeiter bei *Szene Hamburg* über feste Redakteursanstellungen bei stets eine Stufe renommierteren Magazinen bis hin zum stellvertretenden Chefredakteur von, nun ja, immerhin *basta*. Und er ging davon aus, dass Rosarius es ähnlich hielt. Da Büttner nach dem Magisterexamen noch die Promotion eingeschoben hatte – aufgrund einer Mischung aus intrinsischer Motivation und uncooler Titelgeilheit (und, o Gott: weil es Queen Mum so freute!) –, holte er Rosarius' Vorsprung nie auf. Zumal er ein-, zweimal aufs falsche Pferd setzte. Und sein erotischer Ehrgeiz seinen beruflichen sowieso seit jeher überflügelte, ja unterminierte. Und zu guter Letzt liquidiert *oskar* auch noch die Schlussredaktion, sprich: Büttner. Seit Anfang des Jahres lebt er von ALG I; immerhin mit Abfindung.

Was die Schwammigkeit des Verhältnisses Büttner / Rosarius ferner zuverlässig schwammig hält, ist, dass Büttner unmöglich sicher sein kann, ob Letzterer diese läppische Zigarillo-Episode nicht längst vergessen und ihn nur deshalb all die Jahre ignoriert hat, weil auch er, Büttner, ihn, Veit, all die Jahre ignoriert hat. Und beide sind sie offenbar nicht die begabtesten Zeitgenossen, was gleichgeschlechtliche Kommunikation angeht.

Wie auch immer, Büttners Psychosystem hatte den Fall Veit R. als ungeklärt abgespeichert, und ungeklärte Fälle sind Fälle für Duelle. Duelle allerdings setzen Waffengleichheit voraus, und seit Veit Rosarius seinen Bestseller gelandet hat, fühlt Büttner sich nicht mehr satisfaktionsfähig. Weshalb ihm eben nur ungeregelte Rache bleibt. Die ihm Veit R. offenbar vermiesen will, indem er ihm mit einer via mündlichem Billett übermittelten Charmeoffensive den Wind aus den Segeln nimmt. Verärgert ist Büttner zum einen deshalb, zum anderen, komplizierterweise, über seine eigene Erleichterung, die er zugleich als Liebedienerei, ja Feigheit einstuft. Noch aber hat das ja niemand gemerkt, und so kann er vorerst an seinem Plan festhalten, sich möglichst erbaulich danebenzubenehmen. Röver wird er das Vorhaben als Allerletztem auf die Nase binden. Erstens ist Röver sein bester und einziger Freund und zweitens Rosarius' Untergebener.

Fünf Biere später hat's Büttner bis in die Gartenmitte gespült, bis an den Grill, wo er eine würzige Bio-Krakauer mit krossem Baguette und pikantem Senf abstaubt. Wird auch höchste Zeit. Er spürt die Gerstenbrause in den Adern rauschen wie einen Jazzbesen. Als Darja Röver in ein Gespräch über Henner Günther Hirschfelds komische Lyrik verwickelt hat, hat Büttner im Kreise des übernächsten Grüppchens eine seiner zahllosen Exen entdeckt und sich hinbequemt, um ein paar deprimierende Floskeln mit ihr auszutauschen. Sodann hat er jene Blondine da unterm Birnbaum angequatscht, deren Lächeln – obzwar ihrerseits im Gespräch – jeweils wie durch einen Bewegungsmelder angeknipst worden ist, wann immer er während des Gesprächs mit seiner Ex den Blick zu ihr hat hinüberschweifen lassen. Stark verändert – blondiert, aufgespritzt, etliche Kilo runder –, entpuppt sie sich als Volontärin aus jenen seligen Zeiten, in denen er Textchef bei *TVkino* war. Sie war noch zu unreif gewesen, eine Affäre mit ihm einzugehen, obwohl er sich mit allen Schlichen des Routiniers ins Zeug gelegt hatte. Und nun hat er schon wieder drei Biere auf die Langweilerin verschwendet, und schließlich ist er eben hier am ausladenden Grill zu stehen gekommen, den der 16-jährige Bengel von vorhin in Schwung hält. Tatsächlich ist er einer von Veit Rosarius' zahllosen Söhnen, wie sich auf Büttners naheliegende Nachfrage herausstellt. Alles, was recht ist: wohlgeraten. Er ist sogar so nett, ihm auf einen bloßen Seufzer hin – »Jetzt ein kühles Bier dazu, das wär's!« – eines zu besorgen.

Der Luftdruck ist unvermindert hoch, doch inzwischen hält Büttners Ethanolpegel dagegen, und der ständige klebrige Film überall auf der Haut, bisheriger Garant für die permanente flirrende Nervosität, löst sich in angenehmen Fluss auf. Fackeln werden entflammt, die das Zwielicht der hereinbrechenden Dämmerung noch betonen. Von Büttner unbemerkt, hat sich das Publikum inzwischen ausgedünnt, der Grundton des Geplauders und Gelächters abgedämpft. Nur aus zwei entgegengesetzten Nestern dringen, alkoholbefeuert, Lärmspitzen, und darüber hinweg, aus dem Laub einer der beiden Urbirken, die Gartenhäuschen und Veranda beschirmen, zwitschert eine Schwarzdrossel ihre Arietten. Die Anmut erwärmt Büttners Bierherz zusätzlich, die Bleiweste ist ohnehin längst geschmolzen. Von seinem Platz am Stehtisch aus lässt er den Blick schweifen. Unvermittelt fühlt er sich verzärtelt, zänkisch, bedürftig, fühlt sich verlebt statt lebenslustig, und während er Darja beobachtet, wie sie inmitten des einen der beiden Geselligkeitsnester an den weibischen

Lippen Henner Günther Hirschfelds hängt, denkt er etwas wie »treulose Schlampe«, doch bloß leidenschaftslos, als wär's ein ironisches Zitat aus einem Sexploitation-Film. Und widmet die Schwäche gleich in Großzügigkeit um. Ein Reflex. Auch der fällt ihm seit geraumer Zeit selber auf den Wecker. Was auch immer ihm an ihm selbst in puncto Verflachung von Affekten auffällt, reflexhaft deutet er es in moralische Stärke um: schwache Eifersucht in Großzügigkeit, schwachen Zorn in Nachsicht, schwache Libido in Gelassenheit und so weiter.

Darjas Gestalt ... fantastisch; und ihr Mondrian-Kleid ... Wenn Büttner doch bloß benennen könnte, was der Anblick einer solchen Silhouette bei ihm auslöst! Zu schweigen vom altbekannten Minikleid-Fetisch! Alarmstufe Rot, das ist klar, doch auf einer höheren (oder tieferen?) Bedeutungsebene hat es mehr mit Unterwerfungs- als mit Beherrschungsgelüsten zu tun, mehr mit Anerkennung von Amazonenmächten als mit phallokratischen Forderungen. Oder handelt es sich dabei schon wieder um eine Umdeutung? Weil er sich nur allzu schwach motiviert fühlt, hinüberzumarschieren und Lustgreis Henner Günther Hirschfeld zu zeigen, wo der Hammer hängt?

Wohin es ihn viel stärker zieht, ist die andere, die Sitzgruppe um Veit Rosarius und Röver auf der Veranda unter der Pergola. Büttners Standpunkt in der Mitte des Gartens ist weit genug davon entfernt, dass er nicht als beleidigte Leberwurst wahrgenommen werden *muss*, jedoch nicht weit genug, dass nicht allmählich eine Entscheidung fallen müsste, auch angesichts des Zeitpunkts: Wann, wenn nicht jetzt, will er dem Gastgeber denn mal guten Abend sagen? Und genau in dem Moment wechseln sie diesen

Blick, Veit Rosarius und Büttner, diesen jahrzehntealten, bemüht neutralen Blick; doch als Röver ihn leutselig herbeiwinkt, schließt sich Rosarius an, und da bleibt Büttner ja wohl nichts anderes übrig, als sich ohne Verzug hinzuzugesellen.

Doctor amoris causa. Büttner fand ihn okay. Er hat ihn direkt nach Erscheinen gelesen, hat sämtliche Kritiken gelesen und sämtliche Interviews. Er hat den Hype zwar absolut nicht nachvollziehen können, aber den Roman okay gefunden. Rosarius hat ihn verschiedentlich als »Neuranze« bezeichnet, ein Kunstwort aus Neurose und Romanze, und das findet Büttner an den Haaren herbeigezogen; aber den Roman an sich findet er okay. Keine Hochliteratur, Herrgott; das nun beileibe nicht. Nabokov damit den Arsch zu wischen wäre Blasphemie. Ein Veit Rosarius ist der geborene Redakteur fürs Edel-Boulevard, ein Mischcharakter aus ewigem Hipster, Klugscheißer und Kleinkünstler. Immerhin reicht das Maß seiner Sprachbeherrschung hin, jene »Neuranze« zwischen einer jungen urbanen Hypochondrin und einem verwitweten Landarzt a. D. zu erzählen, ohne dass man den Schmöker gleich in den Reißwolf stopfen möchte. Es gibt für die Leser zu lachen und für die Leserinnen zu weinen, und selbst die erotischen Szenen sind okay. Ein sauber gefertigtes Produkt ohne allzu viele Druckfehler, hübsch gestaltet, fair gehandelt. Schöpfergeist, Poesie, Transzendenz allerdings: Fehlanzeige. Ein Schlittschuh für das gefrorene Meer in uns.

Natürlich trug sich auch Büttner als genuiner Homme de lettres seit seinen mittleren Zwanzigern mit dem Gedanken, eines Tages einen Roman zu schreiben. Und natürlich nicht irgendeinen, sondern den definitiven Roman über Frauen. Später dann: Drehbuch. Ja, besser Drehbuch. O ja, ein Drehbuch zum definitiven Spielfilm über Frauen, und er konnte Stunden damit zubringen, Schauspielerinnen zu googeln, die schön und seelenvoll genug wären, seine Geschöpfe zu verkörpern. Für die Hauptrolle käme selbstverständlich niemand anderes infrage als Nicole Kidman. O ja, *er* hält ihr die Treue! Auch wenn sie ihr überirdisches, zeitlos schönes Antlitz peu à peu lahmgelegt hat.

Und um acht Uhr morgens am 1. Januar des Jahres – dem ersten offziellen Tag seiner Arbeitslosigkeit – hat er am Schreibtisch gesessen und zwecks Beginn der Vorarbeiten mit der Bestandsaufnahme seiner Affären, Beziehungen und One-Night-Stands begonnen. Bis um zehn Uhr etwa war er erfüllt, beseelt, beflügelt davon, und dann kam Darja hereingeschlurft, schlafwarm, knusprig und selber hungrig, und ihre dünne Silvesterfahne machte ihn scharf.

Und *post coitum omne animal triste*. Und diese Depression, sie hat ihn gleich wieder ausgebremst. Es ist, als habe Darja ihm sagen wollen: Mach dich doch nicht lächerlich, *das* ist dein Talent! Ja, Darja ist schuld, dass er den Schwung eingebüßt hat und bis in den März hinein in Selbstzweifeln gebadet. Außerdem hat er noch nicht die geringste Idee für einen schmissigen Titel, und ohne Titel – und sei's Arbeitstitel – kann er ums Verrecken nicht loslegen (bei Artikeln ist das genauso); und es hilft ihm gar nichts, wenn er einfach nur »Arbeitstitel« oder »Hnf« drüberschreibt. So funktioniert das nicht. Es muss ein halbwegs stimmiger Titel sein. Erst ein stimmiger Titel auf der Kopfzeile einer weißen Datei vervollkommnet die Vision vom dereinst fertigen Text, und diese Vision braucht er, um überhaupt anfangen zu können. Abgesehen davon hilft ein solcher Titel, die schöpferische Absicht nicht aus den Augen zu verlieren.

Ach, was soll's. Seitdem aus heiterem Himmel *Doctor amoris causa* erschienen und zum Bestseller avanciert ist, ist sowieso alles zu spät.

Veit Rosarius, *Doctor amoris causa*. 250 Seiten, Edition Van Huis, 19,90 Euro. So stand es unter jeder Rezension, die Büttner in den folgenden Wochen unter die Augen kam, und schwer wog sein Entsetzen über den eigenen Neid. Als Neidhammel kannte er sich noch nicht. Feinkörniger, ungefilterter, hochgradig toxischer Neid beutelte ihn; gar nicht einmal darauf, dass jener heikle Name künftig nicht mehr nur Urlaubsvertretungs-Editorials und Lifestyle-Artikel des *basta* zeichnete, sondern darüber hinaus mit dem Literaturbetrieb assoziiert sein würde – nein: Neid auf den fetttriefenden Mammon, den ein solcher Bestseller zur Folge hat.

Auch wenn er nie etwas dafür getan hatte – zeit seines Lebens war Büttner davon ausgegangen, dass er eines Tages schon noch zu Geld kommen würde, und zwar richtig *viel* Geld. So viel, dass er sich um seine Existenz bis ins hohe Alter keinerlei Sorgen würde machen müssen. Um obszönen Multiluxus ging es nicht, das sowieso nicht, aber, mit Verlaub, BahnCard 1. Klasse, regelmäßige Kurzurlaube in der komfortabelsten Hotelkategorie, ein Mercedes für Spritztouren mit den Damen und Queen Mum, eins dieser Lotsenhäuschen in Övelgönne und etwa die Möglichkeit, die nächsthöhere Ambitionsstufe bei seiner Sammelleidenschaft in puncto historischen Filmplakaten (es musste ja nicht gleich *Metropolis* von 1927 für eine satte halbe Million sein) zu erklimmen: das sollte drinliegen. Ein Leben ohne ständiges Nachdenken darüber, ob man statt einer Taxifahrt für 35 Euro nicht besser doch die acht Minuten bis zur S-Bahn-Station zu Fuß zurücklegen sollte, um sodann, den Slalom durchs prekäre Volk im zugigen Bahnhof nicht scheuend, in die von Narrenhänden besprühte, stickige Blechbüchse auf Rädern zu steigen und als Zwanzig-Minuten-Geisel durch Gotham City zu gondeln, nur weil man mal ein, zwei Gläser mehr zur Pasta heben möchte. Ja, seit er ein junger Mann war, war Büttner davon ausgegangen wie nur irgendeine Tippse, die an Horoskope glaubte, dass er bloß sein Leben zu leben brauchte, damit die Scheinchen eines Tages von selbst aus dem Portemonnaie wucherten. Nie hätte er das zugegeben – nicht einmal sich selbst gegenüber –, er war ja nicht doof. Er betrachtete sich als beinharten Realisten. Nichtsdestoweniger hatte eine Art Unter-Ich unverdrossen an dem Märchenglauben festgehalten, bis auf den heutigen Tag, kurz vor seinem fünfzigsten Geburtstag. Und warum auch nicht? Ich meine, ein Mann von Büttners Intelligenz, Format und Anziehungskraft! Warum bitte sollte *er* mit der *S-Bahn* fahren, während eine Schnepfe wie Moormeyer im *goldenen Jaguar* ...

»Hallo«, sagt Rosarius.

»Chef«, entgegnet Büttner. ›Chef‹? Was soll das denn? Er weiß es selber nicht. Sie reichen sich die Hände. Erstaunlich schlaff für einen Kerl, der drei Söhne gezeugt hat. Angeblich.

»Der Chef ist verreist«, sagt Rosarius. Er meint Bernd Dahlmann, den Chefredakteur von *basta*, branchenberühmt durch das sublime Postulat, Klatsch von Tratsch zu scheiden.

»Danke für die Einladung«, sagt Büttner.

»Willkommen«, sagt Rosarius, und vermutlich ginge die Kinderei noch stundenlang so weiter, nähme nicht Röver das Heft in die Hand. Er klemmt sich einen Kronkorken in die Aughöhle, als sei's ein Monokel, und schnarrt joviale Formeln wie nur irgendein Kuckuck von Kotzenglocken aus der Burschenschaft Phimosia zu Alsterdorf, während er auf Rosarius' Geheiß eine Flasche Dimple knackt und jedem am Tisch einen einschenkt: Rosarius, Büttner, sich selbst sowie zwei prophetenbärtigen Mittdreißigern und einem faden alten Mädel. Sie arbeiten, wie Büttner später erfährt, in der Grafik des *basta* und bilden vorerst einen eigenen Gesprächsklüngel.

Büttner setzt sich in einen Gartensessel, den Rosarius im Sitzen herangezogen hat, und versucht, sich zu entspannen. In seinen Tagträumen ist die Wiederbegegnung pointierter erfolgt.

AUSSEN/TAG. *Rosarius' Garten. Auf dem Tisch ein Schampuskelch, Krabbenbrötchen, Austern, Kaviar.*

ROSARIUS: Kommilitone! Zigarillo gefällig?

BÜTTNER: Die waren doch nur zum Abgewöhnen. *zieht zwei Cohibas aus der Hemdtasche, reicht ihm eine* Inzwischen sind wir erwachsen, stimmt's?

Nun ja. Die Wirklichkeit – das erweist sich immer wieder – ist stillos.

Den Ton des weiteren Gesprächsverlaufs bestimmt Veit

Rosarius allerdings mit einer entwaffnend schlichten Frage ohne Fragezeichen. »Wie geht's dir denn.« Büttner ist verblüfft, überrumpelt. Angesichts ihres nebeligen Verhältnisses ist die Frage deplatziert, oder? Oder erzählt Röver Rosarius mehr von Büttner, als Röver Büttner von Rosarius erzählt? Und wenn ja, was?

Und dann fällt ihm plötzlich ein, dass Rosarius im Betriebsrat sitzt und seine Frage sich natürlich auf Büttners »betriebsbedingte Kündigung« bezieht. Selbstverständlich interessieren Betriebsräte sich für die Belange *aller* Belegschaften. Und da Rosarius' Miene von authentisch herber Einfühlsamkeit zeugt, wäre es ein Affront, die Frage allzu einsilbig zu beantworten. »Och«, grinst Büttner, als käme gleich ein Witz – und glücklicherweise fällt ihm ein halber ein –: »Am meisten vermisse ich die Kantine.« Rosarius und Röver schnauben einverständig, die Küche dort ist wirklich nicht schlecht; vor allem aber meinen sie alle drei die Frauen. Die Kolleginnen, Volontärinnen und Geschäftsführerinnen, die dort um die Mittagszeit ausschwärmen, attraktiv so gut wie ausnahmslos. Stilvoll frisiert, gekleidet in gute Tuche und Stoffe mit reizvollen Schnitten, stöckeln, stiefeln, schweben sie mit Haltung und intelligenter, heiterer Miene durch den Lichthof der Kantine, eine Nonstopp-Revue alltäglicher Sensationen.

»Komm jederzeit vorbei«, sagt Röver, »weißt du doch«, und das heißt, Röver lädt ihn auf seine Karte ein.

»Weiß ich, weiß ich«, sagt Büttner. Und so gleiten sie auf ihren behaglichen Gartenstühlen in die Nacht, freundlich, friedlich; sie plaudern über die zunehmende Verwahrlosung der Orthografie, über aktionärsgesteuerte Verlagspolitik und Lügenpresse, über die jüngsten Anschläge in London und über »Trump-l'œils« (ein Bonmot wessen? Rövers natürlich); und schließlich fusionieren sie zeitweise mit der Grafik-Runde, wo die aktuelle Ausgabe der *basta* kursiert. Im Mode-Ressort ist ein Malheur passiert, das gerade diskutiert wird. Röver zeigt es Büttner: Unter der Rubrizierung »Daystyle« ist auf der Aufmacherseite Beyoncé in einem Kleid von Jean Paul Gaultier zu sehen und auf der rechten – gestaltet wie ein Fächer von Tarot-Karten – in weiteren Outfits von Dries van Noten, Fendi, Vivienne Westwood, Gucci und so weiter.

Worum es geht, ist die dreizeilige Überschrift in 78 Punkt:

HÜLI
MIT
FÜLL

»Ach du ahnst es nicht!«, amüsiert sich Büttner. »Sollte Hülle mit Fülle heißen, ja? Übrigens, davon mal abgesehen: ›Hülle mit Fülle‹, na ja; nun ja ...« Rechtzeitig merkt er nicht nur, dass sein Genörgel beckmesserisch und unkollegial wirkt, sondern – womöglich ist Rosarius selbst für diese Headline verantwortlich ...?! »Hüli mit Füll, köstlich. Gibt ordentlich zu grübeln für die *basta*-Leserinnen ...«

»Tja, wenn's auf der Food-Seite wäre«, sagt Röver, »könnte es als bajuwarische Spezialität durchgehen. Ah, sacra zefix, heit hat's an zünftigen Hüli mit Füll!«

»Die denken«, fantasiert Rosarius, »Hüli ist *das* megahippe Modeteil, und rätseln, was das Gemeinsame an den ganzen Edelplünnen ist, da auf der Fotostrecke, das Hüli eben. *Der* Hüli?«

»Eher schwyzerisch«, meint Büttner zu Röver, und zu Rosarius: »Du meinst, es ist eine Art Dekolleté-Display?«

Röver lacht noch vor Rosarius. »Genau! Eine Erfindung von RainerBrüderleConsult!«

»Ach, echt?«, lacht Rosarius. »Der hat echt 'ne Berater-firma aufgemacht, der alte Gauner?«

»Aber jetzt mal im Ernst«, sagt Büttner, womöglich um zu beweisen, dass er durchaus nicht gleich seine Berufung verrät, bloß weil er gefeuert worden ist; dass er deswegen keineswegs gleich auf die schiefe Ihr-könnt-mich-mal-alle-Bahn gerät; dass er durchaus noch den Biss fürs Brot-und-Butter-Geschäft hat, auch und gerade in Anwesenheit eines Bestseller-Autors: »Wie konnte das passieren? Wer hat's verbockt, Grafik, CvD – wer ist das noch mal bei euch? –, Litho? Zumal das doch alles so sauber aussieht; ich mei-ne, wenn die Serifen schief und krumm abgesäbelt worden wären, oder –«

»Kennst du dich«, sagt Rosarius, »halbwegs mit Indesign aus?«

»Au«, macht Büttner, »ich weiß gerade mal so eben, dass es ein rahmenorientiertes Programm ist.«

»Genau«, sagt Rosarius. »Bongo Bongartz« – er nickt dem einen der bärtigen Jungs zu – »setzt einen ausrei-chend großen Freistellerrahmen auf die Seite, neben die diversen Textrahmen; und damit Teile von denen nicht überdeckt werden, setzt er die Hintergrundfarbe auf durchsichtig. Und hier nun hat die Litho geschlampt. Bei der Bearbeitung der Bilddaten von Beyoncé hat sie weiße Hintergrundfarbe gewählt.«

»Ah ...«

»Und in der Tat, der Hammer ist, dass das LE von HÜLLE« – er langt nach dem Heft und zeigt's Büttner – »hier, siehst du?, der Querbalken am zweiten L so perfekt gekappt wurde, dass es zu einem einwandfreien I wurde ... Na, Schwamm drüber.«

Büttner glüht vor stiller Begeisterung. Rosarius' Haltung aber ist ihm ... hm, zu selbstherrlich versöhnlerisch. Ihm, Büttner, als Außenstehendem stünde solche Großzügigkeit viel eher zu.

So juckt es ihn denn doch. »Herrje«, seufzt er schon mal los, ohne allzu deutlich vorauszublicken, an welches Gestade ihn die Alkoholdünung schwemmen wird. »Hüli mit Füll ... Irgendwie – poetisch. Nee, onomatopöetisch. Symbolisch für unsere ...« Hohle Branche, liegt ihm auf der gelockerten Zunge.

Aber dann verzichtet er doch. Spricht es angesichts der friedfertigen, solidarischen Grundstimmung einfach nicht aus. Wäre auch ein bisschen billig, arbeitslos, wie er ist. Nicht, dass er sich nicht grundsätzlich – mal ganz abgesehen vom Alkohol – getraut, nicht, dass er auch nur den geringsten Unmut zu befürchten gehabt hätte: Weder Röver noch Rosarius ist dumm, und vor dem Unmut der Grafiker fürchtet er sich sowieso nicht. Ganz anderes Gewerk. Nein, vor etwaigem produktloyalem Unmut ist ihm nicht bang. Aber: Zynismus ist auch schon lange out; Zynismus ist die Antwort auf die falsche Gretchenfrage.

Niemand vollendet Büttners Satz, niemand ergänzt überhaupt etwas. Es ist okay, wie es ist. Und doch wurmt Büttner sein eigener, kluger Verzicht in diesem Betreff. Irrational. Bloß erinnert ihn das an seine ursprüngliche geheime Agenda; und dass er im Begriff zu sein scheint, dieselbe unverwirklicht ad acta zu legen, nagt an ihm – wiewohl er gleichzeitig, wenn er ehrlich ist, geradezu schwelgt in der Erleichterung, nicht kämpfen zu müssen. Wenn hier einer postheroisch ist bis aufs Blut, dann Dr. phil. Philipp Büttner.

Ab dem dritten Glas Dimple – zumal die Finger immer breiter werden – auf die neunte Flasche Bier hat er Mühe, die zwölf Kilo Kopf auf der dünnen Halswirbelsäule zu balancieren. Alkoholbedingte Synkopen sind die Folge, und zweieinhalb Stunden später, neben Darja in seinem Bett, kreiseln nur noch Vignetten durch sein Kurzzeitgedächtnis – Rosarius' Aussage, er sei »wetterfühlig wie eine Kröte«, Rövers These, Pinguine seien »stinkende Nutten« (hä?), Rosarius' Ringelnatz-Zitat über junge Mädchen, als Darja noch nicht gehen möchte (nun ist ihm, Büttner, Rosarius' Reaktion auf sie völlig entgangen; Schwamm drüber): »Sie hören Pulse, nicht die Uhren ticken ...«

Dann endgültig Filmriss.

Gegen acht Uhr am Sonntagmorgen entlädt sich die zwischen den Sphären angestaute Elektrizität in einem wüsten Unwetter. Fast hätte Sisyphos es bis zum Gipfel geschafft, doch natürlich kracht der Felsbrocken mit erderschütterndem Getöse den Himmelsberg letztlich wieder herab. Die Blitzlichter der sensationsgierigen Götter flackern hinter Büttners bordeauxroten Schlafzimmer-Vorhängen, und während der Stein noch rollt und die Sintflut die Keller Altonas und Ottensens, Eimsbüttels und Eppendorfs füllt, nimmt Büttners Phallus krankhafte Ausmaße an. Im gesamten Kreislaufsystem fühlt sich das Blut an wie aufkochende Tomatensuppe, nur dass es heftig pochend pulsiert, vor allem im prallen Herzbeutel; der Schädel im Übrigen das reinste Kugellager. Voller Todesangst verfolgt Büttner, wie Darja, glatt rasiert und glasiert mit feinstem Schweiß, sich ihm gegenüber aufbockt, sich Büttners großen Zeh bis zum Anschlag in die schmale Möse pflockt und sitzend auf ihn einfickt – immer wieder verblüffend, zu wie viel Empfindung so ein grober großer Onkel fähig ist! –, indessen sie, ihm bis auf den tiefsten Grund in die blutunterlaufenen Augen schauend, seinen haarsträubenden Kolben mit beiden Fäusten schmiert.

Anschließend schlafen sie wieder ein, bis sie gegen Mittag wieder wach werden. Die Kugellagerkugeln in Büttners Schädel haben sich von Stahl in Gummi verwandelt, und während Darja in der Küche ein Frühstück herrichtet, versucht Büttner unter der Dusche, den Film zu kleben.

Nach und nach fallen ihm immer mehr Details ein. Irgendwann muss Darja vom Grüppchen um Henner Günther Hirschfeld zum Rosarius-Röver-Büttner-Grüppchen gewechselt haben, denn Büttner entsinnt sich, wie sie Rosarius' ornithologische Anekdoten um ihre Amsel-Geschichte ergänzte. Im Hinterhof ihrer Wohnung in Bahrenfeld, so Darja, lebe eine Amsel, die das Piepen ihrer digitalen Eieruhr so gut imitiere, dass sie, Darja, des Öfteren reflexhaft in die Küche starte, um einen Beutel Tee aus der Kanne zu ziehen, den sie nie aufgesetzt habe.

Rosarius fragte, ob sie sicher sei, dass es sich um eine Amsel handele. Von Dompfaffen beziehungsweise Gimpeln wisse man, dass sie den Gesang lernen, den sie in ihrer Kindheit häufig zu hören bekommen. Unter normalen Bedingungen sei das natürlich das Dompfaffenlied, oder besser: das örtliche Dompfaffenlied, denn auch Gimpel kennen Dialekte; ein bayerischer singe anders als ein schleswig-holsteinischer. Und nicht nur das: Wenn Gimpel von Menschen aufgezogen würden, lernten sie sogar die Menschenlieder. »Vor langer Zeit«, so Rosarius, »war es in der Gegend um Freiburg Brauch, kleinen Dompfaffen ein Volkslied beizubringen. Offenbar haben sie das Liedgut dann an ihre Nachkommen weitergegeben. Bis heute kann man im Breisgau wilde Dompfaffen alte Volkslieder singen hören!«

Das zweifelte Röver mit Hinweis auf Noam Chomskys These von der angeborenen Grammatik an, doch Rosarius beharrte darauf, freundlich, aber unnachgiebig. Endgültig in Rosarius verknallen aber sollte sich Büttner, als der von der »Atmosphäre der Grausamkeit, der apokalyptischen Depression« erzählte, wenn die Krähen und Elstern unter Gekrächze und Gekecker die Lufthoheit über die Gärten im Robinienredder okkupierten wie 'ne Rockerbande; wenn die aggressive, flatterhafte Unruhe auf die gesamte Familie Rosarius abfärbte, ohne dass deren Mitglieder zunächst bemerkten, woher sie doch recht eigentlich rührte ...

Kurz vorm Abschied hatte einer der Söhne auf dem Tisch getrommelt, und Rosarius sich darüber entnervt beschwert. »Das ist 'ne Schlagzeug-Übung!«, beschwerte sich wiederum sein Sohn. »Gar nicht so einfach. Hier, mach mal, rechts links rechts rechts links rechts links links rechts links rechts rechts links rechts links links – mach mal, Papa! Nennt man Paradiddle!«

»Dimple, Gimpel, Paradiddle«, lallte Büttner und fügte hinzu: »O Gott, ich bin besoffen.« Dann brachen sie auf, und Veit Rosarius wechselte zum letzten Grüppchen um

Henner Günther Hirschfeld und die Rosarius-Söhne und Hilde Rosarius, eine ausgesprochen sympathische erwachsene Frau, in die sich Büttner zum Abschied ebenfalls Hals über Kopf verliebte.

Im Bademantel, mit nassen Haaren, ist Büttner ins Bett zurückgekehrt. Darja schleppt ein Frühstückstablett herbei mit Fünfeinhalb-Minuten-Eiern, dampfenden Aufbackbrötchen, Schinken, Melone, Rollmops, Orangensaft, schwarzem Tee.

»Sag mal«, sagt Büttner, »hab ich mich eigentlich sehr schwer danebenbenommen gestern Abend?«

»Überhaupt nicht«, versetzt Darja. »Du warst zuckersüß.«

»O Gott, ich weiß echt nicht mehr viel, zum Ende hin.«

»Weißt du denn noch, dass du *Doctor amoris causa* dermaßen über den grünen Klee gelobt hast, dass es dem Veit schon beinah zu viel wurde?«

»Was? Ach Gott. Ach ja. O Gott.«

»Der Name Nabokov ist gefallen.«

»O Gott, o Gott. Und du sagst, ich hätte mich nicht danebenbenommen.«

Sanft greift Büttner nach einem der sagenhaften Beine Darjas, einfach, weil es so nahe lag.

»Und sag mal«, fällt ihm außerdem ein, während er sein Ei köpft, »was war das noch mit Rövers stinkenden Nutten?«

»Mit ... Ach so!« Darja kichert. Mit einem Fingernagel fischt sie blind nach einem Krümel auf ihrem Amorbogen. »Die Pinguine. Er hat doch erzählt, wie er als Volontär mal für einen Dummy einen Artikel über Pinguine schreiben musste, und bei der Recherche hat er so einige Dinge herausgefunden, unter anderem erstens, dass sie ziemlich ungut riechen, und zweitens, dass die Pinguinweibchen, wenn ihre Männer unterwegs sind und Hilfe beim Nestbau brauchen, als Gegenleistung auch fremden Männchen Sex anbieten. Und damit hat Röver seinen Artikel eingeleitet, und sein damaliger Chef meinte, er möge nicht vergessen, dass es sich um eine Kundenzeitschrift handele. Weswegen er doch bitte davon absehen möge, den Aufmacherartikel mit stinkenden Nutten zu beginnen.« Wieder kichert Darja. Dann hält sie inne und betrachtet ihn schräg. »Macht dich das scharf, oder was?« Sie lacht. Doch verflucht noch eins, sie hat recht. Setz die Hintergrundfarbe auf Weiß, und die Welt wird bunt.

Dimple, Gimpel, Paradiddle. Hüli mit Füll ...

Und plötzlich, wie von ungefähr, hat er den definitiven Titel für seinen Roman: *Ornithologen vögeln nicht.*

Ha! Genial. Frivol, aber nicht zu frivol (nicht so frivol wie beispielsweise damals *Bitterfotze*); ironisch natürlich, und doch flimmert da verheißungsvoll ein poetisches Geheimnis zwischen den Morphemen hervor. Büttner wird ganz aufgeregt. Platz 1: *Ornithologen vögeln nicht.* Büttner, Philipp. Edition Van Huis. 19,90 Euro. Nein besser, 24,90 Euro – gibt mehr Tantiemen. 50 Cent pro Exemplar! Macht auf eine Million Exemplare eine halbe Million Euro. Warum darauf verzichten? Platz 2: *Doctor amoris causa.* Rosarius, Veit. Edition Van Huis. 19,90 Euro. (Dumm gelaufen, sorry, Veit.) O ja.

Es juckt ihn in den Fingern, Röver anzurufen. Lässt es dann aber.

Stattdessen setzt er sich an den Mac, um Rosarius eine Mail zu schreiben. Anfangs schießt ihm eine idiotische Idee durch den doppelt verkaterten Schädel: den Text aus Wörtern bilden, dessen Anfangsbuchstaben die Losung k-e-i-n-z-i-g-a-r-i-l-l-o-f-ü-r-v-e-i-t ergäben, oder so.

Schließlich schreibt er, er bedanke sich »aufs Herzlichste für den schönen Abend«. Weiter nichts. Genial, oder? Geradezu perfide. So gut wie in der nachfolgenden Nacht hat Büttner seit der Einladung nicht mehr geschlafen.

Das Unheimchen
Eine Horrorstory

I

Bin ich wach …? Ich bin doch wach. Sicher *bin ich wach …* *oder?*

Bis eben noch umnachtet, hat sie nach dem Schalter am Kabel ihrer Nachttischlampe getastet, ja panisch ins Stockfinstere gegrapscht. Jetzt dämmert ihr, dass sie nicht zu Hause ist. Sie nimmt das an ihr klebende Bettzeug wahr und ihr hämmerndes Herz. Doch wenn sie wach ist, warum zirpt nach wie vor dieses horrende Insekt? Diese Grille des Grauens, die eben noch durch ihren Albtraum gespukt ist?

Zwei, drei Fehlhiebe gegen den Verputz oberhalb der neongrünen 3:13 im Radiowecker, dann trifft sie ihn, den Wandschalter der Wandlampe. Dieses aufreizende *Pririrpririr* jedoch hörte erst nach zwei, drei weiteren Wiederholungen auf.

Rücklings klitschnass und japsend blinzelte sie. Nachtschrank. Buch, ausgestelltes iPhone, Wasserglas, Pillendöschen. Getünchte Wände mit roher Struktur. Fassgemalter, malerisch angelaufener Spiegel, der auberginefarbene Zehennägel zeigt – ihre. Gegenüber vom Fußende Bauern-

truhe mit Intarsien. Mit Strohmatten gedeckter Zimmer-
himmel.

Kein Zirpen mehr. Nur das kardiogene Pauken und das
Jaulen des Wintersturms im Gebälk.

Annelene Borsig stemmte ihre Beine über den Bettrand
und tappte die gut dreißig Schritte über den samtigen Teppich, vorbei an einer weiteren geschnitzten Truhe, Ledersesseln, einem antiquarischen Kleiderschrank; an Sekretär, Plasmabildschirm und wuchtigem Quader aus Rattan
als Couchtisch vorbei – dahinter ein Polstermöbel, auf dem
eine siebenköpfige Familie überwintern könnte –, bis hin
zu den Fenstertüren. Langte zwischen die Doppelvorhänge
aus Leinen und Kunststoff und öffnete eine. Elf Grad fros-
tig blies der Eismond ihr seinen Atem ins verschwitzte Gesicht. Heilsamer Schock.

Diese gottverfluchte Insektenphobie. Insbesondere vor
Grillen. Seit sie ein Mädchen war, grauste es Annelene vor
Schnaken, Tausendfüßlern, Käfern, insbesondere jedoch
vor Grillen. Das Massenschnarren dieses Geziefers war
Horror in kristallinster Form. Allein der Sologesang, das
scheinbar harmlose *Pririr-pririr* ... Vernahm sie bloß diesen
ach so idyllischen Klang, stieg bereits zarter Ekel in ihrer
Kehle auf, der oft in Brechreiz mündete.

Lämpchen mit Pilzhauben entlang dem Gehweg. Sie zir-
kelten Helligkeit in den nachtschattigen Schnee. Den kahlen, orangefarben bestrahlten Birkenriesen vorm Teich
zausten Sturmböen – ebenso wie den Tannenbaum. Seine
Lichterketten hielten dem Orkan stand; unverdrossen
blinkten gar ein paar Birnchen. Die weiten, beschneiten
Wiesen fasste eine L-förmige Zufahrt ein, gesäumt von
flimmernden Lichtbäumchen. Rechterhand, von manns-

hohen Hecken umhegt, die sich bis hinunter zum Park-
platzareal erstreckten, jene abgezirkelte Gartenflur mit
Irrgärtchen und eiszapfenbekränzten Brünnchen.

Tief schnaufte sie durch. Ein Schauer nach dem anderen
jagte ihr übers Kreuz, doch der Sauerstoff belebte, und
schlotternd hielt sie noch eine Bö länger aus, und noch
eine – und indem sie, Annelene Borsig, jene Anlage betrachtete, verwies die Zivilisation ihre höchst persönlichen
Dämonen in die Schranken.

*

Erst gegen sechs Uhr war sie wieder eingedöst.

Was ihr jedoch noch beim Frühstück im Jugendstil-Win-
tergarten zu schaffen machte, war die Frage, ob sie das Zirpen aus ihrem Albtraum wirklich gehört hatte, *als sie schon
wach gewesen war?* War jene Grille des Grauens aus dem
Albtraum in die Realität übergesprungen? Beinah noch be-
ängstigender: wenn ihre Suite einem realen Exemplar Un-
terschlupf böte. Konnte das angehen? Mitten im froststar-
renden Januar? In einem Spa-Hotel, das ab fünfhundert
Euro aufwärts pro Nacht verlangte?

Sachte zitternd senkte Annelene die Tülle, mit links den
Deckel des Kännchens sichernd. Bronzebraun und damp-
fend floss der Assam Bari in die Porzellantasse. Das Baby
am Nebentisch quäkte, und sofort gurrte seine Mutter –
halb so alt wie Annelene – auf es ein.

*Lausitzer Imkerhonig, Rübensirup, Spreewälder Bio-Quark
und Joghurt ...* Annelene buchstabierte die Frühstückskarte,
doch um sie zu verstehen, war sie zu unruhig. Wenn es,
dachte sie, in ihrer Suite tatsächlich eine Grille gab, hatte

die dann tatsächlich zwei, drei Sekunden gebraucht, um das eingeschaltete Licht wahrzunehmen ...? Oder war es gar ein mechanisches Gesetz, dass dieses *Pririr-pririr* auslaufen musste, zu Ende leiern wie einst das Schwungrad der Nähmaschine ihrer Großmutter ...? Dieses Zirpen ... Annelene meinte gelesen zu haben, dass es erzeugt wurde, indem das Viech die Hinterbeine aneinander rieb! Beine so dünn wie Wolframdraht ... Annelenes Speiseröhre fühlte sich an, als säße eine schmutzverkrustete Borste quer. Sie unterdrückte ein Würgen, indem sie Husten simulierte.

Niederschlesischer Kochschinken im Kessel gegart, geraspelte Pastrami mit Kräutern mariniert, geräuchertes Lachsforellenfilet ...

Ach was. Vermutlich hatten ihr ihre aufgepeitschten Sinne bloß ein Echo vorgegaukelt, ein aus dem Albtraum herüberhallendes Echo, ganz ähnlich, wie vor ihrem inneren Auge oft noch dessen letzte Bilder nachflackerten, während sie längst wach war.

Knusprige Brötchen, Vollkornbrötchen, Croissants, Lausitzer Landbrote ... Sie nahm einen Schluck Tee, um den Magen anzuwärmen. Dann griff sie zur Hotelzeitung aus dreifaltigem, hochformatigem Karton. Sie zeigte Wochentag und Datum an, das Wetter für *heute, morgen* und *übermorgen* – identisch *wolkig, stürmisch, Schneegriesel, bis zu –12 °C –*, darüber hinaus ein paar skurrile Meldungen aus der Weltpresse sowie Fitness- und Wellness-Angebote, ein Lesetipp der Buchhändlerin im Hause und das Programm des hauseigenen Kinos.

Erst dann fiel ihr die Überschrift im Logo auf: *Dobre zajtšo.* Darunter stand: *Das ist sorbisch und heißt »Guten Mor-*

gen«. Und wie selbstverständlich löst das slawische Häkchen über dem *s* die x-te Wiedergeburt jenes altbekannten Ohrwurms aus, jenes niederschmetternden und aufwühlenden Refrains aus geografischen Namen – eines Refrains, der den fürchterlichsten und segensreichsten Wendepunkt ihres Lebens beklagt und besingt: *Žijevo Prošćenje Veruša ... Žijevo Prošćenje Veruša ... Žijevo Prošćenje Veruša ...*

Zufall? Nach dem Erlebnis letzte Nacht? Ist es so weit? Vierundzwanzig Jahre, mein Gott ... Diese Madame Kassandra, sollte sie recht behalten ...?

Wie gestern Nacht beginnt ihr Herz brutal auf ihre Rippen einzuhauen. Fluchtartig verlässt sie den Wintergarten. Beim Engpass am Samowar muss sie an einem Mittdreißiger vorbei, dessen seltsam diabolisches Profil ihr beunruhigend vertraut erscheint. Als sein Blick jedoch den ihren trifft, scheint sich der Grad ihrer nervösen Erregtheit darin eher auf ärztlich besorgte Weise zu spiegeln.

*

Nach dieser zweiten Panikattacke innerhalb von sechzehn Stunden wäre sie fast abgereist. Auf ihrer Flucht durchs Treppenhaus gab sie sich und dem Spa eine letzte Chance: Konnte die Hausdame bestätigen, dass es sich um einen Albtraum gehandelt haben müsse, würde Annelene bleiben. Wenn nicht, würde sie den gerade ausgepackten Koffer gleich wieder einpacken. Der Hinweis auf ihre Insektenphobie wäre zwar peinlich, doch wenn sie etwas gelernt hatte in den letzten vierundzwanzig Jahren, dann notwendige Entscheidungen zu treffen.

Da auf der Polstersänfte in ihrer Suite jedoch eine so

himmlische Geborgenheit herrschte – gerade wegen des Heulens in den Windfängen, ohne auch nur das leiseste Zirpen, vielleicht auch weil ihr als tröstliche Ikone das anteilnehmende Gesicht des Samowar-Mannes erschien –, verschob sie das Gespräch mit der Hausdame. Hinter den je zwei Doppelfenstertüren nach Süden und Westen schraffierte der Schneesturm die Landschaft.

Ich hab doch nicht all die Jahre so hart gearbeitet, um mich gleich am ersten Tag der Freiheit foppen zu lassen ...

Was, wenn sie sich im Wellness-Bereich den ganzen Spuk aus dem Hirnliquor schwemmen, in Sauna oder Hamam den letzten Rest Seelenschlacke aus den Lymphen drainieren ließe?

Die Therme hatte altrömische Ausmaße. Zentral eine Schwimmhalle mit offenem Dachstuhl und maurischen Bögen im oberen Stockwerk, von dem aus man aufs blau leuchtende Becken blicken konnte, auf die Doppelreihen von Diwanen, in deren dicken Polstern schöne, wohlhabende Menschen in gleichfarbigen, flauschigen Bademänteln unter Kapuzen miteinander flüsterten, lasen oder dösten. Lampenschirme verstreuten gedämpftes Licht, Tonurnen mit arabesken Durchbrüchen Kerzenschein; in einem gewaltigen Kamin knisterten verkohlte Scheite. In den angrenzenden Gelassen Ruheräume mit weiteren ausladenden Recamieren; Saunen und Dampfbäder, Hamam, Whirlpool, Eisduschen. Familien mit ihren enervierenden Kleinkindern verfügten über einen eigenen Bereich. Paradiesisch, und so beschloss sie, aus einem neuerlichen Grillenzirpen in der Nähe ihres Ruheplatzes kein neuerliches Drama zu machen. Wahrscheinlich vom Band, dachte sie. Niemand der anderen Gäste störte sich daran, und also tat sie sich selbst gegenüber so, als habe sie nichts gehört, und ging im Bademantel ins Kino, das ebenfalls mit diesen ausladenden Halbliegemöbeln ausgestattet war. Meistens allein, schaute sie »Die Brücken am Fluss« und flennte sich in wonnevolle Duselei.

Am Abend endlich Appetit, und damit erwachte auch wieder ihr Lebenshunger. In großer Toilette nahm sie an einem Einzeltisch im Verandasaal Platz. Als Aperitif wählte sie einen Campari Orange, schlenderte, unverzüglich angezwitschert, zum Buffet und bereitete sich einen Teller mit je einer Zangenportion eingelegtem Fenchel, Quinoa-Salat, Rote-Bete-Salat, Steckrüben-Salat in Balsamico sowie buntem Gemüsesalat mit Nüssen zu, plus drei riesigen dunklen Oliven und einem halben Esslöffel Kürbiskerne.

Danach zwei Kellen überaus delikater Kartoffelsuppe mit knusprig gesottenen Kabanossi-Talerchen. Sie fragte sich, ob sie als Hauptgang das auf der Haut gebratene Filet vom Wolfsbarsch nehmen sollte, mit wilder Riesengarnele, Zuckerschoten und Safranrisotto. Doch Garnele erinnerte sie an Grille, und da sie ohnedies Lust auf einen 2014er ›Les Gardettes‹ hatte und überhaupt, bestellte sie dann doch geschmorte Ochsenbacke mit Rotweinsauce, Rosenkohl und Kartoffelstampf.

Und ließ sich auch noch das ›Croissant aux amandes‹ mit Joghurt-Sanddorneis vorsetzen. Und aus der Käsekammer das ein oder andere Würfelchen Rohmilchkäse von Affineur Maitre Waltmann. Der Liqueur ›Frangelico‹, destilliert aus wilden Haselnüssen und ausgesuchten Beeren und Früchten, glitt mit Jucheirassa über die entzückten Papillen der verwitweten ehemaligen Unternehmerin

Annelene Borsig, 62; frisch gebackene Pensionärin, unge-
bunden, unabhängig und unternehmungslustig.

*

Um in die Bar zu gelangen, lustwandelte sie einen Umweg.
Doch nicht die Rezeptionshalle mit Hirschkopfspeier und
Bibliotheksgalerie wollte sie noch einmal betrachten, sondern die Lobby. Massives, dunkel gebeiztes Gebälk. Mit
hellem Leinen bezogene Sessel, in denen es sich elegant
herumlümmeln ließ; immer zwei an einem flachen Tisch-
chen aus naturverwachsenen Baumscheiben. Silberne
Zuckerschalen darauf. Entlang den Pfeilern rückwärts ge-
bogene Strahler, deren Licht vergoldete Metallteller reflek-
tierten. Massives, dunkel gebeiztes Gebälk. Organische
Skulpturen aus Stein und Holz.

Der Interieurstil aus schallschluckenden, natürlichen
Materialien setzte sich in der angrenzenden Bar fort, jedoch entscheidend variiert. Die Tische waren rechteckig
und mit Glas belegt. An jedem Ende des Raums zwei geräu-
mige Nischen voller Sofas zum gefälligen Versacken. Dazwischen verlief – in Krampenform – der indirekt helllila
beleuchtete Tresen. Verblüffenderweise in Kniehöhe. Keinerlei hohe Hocker deswegen, sondern komfortable kurz-
beinige Sesselchen. Um Unfällen vorzubeugen? Jedenfalls
hatte der Innenarchitekt das gewöhnliche Barprinzip auf
den Kopf gestellt. Die Wirkungsstätte des Barmixers war
in den Boden versenkt. Mittig eine Pyramide voller geisti-
ger Getränke, gekrönt von einer Flasche Louis XIII.

Gleich beim Eintreten wurde sie vom anderen Ende
mit kümmerndem Augenkontakt begrüßt: der Samowar-

Mann. Sofort fühlte sie sich in ihrer Beschwingtheit bestätigt, doch war in seiner Nähe kein unbefangener Platz frei. Sie wählte eines von zwei Sesselchen an der langen Seite des Tresens. »Ist hier noch frei?« Eine junge Frau, offensichtlich die Tochter der ihr zugewandten Dame, lächelte nickend zu ihr auf.

Zu Annelenes Rechten der freie Sessel, auf dem nächsten aber ein Kerl Anfang siebzig mit einer Kokarde am Revers, von der sie gar nicht wissen wollte, was sie bedeutete. Sein Teint loderte unter weißen Stoppeln hervor, die den Schädel rundum bewuchsen, übers dreifache Kinn hinweg bis tief ins Gesicht hinein – nur die Brauen waren schwarz. »Wie bitte?«, tönte er mit Stentorbass, den Kopf lateral zur Blickachse gegen den Sitznachbarn geneigt. »'tschuldj'nse, aba so isset im Alta: Die Oan wern zwa imma jrößa, bloß dringt imma wenja dorich, wa?« Und dann lachte er, dass die Orchideen in den Vasen gilbten.

Insgesamt aber war das Publikum angenehm. Teure Frisuren, edle Zwirne, allenthalben Goldener Schnitt, und zwar auf legere Art – *sozusagen unterkandidelt*, dachte Annelene.

Sie bestellte einen staubtrockenen Martini. Der sie gegen die Avancen des Berliners wappnete, aber nicht davor bewahrte. Wenn er sprach, wanden sich seine schwarzen Brauen wie Raupen. Seifige goldene Brücken baute er ihr, und weil sie drauf pfiff, vertat er sich schließlich im Ton, indem er ihr einen »feuschten Fuzzi« offerierte.

»Wie bitte?«

»Kennse nich? Man befeuschtet 'nen Zeijefinger und steckt ihn det Jejenüber in't Oa, wa? Dit nennt man 'n feuchten Fuzzi!« Siebzigjähriger Lausbub, drehte er sich krachend lachend zu seinem Sitznachbarn.

Annelene traute ihren Ohren nicht. »Also wissen Sie ...« Doch noch bevor sie selbst ihm Paroli bieten konnte, erschien plötzlich der Samowar-Mann zwischen ihnen. »Na, na, Herr Doktor Bunke«, sagte er mit rumpelndem R – seine Familie stammte aus Siebenbürgen, wie Annelene kurz darauf erfahren sollte –, »Sie hatten wohl die ein oder andere Schnapspraline zu viel!«

Bunke fuhr herum. »Sie meinen ditte?« Er deutete auf seinen von einer drolligen Krawatte geschmückten Wanst. »Dit is keen Angbongboing, dit is een Kwaschiorkor, is dit!« Begeistert von seinem eigenen Bonmot haute er seinem Nachbarn auf die Schulter und lachte, als gäb's kein Morgen.

»Guten Abend«, wandte sich daraufhin der Samowar-Mann an sie, Annelene, mit demselben besorgten Blick wie am Frühstücksbuffet. »Ist hier noch frei?«

II

Gegen zwei Uhr waren sie beide die letzten Gäste. »Eine solche lange und freimütige und angenehme Konversation«, sagte Annelene, betrunken, erleichtert und nahezu glücklich, »habe ich schon ewig nicht mehr erlebt.«

»Das freut mich«, erwiderte Peter. »Und war mir ein außerordentliches Vergnügen.« Vorm Fahrstuhl deutete er einen Handkuss an. »Gute Nacht! Bis um elf zum Rührei mit Speck!«

»Gute Nacht, edler Ritter!«

Nachdem er sie aus dem Dunstkreis dieses unmöglichen Menschen errettet, hatte sie ihn wispernd gefragt, was zum Kuckuck der da eben eigentlich von sich gegeben habe. »Embonpoint ist ein Ausdruck für Wohlstandsbäuchlein«, hatte Peter erläutert, »und Kwashiorkor einer für Hungerödem. Ein Symptom der PEM, Protein-Energie-Mangelernährung. Man kennt das von afrikanischen Kindern.«

Mühsam ihres Abscheus Herrin werdend, schoss sie Doktor Bunke einen Blick ins Stiergenick.

Umso dankbarer war sie Peter. Seine Hände, seine Augen und seine Aufmerksamkeit waren unwiderstehlich und nährten schon früh den Wunsch, er möge ihr Misstrauen darüber zerstreuen, weshalb er sich mit einer »alten Schachtel wie mir« überhaupt abgebe.

»Alte Schachtel‹, ts, ts ... Wie alt ist denn die ›Schachtel‹, mit Verlaub – neunundvierzig? Ich übrigens fünfunddreißig. Und falls Sie mir das Geständnis entlocken wollen, ich wäre homophil, muss ich Sie enttäuschen.«

So oder so war sie zunächst einmal an seinem Ohr interessiert. Und tatsächlich offenbarte sie ihm in den folgenden Stunden ihr ganzes Leben. Und hinterher war es kaum noch zu glauben, aber: einschließlich ihres dunkelsten Geheimnisses.

Die Tempi ihrer Begegnung ließen gar keine andere Wendung zu. Schon mit dem ersten Stichwort hatte sie *in medias res* gezielt. »Teilen auch Sie Ihr Zimmer mit einer Grille?«

»Nein, aber im Wintergarten hab ich Zirpen vernommen. Und vor allem in der Landtherme ...«

»Oh Gott, ich dachte, ich käme vom Band!«

Er lachte. »Das denken die meisten. Sind aber quick-lebendige Heimchen, allesamt.«

»Heimchen ...!«

»Heimchen, ja. *Acheta domesticus*. Aus der Familie der *Gryllidae*. Überwintern gern im Warmen. Wer nicht?« Auf ihren wohl schwer zu deutenden Blick hin fügte er hinzu: »Ich bin Biologe. Gestatten? Peter Rau.«

»Heimchen ...! Heimchen am Herd ...« Sie ärgerte sich über ihr assoziatives Gestammel, und um die Ungelenkheit zu vertuschen, fügte sie noch plumper hinzu: »Wollte ich nie sein. War ich auch nie.«

»Das glaube ich Ihnen gern.«

Sie nahm sich zusammen. »Entschuldigen Sie mein un-motiviertes Geplapper. Annelene Borsig.« Geschäftsmäßig reichte sie ihm die Hand. Doch dann – als sei ihr Innerstes derselben Zwangsläufigkeit unterworfen wie die Quellen im Gebirge von Prošćenje – begann sie zu erzählen.

*

Beseelt und mit präzis dosierter Bettschwere schlief sie sofort nach dem Abschminken ein, erwachte aber drei Stunden später wieder; wieder mit hartem Herzklopfen. Diesmal erinnerte sie sich weder an einen Traum oder Alb-traum, noch vernahm sie Grillenzirpen. Mit angehaltenem Atem lauschte sie: außer Sturmgetöse vor den Fenster-türen – nichts. Die grünen Ziffern im Radiowecker: 5:08.

Obwohl so müde, dass ihr vom Gähnen Nacken und Kie-fergelenke wehtaten, konnte sie nicht wieder einschlafen. Auch im Hirn breiteten sich Schmerzen aus, und weil sie nicht wach im Dunkeln liegen mochte, ließ sie die Wandlampe an. Je länger ihre Schlaflosigkeit dauerte, desto heilloser verstrickte sie sich in ihr Grübelknäuel: Wie von ungefähr begann sie Argwohn zu quälen – Argwohn, einen Fehler begangen zu haben. Einen schweren, womöglich tödlichen Fehler. Ja, es kam ihr vor, als habe sie den Abend unter Einfluss einer unbemerkt verabreichten Droge verbracht. Einer Wahrheitsdroge.

Ängstlich starrte sie an die Decke, als habe sie auf oder gar zwischen den Strohmatten eine schnakenhaft huschende Bewegung ausgemacht. Wimmernd stand sie auf, und gebeugten Genicks – hin und wieder schräg an die Zimmerdecke schielend – floh sie die dreißig Schritte über den samtigen Teppich, vorbei an Truhe und Ledersesseln, Kleiderschrank und Sekretär, Plasmafernseher und Rattanquader, und lugte durch den Doppelvorhang in den nächtlichen Schneesturm, ohne etwas wahrzunehmen, weder die pilzköpfigen Weglämpchen noch die orangefarbene, sturmgepeitschte Birke. Ihr innerer Furor übertönte und -blendete jedes Bild, jeden Ton von außen. Angestrengt kramte sie in ihrem Gedächtnischaos, mit welchen Worten sie Peter ihre Geschichte erzählt hatte ...

»Mehrfach hab ich ihn angebettelt« – hatte sie wirklich ›angebettelt‹ gesagt? –, »aber Günter wäre nicht Günter gewesen, wenn er mir meine Insektenphobie hätte durchgehen lassen. Ich muss dagegen angehen, ich muss dies, ich muss das. In den Wochen vor unserer Urlaubsreise schob ich immer wieder Panik, aber dass es dann *so* schrecklich würde ...«

»Das Gerassel überall! Dieses wahnsinnige, ohrenbetäubende Schnarren aus den Bergen und Wäldern und Büschen und – oh, mir wird bis heute blümerant, wenn ich nur dran denke … Okay, dieser scheinbar harmlose Solo-gesang, dieses *Pririr-pririr-pririr* … ein bisschen besser zu ertragen, aber nachdenken darf ich auch darüber nicht.« *Habe ich nicht sogar von der Zwangsvorstellung gesprochen, eins von diesen wolframfädigen Beinchen in der Gurgel kleben zu spüren?*

»Dass unsere Wanderung dann in einer solchen Kata-strophe enden würde – im Nachhinein kommt es mir vor, als hätte ich es geahnt …«

»Jugoslawien. Heute Montenegro. Prošćenje heißt das Gebirge, wenn ich mich recht erinnere. Er wollte ein Foto von der Žijevo-Schlucht machen und ist abgestürzt.«

»Ja. Ja, ein Albtraum. Ein luzider Albtraum. Seitdem bin ich nie wieder in den Süden gereist.«

»Nie. Und wenn, dann Winterurlaub. In den letzten Jah-ren des Öfteren; bis dahin: nur Arbeit. Ich habe gern gear-beitet. Arbeit war mein Leben … aber jetzt, seit Anfang des Jahres, ist Schluss. Jetzt will ich mein Leben anders genie-ßen als durch Arbeit, verstehen Sie?«

»Neunzehnhundertneunzig. Ein Jahr später brach der Balkan-Krieg aus.«

»Inhaber einer kleinen Strickerei. Fünfundfünfzig Ar-beiterinnen hatte er unter sich. Und alle himmelten sie ihn an. ›Der Herr der Damen‹ nannten sie ihn! Drei Jahre nach seinem Tod hab ich die Fabrik verkauft. Sein Bruder hat mich verklagt, aber ich habe gewonnen.«

»Mein eigenes Unternehmen aufgebaut. Eine kleine, aber sehr ertragreiche Werbeagentur …«

Habe ich tatsächlich all das erzählt? Auch von ihrer mit aller Kraft geheuchelten Gerührtheit und unterdrückten Wut über Günters Hochzeitsgeschenk an sie: jenen emaillierten

Gussherd im Jugendstil, mit den verchromten Stangen? Auch von jenen beschämenden Anflügen klammheimlicher Erleichterung – darüber, dass sich das Damoklesschwert der von Günter, ohne je *sie* gefragt zu haben, erwarteten Schwangerschaft nach seinem Tod in Luft aufgelöst hatte? *Auch das habe ich erzählt?* Abenteuerlich. Doch am unglaublichsten war, dass –

Oh ja, ganz offensichtlich hatte sie das Geheimnis ihres Lebens verraten, das zentrale Geheimnis, das sie noch niemals einem anderen Menschen verraten hatte. Und jetzt einem *wildfremden Mann*, einfach so, wie nach dem Fingerschnippen eines Hypnotiseurs! Und zwar keineswegs widerstrebend, vielmehr zutiefst erfüllt von dem strömenden, ja schwallenden Gefühl, es endlich, nach all den Jahren endlich, endlich einmal aussprechen zu dürfen, wie stockend auch immer: »Abgestürzt, ja ... Bis heute sehe ich sein verdutztes Gesicht vor meinem inneren Auge, ja: gar nicht so sehr erschrocken, eher verblüfft, dass jener große, breite Gesteinsbrocken unter seinen Füßen plötzlich nachgab, einfach wegbrach, obwohl er, der allwissende Alleskönner Günter, die Stabilität ganz und gar anders eingeschätzt hatte, und weil alles so schnell ging, griff ich im Reflex nach ihm, aber ich – ich weiß nicht, es klingt furchtbar, aber – im Nachhinein, heute, nach all den Jahren, bin ich mir nicht sicher, ob ich ihm nicht, ob ich ihm nicht noch – einen *Stoß* versetzt habe ...!«

»Grauenvoll, oder? Wenn, dann versehentlich, natürlich, und trotzdem tönt diese gemeine Stimme in mir, die sagt, ich *heuchelte* bloß ... grausig. Händisch bin ich ziemlich ungeschickt, und im Gegensatz zu ihm hatte *ich* mich *schrecklich* erschrocken, als der Felsbrocken zunächst bloß ein

Stück tiefer sackte, und meine rechte Hand *schoss* in Richtung seiner Brust, und da, ich weiß nicht, ich weiß es nicht ...«

War es an der Stelle gewesen, dass Peter nach ihrem Mädchennamen gefragt hatte? »Borsig ... Borsig klingt so – borstig. Wie hießen Sie vor Ihrer Hochzeit?«

»Sonne«, hatte sie verlegen erwidert, »Annelene Sonne«, und beinah gegen ihren Willen stahl sich sodann ein von kindlicher Trauer verschattetes Lächeln in ihre Wangen, und Peter Rau, er sah es, und seine Spiegelneuronen zeigten ihr, dass er es sah, und da erzählte sie ihm auch noch von Madame Kassandra. Jener Kirmeswahrsagerin. Klischee mit schwarz gefärbten Haaren, schwarzer Paillettenbluse, goldenen Kreolen, tiegelweise Kajal und Lidschatten und blutrotem Lippenstift. Mit über der Kristallkugel gewölbten Händen – Fingernägel wie blutige Stilette – hatte sie geraunt: »Eines Tages wird etwas Unerklärliches passieren ...« »Was denn?« »Sie werden es wissen, sobald Sie es erleben ...« »Und wann?« »Irgendwann. Sie werden es wissen, sobald Sie es erleben – und wenn es vierundzwanzig Jahre dauert ...«

III

Als es an ihrer Tür klopfte, war die Suite von grauem, vorhanggefiltertem Tageslicht erfüllt. Verwirrt horchte Annelene. Zum zweiten Mal ein zaghaftes, aber deutliches Klopfen. Sie schaute auf den Radiowecker: 14:24 leuchtete es grün. *Was? Darf nicht wahr sein. Peter ... Rührei mit Speck ...* »Moment!« Sie stand auf. »Einen Moment!«, rief sie durch die Tür, klatschte sich im Bad ein wenig Wasser ins Gesicht, ordnete ihr Haar, hüllte sich in den Bademantel und öffnete lächelnd die Tür.

»Oh Entschuldigung«, sagte die Hausdame. Neben ihr ein kleiner, exakt gescheitelter Mann mit eifrigen Augen und Werkzeugköfferchen.

»Kein Problem«, sagte Annelene enttäuscht.

»Wissen Sie – Sie haben ein Heimchen in Ihrem Zimmer. Haben Sie das schon bemerkt? Herr Echsner würde gern die Fallen überprüfen.«

»Die Fallen?«

»Ja«, sagte Herr Echsner. »Unter den Strohmatten. Und ein wenig Spray versprühen. Insektizides Aerosol. Für Menschen unbedenklich.«

Sie hielt sich die Hand vor den Mund und schluckte. »Oh Gott, könnten Sie – könnten Sie in einer Stunde wiederkommen? Unterdessen mache ich mich frisch, und dann gehe ich ein wenig spazieren, damit Sie ungestört arbeiten können, ja?«

Es war wie verhext, doch als sie endlich fertig war – geduscht, frisiert und winterfest zugeknöpft –, zeigte der Radiowecker bereits die Zahlen 15:44. Sie ließ den eifrigen kleinen Kerl herein und ging im Gegenzug hinaus. Keine Sekunde lang wollte sie sehen, was der da trieb. Außerdem brauchte sie dringend frische Luft. Sie konnte immer noch nicht fassen, dass sie die schlaflose Nacht mit einem ganzen Vormittag Betäubung hatte bezahlen müssen.

Ihre Wetter-App zeigte minus dreizehn Grad an. Sie verließ das Hotel durch die Portiere des Wintergartens. Direkt vor der Tür der Kahnhafen mit den Anlegepfählen in venezianischem Stil, olivfarben mit hellgrünen Spiralstreifen und goldenen Pickelhauben. Es schneite Wattebäuschchen, die sich in dem schwarzbraunen Wasser in nichts auflösten. Offenbar herrschte hier ein Sturmloch, denn von schräg oben aus den Wipfeln der Erlen, Eichen und vereinzelten Kiefern vernahm Annelene das tiefe Fauchen des Russlandtiefs. Sie erfreute sich an ihrer Kaschmir-, Angora- und Lammfell-Vermummung; nur ihre Nasenspitze fror ein wenig. Sie überquerte die japanische Brücke übers Fließ und bog, wie ihr an der Rezeption geraten worden war, links auf die Asphaltstraße. Nach wenigen Minuten entlang des Kanals kam die angekündigte Brücke über die Hauptspree. Rechts einbiegen, in jenen Feldweg, der laut Beschilderung ›An der Hauptspree‹ hieß.

Hier kehrte plötzlich der Orkan zurück – und zwar von vorn. Annelene stopfte den Schal zurecht, kniff die Augen zusammen und stapfte durch den Schnee am Wegesrand voran. Noch erfreute sie sich an der klaren, frostbrennenden Luft.

Zwischen schneebedeckten Feldern beidseits des Weges weit verstreut Gehöfte mit meist recht schmucklosen Gehäusen, das Haupthaus auf den ersten Blick oft kaum von den Nebengebäuden zu unterscheiden. Hinter jedem Zaun, den sie in gewisser Entfernung passierte, dunkles Hundegebell. Sie hasste Hunde. Kein Mensch zu sehen in der januarharschen, stürmischen Landschaft, weder Wanderer noch Bewohner. Dafür immer wieder hinkende, hüpfende Krähenvögel, schwarz auf weiß, auf den vereisten Buckeln der Wege, auf den Feldern und entlang der großzügigen Raine, wo uralte Baumgespenster verschiedenster Rassen im Sturm wild tanzten. Und immer wieder diese unheimlichen, dünn bemoosten Kopfweiden, aus deren

Höhlungen der einsamen Wanderin Trolle an die Kehle zu springen drohten.

Zusehends kam sie sich vor, als durchdränge sie einen Windkanal. Unablässig schoss ihr der Schnee als eisiges Schrot gegen Stirn, Lider, Wangen, Nase. Sie richtete den Blick auf den schneeverwehten Boden, während sie sich vorankämpfte, schaute nur hin und wieder auf, wo zum Teufel sie sich befand, und einmal entdeckte sie dabei etwas, das ihr das Blut schockgefrieren ließ: Hinter einer ganzen Reihe jener schauerlichen Weiden glitt, knapp über dem Schneekamm, eine vermummte Sitzgruppe nebst einem hoch aufgeschossenen Sensenmann entlang – ... Halluzinierte sie schon, oder hatte sich da bloß ein Kahnführer mit dem Wetter verschätzt?

Annelene hatte sich ohne Weiteres zugetraut, einen Rundweg von etwa einer Dreiviertelstunde rein intuitiv hinzubekommen. Doch war schwer vorherzusagen, ob einer jener Abzweige vom Hauptweg nicht, nach geschätzten fünf bis acht Minuten, in eine Privat- und also Sackgasse mündete; abgesehen vom jeweiligen Zeitverlust verwirrte das Hin und Her ihren Orientierungssinn, und plötzlich stellte sie fest, dass es bereits erheblich dämmerte, und nun war sie bei Weitem nicht mehr sicher, ob sie es noch vorm vollständigen Eindunkeln zurück schaffen würde. Klar, sie würde sich immer wieder links halten müssen, um in einem Bogen an die Hauptspree zurückzukehren (und also zum Hotel), doch komischerweise stand auf dem Straßenschild an jedem größeren Abzweig bisher – ob links, ob rechts – jeweils ›An der Hauptspree‹! Und als es sie beim schon ein wenig hektischen Umschauen schwindelte, geriet sie in gefährliche Nähe zu einer vollständig ausgehöhlten, besonders spukhaften Kopfweide; plötzlich fühlte Annelene sich selbst wie eine: gedrungener, leerer Korpus, doch dem Kopf entwuchsen steife Tentakeln, wie einer Medusa, der die Haare zu Berge standen ... Vor jähem Grausen taumelnd und erfasst von einer heftigen Bö, wich sie seitlich aus, wobei ihr Stiefelabsatz auf den blank gefrorenen Abdruck eines Reifenprofils geriet. Im selben Sekundenbruchteil vollführte sie einen verqueren Spagat. Da ihr Körper erahnte, dass seine Adduktoren dem nicht gewachsen wären, warf er sich kurz vor Vollendung blitzschnell, in einer Art kinetischem Zauberkunststück, fuchtelnd herum – und bürdete die Folgen der rechten Seite auf: Ellbogen, Schulter und Hüfte. Der Schmerz der Traumatisierung zwang Annelene in eine kurze Ohnmacht, und beim Erwachen schrie sie vor Qual und Entsetzen laut auf. Wutentbrannt antwortete ein Hund, dem Timbre nach groß wie ein Wildschwein.

Panisch versuchte Annelene, sich aufzurichten. Doch wenn der Schmerz eine stützende Bewegung erlaubte, verbot sie der glatte Erdboden. Wie zum Hohn fing der Sturm nun erst recht zu toben an. Der Schneeschrot verwandelte sich in Hagel. Wie aus sich selbst heraus leuchtend, rasterten die Körner die Abenddämmerung, doch die prasselnde Dichte machte jede Sicht zunichte. Annelene krauchte durch den Schnee; sie litt Schmerzen und nackte, arktische Angst. Ihre Hose und lange Unterhose waren rechtsseitig vollständig durchnässt, und auf ihrem Oberschenkel spürte sie Frostbrand, dafür die Finger in ihren Handschuhen überhaupt nicht mehr; und nach einem guten Dutzend vergeblicher Versuche, auf die Füße zu kommen, kroch sie am Straßenrand durch den Schnee – ob in die Richtung, aus der sie gekommen war oder in die andere, wusste sie nicht. Sie sah nichts als hagelgepixeltes Grau; mit tauben Sinnen stellte sie sich darauf ein, mitten in der Zivilisation zu erfrieren.

In dem Moment vernahm sie Motorengeräusch; voller Bangen, überfahren zu werden, robbte sie unter entsetzlichen Schmerzen noch einen weiteren Meter von der Fahrbahn weg. Ein gelber Lichtkegel erfasste sie. Wie besessen winkte Annelene mit dem heilen Arm. Sie schrie. Wie von Sinnen schrie sie, und prompt verbellten sie vier, fünf Köter aus der näheren und ferneren Umgebung. Die Limousine bremste ab, geriet ins Schlittern, fing sich und kam neben ihr zu stehen. Die Warnleuchten blinkten, und dann öffnete sich die Tür, und vielleicht noch nie in ihrem Leben hatte Annelene Borsig einen testosterongespeisten Bass so herbeigesehnt wie in diesem Moment: »Wat is denn ditte füa'n Wintersport, ha'ick ja noch nie jesehn! Uff jeden Fall paralympisch, stimmt's oda ha'ick recht?« Und Dr. Bunke lachte, dass alle Höllenhunde im Umkreis von dreizehn Kilometern zu heulen begannen.

IV

Vier Stunden später saß Annelene Borsig an der Bar, vor sich den zweiten Martini. »Gebrochen ist nichts«, sagte sie, seltsam zufrieden, ja erfüllt von nahezu spiritueller Friedfertigkeit, »nur geprellt und gestaucht.«

»Na, da ham wa ja Schwein jehabt«, sprach Dr. Bunke von rechts, und die Resonanz seines Basses vibrierte in ihrem Kreuz. »Aber wirklich«, sagte Peter von links, und das

Siebenbürgen-R massierte ihr Sonnengeflecht. Zu ihrer eigenen Verwunderung kicherte sie wie ein Schulmädchen, mehr oder weniger ständig.

Zwei Dutzend Ärzte logierten im Spreewald-Resort, und einen besonders freundlichen hatte die Hotelleitung gebeten, sich Annelene einmal anzusehen. Er hatte Schulter, Ellbogen und Hüfte gesalbt und mit Eisbeuteln versorgt und des Weiteren »zwei, drei steife Drinks« verordnet. Nun hockte sie in einem der Sesselchen, flankiert von ihren Kavalieren.

Hinreißend strömte der Abend, mündete in die Nacht und verhalf Annelene zum wundervollsten Daseinsrausch seit Langem. Ihr grauenvolles nächtliches Unbehagen über Peters Mitwissertum hatte sich vollständig in Wohlgefallen aufgelöst, und Dr. Bunkes Humor fand sie inzwischen geradezu charmant, auf absurde Art, doch charmant. Als er sie mit einem »feuschten Fuzzi« überraschte, kreischte sie auf, angesäuert und doch sofort nachsichtig, und gleichzeitig registrierte sie betreten, wie gleichgültig ihr die Reaktionen der übrigen Bargäste waren. Sie lud die beiden Herren mehrfach zu einem Louis XIII ein, und der Preis von hundertzwanzig Euro pro Glas löste bloß Amüsement in ihr aus. Als irgendwo aus einer Nische das *Pririr-pririr* eines Heimchens drang, fand sie es idyllisch und begrüßte es wie einen sentimentalen alten Song im Radio, und Peter nahm das zum Anlass, aus seinem Forscheralltag in puncto Insekten und Parasiten zu berichten. »Sie glauben ja gar nicht, werte Annelene, was es da für Horrorgeschichten gibt!«

Er erzählte von *Dinocampus coccinellae*, der drei Millimeter großen ›Brackwespe‹, die Marienkäfern in den Bauch sticht und darin ein Ei ablegt, woraus eine winzige Larve schlüpft, die sich von der Körperflüssigkeit des Käfers ernährt. Willenlos geht der Marienkäfer weiterhin auf Blattlausjagd – und ernährt damit wiederum die Brackwespe, bis die sich durch einen Spalt in seinem Chitinpanzerchen ins Freie zwängt und sich in einen selbst gesponnenen Seidenkokon hüllt. »Doch damit nicht genug«, fuhr Peter fort; denn um nicht anderen Insekten zum Opfer zu fallen, bringe die Wespe den Käfer dazu, sie gegen solche Räuber zu verteidigen, indem er mit den Beinen um sich trete! »Die Wespe verurteilt den Käfer, zum Leibwächter seines Parasiten zu werden!«

Sicher, Annelene gruselte sich. Doch wäre es Selbstbetrug zu leugnen, dass es ein lustvoller Grusel war. Ihr ganzer wohldurchbluteter Leib, er kribbelte; sie wunderte sich darüber, vergaß aber gleich wieder, dass sie sich gewundert hatte. Peter lächelte. »Noch spektakulärer: *Myrmeconema neotropicum*. Ein Fadenwurm. Er dringt in das Nervensystem von *Cephalotes atratus* ein, einer südamerikanischen Ameise, und färbt deren Hinterleib knallrot. Dann befiehlt er ihr, nach roten Beeren zu suchen. Dort reckt sie ihren Hintern in die Höhe und wartet, dass ein Vogel sie aufpickt. Sodass der Fadenwurm sich schließlich in den Vogel einnisten kann, um dort Eier zu legen und über dessen Kot zu verbreiten.«

O ja, Peter lächelte, doch je grotesker und grausamer seine Beispiele, desto sicherer erkannte Annelene den diabolischen Humor dahinter. Sie kicherte und kicherte, bis sie ein Schluckauf ereilte wie eine 13-Jährige. »Oder *Pomphorhynchus laevis*. Die Wurmlarve manipuliert Flusskrebse, damit sie den Flussbarschen freiwillig ins Maul schwimmen ... Oder Baculoviren. Sie dringen in Raupen ein und deaktivieren per Enzym deren Fressbremse, und wenn sie vollgefressen sind bis zum Gehtnichtmehr, treiben die Viren sie bis in die Baumwipfel hinauf, wo sie endlich bersten, sodass der virenverseuchte Platzregen neue Opfer infiziert ... «

»Peter! Hören Sie auf!« Annelenes Wangen glühten. »Sagen Sie ... können eigentlich auch Menschen befallen werden?«

»Ich sage nur«, sagte Peter, »*Toxoplasma gondii*. Schläfer in den Gehirnen von dreißig bis fünfzig Prozent aller Menschen. Eigentlich befällt der Parasit Ratten und Mäuse. Danach werden die Nager von Katzenurin geradezu magisch angezogen ...«

»Und wenn der Toxodingsbums im *Menschen* aktiv wird ...?«

»Da steckt die Forschung noch mittendrin. Immerhin scheint sich zu bestätigen, dass infizierte Männer attraktiver auf Frauen wirken als nicht infizierte ...«

Harte Trinker beschleicht ja oft auf dem herrlichsten Höhepunkt des Rausches die Ahnung, wie bitter sie dafür werden bezahlen müssen – doch bleibt diese Ahnung stets blass und wirkungslos. Ganz ähnlich jene plötzlich sich aufblähenden Bewusstseinsblasen, in denen Annelene sich – mitten in einem besonders glückseligen Moment – kurz befangen findet: *Anne, aufgepasst! Hier läuft etwas schief!*

Doch platzen diese Blasen, sobald die Herren an ihrer Seite eine neuerliche Charme- oder Esprit-Attacke reiten, und so wird sie mitgerissen von ihrem eigenen Rausch wie von einem wilden Gebirgsbach im Prošćenje-Gebirge. Irgendwann kehrt sich das Verhältnis um, *diese* Blasen hören ganz auf, und fortan nimmt Annelene in Form von Blasen wahr, was *überhaupt* geschieht. Was mit ihr geschieht. Peters sardonisches Lächeln. *Pririr-pririr*. Das krachende Gelächter Bunkes. *Pririr-pririr*. Schon wieder sein abgelutschter Finger in ihrem Ohr. Ihr eigenes kirres Kichern. Die Cognac-Schwenker. *Pririr-pririr, pririr-pririr, pririr-pririr*. Der Tausend-Euro-Schein, den sie dem Barmann reicht. Der leichte, doch bestimmte Griff der Herren links und rechts an ihren Oberarmen, die Fahrt mit dem Fahrstuhl *pririr-pririr, pririr-pririr*, Lächeln und Gelächter und ihr eigenes, willfähriges Kichern, die Tür ihrer Suite, dann lange, lange Dunkelheit, rauschhafte Dunkelheit, und als Nächstes ihr vollkommen teilnahmsloses Gesicht im Spiegel, ihr eigenes bloßes, hochgerecktes Gesäß darüber wie ein Mond, dahinter Dr. Bunke, links neben ihr ›Peter‹ – nun endlich Günters Gesicht mitsamt dem dünnen Lächeln des Besserwissers offenbarend –, bekleidet auf dem Bettrand sitzend, zynisch ihre Hand haltend; rechts neben ihr der eifrige kleine Mann mit dem Köfferchen, der auf einem iPad herumwischt, und die ganze Suite, von hier, vom Bett aus bis an die verhängten Fenster dort hinten wimmelt, wie sie im Spiegel erkennt, nur so von Heimchen und Grillen; in biblischen Mengen besetzen sie übereinander krabbelnd und krauchend den samtigen Teppich, die Deckel der Truhen, die Ledersessel, den Sekretär und den Rattankubus und die riesige Couch, deren helle Polster dunkel vor Geziefer sind, ein einziges Gewimmel überall, ja selbst die strohmattengedeckte Decke, von der hin und wieder zwei, drei Exemplare herabfallen – auch ins Bett, in ihren nackten Nacken, in ihr Haar –, und das ohrenbetäubende Schnarren und Rasseln im Raume wabert im Rhythmus des schwitzenden Dr. Bunke. Wie gelb seine Zähne im Spiegel sind.

Dann Schwärze.

Dann die nächste Blase. Sie allein auf dem Bett. In ihrer Kehle eine Borste, doch ihr Würgen bleibt trocken. In ihrem Nabel ein Einstich, und als sie draufdrückt, dringt eine Art Hagelschnur heraus. Gleichgültig, tödlich gleichgültig tunkt sie die Fingerspitze hinein.

Die nächste Blase. Sie im Wintergarten vorm Samowar. Nackt. Keinerlei Empfindung außer universeller Gleichgültigkeit. Alle starren sie an. Aus dem Augenwinkel sieht sie, wie eine junge Frau ihrem Kind die Augen zuhält.

Die letzte Blase. Die Hausdame spricht sie an, aber sie versteht sie nicht. *Bin ich wach ...? Ich bin doch wach.* Sicher *bin ich wach ... oder?* Und plötzlich, im selben Moment, da die Willenlosigkeit zu weichen beginnt, wird ihr klar: O ja, sie *ist* wach. Sie *ist* im Wintergarten. *Nackt.* Und nun will sie doch etwas sagen, will sich entschuldigen für ihren Aufzug; je mehr ihre Willfährigkeit einer überwältigenden Peinlichkeit weicht, will sie sich erklären – doch als sie ihre Lippen bewegt, dringt nichts hervor als ein *pririr-pririr,* in so brillantem Ton, aus so fein gesalbter, geölter Kehle, mit so zartem Hall, dass sie selbst nicht entscheiden mag, ob ihre Tränen namenlosem Entsetzen geschuldet sind – oder der grenzenlosen Erleichterung, zurückgekehrt zu sein in den Schoß eines weltweiten, altehrwürdigen Ordens von Schwestern, dienend, wissend, seiend.

*

Einen ganzen Tag, vom Katerfrühstück gegen zwölf Uhr, das sie sich aufs Zimmer bringen ließ, bis zum Abendessen – bloß Süppchen, Blattsalat und Selters –, benötigte Annelene Borsig, um sich so weit zu erholen, dass sie ihr Spiegelbild länger als fünf Sekunden ertrug. Ein weiterer voller Tag ging dafür drauf, den letzten Rest Alkohol aus den Adern zu schwemmen. Und einen dritten Tag brauchte sie, um den Albtraum zu verkraften. Es half ihr dabei Peter.

An jenem dritten Abend begegnete sie ihm nämlich wieder an der Bar. Dr. Bunke war glücklicherweise abgereist.

»Ach was«, sagte Peter, »Sie waren ganz und gar ladylike. Keinerlei Peinlichkeiten zu verzeichnen. Es war schon besser, Sie bis zur Tür geleitet zu haben, das gebe ich zu. Aber – keine Verletzungen der Etikette nicht.«

»Ganz und gar der Kavalier«, murrte Annelene skeptisch, und nach einer Pause, in der sie eine aus unauslotbaren Tiefen aufsteigende Gereiztheit vergeblich zu bekämpfen versucht hatte, platzte sie heraus: »Sie, Sie als Biologe, jetzt sagen Sie mal ganz ehrlich: Sie sind doch auch der Meinung, dass eine Frau an den Herd gehört. Geboren ist zu gebären. Naturgegebener Hegetrieb und so.«

Und unbeeindruckt von ihrer scheinbar unvermittelten Vehemenz, erzählte Peter von einem in der Fachwelt viel diskutierten Experiment. »Wenn Sie eine Babyratte in einen Käfig setzen und ein erwachsenes Weibchen dazu, kümmert dieses sich sofort um das Baby. Setzen Sie statt dessen eine männliche Ratte hinzu, wartet die erst einmal ab. Schaut quasi, ob's nicht jemand anderen gibt, der die Aufgabe übernimmt. Nach einer Weile aber kümmert sich auch das Männchen um das Baby – und zwar genauso gut wie das Weibchen.«

Woraufhin Annelene für sie beide einen Louis XIII bestellte. Ihre alberne, doch wenigstens unbeschwerte Schwärmerei für den Bar-Genossen aber erschien ihr nur noch abgeschmackt. Ungerechter-, ungerechtfertigterweise konnte sie Peter plötzlich nicht mehr leiden. Der physiologische Kater war spätestens seit dem Vortag ausgestanden, und auch der Albtraum nunmehr verwunden. Warum wohl – so fragte sie sich, und sie spürte ihn geradezu asthmatisch herannahen –: Warum wohl lässt dieser unterirdische, stumm rumorende, kardinale Groll trotz- und alledem ums Verrecken nicht nach ...?

Ließ er aber doch. Löste sich in Wohlgefallen auf. Allerdings erst, nachdem sie ihm einen auberginefarbenen feuchten Fuzzi verpasst hatte, diesem hübschen jungen Spund.

Die Verböserung der Welt
Ein Fragment

Weiße Depression nannte er, worin er sich befangen fühlte. Seit Jahren latent; manifest aber spätestens, nachdem er sein Heimatdorf einschneidenden Veränderungen ausgesetzt sah. »Weiße Depression, ja«, habe er eines Nachts gedacht (so Bodo in einer seiner ausführlichen E-Mails an mich), und er wolle nicht Bodo Morten heißen, wenn dieser Begriff ihm nicht »jene kleinmütige, bittere Befriedigung« verschaffe, die ihm »dergleichen Grübelresultate aus den schlaflosen, cortisolgetränkten Stunden zwischen drei und fünf Uhr in der Frühe« nun einmal verschafften.

Der letzte Fall von ähnlich befriedigendem Kaliber sei allerdings sehr lange her – noch aus dem vergangenen Jahrtausend –; da hatte er das Schimpfwort ›Linksknöpfer‹ für Frauen ge- beziehungsweise erfunden. (Mit welchen er, nebenbei bemerkt, ungefähr seither nichts mehr zu schaffen gehabt hatte. – Der *vorletzte* Fall übrigens seine, wie er sie selbst bezeichnete: »größte schwurbeltheoretische Lebensleistung« – die Entdeckung, Anamnese und Analyse des *Morbus fonticuli*.)

(...)

Weiße Depression … nun. Analogbildung zu zum Beispiel dem Begriff der ›weißen Folter‹, deren Spuren im Gegensatz zur physischen äußerlich nicht sichtbar sind. Entsprechend, so Freund Morten, seien bei der ›weißen Depression‹ die üblichen Symptome zunächst nicht als solche *spürbar*, notabene nicht einmal für den Betroffenen selbst!

So wähne derselbe beispielshalber, sein Ekel, Überdruss oder Jähzorn angesichts eines ganz gewöhnlichen Passanten, der ihm nie irgendetwas getan hat, berge eine artbedingte Ursache – wo es sich doch vermutlich um bloß individuelle Aversion handele. Weiteres prägendes Merkmal: Lähmt die klinische (›schwarze‹) Depression die Handlungsfähigkeit des Patienten, so tue das die ›weiße‹ Depression mitnichten – auch wenn er sie nicht nutze. So weit die vorläufige Definition nach Bodo Morten (2013). (…)

Nicht, dass er nicht ohnehin eine verkrachte Existenz gewesen wäre (und unser Freund selbst wäre der Letzte gewesen, das zu bestreiten): Alkoholiker, Schädel-Hirn-Traumatiker, Migräniker – zeitweilig gar Psychiatrie-Insasse –; sprich, einen ordentlichen Hau gehabt hätte. (Niemanden entlässt eine staatliche Rentenversicherung ohne gewichtige Gründe mit neununddreißig in die Frührente.) Notabiturient, Studienabbrecher, erfolgloser Journalist und ebenso erfolgloser Romancier, dilettierender Doppellebenskünstler, Scheidungsopfer, gescheiterter Auswanderer, verarmter Rückkehrer – kurzum, spätestens gegen Ende seines fünften Lebensjahrzehnts »der Endverschrullung anheimgegeben« (B. M.).

(…)

Nach jenem vierjährigen Aufenthalt am Ionischen Meer – in Kouphala, Epiros/Griechenland – hatte Freund Morten einen rund zweijährigen Versuch unternommen, wieder in Hamburg Fuß zu fassen. Mehr oder weniger vergeblich, sodass er im April 2002 in das eine Stunde entfernte norddeutsche Geestdorf Beeckdörp zurückzog, wo er fünfundvierzig Jahre zuvor geboren worden war. Sandkistenkumpel Alfred Kolk war es, der ihm die goldene Brücke baute, das heißt, eine Wohnung anbot (darin Mutter Kolk seinerzeit soeben eingeschlafen und nicht wieder aufgewacht war) – großzügigerweise zu reinen Betriebskosten. Das Haus gehörte einem Onkel Kolks, der allerdings damals bereits im Altersheim lebte und später naturgemäß verstorben ist. Es war an ein Ehepaar mit drei kleinen Kindern vermietet (heute längst erwachsen und fortgezogen), doch Mutter Kolks Einliegerwohnung in der oberen Etage – mit treppenliftfähigem Aufstieg, zwei Zimmern und geräumigem Balkon inklusive Blick auf Beeckwiesen – war ein kleines Schmuckstück und unser Morten vielleicht verrückt, aber kein Idiot.

In jenen Nullerjahren waren seine Schwestern, ihres Zeichens eingefleischte Beeckdörperinnen, sowie vor allem Kolki nebst Manu recht zufrieden mit ihm. Er ging viel spazieren, und solange es Hinnis Kneipe noch gegeben hatte, besuchte er sie zwar regelmäßig, jedoch zumeist verblüffend diszipliniert. Hin und wieder fuhr er mit Kolki zu Satschesatsche oder Heiner, um in jener legendären Besetzung nach alter Väter Sitte einen zünftigen Skat zu dreschen, oder er ließ sich auf ein Pläuschchen bei Kai oder mir absetzen.

Anfangs hatte er sich sogar zwei neuen literarischen

Projekten verschrieben. Das erste bestand in einem Langgedicht, das, für einen – Originalton Morten – »Melancholiker« überraschend entschieden, wie folgt gipfelte:

> Wer sich, vermeintlich, all den Dreck
> der Welt aus seinen Wunden leckt,
> ist noch ein bisschen dumm.
> Denn die Welt ist eine Kugel,
> die, seit Geburt, im Herzen steckt.
> Darum.

Und zweitens recherchierte er umfänglich für sein, wie er es in seiner autobiografischen *Säufernovelle* genannt hatte, »Hauptwerk«, einen »dicken Roman in genau zehn Kapiteln« mit dem Arbeitstitel *Die Quelle des Beecks*, den er »die nächsten fünf Jahre mindestens werde hasslieben müssen«. Daraus ist leider nie etwas geworden.

Verantwortlich dafür, so Bodo mir gegenüber zufällig gerade erst unlängst, sei quasi eine »chronische Blutvergiftung«, letztlich eben doch durch jenen beschworenen »Dreck der Welt in den Wunden«.

Zwar habe er, Bodo, eine globale Verschlimmerung natürlich schon damals für möglich gehalten – er sei ja nicht blöd und, mit Verlaub, auch nie gewesen. Ja, schon seinerzeit, Ende der Achtzigerjahre, für höchstwahrscheinlich, wenn nicht sicher gehalten habe er solchermaßen »schleichende Verbösung der Welt«! ›Verbösung‹ – ein real existierender Terminus aus dem staatlichen Verwaltungswesen, der die Revision einer zuvor günstigeren behördlichen Entscheidung bezeichnet – avancierte blitzartig zu einem weiteren von Mortens Lieblingsbegriffen in jenen Tagen. Er hatte ihn erst kurz zuvor zum ersten Mal in seinem Leben gehört und war wie besessen davon; jedenfalls hat er ihn allein mir gegenüber in einem einzigen Gespräch mindestens ein Dutzend mal untergebracht.

Dennoch und gleichzeitig habe auch er nur allzu lange am Postulat der stabilen »zwölf Bedrohungen« festgehalten, wie es zu den seligen Zeiten der Eimsbütteler Skatrunden fixiert worden sei: eine quasi quanti- wie qualitativ fixe Summe an Übeln (historisch variabel; anno 1988 akut: Aids, Ozonloch, Neonazis, »die Haddschibullahs« et al.), die die Welt in ihrer grundsätzlichen Wehrhaftigkeit jedoch schwerlich infrage zu stellen vermochten, weil wo die Not am größten, sei die Rettung am nächsten und so. »Hanebüchen!«, klagte Morten. »Utilitarismus vulgärster Provenienz!« Wie es geistig möglich war, »ohne Kolbenfresser« mit derart widersprüchlichen Annahmen über die Welt zurande zu kommen, konnte er sich nur so erklären, dass es mit dreißig womöglich ungleich schwerer sei, mit Pessimismus zu leben, als im doppelten Alter.

Vielleicht war das Unterfangen »Hauptwerk« aber auch von Anfang an reichlich überambitioniert für einen Schwerbeschädigten? Wie auch immer; auf der Hand lag, dass ein fortgeschrittenes Nervenbündel vom Schlage eines Bodo Morten in dem beschaulichen Dorf seiner Kindheit weit besser aufgehoben war als einerseits auf Dauer in der sprachlichen Fremde eines anderen Landes und andererseits umtost von der Unwirtlichkeit eines millionenstädtischen Gemeinwesens. Zwar blieb auch Beeckdörp von Veränderungen nicht verschont, doch erhalten lange

Zeit ein Grundstock an Konstanten: die Gaststätte Heitmann, die doppelstämmige Rosskastanie, die Schwingewiesen, der schöne Friedhof oberhalb des Mühlenteichs, der Mühlenteich selbst, wiewohl zusehends versumpfend, und so weiter. (...)

Außerdem zählten zu diesen Konstanten unscheinbare Begegnungen wie die mit dem einstigen Grundschulkameraden Dutschke Duttheney (im Sommer 2008 oder 09). *Scheinbar* unscheinbar, in Wahrheit aber nachhaltig herzerwärmend, indem eine solche Begegnung unweigerlich zu einer Anekdote gerann, die man in Endlosschleife zum Besten geben konnte, seinen »Vormündern« (Morten) Kolki oder Manu gegenüber, seinen Freunden Kai Kersten, Johannes ›Satschesatsche‹ Bartels oder Heiner Wedel, Karin Kolk, womöglich Anita Adamczik oder wem auch immer sonst noch (mir zum Beispiel gewiss ein Dutzend Mal, jedesmal jedenfalls, wenn wir uns sahen ...):

Morten, an der Kreuzung wartend: »Dutschke! Herrliches Wetter heute, wa?« Nimmt sodann den offenen Reißverschluss im Schritt des Blaumanns wahr, den der heranradelnde Mann trägt. »Was' das denn. Kommt da gleich 'n Kuckuck raus?«

Rudolf ›Dutschke‹ Duttheney, mit nachlässigem Blick und lässigem Ratsch: »'n Kuckuck? 'ne Anakonda!«

Nun ja, und so ähnlich, und so weiter. Nichts Überwältigendes, und eben gerade drum so überaus erbaulich für den Erzähler. Und zwischen dem Bildschirm des Fernsehers und dem Kopf auch und gerade eines Bodo Morten blieben ohnehin stets zweieinhalb Meter unendlicher Distanz gewahrt – wiewohl es ihn zusehends (wenngleich bloß ›weiß‹) deprimierte, »welch fröhliche Urständ die Kulturtechnik des Köpfens feiert, im *Game of Thrones* wie Nahen Osten gleichermaßen«.

(...)

Dann der Schlaganfall, an dem er wiederum neun Tage darauf verstarb.

(...)

Wiewohl damals beileibe ein gutes Stück davon entfernt, im nichtsdestoweniger behaupteten »Vollbesitz« seiner geistigen Kräfte zu sein, hatte Bodo ›Mufti‹ Morten bereits am 28. Mai 1995 ein (literarisches) Testament gemacht. Wir entsprachen seinem letztem Wunsch und Willen weitgehend.

Und letztlich und folglich wurde er auch auf dem Beeckdörper Friedhof bestattet, und zwar unter »eine(m) schlichten Feldstein« mit der gewünschten Inschrift

BODO GUSTAV MORTEN
geboren 11.2.1957
gestorben 17.4.2014
Er war ein fairer Verlierer.

Zwar taten wir unser Bestes, dass die Trauerfeier, wie von ihm außerdem verfügt, »recht fröhlich und lustig« verliefe – gelungen ist es uns nicht.

Leonard Verlehn
Hamburg, im Sommer 2014

Der Ritter von der Rosskastanie

Wie mir der Glaube an Gott abhanden kam, ich weiß es nicht mehr. Nahezu zwangsläufig, wie so vielen aus unserer Generation. Gleich dem an den Weihnachtsmann. Jedenfalls bereits, bevor ich wirklich erwachsen wurde.

Stattdessen glaubte ich bald an die schönen Künste, namentlich an das Schreiben; ganz energisch naiv. Doch verflucht noch mal, weit jenseits der fünfzig stellte ich verdutzt und ratlos und schließlich traurig fest, dass mir auch der Glaube daran abhandenzukommen drohte.

Schlaflos grübelte ich. Und kam zu dem Schluss, dass einige individuelle Grundfesten meines Glaubens – nein, nicht nur erschüttert worden waren. Planiert. Dem Erdboden gleichgemacht.

Bog man von der Hauptchaussee ab, fuhr man eine rund tausend Meter lange Gerade nach Beeckdörp herein. Linker Hand die riesenhaften Eichen, die im Paradies von früher standen, wo sich der Mittellauf des Beecks hindurchschlängelte, über Steine plätscherte, unter Böschungen gurgelte, wo damals noch Kühe soffen. Nach meinem Geburtshaus am Bahnübergang und der ersten großen Kreuzung am Spritzenplatz folgte am Ende einer S-Kurve die zweite, in deren nordwestlichem Quadranten Hinnis Knei-

147

pe stand. Der Milchbock, der Treffpunkt der Dorfjugend bis 1972, stand im nordöstlichen; im südöstlichen Kolks große Heu- und Strohscheune, und im südwestlichen, am Rande des Schulhofs, die hundertachtzig Jahre alte turmhohe, doppelstämmige Rosskastanie.

Was für ein Baum! Ein Traumbaum, ein Stammbaum. Ein Totem. Denkmal. Tröstliches, immerwährendes Wahrzeichen. Und doch lebendiges Wesen; ein Weib von Baum, die Matrone der Dorflandschaft, hart und fest und sturmmerprobt, hochwürdig und gütig und grad ihres biblischen Alters wegen von atemberaubender Schönheit. Stürbe sie dereinst – undenkbar, doch wenn –, dann könnte Rübezahl daraus eine martialische Zwille schnitzen: Dem massiven Wurzelblock entwuchsen zwei stämmige Beine, die sich alsbald in kühnen, armleuchterartigen Schwüngen verästelten und wiederum verzweigten, bis sie eine wundersam ausbalancierte Krone ausbildeten.

Die mächtige Wächterin meiner Kindheit. Ohne dessen jederzeit innezusein, liebte ich ihre grobrissige Borke, ja sogar die warzenhaften Knorren, aus denen Zweiglein sprossen. Als ich groß genug geworden war, dass ich den untersten Ast erreichte, indem ich mit gereckten Armen nach ihm haschte, wuchs ich noch über mich hinaus: Ich machte einen Klimmzug und trippelte gleichzeitig halsüberkopf den Stamm aufwärts, hakte mich mittels Kniekehle an den Ast und turnte hinauf – ich wusste kaum wie –, bis ich zu sitzen kam.

Schon hier war alles anders. Von außen, von Weitem erschien stets so dicht das Kleid der riesigen alten Kaiserin, doch kroch man selber mit drunter, färbte nicht nur etwas von ihrer Majestät ab auf den unverschämten Spargeltarzan, es eröffneten sich auch sagenhafte Perspektiven: Ich konnte Dutschke Duttheney auf den strohgedeckten Kopf spucken, wenn ich wollte.

Doch ich wollte noch höher hinaus – bis dorthinaus, wo ich selbst nicht mehr zu vermuten war, aber das halbe Dorf überwachen konnte. Was für ein Ausblick! Schorse Fick, der auf seinem Fahrrad die Kreuzung überquerte, passte zwischen Daumen und Zeigefinger. Der Scheitel Erna Duttheneys, die grad Wäsche aufhängte, war ja dermaßen breit, das gab's ja gar nicht! Noch eins höher. Gedehnte Sehnen, geballte Muskeln. Borke an der Wange. Pochendes Herz. Ich sah den First der Schule von oben. Was da nicht alles in der Dachrinne lag! Na ja, ein rotes Bällchen und so was.

Kolki war, wie im Rausch, einmal bis fast ganz nach oben geklettert. Fünfundzwanzig Meter hoch. Und schaffte es nicht wieder hinunter. Die Freiwillige Feuerwehr Beeckdörp musste ihn holen wie eine Katze.

Und wie die große alte Zauberin mit ihren Früchten luderte ... Unter ihren rostenden grünen Reifröcken an jenen goldenen oder nebeligen, stillen oder stürmischen Nachmittagen zwischen Altweibersommer und November trafen sich Kolki und Volli, Hannes und ich mit Körben oder Kartoffelsäcken. Stolperten über die Knüppel des ausgreifenden Wurzelwerks. Schnüffelten im raschelnden rotbraunen Bodenflor, der kleinerenteils schon gor und sanft beduselte. Sammelten jene großen Nüsse ein zu Dutzenden und Aberdutzenden; knackten die von Sturz und Geilheit geplatzten grünen Sputniks und klaubten den handschmeichlerischen Kern heraus, dessen vollkommenes Braun ein feuchtes Häutchen zu überziehen schien, abgesehen von der stumpfen runden Narbe an der Basis. »Sieht aus«, sagte ich, »wie der Hintern von Braunbärbabys, äy.« »Du«, sagte Kolki, »siehst auch aus wie der Hintern von Braunbärbabys, dorr.« Und Volli und Hannes meckerten wie Fitschens dösiger Ziegenbock.

Und die prallen Säcke verkauften wir für fünfundzwanzig Pfennig pro Kilo an die Jäger, die das Wild im Wald damit kirrten. Alberne Kastanientiere aber bastelten nur noch die dösigen kleinen Schwestern.

Und ein paar nahm ich mit nach Hause, als Fracht für die Rungenwagen der elektrischen Eisenbahn. Obwohl sie eigentlich zu groß waren. Eicheln eigneten sich eigentlich besser.

Und im Spätherbst hatte der olle Friedrichs alle Fäuste voll zu tun, all der Fuder vielfingriger, dorrer Laubblätter Herr zu werden, die sie nunmehr willfährig davonsegeln ließ oder gar abschüttelte, die stämmige, heilige Urururur-Amme, um sodann den Winterstürmen fuchtelnd zu trotzen, nackt und schmucklos, stoisch und voller Passion.

Schon im Februar aber trieb sie wieder ihre klebrigen Knospen aus, und wenn die sich öffneten und das empfindliche Grün entfalteten, dann fingen wir an, auf jene Tage hinzufiebern, an denen sich die greise Göttin mit Unmengen Rispen voller Blüten von bräutlichem Lilienweiß aufhübschte, deren gelber Fleck in der Mitte sich nach der Defloration rot färbte und die im Radius der Krone schließlich zu einem märchenhaften Frühlingsteppich zusammenschneiten, während die Amsel Liebeslieder aus der Krone flötete.

Und im August stand wieder das Karussell auf dem

Schulhof, und in jenem besonderen Jahr, da stand da Monika bei ihren Freundinnen, und ich hatte ihr eine Rose an der Schießbude geschossen und wollte sie ihr überreichen, dort unter der alten Rosskastanie – doch plötzlich war Monika weg, und ich wartete auf sie den ganzen Nachmittag, und als sie endlich zurückkehrte, sagte sie etwas ganz Schreckliches.

Und überhaupt, wie oft hatten Kolki und Volli, Hannes und ich uns fortan rücklings an den schuppigen Klumpfuß gelehnt, behutsam beschirmt von den himmelwärts gestaffelten Laubschwingen des guten alten Rossdrachens, um all das Hoden- und Herzeleid mit den Dulcineas durchzuhecheln und mit Dosenbier zu lindern?

Nun gut, was es zu jener Zeit einmal gewesen war, war Beeckdörp längst nicht mehr. Das war selbst einem wie mir klar, nachdem ich nach meinen Hamburger Jahren und den Jahren am Ionischen Meer in mein Heimatdorf zurückgekehrt war, endgültig zurückgekehrt war.

Immerhin war mir noch ein, zwei Jahre lang der Genuss vergönnt gewesen, Hinni Heitmann in Aktion zu erleben. Uralt geworden, hatte der Wirt der Dorfschänke bis zu seinem letzten Atemzug hinterm Tresen gewirkt. Die Haare fein wie Spinnfäden, wie Gneis die Haut, und während der Schaum auf den Bieren knisterte, schauten seine wasserklaren Augen quer durch die Seelen der letzten Gäste. Hinter ihnen erkannte er vielleicht den *Monarch*, vor dem Volli und Kolki, Hannes und ich einst Stunden unserer Jugend verbracht, glückliche sogar, solang ein defekter Mechanismus dafür sorgte, dass allein bei Einwurf einer Fünfzig-Pfennig-Münze das Konto auf zwölf Mark dreißig emporratterte. Vielleicht erkannte er darüber hinaus die Jukebox, die den Soundtrack zu jener Goldgräbersphäre lieferte: *Tune to the Music, Foot Stompin' Music, Whole Lotta Love* ... Ja, vielleicht erblickte er durch die Mauern hindurch den alten Milchbock auf der anderen Seite der Straße, vor der Hecke des einstigen Hofes Fieten Fitschens.

Nach Hinnis Tod zog sich sein Sohn aus dem Geschäft zurück und verpachtete die Gastwirtschaft. In den Nullerjahren mühte sich ein traditionsbewusster Nachfolger redlich, sie mitsamt Saal und Kegelbahn als Dreh- und Angelpunkt der Dorfgemeinschaft aufrechtzuerhalten; als Treffpunkt für Klönschnacks bei Lütt un' Lütt, als selbstverständlicher Ort von Familienfeiern, als sportliche Vergnügungs- und zentrale Stätte der Schützen- und Feuerwehrfeste ... – allein, auf Dauer vergeblich. Das Dorf starb. Es starb – außer am Gift der Zerstreuung und Vereinzelung – an seinen Wucherungen. Als Kolki, Hannes und ich eingeschult worden waren, hatte es vierhundert Einwohner gezählt, nunmehr zweitausend. Schon vor Jahrzehnten hatte das große Bauernsterben eingesetzt. Hatte einer Glück im Unglück, dann zählte sein Acker zum städtischen Bebauungsplan. Beeckdörp aber war kein Dörp mehr, sondern verkam zu einem Schlafviertel der Kreisstadt Stade.

Begegnete man jemandem auf der Straße, wurde keineswegs ganz selbstverständlich gegrüßt wie früher. Keiner der Neubürger fühlte sich noch bemüßigt, einem der Vereine beizutreten oder wenigstens bei Dorffesten aufzulaufen, um der Gemeinschaft einen Wunsch nach Teilhabe zu signalisieren. Ganz offenbar gab es diesen Wunsch gar nicht. Die Neu-Beeckdörper waren anonyme Städter, und sie wurden immer mehr, indessen die Alteingesessenen immer weniger wurden. Und diese schrumpfende Kerngemeinde, sie vereinsamte zusehends auf ihrer Allmende.

Eines Tages etwa hatte ich eine Erfahrung machen müssen, deren gewisse Pikanterie übrigens höchste Ansprüche an meine Selbstironie stellte ...

Ich betrachtete mich ja durchaus selbst als Sonderling. Ich akzeptierte diesen Stand nicht nur, ich reklamierte ihn für mich. Sicher, ich war eine verkrachte Existenz, doch als Künstler, als ehemaliger Großstädter und Auswanderer und Rückkehrer gefälligst respektabel an einem Flecken wie diesem. Und selbst wer da partout nicht folgen wollte, kam nicht umhin, meinen Status als gebürtiger Beeckdörper anzuerkennen (o ja: Hausgeburt!). O ja, ich pflegte mein Selbstbild als bescheidene, schrullige, aber eben bitte Eminenz.

Nun passierte Folgendes. Bei sonntäglichem Sonnenschein radelte ich durchs Dorf. Kaum war ich im Schatten der doppelstämmigen Rosskastanie an jener großen Kreuzung bei der Gaststätte Heitmann abgebogen, kam unversehens einer von zwei Halbstarken direkt auf mich zugeradelt. Der Lümmel scherte quasi aus der Doppelspur aus und hielt mutwillig auf mich zu. Er war rund sechzehn, kräftig und bester Laune. Sein gebräuntes Gesicht glänzte, ja glühte, vielleicht aufgrund von Alkoholgenuss. »Hattattattattattaaa!« machte er mit albern aufgerauter Stimme, indem er sich – die Ellbogen abgespreizt – über den Lenker beugte und grinsend auf mich zusteuerte. Und natürlich kurz vorher abdrehte, einmal triumphierend zu seinem Kumpel hinüberkeckernd, der darauf noch nicht mal reagierte (auch nicht etwa peinlich berührt, nein, einfach gar nicht), und dann wieder zusammen mit ihm seiner Wege radelte.

Ich bremste, hielt an und drehte mich um. Was zum Teufel war das? Die unbekannten Knallköpfe würdigten mich keines weiteren Blickes und waren im nächsten Moment verschwunden.

Dergestalt gefoppt, war ich verdutzt, verwirrt und verärgert. Abgesehen von der Selbstherrlichkeit, abgesehen von der ganz und gar organischen Unverfrorenheit erboste mich, dass ich die Pointe der Posse nicht begriff. Ein Rotzlöffel machte einem gesetzten Herrn von sechsundfünfzig Jahren den Buhmann, wie ein Erwachsener einem Kind den Buhmann macht? Hä? Und offenbar konnte man in seiner Eigenschaft als Rotzlöffel heutzutage eine derartige Unverschämtheit ganz beiläufig vollstrecken, ohne befürchten zu müssen, dafür sofort zur Rechenschaft gezogen zu werden. Reg dich nicht auf, Alter. War doch bloß 'n Scherz. Ja gut, 'n blöder. Und?

Eingangs erwähnte Pikanterie, übrigens, war nichtsdestoweniger nicht von der Hand zu weisen: Sie bestand im Genius Loci. 1972 hatte wie erwähnt hier, an derselben Kreuzung, der Milchbock gestanden, auf dem Kolki, ich und all die andern gehockt hatten, um unsererseits die Granden des Dorfes zu veralbern. Allerdings, und das war der entscheidende Unterschied, verstohlen! Die Objekte durften es nicht mitkriegen, sonst wären die Subjekte zur Rede gestellt worden – spätestens von ihren Eltern. Wer aber waren die da, wer ihre Eltern?

Und das in *meinem Dorf* ... Demütigend war das, ja doppelt demütigend, weil Lappalie.

Zwei viel schlimmere Geschehnisse nämlich sollten folgen.

Das erste ereilte mich zunächst bloß als das Gerücht, Hinnis Sohn wolle die Gaststätte Heitmann abreißen lassen.

Dann bestätigte es sich. Um das Lokal weiterhin verpachten zu können, hätte er in seine Modernisierung investieren müssen – in allzu riskanter Höhe. Da waren die fünfstelligen Abrisskosten günstiger. Was mit einer derart sperrigen Immobilie sonst anfangen? Zumal sie architektonisch nicht sonderlich attraktiv war. Nein, die Kneipe war nichts mehr als ein Seelenmuseum ihrer einstigen Gäste.

So nahte der Tag der Abrissbirne. Die untoten Nachtmahre noch huckepack, radelte ich zu Kolki und Manu, greinte und graulte mich. Erfuhr, dass die Arbeiten die ganze Woche dauern würden. Und borgte mir aus einem Fluchtimpuls heraus Manus Auto.

Eine Weile irrte ich über die Geestdörfer mit ihren Maisplantagen und bemalten Milchkannen und Wagenrädern vor den Haustüren, dann durch Stade und die Obsthöfe des Alten Landes hinterm Elbdeich, und schließlich – ein seltsamer und doch auf verdrehte Weise folgerichtiger Impuls – entschied ich, meiner alten Hassliebe Hamburg eine Stippvisite abzustatten.

Jahrelang war ich nicht mehr in der Millionenstadt gewesen. Mit Ausnahme von Besuchen Heiner Wedels oder Satschesatsches; doch handelte es sich dabei zumeist um größere, lokal begrenzte Anlässe, wo Kolki mit von der Partie war, und also quasi betreute Ausflüge. Ich hatte Angst.

Angst vor der ein oder anderen Reminiszenz an die sowohl glücklichen wie verpfuschten Kapitel meiner Biografie, mit denen mich der ein oder andere *dortige* Genius Loci infizieren mochte; aber auch ganz handfeste Bedenken, etwa, ob mein fadenscheiniges Nervenkostüm dem Ansturm der Urbanität nach all den Jahren im stillen Winkel überhaupt noch standhalten würde.

Entsprechend halbherzig wählte ich meine Pfade. Zwar nahm ich gleich die erste Ausfahrt nach dem Elbtunnel und war binnen fünf Minuten in Ottensen, wo ich vor meiner Rückkehr nach Beeckdörp gelebt hatte. Doch kurvte ich nur ein bisschen durch die Hauptstraßen; traute mich nicht einmal in die Nähe des Hauseingangs zu meiner damaligen Wohnung, und sei's nur, um nachzuschauen, wie weit die Gentrifizierung dort vorangeschritten war; brachte ums Verrecken die Entschlossenheit nicht auf, den Wagen irgendwo zu parken und durch die Gassen zu bummeln. Es waren mehr Menschen unterwegs, es gab Neubauten, etliche Ecken waren nicht wiederzuerkennen, andere hatten sich kaum verändert, es herrschte mehr Verkehr, an manchen Fassaden hatten wahre Meister der Graffiti-Kunst gewirkt, an den meisten die letzten Stümper, Tische vor den Lokalen, obwohl grad mal fünfzehn Grad, auf dem Alma-Wartenberg-Platz der obligatorische Kappenträger mit FC-St.-Pauli-Sweater und Astra-Knolle, bewundert von dem Hund mit Halstuch zu seinen Füßen; die Mädchen waren schön und selbstbewusst wie immer, und die Hipster trugen Vollbart (außer, jede Wette, in der Unterhose) – das war alles, was ich auf dieser wenig nachhaltigen, schlafwandlerischen Straßenkreuzfahrt wahrnahm.

Ähnlich ging es weiter. Ich fuhr nach Eimsbüttel, wo ich als Bummelstudent gelebt, nach Hoheluft, wo ich mit Anita gelebt, nach Winterhude, wo ich einst eine geheime Schreibkammer unterhalten hatte – doch nirgends sperrte ich die Augen wirklich auf.

Schließlich plagte mich Durst. Am Winterhuder Markt war zufällig ein Parkplatz frei, und so kaufte ich mir in einer Bäckereifiliale eine Coca-Cola. Als ich sie aus der Vitrine nahm, haute mir ein Kunde bei einem Wendemanöver seinen Rucksack um die Ohren.

»Äy! Mann!«

»Schulligung ...«

Rucksackträger. Rucksackträger. Blindlings entwarf ich einen Drei-Sekunden-Einakter, in dem dieser bucklige Spacken aufgrund Verstoßes gegen die Rucksackverkehrsordnung vom Rucksackunfallgegner standrechtlich geköpft wurde.

Vor dem Laden stand ein Bistrotisch, und während ich dort zittrig meine Cola schluckte, drang mir ins Bewusstsein, was ich während der bisherigen zweistündigen Stadtstreicherei offenbar bloß unterschwellig abgespeichert hatte: nämlich, dass im jeweiligen Verkehrsfluss durchschnittlich alle zehn Minuten eine meist finster lackierte Fuffzigtausend-Euro-Karosse passierte, deren Motorenklang dem blutrünstigen Röcheln eines Löwen nachempfunden war. Mit Wonne ließen die Fahrer ihn bei Zwischengas aufbrüllen. Der Dschungel der Großstadt schien dichter geworden zu sein in den letzten zwölf Jahren. (Früher reklamierten derart spitzendosierte Lärmhoheit exklusiv für sich die Biker.) Noch häufigeres Phänomen: SUVs. Allein ihre Ausmaße anmaßend, asozial und aggressiv.

Nahmen Sicht und Sonne und vermittelten den Eindruck, mit ihren Fahrern sei allenfalls anhand vorgehaltener Panzerfaust zu reden.

Jäh wurde mir übel. Die schwarze Brause im Magen schäumte auf; ich ließ die Neige stehen und fuhr auf direktem Weg zurück nach Ottensen, weil ich lieber über Othmarschen auf die Autobahn gelangte als über Bahrenfeld. An der Kreuzung Hohenzollernring/Friedensallee machte ich ein letztes Mal halt, um in meinem einst bevorzugten Zigarrenfachgeschäft ein paar Leckerbissen zu erstehen. Hatte das dringende Bedürfnis, mich daheim zu belohnen für all die Zumutungen.

Als ich aus der Tür trat, herrschte gerade eine dieser kurzen Ampel-Umschaltphasen, wo der Querverkehr bereits steht und der Längsverkehr noch nicht gestartet ist oder umgekehrt – eines dieser manchmal sanft verstörenden Ruhelöcher in der Krachkuppel der Stadt. Doch beim nächsten Wimpernschlag vernahm ich ein alarmierendes, weil rasant eskalierendes, nervzerfetzendes Turbinengeräusch. Unwillkürlich zog ich den Kopf ein, und beim nächsten Wimpernschlag schoss eine schwere Rakete die Friedensallee hinunter. Satan ritt sie. Anstelle eines Kopfes trug er eine Bowlingkugel.

Noch im Alten Land erreichten meine Puls- und Blutdruckwerte die Höchstgeschwindigkeit jenes Psychopathen.

Ich brachte den Kolks ihr Auto zurück. Versuchte, nicht allzu schlimm ins Greinen zu geraten – vergeblich –, und berichtete im Stil eines Kriegsreporters, und schließlich wagte ich Kolki zu fragen.

»Die Eternitplatten haben sie runter«, sagte er. »Weiß gar nicht, ob sie schon bei den Dachsparren bei sind. Morgen geht's weiter.«

In der Dämmerung schließlich ging ich heim, und auf der Kreuzung am Spritzenplatz hütete ich mich, einen Blick längs der Ideallinie durch die S-Kurve hinaufzuschicken zur nächsten großen Kreuzung, wo Bagger und Planierraupe im Nachtschatten der doppelstämmigen Rosskastanie von ihrem Tagwerk ausruhten.

Den Rest der Woche igelte ich mich in meiner Kammer ein.

Dann ging ich doch hin. Ich konnte nicht mein restliches Einwohnerleben damit verbringen, Umwege zu laufen.

Es sah aus, als habe eine Bombe eingeschlagen.

Das Einzige, was noch stand, war die akkurat frisierte Ligusterhecke. Die Lücke darin für den Zugang zum einstigen Eingangsportal ... es wäre gewesen, als träte man in einen Abgrund, und ich hatte es nicht fertiggebracht, mich ihm auf mehr als zwanzig Schritt zu nähern.

Ich starrte auf das, was nichts mehr war. Die kantige Hecke hegte eine Mischung aus Mutterboden und Geestsand ein, Brache, Nichts. Kein Widerstand bot sich meinem nostalgischen Blick, todgeweiht ging er quer hindurch durch jenes fahle innere Bild und erstarb an den Mauern der Nachbargebäude. Die leere, aufgewühlte Fläche, sie erschien erschreckend klein für die großen Zeiten, die wir auf ihr zugebracht hatten im Laufe der Jahrzehnte; ja, angesichts der Menge des stattgehabten Glücks und Trosts waren die Abmessungen der Fläche ein Witz – und doch wirkte das Loch ozeanisch. Die amputierte Seele des Dorfes. Da, so dachte ich mit einer trostlosen Kalauerbefriedigung, ist Hopfen und Malz verloren.

Und es war *in dem Moment, im selben Moment* war es.

Um mich von dem entsetzlichen Anblick zu erholen, beschloss ich, mich in den Schutz der guten alten Kastanie zu begeben. Ich machte die paar Schritte rüber zum Schulhof, um mich an ihren Stammfuß zu lehnen, und ich war noch nicht ganz dort, da roch ich schon den Gestank nach Erbrochenem. Und erkannte, daß sie eiterte, meine liebe alte Kastanie. Die Borkeschuppen waren schwarz wie Melanome, und zwischen ihnen blutete es Teer, der nach Erbrochenem stank. Es war eine breite Spur in der Kehle zwischen den beiden Stämmen, rot und schwarz wie rostiges, eitriges, teerzähes Blut, und es stank wie Erbrochenes; und ich schwöre, fast wäre ich ohnmächtig geworden.

Erneut kam eine Katastrophe mir als einem der letzten Dorfbewohner zu Ohren. Dass eine der im Landkreis ersten Infektionen durch den *Pseudomonas syringae pv. aesculi* ausgerechnet eben diese ganz besondere Kastanie betraf, die bisher sogar von der weiß Gott schon infamen Miniermotte verschont geblieben war.

Aus der Presse hatte ich bereits vor einiger Zeit von jenen tückischen Pseudomonaden erfahren. Sie verbreiteten sich über Wind und Regen. In den bakterienverschleimten Wunden nisteten sich Pilze ein, bis die eben noch prächtigen Bäume verfaulten bei lebendigem Leibe. Übrig blieb nur die karge Saurierkarkasse. Bevor morsche Äste Menschen gefährdeten, musste radikal gefällt werden. In den kommenden fünfzehn Jahren rechnete man mit Ausrottungsraten bis zu neunzig Prozent. Gegenmittel gab es nicht. Forschungsgelder flossen stockend. Keine Forstwirtschaftslobby, die einschritte wie etwa bei der Bekämpfung des Eichenprozessionsspinners. Die Rosskastanie taugte nicht einmal zu Kaminholz, weil sie verfeuert ungut roch. Sie war zu nichts nutze. Sie war nur schön.

Das alte Lied.

Keine drei Monate später also kam auch *der* Tag, der Tag der Kettensäge; ein nassforscher, kalter Dezembertag. Diesmal – zunächst wusste ich nicht genau, warum – setzte ich mich dem Gemetzel sehenden Auges aus.

Vom Amt beauftragt, rückte die Gartenbaufirma mit vier Spezialfahrzeugen an. Die Fahrer schalteten die orangefarbenen Lichtsignale ein, die hektisch zu rotieren begannen, und vermittels rot-weißer Pylonen sperrten sie die halbe Kreuzung ab. Sie trugen klobige Schuhe, graugrüne Funktionshosen und -westen mit Leuchtstreifen, Schutzbrillen und -helme mit Gittervisieren und setzten sich Gehörschutz auf.

Schließlich kletterte der größte und breiteste der Kerle in den Arbeitskorb seines Hubsteigers und transportierte sich anhand des Bedienpults bis an den unteren Rand der kahlen Krone. Sodann riss er am Seilzug seiner Motorsäge. Er brauchte rund ein Dutzend Versuche, was eine kindische Hoffnung in mir aufflackern ließ. Doch dann sprang der Motor schrill quengelnd an.

In den kommenden Stunden schor der Mann zunächst das Gezweig, dann sägte er Geäst, und schließlich amputierte er klafterweise dicke Äste, die – eine tragische

Schraube, einen halben Salto drehend – nach kurzem Sturz auf dem Erdboden landeten. Manchmal folgten dem stumpfen Aufprall ein paar Takte Verzweiflungstanz, begleitet vom anhaltenden Halbton eines gigantischen Marimba-Stabs, ein Anklang von unsäglichem Schmerz. Ich stand auf der anderen Straßenseite, doch das Geräusch ging mir durch Mark und Bein, und die Erschütterung spürte ich bis in die Knie.

Der Terminator, so dachte ich; er sägt die Äste ab, auf denen wir saßen ... Wenn die Zahnreihe ins hölzerne Fleisch eindrang, sprühten und staubten die Späne nur so hervor. Rasch duftete es nach versengtem Holz, versengt von der rasend rotierenden Kette. Spiralförmig schwebte der Terminator um die arme alte Kastanie herum; geduldig, gelassen verstümmelte er sie Stück für Stück.

Das Bodenpersonal tat das seine. Händisch sammelte ein Mann das Reisig auf und stopfte es ins Maul eines Schredders, der den Spanstrom brüllend auf die hochbordige Pritsche des Lkws schiss, an den er gekoppelt war. Ein anderer Mann dirigierte per Steuerknüppelchen den Selbstlader, indem er mit dem Baggermaul am Ende eines gelenkigen Teleskoparms nach den in Mikado-Manier verstreuten Rohbalken schnappte – trotz der Jahresringe und Astlocheinschlüsse gemahnten die blanken Schnittflächen an abgesägte Gliedmaßen –, und sortierte sie auf der Ladefläche des Lkws ein, auf dem er montiert war. Der vierte Mann fegte mit einem Laubbläser Späne, Borkeschuppen und Moosflocken zusammen.

Nach vier Stunden stand da nur mehr der innerlich verfaulte, nackte Rumpf der einstigen Riesin mit ihren zahllosen Armstümpfen – Rübezahls Zwille. Blendende Helligkeit über der Kreuzung, über dem einstigen Dorfzentrum an diesem hellgrauen Tag des Grauens; nur allzu brutal erweitert das grelle Loch im Himmel.

Die Männer machten Pause. Ich unterstellte ihnen erbarmungslose Befriedigung. Wegen der gegen all den Sägen-, Schredder- und Bläserlärm gebölkten Kommandos, vielleicht. Und dann – spürte ich sie selbst.

Bei aller Betäubung: In der Tiefe der Nervenfasern spürte ich eine satte Genugtuung darüber, bei dem Massaker zuzuschauen; eine pechschwarze Lust am Untergang, befremdlich und doch nicht unvertraut.

Als der Terminator die Motorsäge mit dem nächstgrößeren Schwert zur Hand nahm, verließ ich den Schauplatz. Das Finale der blutigen Liquidation untersagte ich mir, desgleichen den Einsatz der Stubbenfräse Tage später. Die alte Kaiserin war Geschichte. War nur noch hundertachtzig Jahre altes, todkrankes Holz – zwanzig Tonnen Brennstoff fürs Heizkraftwerk. Sowie – und das war das Grausigste – Saft für meine Feder.

[2011]

Threesome Cowboy
Eine Anekdote

*Was kann die Gier nach der Frau für nichtswürdige Wesen aus
uns machen! – die Gier nach ihrem Leib – denn ihr Herz ist
uns so viel wert wie ein alter, abgetakelter Schuh, und ihre Seele so
viel wie die Blase eines Fisches, den man ausnimmt. Wir trotzen
also unserer Verachtung, um mit einer Frau zu schlafen, um ihren
Körper wie ein Bäcker zu kneten, mit gutturalem, dumpfem Stöh-
nen, oh, oh! Wäre ich nicht so feige und fürchtete, gleich in einen
Idioten verwandelt zu werden – ich verkünde das hier ohne eitle
Fanfarenstöße –, ich würde Eunuche werden und voll Verachtung
die Ursache all unserer Leiden der nächsten besten Ente hin-
werfen.*

<small>JULES RENARD</small>, *Der Schmarotzer* (1892)

Lange hatte Büttner warten müssen, bis sich die Erfüllung
seines letzten erotischen Wunschtraums doch noch anzu-
bahnen schien ...

Vierundvierzig war er, seine Gefährtin siebenunddrei-
ßig. Eines Donnerstagabends – an einer Hotelbar in Berlin – erhält er folgende SMS von ihr:

> Liebling. Tut mir leid. Alles wieder gut? Hab grad im
> ›Seenhager‹ eingecheckt und unser Nest fürs ganze Wo-

chenende geblockt. Und eine (große) Überraschung für
dich. Sag, dass du kommst. 1000 Küsse, Solveig

Versöhnungsdessous? Nein, das wäre keine Überraschung.
Schon gar keine ›große‹. Ist … ist nun doch etwa Pia bei ihr?
Das wäre ja …

Ironie des Schicksals, dass er hier in Berlin grad Anlauf
zu einem Seitensprung nimmt. »Good news?« Selbst nach
der Rückkehr von der Toilette bleibt die Lady am Ball. Das
kann wirklich nur mehr eins bedeuten.

Einen weiteren Drink aber verlangen die ungeschriebe-
nen Gesetze. »Good news, ja.« Büttner legt beim Lächeln
einen Zahn zu und gibt dem Barkeeper einen zweiteiligen
Wink.

Die Lady jedoch schlüpft in den baumelnden Stiletto,
legt die andere Hand auf ihr Glas und bewegt den Kopf.
Einen Kopf mit dunkler Mähne und hellblauen Augen.

»Kommen Sie«, bettelt Büttner. »Aller guten Dinge sind
drei.« Angesichts jener gewissen Müdigkeit – einer wie
ins Knochenmark injizierten Müdigkeit, die in letzter
Zeit häufiger auftrat – wäre er für ein wenig Aufschub
dankbar.

Sie hatten sich auf den ersten Blick verstanden. Den einen
der hohen Absätze in den verchromten Stützring um das
Bein des Barhockers gehakt, war sie bereits anwesend gewesen, als Büttner den Raum betrat. Vor sich eine Margerita, telefonierte sie. »Nö? … Nö, wieso?«

Mit drei Hockern Abstand setzte sich Büttner und bestellte beim Barkeeper einen Manhattan.

»Tim: *nein!*« Eine Weile lauschte sie mit umwölkter

Stirn. »Okay!?« Heftiger mit dem übergeschlagenen Bein wippend, sodass der baumelnde Schuh davonzufliegen drohte, starrte sie für einen Moment aufs Display. Dann pfefferte sie das Smartphone in die Clutch und warf Büttner einen Macha-Blick zu: Was ist! Na und?

Doch Büttner war klar, wem das in Wahrheit galt, und da er den hellblauen Laserstrahlen standhielt, erfuhr er im Verlauf von Margerita 1 und Manhattan 1, sie führe in Düsseldorf (mit ›Tim‹) eine (heftig expandierende) Unternehmensberatung (Controlling etc.); sei kulturinteressiert; reise gern; und so fort.

Er wiederum erzählte ihr im Verlauf von Margerita 2 und Manhattan 2, er sei im Auftrag seiner Redaktion hier, um morgen früh den Regisseur von *Threesome Cowboy* zu interviewen. Allein über den Film sprachen sie eine Stunde. (Solveig hatte ihn nicht gemocht, die Lady sehr wohl.)

Einen dritten Drink aber lehnt sie nun ab, schnappt sich die Handtasche und gleitet vom Hocker. »Trink in Ruhe aus«; kühle Hand mit kirschroten Nägeln auf seinem Hemdsärmel. »Acht-fünf-zwei.«

Büttner trinkt in Ruhe aus. Registriert im selben Moment Rührung über Solveigs Nachricht, zumal eine solch knisternde, zumal nach der streitbedingten Funkstille. Ob sie wirklich mit Pia ...? Er simst:

Okay. Freue mich drauf. Phil

Zahlt beim Barkeeper alle fünf Drinks.

> Nein, nicht ›okay‹. Sag: ja.

simst Solveig. Und Büttner simst:

> Ja. Bis morgen.

Manchmal war er sich nicht sicher, was er an One-Night-Stands mehr schätzte: die Sache an sich oder – wenn's wirklich cool lief – das Bettgeflüster. Er liebte Frauen nicht nur für ihren Leib. Interessierte sich für ihre sexuellen Erfahrungen, Vorlieben, Fantasien, ja, aber auch für ihre Meinungen zu Filmen, für ihre Kindheit, ihre Ängste. Verlief ein One-Night-Stand wirklich cool, erstand am Ende die Holografie eines Psychogramms. Der bekannte Fremde-erzählt-Fremdem-die-intimsten-Geheimnisse-Effekt. Ein jeweils neues, kostbares Schmuckstück für seinen Erfahrungsschatz.

Bei der Lady von Zimmer 852 ist es die erstaunliche Aussage, noch nie ein Anzeichen von Gebärtrieb verspürt zu haben. Mit dreißig schon war sie sich so sicher gewesen, dass sie sich hatte sterilisieren lassen.

Büttner bekommt Sodbrennen. Neid? Solveig zog ihm in vierteljährlichen existenzialistischen Inszenierungen ihre biologische Uhr über den Schädel. Bis sein Busenfreund ihm riet zu pokern: »Sag, du bist an ihrer Seite, wenn sie wirklich eins will. Aber lass das sie selbst herausfinden!« Seither herrscht auf dem Schlachtfeld Ruhe. Seither streiten sie sich über tausend andere Dinge – drei Nächte zuvor eben, und zwar nicht zu knapp, um die Erfüllung seines letzten erotischen Wunschtraums.

»Und welcher ist das?«, fragt die Lady. Als weitere Besonderheit eines One-Night-Stands liebte Büttner, mit welchem Freimut er selbst dabei zu sprechen vermochte, und so erzählt er ihr von Solveigs Busenfreundin Pia, mit der sie eine lesbische Episode verlebt hatte, als sie Studentinnen waren. Erzählt, dass er Pia mag und schärfer findet, als es Solveig gefällt. »Ich hab aus deinen Anmerkungen zu *Threesome Cowboy* nicht herausgehört«, sagt er, »ob *du* schon mal Sex zu dritt gehabt hast?«

»Nein«, sagt die Lady. »Hätt ich aber gern. Allerdings mit Männern.«

Es ist bereits zwei Uhr durch, als Büttner auf sein Zimmer geht, im Herzen ein weiteres Souvenir für seine Sammlung zum Wesen der Frauen: »Schau mal«, hat sie beim Abschied gesagt und ihm auf dem Smartphone das Foto eines brauen- und wimpernlosen Buddhas gezeigt. Ihren neugeborenen Neffen. Den liebe sie jetzt schon.

Am nächsten Morgen checkt Büttner direkt nach dem (enttäuschenden) Interview aus. Aus dem Zug zurück nach Hamburg simst er Solveig:

> Guten Morgen, Geliebte. Wegen der ›Überraschung‹: Bist du etwa ... nicht allein?

Und erhält zur Antwort:

> Guten Morgen, geliebter Hellseher ... ☺

In seiner Wohnung packt er – geradezu hastig – die Reisetasche neu und prescht über Trittau nach Seenhag. Strahlender, eiskalter Märztag, und um das Gefühl prickelnder

Dekadenz auf die Spitze zu treiben, kauft er unterwegs eine Flasche Dom Pérignon.

Verbiestert in die Imagination des ersehnten Szenarios, wird ihm erst in dem Moment, als er die Tür zu ihrem ›Nest‹ öffnet, in dem Solveig ihm, quer übers Bett hingegossen, die Rechte auf dem seligen Bauch, flehentlich entgegenlächelt ... – erst in dem Moment wird ihm jäh klar, was Sache ist, und noch bevor er seine Miene anzupassen vermag, erkennt *sie* seine Erkenntnis. Und Himmel, um wie viel widerwärtiger als jene wie ins Knochenmark injizierte Müdigkeit fühlt es sich doch an, wenn man Aug' in Auge mit einer Frau stumm um die tiefere Enttäuschung ringt.

[2010]

Flaschenpost für Ekke Nekkepen

CC gewidmet

Inbrünstig schnieft sie. Sauerstoff! Jod! Die Windfront harsch, doch als sie über den Pass durchs Dünenmassiv voranstapft, hebt wenigstens jener Rabe vom Geländer der Aussichtsplattform ab. Stumm überlässt er die Lufthoheit den helleren, heitereren Segelkünstlern – Silbermöwen? Lachmöwen? Mühelos durchdringt deren Gelächter den Raschelrhythmus der vermummten Wanderin.

Der düstere Vogel hingegen flieht. Ja zieht, wie unfreiwillig, im Schlepptau noch die letzte Wolke von der Neujahrssonne. Die nun das Panorama ausleuchtet: vier Fünftel Himmelsgewölbe in Babyblau – mit ein paar Zirrusvolants, die das Waschbrett des Watts nachahmen, das die Struktur der See nachahmt. Horizontale Linien, so weit das Auge reicht. Nur vier, fünf kurze, lotrechte Pinselstriche: weitere Wanderer. Vor Nässe gescheckt der Sand, und gleich darauf knistert und knirscht der Muschelteppich unter ihren Gummisohlen. Stetig naht das Raunen des Meeres.

Dennoch, bis sie anlangt, braucht's noch sieben, acht Minuten, in denen sie die Stiefelsiegel in den Rippelmarken um ihre eigenen ergänzt. Dann schreitet sie ein

Weilchen den Flutsaum ab. Hochbeinige Schnepfchen trippeln vor ihr her. Sind das die Alpenstrandläufer, von denen ihr Gemahl in spe am Vortag sprach? Mit ihren Stilettschnäbeln picken sie nach Krabben, Würmern, Schnecken oder so.

Hier ungefähr hatten sie beide den »Bamsefanten«-Ritus vollzogen, vergangene Nacht, sie und ihr Gemahl in spe. Sie waren allein gewesen. Fast. Innerhalb einer Stunde verfärbten nur zwei-, drei Feuerwerksexplosionen das Dunkel. Nur einmal von landeinwärts her ein menschliches Aufjohlen in der Naturstille von lascher Brandung, Vogelkreischen und Windstärke drei bis vier. »War genau die richtige Entscheidung«, sein warmes Wispern an ihrem Ohr, »auf dieser einsamen Insel zu feiern.«

»Gell?« Es freute sie wie eine Blöde. Mit Engelszungen hatte sie daheim auf ihn einreden müssen, um sein Argument aufzuweichen, bei einer zwölfstündigen Anreise könne man ebenso gut Australien zum Ziel wählen. Aber sie beide waren noch nie an der Nordsee gewesen, und kaum eingetroffen, empfand selbst er Amrum als exotischen Kontinent. Allein die Fährenüberfahrt. Die Straßennamen, Bideelen, Bräätlun, Letj Jaat ... Neierhuuch, Blöögam, Sjüürenwai. Der eisige Wind. Der riesige ›Kniepsand‹ bei Wittdün. Die Sache mit der Tide. »O mei, das Meer zieht sich zurück«, hatte er im Weihnachtstelefonat mit ihrer Schwiegermutter in spe gescherzt, »ich muss auflegen: Ich glaube, es naht ein Tsunami!«

Als dann das neue Jahr eine halbe Stunde alt war, waren sie ineinander verschlungen aufs Apartment zurückgekehrt, um zu verschmelzen.

Umso wonniger, nach acht Stunden Tiefschlafs wieder

als sie selbst erwacht zu sein. Die andere Hälfte jedoch existent zu wissen, etwas, worauf sie würde bauen können, nach einem langen Neujahrsspaziergang an der rauen Nordsee auf eigene Frauenfaust.

Das Trillern der emsigen Vögel im Ohr, schaut sie nordöstlich übers Meer, hinüber zur Nachbarinsel – strandhelle Küste, bewachsene Dünenhügel, paar Häuser: Sylt. Hoch überm dortigen Leuchtturm steht ein Kondensstreifen wie ein kursives Ausrufezeichen. Selbst ihre Sonnenbrille vermag derlei verheißungsvolle Zeichen nicht wegzufiltern. Ob ihre Botschaften, ihre Neujahrswünsche und -pläne der letzten Nacht *dort* angelandet sind? »Je nach Strömung«, hatte er doziert, »vielleicht ja sogar bis nach Schottland oder so.« Ohnehin war sie des alltäglichen Argwohns, des gewöhnlichen Haders und nicht zuletzt der Selbstzweifel – ehrlich gesagt – überdrüssig. »Sind zwei Jahre nicht genug?«, hatte er einmal gefragt. »Oder wie lang willst du mich den einen Fehltritt noch büßen lassen?«

Sie schlägt den Bogen vom Wassersaum über die prieldurchzogene Schwemmzone zurück bis zum Strand. Bis an den Fuß jener Sandgletscher mit Grasbehaarung. Ein einziger riesiger Buddelkasten, das. Ein Kindertraum. In einer Nische eine Wippe. Daneben zwei deltaförmige Gestelle, überbrückt von einer Stange, an der eine Schaukel baumelt.

Und der Hundestrand, wo wäre der?

Es ist lächerlich, doch sie fühlt sich so … so befruchtet. Ja, bereits nachgerade gluckenhaft. Und diese Rabenkrähen allenthalben, sie stören dabei. Sie mag zum Beispiel Amseln, aber diese Rabenkrähen – fünf Nummern zu groß. Nicht, dass sie im Übermaß zum Aberglauben neigt –

»Bamsefanten«-Ritus hin oder her. Bloß, dass sie sich schwer aus ihrer selektiven Wahrnehmungsweise lösen kann. Und dieser Hans Huckebein da ... steht da in der Düne, buckelt bei jedem Krächzer ... ach, schleich di.

Jetzt ist es eh genug. Sie ist seit einer Stunde unterwegs. Der Rückweg in den Ort führt am Naturzentrum vorbei, das sie zwischen den Jahren besucht haben. Hummer, Scholle, Schlangenstern. Butterfisch, Aalmutter, Steinbutt. Seepocke, Seenelke, Seeskorpion. Die Gezeiten: *tagtäglich das eindrucksvolle Naturschauspiel ... Hoch- und Niedrigwasser sind die Wendepunkte im Auf und Ab des Meeres ... Ebbe und Flut, die Zeiten dazwischen, nennt man auch Tiden* ... Poster von Brandgans, Graugans, Austernfischer. Dohle, Rabenkrähe, Silbermöwe.

Nun die Sackgasse wieder zurück, landeinwärts. Fahrbahn nebst Fuß- und Radweg, hier eine kahle kleine Birkenschonung, dort ein paar Fichten, die Kurklinik, Sitzbänke, Papierkörbe, Lampen. Schade, dass kein Schnee liegt.

Strunwai. So, da rechts hinauf, und dann wird sie wieder bei ihm sein.

Plötzlich jedoch ein Bedürfnis nach – Aufschub. Gepaart mit einem parasexuellen Appetit auf heiße Schokolade. Im Apartment gibt's nur Tee.

Da war doch ... hier, in der Fußgängerzone ... da ist es. Ein Bungalow in der Häuserreihe. Im Panoramafenster: *Ekke Nekkepen Café Eis Spezialitäten.* Ekke was? Und die Leuchtschrift in Blau und Rosa, hi, hi.

Nachdem er ihr die Schokolade serviert hat, wienert der Wirt pastellfarbene Eiskelche und sortiert sie in die indirekt beleuchteten Glasregale ein. Das Dreivierteldutzend Gäste scheint einstweilen versorgt. Die Bistrostühle sind aus schwarzem Stahlrohr. Ihre Polster – Grundfarbe Lachs – zieren bunte, kantige Muster, nachempfunden vermasselten Idiotentests. Von den Tischplatten aus Granit-Imitat ragen die Eiskarten auf wie Wolkenkratzerattrappen. 1 Waffel mit Vanilleeis und Kirsche, warm. Spaghetti-Eis. Pinocchio: 1 Kugel Vanille, mit Waffeltütchen als Hütchen, Waffelröllchen als Nase und Kaugummikugeln als Augen. Auf der Rückseite ein Kurzporträt von Ekke Nekkepen, dem Meermann, der auf dem Grund der Nordsee hause und mit den Inselbewohnern Schabernack treibe seit jeher.

Die Schokolade schmeckt sehr gut. Heiß, sehr cremig und süß, aber nicht zu süß, und nachdem sie zwei-, dreimal davon geschlürft hat, wird ihre Aufmerksamkeit auf das Gespräch in nordisch gefärbtem Hochdeutsch gelenkt, das am ovalen Bistrotisch vorm Panoramafenster stattfindet. Grad als ihr auffällt, dass die spiegelverkehrten Leuchtschriftzüge an der Scheibe ungeniert Kabel und Stecker herzeigen, fällt dort ein Begriff, der sie förmlich elektrisiert. Sofort versucht sie angestrengt, jenes Gespräch von dem drum herumrauschenden Plauderstrom zu isolieren. Verstohlen beobachtet sie die Sprecher in dem großen Spiegel – Form: halbe Orchideenblüte – an der Wand neben ihrem kleinen runden Tisch. Darin ist die Fassadenschrift auch wieder lesbar: in Blau *Ekke Nekkepen*, in Rosa *Café Eis Spezialitäten*.

Drei Burschen sind es, halbwegs ausgewachsen, rund fünfzehn Jahre jünger als sie. Garantiert keine Insulaner. Großstadtbewohner, jede Wette. Hipster. Angeber. Langweilen sich hier. Den einen hat sie schon mal gesehen, es ist der hübsche Zivildienstleistende aus dem Naturzentrum. Wegen ihres Schocks reimt sie sich erst später zusammen, dass die beiden anderen ihren Kumpel über Silvester in seinem Exil besuchen. Schier greifbar, die coole Katerstimmung. »Bamsewas?«, fragt der, der seine Fellmütze partout nicht abnimmt. Er ist am schwersten zu verstehen, weil er mit dem Rücken zu ihr sitzt.

»Bam-se-fant«, wiederholt der mit dem Norwegerpullover. »Oder Fan-ten-bam-se.«

Nie gehört, sagt der mit der Fellmütze wahrscheinlich, oder so ähnlich. Und etwas wie: »Was soll das sein? Woher hast du das?«

»Was«, sagt der Zivi, »quasselt ihr da?«

»Passt auf, Leute«, sagt der mit dem Norwegerpullover und rappelt sich aus seiner Lümmelhaltung auf. »Kleines Rätselraten.«

Der Mützenbursche murmelt etwas, fasst sich stöhnend an die Fellmütze und lehnt sich zurück. Greift nach seinem Pott mit ›Pharisäer‹, der friesischen Version von Irish Coffee, wie sie gelernt hat.

Ungerührt, konzentriert, fährt der mit dem Norwegerpullover fort. »Ich heut morgen um acht Uhr schon wach. Dachte, ich lass mir die dicke Birne durchpusten, und bin ans Meer. Und was seh ich da in der Brandung kullern? Eine Ponysektflasche. Und in zehn Metern Abstand noch eine. Beide leer. Das heißt, jede mit zwei Zetteln gestopft.«

»So was«, sagt der hübsche Zivi, »nennt man Flaschenpost.«

Ohne die ohnehin schwache Ironie im Geringsten zu würdigen, sagt der mit dem Norwegerpullover: »Ja, ja. Im

Prinzip ja. Wobei, aber dazu komm ich gleich, der Adressat ist reichlich unklar.«

»Der ist immer unklar«, sagt der Zivi, »sonst würde ein etwaiger Absender ja wohl den konventionellen Postweg –«

»O. k., nennen wir's Flaschenpost. Ich wiederhole: pro Flasche zwei Zettel. Je einer in weiblicher, einer in männlicher Handschrift beschriftet. Achtung: Flasche eins.«

Er langt unter seinen Norwegerpulli in die Hemdtasche und kramt zwei zigarrengroße Papierröllchen hervor, prüft sie kurz und liest den ersten Zettel vor: »In weiblicher Handschrift. A: *Glückliche und zufriedene Zukunft mit Lorenz.* B: *Fantenbamse oder Bamsefant, am besten gleich im Zweierpack.* Smiley. C: *Rhodesian Ridgeback dazu.* So. Das war, wie gesagt, die weibliche Handsch–«

»Rhodesian what?«

»Ridgeback. Das ist 'ne Hunderasse, soweit ich weiß. Irgend so 'n mokkafarbener Modeköter.« Er entrollt den nächsten Zettel. »Jetzt der Zettel mit der männlichen Handschrift. Überschrift: *Für Dorothea.* A: *Bamsefanten/ Fantenbamse.* B: *Rhodesian Ridgeback.*« Er lehnt sich zurück und lümmelt wie zuvor.

»Hm«, macht der hübsche Zivi, und der mit der Fellmütze grunzt auch irgendwas. »Ach so«, sagt der hübsche Zivi nun. »Nachwuchs. Bamsefanten. Kinder. Fantasiecode. Intimer Pärchencode.«

»Genau«, sagt der mit dem Norwegerpullover. »Denk ich auch. Aber was soll der Quatsch. Das meinte ich mit der unklaren Adresse. Wenn man Flaschenpost abschickt, erhofft man sich Antwort aus Amerika oder so. Aber an wen soll *das* hier adressiert sein. An den lieben Gott? Oder Ekke Nekkepen?«

»Dann«, lacht der Zivi, »hat's doch geklappt!«

Der Mützenbursche sagt etwas, von dem sie nur »… Neujahrswünsche …« versteht.

»Genau«, sagt der Zivi. »Klar. Die hatten kein Blei zum Gießen oder Kaffeesatz zum Gucken. Hatten einen sitzen vom Ponysekt. Feiern zweisam in der Ferienwohnung oder im Hotel, wollen um Mitternacht ans Meer, schreiben sich die Wünsche auf … Dorothea hat – wie heißt *er* noch mal?«

»Lorenz«, sagt der mit dem Norwegerpullover.

»Lorenz. Lorenz und Dorothea. Dorothea hat ihre Wünsche fürs neue Jahr aufgeschrieben und in die Flasche gesteckt. Und wie Weiber so sind, weil sie ja immer wollen, dass der Kerl sich dasselbe wünscht, was sie sich wünschen, hat Dorothea Lorenz dazu verdonnert, aufzuschreiben, was *er* sich für *sie* wünscht, fürs neue Jahr, und umgekehrt hat *sie* ja wahrscheinlich –«

Der Mützenbursche unterbricht mit skeptischem Tonfall, inhaltlich unverständlich.

»Na, weil man das so macht«, sagt der hübsche Zivi. »Wenn du eine Wimper von der Wange deiner Süßen wegbläst, darfst du dir was wünschen, darfst aber nicht verraten, was. Genauso, wenn du eine Sternschn–«

Der mit der Fellmütze unterbricht erneut.

»Von was für einem Schiff denn. Nee, das glaub ich nicht«, sagt der mit dem Norwegerpullover. »Da geb ich ihm recht: Ist doch klar, dass das Neujahrswünsche oder -pläne sind. Wir haben ja nun mal grad Sil–«

Wieder unterbricht der Mützenbursche.

»Auch wieder wahr«, lenkt der Zivi ein. »Normalerweise könnte das schon mal bis zu einer Woche dauern, bis irgend 'ne Flaschenpost wieder angeschwemmt würde; da spielt die Windrichtung eine Rolle, meist ist ja Westwind, und äh, je nach -stärke; und strömungsmäßig vor allem, da kann das Vortrapptief wirksam werden, und äh ...« Der Rest verliert sich in einer Art fachlichem Selbstgespräch.

»Dann schau doch die Tidezeiten mal nach«, sagt der mit dem Norwegerpullover, und der Zivi, womöglich verlegen, dass er nicht selbst drauf gekommen ist, zückt sein Smartphone und begibt sich anscheinend ins Internet.

Der Mützenbursche sagt etwas.

»Das Gleiche in Grün«, sagt der mit dem Norwegerpullover und rappelt sich erneut auf. Entrollt einen weiteren Zettel. »Zweite Flasche. Lorenz' Flasche. Erster Zettel. Dorotheas Handschrift, d. h. ihre Wünsche für Lorenz. A: *Projekt@MFFC AG.* B: *Stadt- und Landwohnung München / Grünwald.* C, in Gänsefüßchen: *Reizblase.*«

Der Mützenbursche sagt etwas.

»Das dauert hier immer auf der Scheißinsel«, sagt der Zivi und starrt aufs Display seines Smartphones.

Der Mützenbursche sagt noch etwas.

»Na ja«, entgegnet der mit dem Norwegerpullover. »Mit dem Codewort ›Reizblase‹ wird kaum ein Wunsch gemeint sein. Eher die Heilung, du Hirni.«

»So, jetzt«, sagt der Zivi, übers Smartphone gebeugt. »Erster Januar. Niedrigwasser war 0:52 Uhr. Könnte tatsächlich hinkommen. Da dürften sie ihre Flaschen noch so eben bei ablaufendem ... Also, Hochwasser war um 6:43 Uhr – und ... tja, klar, um 8:00 Uhr, da lagen die Dinger noch da. Wo hast du sie gefunden? Direkt am Flutsaum?«

»Klar.« Der mit dem Norwegerpullover grinst. »Die haben einfach nicht damit gerechnet, dass der Klabautermann ihre Flaschen postwendend –«

»– wegen Unzustellbarkeit –«

»– hehe, genau! Adressat unleserlich!«

»Lustig, lustig«, ruft der Mützenbursche, voreilig resümierend. »Diese Bazis ...«

»Moooment«, sagt der mit dem Norwegerpullover. »Der Knaller kommt ja erst noch. Auf dem zweiten Zettel in Lorenz' Flasche. Handschrift Lorenz. Pass auf.« Der mit dem Norwegerpullover setzt sich in Positur, und sein spöttisches Grinsen ist im Orchideenspiegel nahezu surrealistisch deutlich erkennbar. »A: *Stadtbüro*. B: *Landhäuschen*. C: *Melanie – zum letzten Mal.*«

Es dauert eine ganze Weile, bis Dorothea sich traut, den Mantel anzuziehen. Bis sie sich genügend gewappnet fühlt, um etwaige Blicke im Rücken auszuhalten, aufzustehen und zum Tresen hinüberzugehen, um zu zahlen. Eine ganze Weile, in der sich die drei Intelligenzbestien ausmalen, dass die beiden Absender der Flaschenpost ja dann höchstwahrscheinlich noch auf der Insel sind. Ausmalen, wie sie zu dritt mit dem Megafon-Jeep ganz Amrum abfahren und Lorenz aus München ausrufen, sie seien im Besitz eines brisanten Schriftstücks, was ihm der Rückkauf denn so wert wäre. Oder nein, besser noch: Dorothea ausrufen, sie hätten eine hochinteressante Nachricht für sie. Und noch drei Dates frei. Und so weiter, und immer lustiger.

Es dauert noch eine ganze Weile – doch dann traut sie sich, und ein prüfender Seitenblick durch die Panoramascheibe von außen, von der trostlosen Fußgängerzone aus nach innen, bestätigt, dass die Burschen hinter den blauen und rosafarbenen Schriftzügen sie vermutlich nicht bemerkt haben. Blau und Rosa, die Farben, von denen ihr nun kurz flau wird.

Im klaren, verlogen strahlenden nordischen Lichte macht sie sich auf den Weg zurück zum Apartment. Die Straße steigt unsanft an, und sie rudert hinauf, und das rhythmische Rascheln des synthetischen Ärmelstoffs klingt nunmehr – anders als vorhin, in der Weite des Strandes – hysterisch. *Umfassende Wunsch- und Planänderung*, spricht eine sarkastische innere Stimme, die Stimme eines hässlichen, in sie gefahrenen Assistentinnenspuks, und wiederholt es, *umfassende Wunsch- und Planänderung*, wiederholt es kühl, ganz im Gegensatz zur besessenen, rudernden Chefin, deren Lippen zur gleichen Zeit sexuelle Flüche formen, ein nur für sie hörbares Zischen, und im weiteren Gegensatz zu einer *dritten* Stimme, irgendeiner übergeordneten Psychoinstanz aus der bereits wieder befriedeten Zukunft, die sich auf ironische Weise in die Vergangenheit der Protagonistin einfühlt und Prosa formuliert wie: *Das Eindrucksvollste, was der ehemalige künftige Bamsefantenvater vom neuen Jahr zu Gesicht kriegt, dürfte eine schallende Fotzn sein.*

Doch kurz bevor sie um die letzte Straßenecke biegen müsste, macht sie auf dem Gummiabsatz kehrt.

Und eilt den ganzen Weg zurück, wieder wild rudernd, wilder sogar, weil straßenabwärts, zurück Richtung *Ekke Nekkepen*, und als das Panoramafenster mit dem rosafarbenen und hellblauen Schriftzug wieder in ihr Blickfeld gerät, spürt sie eine euphorische Wut hinterm Brustbein auflodern.

Keiner der drei Angeber nimmt ihr erneutes Erscheinen

wahr. Erst, als sie am Tisch steht. Sie klaubt die Zettel einfach von der Platte. Den vierten zückt sie dem mit der Fellmütze aus den Fingern.

Der mit dem Norwegerpullover schaut, wie jemand nun mal schaut, dem auf frischer Tat die Schau gestohlen wird.

Der Zivi ist hinreißend erschrocken. Am liebsten würde sie ihn an den Ohren zu sich heraufziehen und abbusseln. Zuckersüß fragt sie ihn mit übertrieben bajuwarischem Zungenschlag: »Und? Hobt's ihr drei Hübschen scho was vor heut nacht?«

Und ab.

Diesmal wählt sie die andere Route. Weg vom Panoramafenster. Um nicht in Versuchung zu geraten, den Anblick zu genießen, wie es aus ihren Pharisäerhirnen dampft. Um die Wucht des Abgangs nicht durch allzugroße Gier nach Genugtuung fehlzulenken.

Und um nicht ihm, dem Bamsefantenmeister, der womöglich nach ihr suchen würde, zu früh über den Weg zu laufen, fährt sie mit dem Bus nach Süddorf. Schaltet das Handy aus. Marschiert eine weitere Stunde lang, um sich zu beruhigen, über die Bohlenwege durch verwunschene Kieferndickichte mit Nadelteppichen, durch Heide und entlang dünn vereisten Tümpeln und durch spektakuläres Dünengebirge – miniaturalpin die unbewachsenen, windschnittigen Seiten.

Nur einmal nimmt sie einen buckelnden Raben wahr. Einmal eine einzelne Möwe, wie sie aufwärts gegen den Wind segelt. Die zweite ein Stückchen weiter.

Je länger sie läuft, desto deutlicher läuft alles auf eine ganz andere Frage hinaus: Wie konnte er nur so borniert sein, das mit dieser Melanie einer *Flaschenpost* anzuvertrauen? So betrachtet, erhält der Begriff eine ganz neue Bedeutung. Und das, wo doch er es war, der ewige Dozent, der das Gras noch in Schottland wachsen hörte, und der ewige Rationalist, der *die ganze Sache* albern fand: »An wen soll das denn überhaupt gerichtet sein?!« »Ans Schicksal, du unromantischer Ochs.«

Nichtsdestoweniger, beziehungsweise eben gerade drum: *Sie* wäre nie und nimmer auf die Idee verfallen, zum Beispiel das mit Ivo in die Flaschenpost mitaufzunehmen. Erstens hat das mit Ivo keinerlei tiefer gehende Bedeutung. Zweitens schon gar nicht für einen Bamsefanten-Ritus. Und drittens traut *sie* Riten überhaupt nur so weit, wie die Macht von Riten nun mal reicht: bis zum Tellerrand. Was die Gemeinsamkeitsstiftung, um die es ja nur geht, ja nicht schmälert. Die Natur, das hat sie nicht gerade eben erst gelernt, geht eh ihre eigenen Wege.

Die Zettel in ihrer Hosentasche wärmen ihre Lende homöopathisch.

Sie hat ihm nie erzählt von Ekke Nekkepens Schabernack.

Bei ihrer Rückkehr ins Apartment gewahrte sie Lorenz' Aufruhr mit einer Befriedigung, die nur leicht von Liebe verwässert wurde. Akzeptierte ruhig seinen Vorwurf, er habe ihretwegen die Polizei zu alarmieren sich beinah gezwungen gesehen. Gab vor, eine heftige Krise habe sie nach dem Erwachen befallen, sodass sie zu diesem langen Spaziergang über die halbe Insel aufgebrochen sei; berichtete von erstarkten Zweifeln daran, dass er zu ihrem Bamsefantenplan stehe. Das Fliegengewicht seiner eigenen Empörung, der Sog seiner eigenen Beteuerungen zwangen ihn in die Knie, den Gemahl.

Bis heute, noch als zweifache Mutter, pflegte sie in Lorenz-Krisen ihr Schmuckkästchen zu öffnen – ein Erbstück von ihrer heiß geliebten Großmutter –, und zwar nie, ohne den doppelten Boden kurz anzuheben. Eigentlich war sie sich sehr sicher, was darunter war; immerhin hatte sie es eigenhändig hineingetan. Nennen wir es einen Ritus.

Als sie noch ein Mädchen war

Welche von diesen Figuren ist keine Ente?, hört sie Günther Jauchs Stimme aus dem Wohnzimmer fragen.

Gegenfrage, wispert Lea mit dem Kinn auf dem verschwitzten Wachstuch. Wie viel Wissen hält man eigentlich aus?

Petroleumaroma tränkt die zähe Abendluft. Keine Chance für den Verdunstungsduft aus dem Blumenkasten.

a) Gundel Gaukeley; b) Daniel Düsentrieb; c) Klaas Klever oder d) Dagobert Duck?

Weißt *du* das?, hört sie Paps' Stimme fragen, und Mams: Wieso. Klaas Klever natürlich. Quatsch – der heißt ja, wie heißt der noch mal, vom *Heute-Journal* ... Und dann lacht sie, wie sie nur lacht, wenn sie über sich selbst lacht, und Paps fängt an zu wiehern, wie er nur wiehert, wenn er über Mam wiehert. Leaaa!, grölt er heraus. Wusstest du schon? Claus Kleber ist keine Ente!

Eine *vespula germanica* (Ordnung *hymenoptera*) versucht, sich in eine feuchte Erdkrume zu verkrallen. Gib's auf, wispert Lea. Du bist doch schon tot. Nimmt sie ins Visier. In dieser Perspektive steht genau unterm Stiefmütterchen, direkt neben der unentwegt vergeblich nestelnden Wespe, ein VW Käfer. Der alte VW mit der Werbung für die Tanke da drüben, vor der er steht, da unten, am gegenüberliegenden Rand der B 73. Der ewige Treffpunkt der Dorfjugend. Verwaist.

Das Fernsehgeplapper von hinterrücks gedämpfter, und schon spürt sie Paps' Fingerkuppen im feuchten Nackenflaum. Mit ihm tritt ein Gespenst aus kühlerer Luft heraus. Puh, heiß auf Balkonien! Geht's dir gut, Süße?

Jaa.

Wirklich?

Jaa. Daniel Düsentrieb. Der hat einen *spitzen* Schnabel, wahrscheinlich Hühnervogel. Klaas Klever ist Onkel Dagoberts schärfster Konkurrent im Klub der Milliardäre.

So was weißt du noch?

Sooo lang ist das ja nicht her. Und als sie merkt, dass das eigentlich sein Text ist, fügt sie, verschlimmbessernd, hinzu: Mir ist *so* öde ...?

Lea, sagt Paps, und sein Timbre reizt ihre Tränendrüsen. *Falls* es wieder losgehen *sollte*, dann *sagst* du es uns, ja?

Jaa. Sie spürt im eigenen Hals, was es ihn kostet, ein Seufzen zu unterdrücken, und dann seufzt er doch. Und heuchelt: Ein Wetter, was? Wahnsinn.

Ja. Wahnsinn, das Klima.

Er geht darauf nicht ein. Willst nicht ein bisschen raus, solang es noch hell ist?

Wozu. Sind ja eh alle auf Malle und holen sich Haut–

Irina doch nicht.

War ich heut nachmittag. Hat Hausarrest.

Tja. Er geht einen Schritt. Willst nicht mitgucken? Letzte Folge vor der Sommerpause.

Sie merkt, er will noch etwas sagen, doch es fährt ein Lkw durch. Die Reifen auf dem Asphalt hören sich an, als entrolle ein Riese Klebeband von einer Walze.

Wie in Trance ließ sie den Verkehr auf der B 73 zyklisch hyperventilieren. Sah zu, wie die Dämmerung das Chlorophyll aus der jungen Allee saugte. Wie das Neonhologramm der Tankstelle über dem VW aufflammte, in Gelb, mit roten Akzenten. Wie die Bauernsöhne mit ihren gepimpten Kisten auf dem Weg ins *Hip-o-drom* Sprit und Zigaretten holten. Als die Wespe sich nicht mehr rührte, ging sie hinein und sagte Mam und Paps gute Nacht.

Um halb zwei drückt sie unten die Haustür zu, die Pumps in der Rechten, getuscht die Wimpern, die Lider schattiert. Huscht über den nachtwarmen Asphalt. Hüben angekommen, wirft sie einen Blick zurück. Betäubt und finster die Häuser drüben, dahinter die trockenen Äcker; von beiden Enden der B 73 je ein Motorrad, sie klingen, als stemmten sie ferne Stadtmauern auf.

Lea wischt Steinchen von den Fußsohlen und schlüpft in die Schuh. Sie kennt die Tanke von Kindesbeinen an, doch heute Nacht kommt es ihr vor, als sauge ein Film sie in sich hinein. Als betrete sie ein grad gelandetes extraterrestrisches Raumschiff.

Jeder Schritt pflockt ihr Selbstbewusstsein fester. Ziel des Catwalks die Panzerglasschleuse. Tatsächlich, er hat Dienst. Hallo!

Er gafft. Lena?! Was machst du denn hier um diese Zeit. Das Mikrofon filtert die Emotionalität raus. Er wirft einen kurzen Blick auf ihre langen Beine.

Lea heiß' ich. Sie hat eine andere Frage erhofft.

Seine geraden Wimpern zucken nicht einmal. Was darf's sein?

Irgendwas gegen Angstattacken.

Auf die Kasse gestützt, wartet er. Sagt dann doch: Angstattacken?

Vegetative Störungen. Heißt das so? Ich mach mir zu viel Sorgen, sagt der Onkel Doktor. Um die Zukunft und so. Wie lang gehen deine Semesterfe–

Hör mal, was möchtest du. Cola? Hubbabubba? Das ist hier keine Apo–

Eine Marlboro.

Nicht von mir, Lady Gaga.

Langweilst du dich gar nicht mit den ganzen Trampeln hier? Warum jobst du ausgerechnet für einen Ölmulti? Habt ihr auch Duckolin und Erpol? Das sind die Kraftstoffe von Onkel Dagobert und Klaas Klever. Muss man wissen. Kann man Millionär mit werden.

Er sieht sie an. Sag mal, hast du was geschluckt?

Du studierst doch Psychologie, oder? Und Philosophie. Wie viel Wissen hält man eigentlich aus?

Hör mal, du sagst jetzt, was du möchtest, und dann ... Er hebt das Telefon von der Station. Oder sollen deine Eltern dich abholen?

Findest du mich schön?

Er tippt auf eine Taste. Sie macht auf dem Absatz kehrt. Hoffentlich zieht der aufgewirbelte Duft ihres Shampoos durch die Schleuse. Parfüm ging nicht. Würde Paps morgen noch riechen.

Sie ist grad ein paar Schritte heimwärts gestolpert, da kündigt sich ein Ereignis an. Mit Synthesizerfanfaren und Basspauken von einer Wucht, die Pfähle in den Boden zu rammen vermöchte. Mit hundertzwanzig Schlägen pro Minute.

Eine weiße Stretchlimousine mit gefletschter Chromfresse und zwo, vier, sieben blinden Seitenfenstern kreuzt Leas Weg. Gleitet hinter die Zapfsäulen 1 bis 3. Durch die Palisade des Lärms dringt Gejohl – um ein Mehrfaches verstärkt, als eine Tür am Heck sich öffnet. Knappes Outfit in Orange, mit Fransen. Bobschnitt. Sonnenbrille aus Riesenrädern, hinterm Ohr eine Sonnenblume. Mit einem Absatz zerrt sie eine weiße Brautschleppe heraus. Bemerkt es am Gejohl von drinnen, hebt den Stiefel; das Getöse saugt die Schleppe wieder ins Innere.

Schritt für Schritt nähert Lea sich dem pulsierenden Dom. Ohne den Rave zu unterbrechen, hantiert Orange mit der Zapfpistole. Tanzt und tanzt, während der weiße Raumgleiter an einer Zitze des Mutterschiffs nuckelt.

Warum auf den Fußballen, könnte Lea sicher nicht mal unter Folter beantworten, aber so nähert sie sich Orange. Fasst ihr an die erhitzte, wippende Schulter und schreit in die Sonnenblume: Fahrt ihr ins *Hip-o-drom*?!

Orange, nachtblind von der Sonnenbrille: Willst du mit?! Gerne! schreit Lea.

Die Tankpistole stockt. Der Zähler zeigt 130,67. Euro oder Liter? Wahnsinn so oder so.

Steig schon mal ein! Orange klinkt die Pistole wieder ein. Tänzelt zur Panzerglasschleuse. Kramt in der Fransentasche.

Im Innern des Raumgleiters nackte Frauenbeine, die weiße Schleppe, auf dem Boden eine geköpfte Schampusflasche. Getöse, Gewoge. Lea steht da und schaut sich um. Sieht, dass Irinas Bruder sieht, wie sie da steht. Er deutet mit dem Finger nach ihr. Orange schaut her, ravend, brillenblind.

Lea blickt an dem Raumgleiter entlang. Wer wohl am

Steuer sitzt? Onkel Dagobert? Klaas Klever? Und da lacht sie leise, wie sie nur lacht, wenn sie am liebsten weinen würde, und grad will sie zurück nach Haus, da fällt ihr Günther Jauch ein. Sein entstellender Tic in der linken Wange, immer gerade dann, wenn er am treuherzigsten guckt. Und plötzlich fühlt sie sich vom Balkon aus beobachtet, und zwar mit ihren eigenen Augen. Aus einer Zukunft mit Sonnenfinsternis – einsam, einsam – sieht sie sich selber hier stehen, als sie noch ein Mädchen war, und da fing ihr Herz an, schneller zu pauken als der Rave.

Der korfiotische Kuss
Eine Schnurre

Als Busenfreundin kriegt frau ja so einiges zu hören. Die dollsten Dinger aber als Busenfreundin von Eva Schoff, heute bekanntlich erfolgreiche Filmproduzentin, einst jedoch berüchtigte Bacchantin, Hasardeurin und Femme fatale aus dem Schanzenviertel. Sie haben sie mal kennengelernt? Wundert mich nicht.

Wir kennen uns aus dem Studium. Ich weiß noch, wie sie sich unserer Erstsemestergruppe mit den Worten »Hallo, ich bin Evchen!« vorgestellt hatte. Woraufhin ihr die Sprecherin der Lesben-und-Schwulen-Ini »unreflektierte Affirmation frauenfeindlicher Verniedlichungsformen« unterstellte, und was Evchen daraufhin mit ihr anstellte, kann man nur als rhetorisches Gemetzel bezeichnen. Niedlich mitanzusehen aber war, wie ihre Kritikerin sich Evchen anlässlich der Semesterabschlussfeier auf einem silbernen Tablett servierte.

Das ist lange her, und als diese korfiotische Urlaubsschnurre um jene gewissen Müllers stattfand, die sie mir kürzlich beim Galcibar im Pedro's erzählte, war Evchen längst in den ruhigeren Hafen ihrer Karriere nebst Ehe mit dem Zahnarzt Timo Schoff eingelaufen. Dachte sie. Und dachte ich.

*

Samstag nachmittag, o heiliger Samstag nachmittag ...! Wer kennt nicht diesen feinnervigen Ruck, mit dem man mitunter ins Nickerchen sackt? Ganz unmerklich, dass man fast wieder erwacht. Aber nur fassssst ... Köstlich döste Evchen ein, doch da dudelte das Telefon los.

Unter dem Adrenalinbeschuss japste sie. Instinktiv machte sie sich schwer. Derweil kriegte Timo den Kunststoffkorpus auf dem Couchtisch zu fassen, hielt ihn ans warme Ohr und fistelte dösig: »Schoff ...«

Hallenhall im Hintergrund. Lautsprecher-Appelle in Mezzosopran. Reisefiebrige Zurufe. Rollkoffer-Rollen. Direkt an der Membrane aber: »Evchen?«

Auch Evchen vernahm die fremde Stimme am anderen Ende deutlich.

»Nee«, krähte Timo, räusperte sich und korrigierte, nun mit geschmirgeltem Bariton: »Timo. Wer ist denn da?«

»Ah, Timo. Hier ist Michael.« Und dann dieses ... dieses Geräusch. *Knrrk!* Evchen schaltete immer noch nicht.

Ebensowenig Timo. »Äh ...«

»Letzten Sommer? Lakónes?«

Jetzt aber. Es war die Betonung auf der falschen Silbe, die Evchen alarmierte. Mit einem Fingerschnippen öffnete sie die Nickhäute ihres Mannes und zog panisch den Daumennagel quer über ihre Gurgel.

Da fiel's auch Timo wie Bohnen aus den Ohren. »Michael!« Timo blinzelte nicht mal. Wiedererkennungsfreude zu heucheln, schaffte er allein vermittels seiner Stimmbänder. »Das ist ja ... Wie geht's!«

Über Timos warmen Leib hinweg kriechend kletterte Evchen vom Sofa.

»Ja, uns auch! – Was? – Nnnööö ...«

Während sie über den Flur tappte, bewunderte sie – ihrer Verstimmung zum Trotz – Timos Simulation von Herzlichkeit. Ihr Kerl! Mit allen Wassern gewaschen. Timo begegnete den alltäglichen Exemplaren des *Homo sapiens sapiens* laut und leutselig. Zurückhaltung strengte Timo an, und so betrachtete er seine Extrovertiertheit als eine Funktion der Energieersparnis. Evchen hielt sie allerdings für eine paradoxe Form von Soziopathie.

Von der Toilette zurückgekehrt, sah sie das Telefon wieder auf dem Couchtisch liegen. Timo empfing sie mit gesenkter Stirn. Sie kannte diesen hündischen Ausdruck. Entsetzen flammte auf. »Was! WAS!«

Das Wort *Lákones* – mit dem Betonungszeichen auf der *ersten* Silbe – hatte auf dem Schild gestanden, das die Schoffs im voraufgegangenen Sommer eine Woche lang täglich passiert hatten, wenn sie vom in den Berg gesprengten Parkplatz aus die Straße überquerten, um drei Stockwerkstreppen tiefer ihr Studio with garden view aufzusuchen. Evchen erinnerte sich an den Ölbaumzweig, der den Rand des (diagonal durchgestrichenen) Ortsschildes garnierte. Er gehörte zu einer uralten Olive, Teil jenes Wäldchens, das parallel zu den drei Treppen abwärtswuchs – auf mit schwarzen Netzen verhangenen Terrassen. Aus dem tiefen, doch dreißig Grad warmen Schatten zirpte ab mittags eine stramme Zikade.

Ach, dieser Duft nach wildem Salbei ... Evchen mochte es, die Beine auf der kühlen Marmorplatte des Gartentischchens abzulegen. Durchs luftige Gerank der Weinhecke aufs gekräuselte Meer zu schauen, das fünfhundert Meter tiefer lag.

Viereinhalb Tage dauerte die Freude darüber an, dass sie es bei der Internetrecherche nach Angeboten für eine spontane Urlaubswoche so passabel getroffen hatten. Dann zog ins unbelegte Nachbarstudio des Blue Dolphin Complex Lákones Corfu ein Pärchen ein, aus Südhessen, wie die Schoffs kinderlos und Ende dreißig. Damit waren die Gemeinsamkeiten denn auch erschöpft. »Grauenvolle Langweiler«, stöhnte Evchen.

Den Namen der Frau vergaß sie immer wieder – Martina oder so. Martina war derart unscheinbar, dass der Kellner sie an den beiden Abenden, die Schoffs mit Müllers verbrachten, ständig übersah, -hörte und -ging. Sofern sie überhaupt irgendwie wirkte, dann wie ein sperriges Accessoire. Wie ein Rucksack etwa, der nur zum Transport eines Brillenetuis dient. Ihr Besitzer schleppte sie halt mit. Wurde sie staubig, klopfte er sie ein bisschen ab, fertig.

Neben dieser Martina erschien etwas annähernd so Unscheinbares wie jener Michael ein Quentchen ... wie sollte man sagen: scheinbarer? Vielleicht durch seine neben der Kabriolettfrisur hervorragendste Charaktereigenschaft: dieses ... dieses Geräusch. *Knrrk!*

Es war Evchen sofort aufgefallen, als er sie beim ersten Geplänkel von Marmortischchen zu Marmortischchen mit dem Vorschlag überrumpelte, noch am selben Abend gemeinsam zu essen. Sie sagte nicht zu und lehnte nicht ab, und zum Schluss hatte er »Ja prima, bis heut Abend« geantwortet und ... wie sollte man sagen: gelächelt?, und daraufhin hatte sie zum ersten Mal dieses Geräusch vernommen. Ein Knarzen, ein Pressluftstoß in die Nasennebenhöhlen. Ein Laut, mit dem man eigentlich knappstmöglich Verachtung und Sarkasmus auszudrücken pflegt.

Knrrk! Leicht irritiert blickte Evchen sich um – bis nach dem Olivenwald –, aber nein: Dieses deplatzierte Grunzen, es musste aus Michael herausgedrungen sein.

Warum in aller Welt sie nicht nur den einen, sondern gar noch einen zweiten Abend mit den Müllers verbrachten, konnten Evchen und Timo sich später nie einhellig erklären. War doch der erste schon anstrengend, ja quälend gewesen – bis Wein und Ouzo die Nacht in ein ulkiges Blaurosé getaucht hatten. Evchen entsann sich jener Müllerabende wie glimpflich ausgegangener Geiseldramen. Darin war sie sich mit Timo einig.

In den Details klafften die Erinnerungen jedoch auseinander. Kein Wunder, galt Evchen doch als Daueranwärterin auf einen Bambi für den schlimmsten Filmriss. Sie meinte, Timo selbst habe sie beide in den zweiten Abend hineingequatscht. Im Gegensatz zu ihm erinnerte sie sich, dass eines der Gesprächsthemen am ersten Abend die Gastfreundschaft der Griechen gewesen sei. Sowie, komplementär, die oft behauptete Unfähigkeit der Deutschen dazu. Timo aber habe sich da zum Verfechter der Gegenthese aufgeschwungen, die ihm zufolge durch das sogenannte WM-Sommermärchen im Vorjahr bewiesen worden sei. Und folglich, so Evchen, habe man den Müllers am zweiten Abend schwerlich plötzlich die steife Oberlippe präsentieren können.

Timo hingegen behauptete, Evchen habe aufgrund ihres fürchterlichen Katers anstatt wie verabredet in der Taverne im Nachbarort doch lieber nur schnell eine Kleinigkeit beim Herbergsvater essen wollen. Und was habe man denn machen sollen, als da wie am Vorabend am selben Tisch dieselben Müllers saßen.

Auch unabhängig von der Schuldfrage gab es Differenzen. So meinte Timo zum Beispiel, Evchen habe Gesprächsangebote von Frau zu Frau ignoriert und statt dessen Michael gegen Ende des Abends »angeflirtet«. Evchen empört: »Diesen ... Holzkopf? Nie im Leben! Und diese ... Fata Morgana von einer Frau hat den ganzen Abend keinen Pieps von sich gegeben, geschweige ein *Gesprächsangebot*.«

Wie auch immer, die Schoffs hatten sich am zweiten Abend noch rabiater betrunken als am ersten.

Vorschub dabei leistete der Herr des Hauses, der Gründer des Blue Dolphin. Ein kleiner, fünfeckiger Mann mit wiegendem Gang und Händen wie Bratpfannen. Nachdem er erfragt hatte, dass Evchen und Timo aus Hamburg kamen, machte er eine hellenische Handbewegung und sagte: »Chamburrg, bo bo bo bo ...« Bis vor achtzehn Jahren sei er noch zur See gefahren. Kenne die Stadt von diversen Landgängen.

»It's gorgeous, isn't it?« Wiewohl blutiger Quiddje aus Düsseldorf, fischte Timo nach Komplimenten. Bloß, um Owwebach auf die Ränge zu verweisen.

Der Chef wackelte mit der Rechten. »Very busy. But ...« Er warf einen Blick in Richtung Küche, wo Gattin, Tochter und Schwiegertochter rackerten, und flüsterte Timo und Michael hinter vorgehaltener Hand zu: »... a lots of very nice women. I spending a lots of money. A *lots* of money!« Und feixte und verschwand; doch während Timo vor den Müllers mit der Reeperbahn zu prahlen begann, kehrte er zurück und spendierte ein Füllhorn voll Ouzo.

Ende mit doppeltem Blackout. Und am nächsten Morgen flogen sie planmäßig heim. Mit außerplanmäßigem Übergepäck unterm Hut, ja – aber das war's im Wesentlichen denn auch gewesen. Jedenfalls das, woran die Schoffs sich *gemeinsam* erinnerten.

Und nun jener Samstagnachmittag, rund ein Jahr später.

Nachdem Evchen Timo voller banger Vorahnung ange-herrscht hatte, schlug er die Dackelaugen unter der ge-senkten Stirn zu ihr auf. »Sie ... sie kommen auf einen Sprung vorbei.«

»Die sind in *Hamburg*? Schoff!!«

»Der hat das irre geschickt gemacht«, begann Timo zu winseln. »Erst hat er gefragt, wie's uns denn so geht –«

»Wie oft hab ich dir schon –«

»Ich weiß, ich *weiß*«, greinte Timo, »immer sagen: ›Geht so‹, damit man –«

»– etwaige Ansinnen –«

»– gegebenenfalls mit Befindlichkeiten abwimmeln kann. Ich weiß! War mir eben einfach so rausgerutscht! Und dann hat er gefragt, was wir grad so treiben –«

»Und du hast gesagt, och nüx, wir langweilen uns zu To-de, und –«

»Nein, aber Herrgottnochmal, ich hab natürlich gedacht, der ruft aus Obbeheim an.«

»Owwebach. Verdammt, die Flughafen-Atmo im Hinter-grund hätte uns aufhorchen lassen müssen!!«

Denn Michael und Martina (oder Marina?) waren auch dieses Jahr kurz entschlossen zwei Wochen in Lákones gewesen, und weil der Rückflug nur über Hamburg zu bu-chen gewesen war, hatten sie entschieden, »uns zu überra-schen«, jaulte Timo. »Woher kennen die überhaupt unsere Telefonnummer!?«

In dem Moment fiel Evchen die elektronische Grußkarte

ein, die sie vergangene Weihnachten im Organizer gefunden hatte: Ein rotnasiges Rentier trällerte ein Liedchen über ein rotnasiges Rentier. Timo hatte sie das verschwiegen. Wegen »Geringfügigkeit«. Eher aber, weil wenn die Grußkarte an *ihre* E-Mail-Adresse geschickt worden war, musste es wohl *sie* gewesen sein, die sie Michael Knarzmüller gegeben hatte. Und offensichtlich nicht nur die E-Mail-Adresse ...

Offensichtlich hatte sie sich im Suff überrumpeln lassen, damals, in Lákones. Aber verdammt noch eins, wusste nicht jeder Mitteleuropäer mit einem Funken Anstand, dass man so was gefälligst nicht ausnutzt?

Nein, da gab es Ausnahmen. Zwei davon standen zwanzig Minuten später doch tatsächlich da auf dem Fußabtreter ihrer Privatwohnung: der leibhaftige Michael, mitsamt dem Rucksack Marke Martina (oder Maria?); und *ein* Geräusch wäre in dem ganzen heuchelhohlen Wiedersehensgewimmer glatt untergegangen, lägen Evchens Hör-, nein sämtliche Nerven nicht längst blank vor Verdruss, ja Hass: *Knrrk!*

»Kommt rein, kommt rein!«, blökte Timo, schäumend vor Gastfreundschaft.

Der Anblick, wie Michael die zusammengelegte Kuscheldecke als Ablage für seinen rothaarigen Unterarm missbrauchte, trieb Evchen einen Kloß des Abscheus in die Kehle. »Wollt ihr was trinken?«, fragte sie ihn. »Sekt? Selters? Gurkenwasser?«

Timo lachte, dass sich die Balken bogen. »Gurkenwasser!«, brüllte er, »Gurkenwasser! Nee, wir haben doch«, brüllte er eine Oktave tiefer, »noch Ouzo, Schatz!«

»Nein. Ich glaube, nein.«

»Doch! Doch, doch!«, kreischte er. »Im Giftschrank! Im Giftschrank!«

Also schleppte sie die eiserne Reserve an. Und, aus Wut, ein Glas Mixed Pickles. Mixed Pickles? Tja, Mixed Pickles. Weiß der Deubel. Der Deckel starrte von Staub und Küchenfett. Michael zuckte nicht mit der Schweinswimper, als sie es auf den Tisch knallte. Seine Haltung besagte: O ja, ich bin's. Ich bin's wirklich. Erwürg mich doch.

»Wie viel Zeit habt ihr denn mitgebracht?«, fragte Timo, glaubwürdig besorgt. Extrem glaubwürdig.

Ihr Zug mit den reservierten Plätzen, sagte Michael, fahre erst in zweieinhalb Stunden, nur keine Sorge.

»Zweieinhalb Stunden!«, heulte Timo auf. »Immerhin!«

Während all des Gequatsches über Koffer, Schließfächer und ähnlichen Quatsch versuchte Evchen verstohlen, sich Martinas Gesicht zu merken. Doch kaum schaute sie zehn Sekunden lang weg, war es wieder aus ihrem Gedächtnis gelöscht. Einzig einprägsam: dass Martina ihre Blickrichtung stets der von Michael anpasste. Ihre Teints glänzten im selben Rot, ja leuchteten wie ... wie sollte man sagen: wie Puttenärsche im Russenpuff von Oberursel?

»Und jetzt seid ihr hier!«, sagte Timo bereits zum dritten Mal, ganz erschöpft vor Seligkeit.

»Ja«, sagte Michael. »Du hattest uns ja einen Reeperbahn-Bummel versprochen.«

»Einen Reeperbahn-Bummel? Einen Reeperbahn-Bummel?«

»Ja.«

Timo lachte sich schlapp. »Mann, ich weiß praktisch nix mehr! Ich weiß praktisch nix mehr!« Einfach alles zweimal sagen, dann verging die Zeit doppelt so schnell. Timo schenkte Michael einen weiteren Ouzo ein. Und übersah natürlich Martina.

»Und du, Martina?«, sagte Evchen und griff nach der Flasche, während die Männer »Jammas!« grölten, den Schnaps kippten, sich abzuklatschen versuchten – und ins Leere hauten. »Trinkst du auch noch einen?«

Daraufhin Martina, mit trotz tonloser Stimme doch nonnenhaft tadelndem Unterton: »Char*lotte* ...«

»*Ev*chen heiß ich«, sagte Evchen, süß, eiskalt und nadelspitz.

Und Martina nonnenhaft: »Und ich Char*lotte*.«

Evchen starrte sie an. Es war geradezu unheimlich, aber sie starrte praktisch ins Leere, so unscheinbar war diese Mar ... lotte. Ein Spuk. Ein Gespenst mit rotem Gesicht. Mit rotem ... wie sollte man sagen: Arschgesicht?

Kurzum, eine ganze Weile lang erhielt Evchen die Fratze der Scheinheiligkeit halbwegs aufrecht. Dann entglitt sie ihr. Auf einem dünnen Ouzo-Film, sozusagen.

Eine gefühlte halbe Stunde hatte Michael bereits von seinen wilden Abenteuern bei der Ermittlung des günstigsten Handytarifs berichtet – *knrrk!* –, und nun drohte der Reeperbahn-Bummel. Doch den, das wusste Evchen, würde sie nicht überleben. Also schöpfte sie tief Atem, dann kippte sie einen Ouzo, und dann sagte sie: »So, mir reichs. Schlus mip'm Getue. Ihr seid *derart* öde, das hält doch kein ... – Mensch, da mensruiert man ja lieber *zweima* im Monat als noch eine Minute länger ... Puh.«

Am schnellsten reagierte, erwartungsgemäß, Timo. Und zwar mit tosendem Gelächter. »Da menstruiert man ja lieber *zwei*mal im Monat! Haha*haaa*hahahaha ... Da menstruiert –«

»Hals Maul, Schatzi. So. Alles, was auf Müller hört, auf Nimmerwiedersehn. Nix für ungut, aber 'schüs. Sense Banane.« Sie hob den Blick und schaute erst Michael, dann Marlotte in die Visage.

Und daraufhin sagte die etwas.

Tatsächlich, Marlotte sagte schon wieder etwas. Respektive fragte.

Nie hätte Evchen je erraten, was. Hätte sie eine Liste mit den zehn in dieser Situation wahrscheinlichsten Marlotte-Fragen erstellen dürfen, sie wäre nimmer drauf gekommen – auch nicht, wenn sie sich mit der Antwort vorm Schafott hätte retten können. Diese Frage, übertragen aus dem Südhessischen, sie lautete nämlich: »Hast du damals in Lakónes mit meinem Michael Oralverkehr gemacht, ja oder nein?«

Evchen aber, mitgerissen vom Furor der eigenen moralischen Säuberung: »Llllákones. Ich sag's nur n'ch eima. Llllákones. Betonung auf der was gemacht? Ob ich *was* gemacht hab?«

Eigentlich wäre jetzt wieder Timo dran gewesen. *Ob du mit ihrem Michael Oraaalverkehr gemacht hast, hahahaha! Ob du mit ihrem Michael Oraaaalverkehr* usf. Doch er versuchte nicht mal, Michael abzuklatschen. Er starrte ihn nur an, als wollte er sagen: Ich höre Stimmen, hörst du auch Stimmen? Oder: Dein Fünfer unten links ist kariös. Oder: Du bist tot, Südhesse. Du bist tot.

Die Wahrheit war: Sie hatte ihn – geküsst. Sie, Evchen, hatte ihn, Michael, geküsst.

Nachdem Marlotte jene geisteskranke Frage gestellt hatte, waren in Evchens Gedächtnis Bilder aufgetaucht, sehr allmählich, aber ebenso unaufhörlich und unzweideutig wie Fotografien aus dem Entwicklerbad. Die Restaurantterrasse mit dem Panoramablick aufs nachtschwarze, unergründliche Ionische Meer da unten, das flirrende Lichter reflektiert ... die steile, funzlig ausgeleuchtete Steintreppe, die zur Toilette hinabführt ... die Zikade aus dem Wald, die korfiotische Nachthitze, die knarrende Außentür ... Und da, irgendwann zu vorgerückter Stunde, muss Evchen Michael wohl einmal begegnet sein, er auf dem Weg nach oben, sie auf dem Weg nach unten oder umgekehrt, und sofern ein weiteres Erinnerungsbild sie nicht trog, hatte sie ihm sodann spontan den Arm umgedreht und diesen ... wie soll man sagen: sadistischen Kuss verpasst? »Schmeckte allerdings«, sagte sie und graulte sich, »wie Schafkäs mit Musik.« Belustigt vom eigenen Jammer gestand sie mir die bizarre Neigung, Blödmännern, Langweilern und Pappnasen durch einen schroffen, nassforschen Kuss mit reichlich Zahn und Zunge ... wie soll man sagen: das Maul zu stopfen? »Kennst du das nicht, das Bedürfnis?«

»Nein«, sagte ich, »nein. Nein«, sagte ich, »das kenne ich nicht, nein«, sagte ich.

Und hinterher, sagte sie, hatte sie ein schlechtes Gewissen. Und zwar mitnichten Timo, sondern diesem Subjekt gegenüber. Beziehungsweise Objekt.

»Vielleicht hast du«, sagte ich, »ihm ja deswegen deine Kontaktdaten gegeben.«

Der die nicht gerade prompt, aber am Ende doch genutzt hatte. Zunächst für den Rentier-Test zu Weihnachten. Bei dem Evchen aufgrund ihrer Missachtung durchgerasselt war. So dass Michael anschließend offenbar beschlossen hatte, sich unter Einsatz Marlottes zu rächen.

Zähflüssige Schimpfe absondernd, hatten sich die Müllers im Krebsgang davongemacht – bis dato kamen Evchen die Stufen im heimischen Treppenhaus glitschig vor von des Hessen zu Brei gekäuten Konsonanten –, und wenn Evchen den ein oder anderen Satzbatzen zutreffend interpretiert hatte, dann hatte Marlotte offenbar seit Weihnachten gezweifelt und geschmollt.

»Und seit letztem Samstagnachmittag«, ahnte ich, »zweifelt Timo?«

»Nein, nein«, sagte Evchen unter dem Vordach ihrer schlanken Finger. Ihr Ehering hatte tausend Euro gekostet. »Aber schmollt.«

Wir schwiegen eine Weile, bestellten noch einen Galcibar, und dann klatschten wir uns ab. Und trafen auf Anhieb.

Pedro staunte. Wie soll man sagen: *Knrrk?*

Punkrocksong
Eine Anekdote

BAM!! Mann, ist die irre. Und das ist erst die Zimmertür. Und tock, tock, tock, ihre Fickstelzen auf den Korridordielen auch nicht gerade diskret, und BAM!!, die Wohnungstür. Mensch, die andern pennen noch, Schnepfe! Na, jetzt nicht mehr. Na, fettes Thema am WG-Tisch heut abend.

Immerhin kann er sich endlich den Feuchtigkeitsfilm von Gesicht und Brust wischen. Einfach mit'm Zipfel der Bettdecke.

Obwohl sie ihn um ein Haar mit dem Humpenrand am Kinn getroffen hätte (und womöglich k. o. geschlagen), gibt er im stillen zu, daß er seinen Spruch schon bereut hat, *bevor* sie ihm die Bierneige der vergangenen Nacht in die Fresse gekippt hat.

Er beugt sich rüber. Ihre Seite ist noch warm, und es schaudert ihn. Wo ist die Armbanduhr, verdammt.

Da. Acht Uhr vier. Scheiße, Alter.

Wäre es nicht so früh am Tag, würde er Digger anrufen und alles erzählen. Angefangen mit der kleinen Orgie mit ihr, vergangene Nacht, zur Versöhnung wegen vorgestern nacht. Und dass sie *ihn* dann geweckt hat, nur weil *sie* zum Job muß, Digger. Nach vier Stunden Schlaf! Und gleich wieder Alarm.

Wie, ›Alarm‹.

Na, sie so: Du bist vierundzwanzig, Mann. Komm mal langsam aus'm Quark, Mann. Und so Scheiße. Und er so: Ja, Mutti. Und sie so: Du bist so kindisch, das gibt's gar nicht. Du kannst mich mal. Und er so: Nicht schon wieder, Mutti.

›Nicht schon wieder, Mutti!‹ Fett, Alter!

Und wie er nach ihrer Attacke einfach fett sitzengeblieben ist, ohne sich auch nur das Gesicht abzuwischen – die ganze Zeit einfach fett sitzengeblieben wie'n Ölgötze. Während sie die Decke fortgeschleudert hat und von der Bodenmatratze hochgefedert ist, sich angezogen hat und zu guter Letzt mal wieder ihre ständige Ersatzgarnitur Klamotten aus dem Regal gerissen und in den Rucksack gestopft. Als ob die Drohung je gewirkt hätte. Bei ihm jedenfalls nicht, Digger.

Acht Uhr fünf.

Ach, egal. Er *muss* jetzt mit Digger reden.

Auf der Suche nach dem Handy in dem Chaos auf dem Teppichboden neben der Matratze entdeckt er, daß am linken In-Ear-Stöpsel für den iPod der Stift gebrochen ist. Das kann nur sie gewesen sein! Doch seine Wut kommt ihm selber gespielt vor. Und übrigens unpassend für den Tonfall, den er für Telefonate mit Digger reserviert.

In dem Moment fällt ihm der Traum ein.

In schneller Folge poppen die Bilder auf. Fett, der Traum. Superplastisch. So intensiv, wie nur Erinnerungen an einen Traum sein können, den man geträumt hat, kurz bevor man aus einer REM-Phase gerissen wird.

Und ganz realistische Szenerie. Er und Digger, allein im

Jugendraum von damals. Digger, mit dem schwefelgelben Postpunk-Iro (verbürgt!; siehe dieses alte Foto von der Klassenfahrt nach Berlin), hinter dem schwarzen Pearl-Schlagzeug (Geschenk zum dreizehnten Geburtstag, von seinem Dad und dessen damaliger Freundin, die sie immer Rhabarbara nannten). Und er mit dem billigen, aber ebenso schwarzen Cort-Action-Jugend-E-Bass von Weihnachten '95 um den Hals (vor Jahren schon bei eBay vertickt, letztlich für 'n paar Tüten).

Indes das Handygehäuse sich in seiner Hand erwärmt, läßt er die Stirn auf den krümel- und flusenhaltigen Teppichboden sinken, die Augen zusammengekniffen, um sich besser konzentrieren zu können.

Ja, total intensiv. Superplastisch. Wie die verchromte Bridge das Licht der Stehlampe reflektiert! – jener Stehlampe mit dem orangefarbenen Seventies-Schirm, die Rhabarbara tatsächlich für den Jugendraum gestiftet hatte, damals. Herbstferien '96.

Und das Fetteste: der Song war richtig gut! (Was heißt ›war‹, der *ist* richtig gut, Digger! Kann ihn jetzt noch singen!) Die Strophen langsam, scheinbar balladenhaft. Er singt, kraftvoll, aber leise, für sein (damaliges) Alter viel zu rau, während Digger nur ein bisschen an den Beckenrändern schellt und den Trommelstock auf den Rand neben der Spannschraube schnalzen läßt. Doch dann, ohne Vorwarnung, auf die Eins: ab geht's, aber hallo.

Was für ein Drive! Ein *Tempo*, ey! Diggers großes Becken rauscht den ganzen Refrain lang, und er selbst schreit sich die Seele aus dem (damals noch) mageren Leib! Aber wie! Und was für 'ne fette Hookline! Melodisch eher unspektakulär, aber rhythmisch absolut geil. Ja, er kann sich der Refrainmelodie genau entsinnen. Kann sie jetzt noch singen! Daß der Text englisch war, weiß er auch noch. Allerdings kann er sich an keine *lyrics* erinnern. Aber auf *nanana* kriegt er den Refrain problemlos rekonstruiert! Sofort singt er es auf sein Handy und speichert es dort.

Und im übrigen spürt er quasi immer noch, wie die Saiten von den verhornten Kuppen des Zeige- und Mittelfingers katapultiert werden. Wie das Kettchen unter der Snare-Trommel schnarrt von den Vibrationen der tiefen Frequenzen, wie sich seine Eier davon bewegen, die Sack- und Nackenhaare aufstellen. Mann, was für eine Energie. Was für eine Energie.

Er ruft Digger an und erzählt ihm alles. Hammer, Alter, sagt Digger. Aber ruf mich bloß nie wieder so früh an, Alter.

Die nächsten vier Tage vergehen äußerlich wie immer. Keine besonderen Vorkommnisse. (Außer Klimawandel und *der* Scheiß.) Die beiden Seminare fallen aus; zweimal lässt er sich am WG-Telefon gegenüber Dad verleugnen und geht auch nicht ans Handy, wenn Dads Nummer angezeigt wird. Vorgestern Totalabsturz (in der *Gosse* hat's wegen Jubiläum Freibier gegeben), gestern Kino, der neue Bond.

Von ihr kein Ton.

Dennoch, äußerlich vergehen diese vier Tage wie immer. Innerlich aber versumpft er die ganze Zeit, immer wieder, nicht nur in Bier und Katzenjammer, sondern in einer Art untätiger Euphorie. Der Traum; der Traum lässt ihn nicht los.

Ja, an jedem dieser vier Tage fällt ihm mehrfach dieser Traum ein; beim Haschzerkrümeln, auf Klo, im Bus zu

Digger nach Blankenese ... Glasklar sieht er den glänzend-schwarzen Basskorpus vor sich, die blitzende Bridge. Das Schnarren der Snare, kristallrein zu hören. Diese Lust, loszulegen; diese zum Bersten geladene Lust, Schöpfungslust ...! Und dieser richtig gute Song, was für 'n fetter Refrain! Immer wieder singt er den geilen Refrain, und obwohl er seit bald zehn Jahren aber auch keinen Gedanken mehr an Musikmachen verschwendet hat, hört er sich schon Interviews geben: Ja Mann, kaum zu glauben, aber mein erster Tophit ist mir im Traum eingefallen.

Am Samstagnachmittag schließlich ist er gerade dabei, die Schoten für sein berühmtes Chili zu hacken (und trotz aller Vorsicht brennen seine Fingerkuppen, aber was tut man nicht alles, um die WG wieder gnädig zu stimmen), da läuft der Song auf Delta Radio. Plärrt aus dem alten Ghettoblaster auf dem Kühlschrank. *Dieser* Song. Sein Song. Der Song aus dem Traum.

Einen Moment horcht er mit offenem Schlund, dann springt er auf, daß der Stuhl umfällt, und mit einem Satz ist er bei dem Gerät und dreht am *Volume*-Knopf. Es rauscht und kracht, weil die Kontakte von Fett und Staub verklebt sind, aber dann kriegt er den Klang auch auf dem höheren Lautstärkepegel störungsfrei ausgesteuert.

Gut, ein bißchen anders, ein bißchen raffinierter, aber kein Zweifel, es ist sein Song, der Song, den er in seinem Traum gesungen hat, jedenfalls exakt dessen fette Hook-line – doch nun eben nicht nur auf *nanana*, sondern mitsamt *lyrics*:

... Like ants in a colony we do our share /
But there's so many other fuckin' insects out there /
And this is just a punk – rock – song ...

Ja, klar, jetzt erinnert er sich. *This Is Just a Punk Rock Song.*
Bad Religion. 1996. Er hört sich schon mit Digger telefonieren, aber dann ruft er doch sie an.

Als er ihre Stimme vernimmt, schäumt er um ein Haar
über vor Sehnsucht, sagt dann aber: »Du bist auf meinen
Ohrstöpsel getreten.« Und dann, von der eigenen Verblüffung entkräftet, lauscht er gespannt, wie sie lauscht, ob
noch was kommt.

Nachts im Nichts

Dam, badadam, badadam, badadam ...

Nein, kein Blackout. Er hatte ja gewusst, wie es hätte weitergehen sollen. In der gewissen Bio-Stunde damals hätte er nur folgende Formulierung über die Lippen zu bringen brauchen: »Und dann sind da noch ...«, und schon hätte er die restlichen Knochen vom Körperbau des Haushuhns aufsagen können. Doch er schwieg, weil ihm die Formulierung plötzlich doof vorkam. »Und dann sind da noch...« Doof. Befürchtet hatte er das bereits, während er es sich einbimste. Doch daheim hatte ja noch keine Frau Dr. Dings gestanden und geguckt. (Frau Dr. ... Dings. Irgendwas mit B?)

Dichte Finsternis. Die Jalousie schwach lichtgerahmt. Ebenso matt definiert die Geometrie der Zimmerecke, definiert von der grünstichigen Emission des winzigen Lämpchens im iPod-Dock. Rot die Ziffern des Digitalweckers: 4:31. Alarmrot, doch weichgezeichnet von den Dioptrien. Greller, schärfer der Tinnitus. Muss geschnarcht haben. Der Schädel eine einzige Klangschale.

Frau Dr. ... Dings. Verdammt, was geht mich denn jetzt, um 4:31 Uhr nachts, die äonenalte Kuh an. Verdammt, jetzt nimmt die Grübelei wieder kein Ende ...

Wie heißt noch dieses Gelassenheitshormon, das nächtens auf Sparflamme köchelt, und wird man dann vorzeitig wach, herrscht allein das Stress- und Depressionshormon Cortisol?

»Der Fuß besteht aus vier Zehen, der Mittelfuß aus dem Laufknochen, der mit dem Schien- und Wadenbein durch ein Gelenk verbunden ist, ebenso wie das Schien- und Wadenbein mit dem Oberschenkel verbunden ist.« So ungefähr, vielleicht. Und via Rumpf wäre er dann zu Flügeln und Schädel vorgedrungen. Doch weil ihm zu Haus nicht hatte einfallen wollen, wie man den Rumpf ähnlich dynamisch in Szene setzen könnte wie die Laufwerkzeuge, hatte er sich zu der Formulierung »Und dann sind da noch« entschlossen, um die Rumpfknochen sodann simpel aufzuzählen: Rabenbein, Gabelbein, Darmbein, Schambein bzw. Legebein ... und so weiter.

Und das war auch dort noch klar im Gedächtnis abgespeichert gewesen, dort im Biologiesaal, mit der zerkerbten Tischkante zwischen den Fingern und dem Fensterbrett im Nacken. Also kein Blackout. Eine Art Lähmung, vielmehr. Ein Alptraum. Da stand Frau Dr. Dings, Fleisch-und-Blut-und-Kostüm-Version der Skelettplastik neben der Schiefertafel; stand da und guckte. »Ja, Bodo? Laufknochen, Schien- und Wadenbein, Oberschenkel – sehr gut. Und weiter? ... Du hast dich doch freiwillig gemeldet?«

Unfähig, einfach das Risiko einzugehen, dass auch sie die Formulierung »Und dann sind da noch« doof fände. Zum Beispiel so: »Ach so, ich weiß wieder. Und dann sind da noch Rabenbein, Gabelbein, Darmbein, Schambein bzw. Legebein ...« und so weiter. Hätte allemal zu einem Befriedigend gereicht.

Was mochte er wohl für ein Gesicht gemacht haben? Deutlicher meinte er sich zu erinnern, wie er sein Unbehagen am Zungengrund pulsieren spürte. Und weil ebendort, war es unmöglich zum Ausdruck zu bringen. Und also ebenso unmöglich, wenigstens zu sagen: »Ich könnte jetzt noch die ganzen restlichen Rumpfknochen aufzählen, aber das kommt mir plötzlich doof vor.«

Ja: Lähmung. Alptraumatische Lähmung. Handlungsfähig nur Frau Dr. ... Dings. (Irgendwas mit B. Oder hatte sie Beate geheißen? Auch ihr Mann hatte an derselben Schule unterrichtet. *Herr* Dr. ... Dings.) »Tja, Bodo. Kann ich dir bestenfalls eine Fünf plus geben. Tut mir leid.«

Erst da hatte sich der Würgegriff gelöst. In Lymphe gesottene Scham; heute längst zersetzt von der cortisolgesättigten Schattenscham aus zahllosen schlaflosen Nachtstunden im Nichts.

Schluss jetzt. Schlafen. Schlafen! Frau Dr. ... Dings. Ich glaub, ich spinne. Andere Sorgen haben wir wohl nicht. 4:33. Dam, badadam, badadam, badadam ... Zeige- und Mittelfingerkuppe auf der Matratze. Dieser Galopprhythmus, was ist das denn jetzt noch mal gleich? Ach so, natürlich: Get back. *War ja der Ausgangsgedanke. Sofern ein Rhythmus ein Gedanke sein kann. Jedenfalls ist, seitdem der Schlaf verschollen ist, da dieser Ringo-Galopp aus* Get Back. *War da schon vor der Grübelei über die Schambein-(Legebein-)Scham gewesen. Merkwürdig. Woher ist der denn auf einmal gekommen, dieser Ringo-Galopp? Ach so, natürlich. Vorm Schlafengehn vom iPod »1« gehört. All diese Songs! Immer noch so frisch wie Sommerwind in Lindenlaub.*

Doch welche Assoziation hat vom Gedanken an den Ringo-Galopp zum Gedanken an die Schambein-(Legebein-)Lähmung geführt? Die doch chronologisch früher lag?

Einst konnte er ein bißchen trommeln. Anno 1971. Autodidakt. Nein, Semiautodidakt. Hatte Horst Morten eine Platte vorgespielt, damit der ihn anleite. Spooky Tooth's

Waiting For The Wind; das begann so schön pur mit Schlagzeug, leicht zu analysieren, auch für einen Tanzmusikkapellentrommler, wie sein Vater einer war. Das war noch im alten Haus gewesen, oben in der Stube. Nierentisch mit Alpenveilchen, Couchtisch aus Mahagoni, gekämmte Teppichfransen, Polstermöbel – und auf der breitschultrigen Musiktruhe der kantige Monsterschädel des Nordmende Fidelio; die stoffbespannte Stirne, die weit auseinanderstehenden Glotzaugen der Drehknöpfe für Senderwahl und Lautstärke, der Unterbiss aus Tasten zur Wellenwahl mit dem abgebrochenen UKW-Zahn ... grrrrrr, ich kann auch Rock 'n' Roll!

»Hörst du?« sagte sein Vater. »Das ist ein ganz simpler Vierviertel.« Finten schlagend: »Eins zwo drei vier, eins zwo drei vier ... Die Viertel mit rechts auf der geschlossenen Hi-Hat. Die Basstrommel mit der Fußmaschine auf der Eins, die kleine Trommel mit der Linken auf der Drei. Nächster Takt: Basstrommel auf der Eins *und der Zwei*, kleine Trommel auf der Drei. So. Bum, ts, ta, ts, bum, bum, ta, ts ... Mach erst mal ohne Hi-Hat. – – Genau so!«

Luftschlagzeug; später die Schießbude seines Vaters in der Garage. Dann auch mit großem Becken. *Mann*, das fetzte. Klang wie auf der Platte. Ach, besser. Allein die Basstrommel. Wie wuchtig der filzgewickelte Paukenschlegel in die stramme Kalbshaut haute, wenn Bodo *heel-up* ins Pedal trat – Kanonenschuss! Yeah, astrein, der Sound ... Achsenübersetzte, verfeinerte Wut, verstärkt von den rohverputzten Wänden der Garage.

Bald funktionierte es wie geschmiert; jede der vier Extremitäten machte etwas anderes als die anderen, und trotzdem klang es gut. Bum, ts, ta, ts, bum, bum, ta, ts –

und Einsatz: »Lonely is the night / Now that darkness has fallin' / Nothing seems right / And the world is callin' ...«

Bum, ts, ta, ts, bum, bum, ta, ts ... Verdammt, Ruhe jetzt! Schlafen! 4:39. Müde, marode. Schlafen, bitte.

Zeige- und Mittelfingerkuppe auf der Matratze machen, was sie wollen. Dam, badadam, badadam, badadam ... Ringo-Galopp. Jo Jo was a man who thought he was a loner / but he knew it couldn't last / Jo Jo left his home in Tucson, Arizona ... Wie geht's weiter?

For some California grass.

Als Single veröffentlicht am 10. April 1969. (An dem Datum war er grad mal zwölf Jahre alt und hörte noch die Deutsche Schlagerparade. Bis Michael Langebeck, höchstwahrscheinlich im weiteren Verlauf desselben Jahres – spätestens im Jahr darauf –, sagte: »Ist doch Scheiße. Internationale Hitparade mußt'de hören!«) Wäre im übrigen gar kein *so* unwahrscheinlicher Zufall, wenn die Schambein-(Legebein-)Lähmung an ein und demselben Datum stattgefunden hätte. Nachweisen ließe sich das allerdings nicht mehr – und selbst, wenn ...?

Auch im Tagebuch steht davon natürlich nichts. Doch das heißt natürlich nichts. Sein Tagebuch von 1968/69 hatte ganz offensichtlich eine ganz bestimmte Aufgabe erfüllt – das hatte er bei anderer Gelegenheit entdeckt. Es hatte die Tage zu einem Buch umzumünzen, das solche und ähnliche Lähmungen in Bewegung ummünzte. Nur mal angenommen, die Schambein-(Legebein-)Lähmung hätte tatsächlich stattgefunden am Donnerstag, dem 10. 4. 1969:

Heute habe ich vielleicht viel Geld ausgegeben! 1,80 DM habe ich für Eis ausgegeben: eins zu 20, eins zu 30, noch eins zu 30, eins zu 40, noch eins zu 30 und noch eins zu 30! Man fragt sich, wie das möglich ist, es ist aber wahr!

Sic.

Wegen zweier Kurzschuljahre war er bereits mit knapp neun – als einziger aus der vierten Dorfschulklasse – aufs Gymnasium gekommen. Täglich fünf Kilometer mit dem Schienenbus von Beeckdörp ins Städtchen und zurück. Als der Klassenlehrer der 5b fragte, wer »Auswärtiger« sei, meldete sich eine Teilmenge der Klassenkameraden, eine Minderheit. Er nicht. Lieber nicht. War er ein »Auswärtiger«? Klang gar nicht gut.

Doch war er nun einmal so dermaßen auswärtig, daß er des öfteren sein Pult vollkotzte. Später Asthma bekam, und Schwindel. Und schließlich ... tja, eben so Symptome wie diese Schambein-(Legebein-)Lähmung.

Aha ...!

Nachtigall, ick hör' dir trapsen: Daher der Ringo-Galopp! Wegen der Ringo-Galopp-Lähmung 1978!

Denn er, Bodo ... – Bodo war ein Mann, der meint, er bleibt derselbe / egal, wie alt und wie weit weg / Bodo floh aus Beeckdörp, Beeckdörp an der Elbe / ran an den Hamburger Speck ...

1978. Hamburg. Wieder Auswärtiger.

Get back! Get back! Get back to where you once belonged ...

Ringo-Galopp-*Lähmung*? Nein. Da, in dieser Gartenlaube, ausstaffiert mit Batterien von Eierpappen, irgendwo im Hamburger Speckgürtel: nein, keine Lähmung. Da dann doch ein Blackout. Denn gewiss war ihm theoretisch klar gewesen, wie der Groove zu *Get back* ging. Denn: 1978, da war der Song bereits neun Jahre alt. Natürlich hatte er ihn im Zuge des Michael-Langebeck-Evangeliums längst kennen gelernt.

Doch hatte er sich in dem Moment – da, in der stumpfen Eierpappensphäre, in der dumpfen, doch scharf nach glimmendem Gras duftenden Eierpappensphäre –, hatte er sich des Ringo-Galopps nicht entsinnen können, dieses sublimen, treibenden, zersechzehntelten Vierviertel-Grooves nicht entsinnen können, und weil sein Schlagzeugspiel auf dem Stand von 1971 stehengeblieben war, so spielte er bum, ts, ta, ts, bum, bum, ta, ts zum Ostinato George Harrisons. Beziehungsweise Torsten »Toto« Schmiedlings.

Toto. Kein Wort hatte er gesagt. Nicht mal den hübsch verwilderten Kopf geschüttelt. Der wuchernde Schwarzbart ungesträubt von etwaigen Mienen. Seine Blicke tototypisch ruhig weiterwandern lassen – und einfach nur aufgehört, seine Mischung aus George-Ostinato und John-Licks zu spielen. Und der Bassist (wie hieß der noch?) verstand und hörte auch auf zu spielen. (Ralf?) Nur Phoebe, den fingerfreien Handschuh ums Mikro geklammert, schüttelte ihr schwarzes Haar aus den Wimpern und sagte: »Nee, du. So: Dam, badadam, badadam, badadam ...« Die Linke in der Taille, knickte sie auf *dam* mit dem rechten Jeansknie ein, so daß ihre linke Hüfte wippte. »This fine, cute Ringo-Groove, you know? Kenns' du nickt ›Get back‹? Wörsuk mal: dam, badadam, badadam, badadam ...«

Doch da wollte er nicht mehr. Als wollte er nicht auch noch den Blackout gefährden, stand er mit scheelem Grinsen auf und legte die Stöcker aufs Trommelfell, und weil der im Schnee steckengebliebene Drummer (Eddie? Freddie?) seine Snare-Drum schräg zu montieren pflegte, rollten sie herunter und fielen mit knöchernem Klimpern zu Boden.

Ja, die Ringo-Galopp-Lähmung war keine, sondern ein -Blackout. Das Ergebnis nichtsdestoweniger: Scham. Diesmal Ringo-Galopp-Scham. Auch diese eine in Lymphe gesottene; auch diese heute längst zersetzt von der cortisolgesättigten Schattenscham aus zahllosen schlaflosen Nachtstunden im Nichts. Wie war er verknallt gewesen in diese Phoebe, und wie verhasst war ihm dieser Toto gewesen, und er, wie fern er jenem seinem höchsteigenen Selbst doch heute war – und wie doch auch, angesichts einer Entfernung von mehr als dreißig Jahren, zugleich immer noch unheimlich nah, grad so nah wie der iPod da drüben.

Der Schmerz in Halswirbelsäule und Schulterblatt, das helle Gesumm im Schädel, nie mehr wird das ein Ende nehmen. Damit musst du leben bis zum Lebensende. Kannst froh sein, wenn's nicht schlimmer wird.

Ruhe! Schlafen! 4:43.

Apropos Lebensende: Ortsamt. Kirchenamt. Endlich um die Grabmal-Sache kümmern ...

Nichts öder als fruchtlose Selbstermahnungen. Nichts schnöder. Blöder.

Er will gern noch dreißig, vierzig Jahre leben, gern steinalt werden, Tinnitus hin, Bandscheiben her. Ja, seine *Eltern* sind noch jung! Nichtsdestoweniger macht ihm seit einigen Jahren eine gewisse Unsicherheit zu schaffen – niederschwellig, aber eben doch zu schaffen –; die Unsicherheit, wo er, tot und begraben, einst liegen wird.

Er bestreitet Gott je entschiedener, desto älter er wird. Sein Glaube heißt poetischer Realismus. Eben deshalb will er sichergehen, auf dem Beeckdörper Friedhof zu liegen zu kommen. Dort, wo schon Oma und Opa liegen. Dort, bei seinen Vorfahren, will er, nachfahrloser Nachfahr, liegen. Auf den bewaldeten Hügelzug überm Mühlenteich, ja, da will er hin.

Wohin denn sonst? Wo denn sonst, bitte, hin mit ihm? Ein anderer Ort undenkbar, und dieser undenkbare Gedanke flößt bereits zu Lebzeiten Unbehagen ein. Will nicht grad, wer sicher ist, daß nichts mehr kommt, sicher sein, wohin er kommt? Zwar nur der Rest von ihm, der entseelte Sack. Doch wird er ja jeden nachzulassenden Kugelschreiber sorgsam Neffen und Nichte überantworten, und da soll wurst ihm sein ausgerechnet sein höchstpersönlicher Restesack?

Selbst, wenn es niemand geben sollte, der einen Ort bräuchte, um sich seiner zu erinnern: *Er* braucht einen. Und zwar *vorher*. Solang er sich erinnern kann, ist Erinnerung immer der natürliche Schatten seines Lebens gewesen. Er braucht ihn, damit er in der Gegenwart nicht verglüht noch verbrennt, noch auch bloß verschmachtet.

Es geht ihm nicht um das, was nachher mit ihm *sein* sollte. Es geht nur um die heutige Gewissheit eines schönen, schattigen Ortes für den einst ausgedienten Sack. Temperamentsfrage. Schließlich brauchte er, um den Tag leben zu können, die allermeiste Zeit seines Lebens die Gewissheit, daß am Ende des Tages sein Bett auf ihn wartete.

Ja, verdammt. Und wenn er verdammt noch mal wieder in die Kirche eintreten muss: einmal tot, will er für immer da oben liegen – das wird das letzte sein, was er will. Da oben liegen, auf dem Beeckdörper Friedhof liegen, auf dem bewaldeten Hügelzug überm Mühlenteich, gleich an jenem

Jägerzaun, hinter dem sich die Mädchen einst zum Baden umzogen, während Morten, Kolk und Dutschke Duttheney sie mit dem Handtuch abschirmen durften (vor *wem* eigentlich, o ihr wagemutigen Luder! ...?); Lärchenknöchelchen, die sich der linken Fußsohle einprägen – egal, bloß keine falsche Bewegung jetzt –; Duft nach besonntem Fichtenholz und verdorrten Lärchennadeln, nach Sonnencreme in paradieswarmem Schatten ... Und dann der Anblick von Karins struppigem Schambein! Was für ein blendender, *tierischer* Schock und Schub zugleich.

Und dann schläft er doch wieder ein. Und träumt. Träumt, daß er nachts im Nichts mit Knochen trommelt, mit seinen eigenen Knochen trommelt, mit seinen eigenen Wadenbeinknochen diesen Ringo-Galopp trommelt auf schräg montierter Trommel: Bodo war ein Mann, der meint, er bleibt derselbe / egal, wie alt und wie weit weg / Bodo floh aus Beeckdörp, Beeckdörp an der Elbe / ran an den Hamburger Speck.

Zurück! / Zurück! / Zurück, wohin du hingehörst ...

Geliebte mein im Schuhkarton

Er hatte sich damit abgefunden. Nach all den Jahren machte es ihm kaum noch etwas aus; er durfte nur nicht zu grübeln anfangen. Nachdem er einer Hure begegnet war, der seine Zentner anscheinend ebenso wenig ausmachten, grübelte er aber nur noch selten, geschweige, daß seine Tagträume ständig um Rasierklingen kreisten. Seine Einkünfte reichten hin, und er hatte seine Hure, seine Rätselhefte und Krimis, seine Münzsammlung und seinen Oldie-Sender und den Fernseher, und er konnte sich selbst versorgen. Ihm jedenfalls schmeckte es. Und wie.

Er wohnte im dritten Stock. Obwohl es natürlich einen Fahrstuhl gab, ging er nur hinaus, wenn es sein mußte – um einzukaufen, um den Arzt oder Friseur zu besuchen, oder die Hure. Zur Straße gab es einen Balkon, von dem aus er am Leben teilhaben konnte, wenn er mochte. Den Straßenverkehr beobachten konnte, und den Kinderwagenverkehr. Sommers dem Gelächter der Gäste aus dem Vorgarten der Kneipe lauschen, Abgase schnupfen, aber auch den Duft der Lindenblüten und, ab und zu, von Grillfleisch.

Sein Lieblingsplatz war im Schlafzimmer: der Ohrensessel am Fenster zum Innenhof. Dort war es meist still. Zu Silvester platzten mal Knallkörper. Am lästigsten, doch seltensten waren Flex- und Bohrgeräusche, und mal drehte auch der ein oder andere Nachbarssohn seine elektronische Paukenmusik auf. Nachts jaulte des öfteren eine Katze, *ihre* Katze, und dann jagte der Hall ihm eine Gänsehaut über den Rücken. Doch tagsüber war es zuallermeist still, und er saß gern hier, die Beine auf dem gepolsterten Hocker, auf dem Fensterbrett das Stövchen mit dem Rotbuschtee und die Literflasche Cola und der Karton mit Schokoladeriegeln, und löste seine Rätsel. Hier erholte er sich im Sommer von dem Trubel unterm Balkon und im Winter von der Einsamkeit der Stube. Denn obwohl die in ihren Netzen unendlich langsam schrumpfenden Meisenknödel vorm Schlafzimmerfenster seit etlichen Wintern nicht mehr heimgesucht worden waren, erlebte Paul F. hier Momente von Liebe.

Sie wohnte im Hochparterre des Hauses gegenüber. Im frühen Herbst pflegte sie von ihrem Balkon eine Leitertreppe über die Fassade der Souterrainwohnung hinweg in den Hofgarten hinabzusteigen, um mit einem Fächerbesen das von Miniermotten befallene Laub zusammenzuharken. Neben den verglasten Balkonflügeltüren vor der Küche gab es ein weiteres Fenster, das zum Arbeitszimmer. Keine Gardinen, keine Vorhänge – durchaus üblich hier in der Gegend –, und sobald der Erzengel von Roßkastanie seine Blätter abgeworfen, hatte Paul F. freie Sicht. Dämmerte es im Innenhof und leuchteten die Fenster auf, so daß Küche und Kämmerchen an Tiefe gewannen, wurden ihm Klarheit und Wärme zugleich zuteil – Wärme und Tiefe –, und wenn sie von ihrem Computerbildschirm aufstand und in der Wand verschwand, um in der Küche wieder aufzutauchen, und sich neben ihr offenbar noch nicht schulpflichtiges Söhnchen setzte, dann erfüllte Paul F. eine angenehm leichte Zufriedenheit.

Das Schauspiel erinnerte ihn an eine Kindheitsszene; seinerzeit steckte man die Füße beim Schuhkauf noch in Röntgengeräte, um die Paßgenauigkeit zu prüfen, und in seinem Gedächtnis verschmolz die Mystik jener grünen Transparenz mit dem Gefühl beim Gucklochblick in eines der Exponate einer kleinen Dauerausstellung von Dioramen in Schuhkartons. Die Spannung, die Atemlosigkeit. Die Verheißungen der Welt.

Sie hatte halblanges, dunkles Haar, sie war schön. Und geheimnisvoll: Indem sie wie schwerelos die scheinbare Steigung erklomm, die seine gestürzte Perspektive vorgaukelte, verschwand sie im perspektivischen Fluchtpunkt der Küche, im Niemandswinkel unterm Boden der ersten Etage. O ja, sie war schön, und ihr Ansatz von Hüftschwung so wundervoll, und während sein Leib – je nach Medikamentierung – um ein paar Kilogramm an- und wieder abschwoll und wieder anschwoll und so fort, blieb sie so schön wie immer; das bestätigte sich jeden Herbst aufs neue.

In jedem Herbst und Winter wieder spielte er mit dem Gedanken, ein Fernglas zu erwerben. Doch wie das Risiko ausschalten, sie zu verärgern? Wenn er sie sah, sah sie wohl auch ihn, und mit Heimlichtuerei wollte er gar nicht erst anfangen. Die Versuchung war da, doch er widerstand. Was, wenn sie sich zur Abwehr Vorhänge anschaffte?

Wie oft in all den Jahren ein anderer Mann in der Küche stand, wußte er nicht zu sagen. Nicht sehr oft. Überhaupt gab's nur selten Besuch, zumindest in der Küche, mal eine weitere Frau, mal ein weiteres Kind. Sogar in der Millenniumssilvesternacht hatte er sie arbeiten sehen, das Gesicht bleich vom Widerschein des Computerbildschirms. Überhaupt telefonierte sie häufig spät, in Akten blätternd, die sie aus dem Wandregal zog. Er konnte sich nur an Einziges Mal erinnern, daß die Fenster, in den Sommerferien war's, drei Wochen lang dunkel geblieben waren. Ein- oder zweimal hatte er ihrer Stimme gelauscht, als sie im Garten mit einer Nachbarin sprach; einer schönen Stimme, so viel konnte er hören, auch wenn er keinen zusammenhängenden Satz verstanden hatte. Ihre Katze lockte sie mit einem schlichten, sanften Pfiff herbei. Eine Klappe gab es nicht, und oft maunzte die Katze ja auch, ja jaulte, teils mitten in der Nacht, wenn sie von ihrer schönen Herrin nicht eingelassen worden war.

Meistens trug sie Jeans und einfaches Oberteil. Ein paarmal Rock. Viermal sah er sie in T-Shirt und Slip – jedesmal einem schwarzen – und einmal sogar, nur ganz kurz, nackt. Rechts oben ging das Bad ab. Sie war so schön, so schön, daß er es nur aushalten konnte, indem er Schokoladenriegel zermalmte, und blieb es auch all die Jahre. Einmal weinte er so lange, daß er am nächsten Morgen Halsschmerzen hatte.

Eines Monats hörte er auf, die Hure zu besuchen.

Er konnte gar nicht sagen, wie viele Frühlinge es bereits her gewesen war, daß erstmals wieder Rasierklingen in seinen Tagträumen herumgespukt waren. War von den Fenstern seiner Geliebten anschließend aber kaum noch etwas zu erkennen gewesen unter all dem Kastanienlaub, hatte er sich längst wieder entschieden, auf den Herbst zu warten, und sobald das Kratzen des Fächerbesens im Innenhof an sein Ohr drang, schöpfte Paul F. erneut Mut. Im November spürte er die Pulse in den Tiefen seines Fleisches beben und verbrachte Stunden im Ohrensessel, die Beine auf dem gepolsterten Hocker, auf der Fensterbank der Rotbuschtee, die Literflasche Cola und der Karton mit Schokoladeriegeln.

Ihr Sohn war längst größer als sie; sie aber blieb unverändert, unverändert schön. Vielleicht färbte sie sich das Haar; und eines Tages fiel Paul F. auf, daß ihr Sohn nur noch selten in der Küche auftauchte. Sicher war er ausgezogen.

Nicht, daß Paul F. unten auf der Straße nicht all die Jahre immer mal wieder Ausschau nach ihr gehalten hätte – allerdings bei weitem nicht so oft, wie er es sich oben im Ohrensessel vorgenommen hatte. Es war, als stünde der Ohrensessel auf einer anderen Ebene der Wirklichkeit. Sobald er draußen war, war es meist zu anstrengend, mehr zu unternehmen als Einkäufe und Entsorgung von Leergut und Altpapier. Hin und wieder aber hatte er tatsächlich bewußt Ausschau nach ihr gehalten; nie mit Erfolg. Um sie identifizieren zu können, müßte er erst ein Fernglas benützen. Und in die Stichstraße einzubiegen, in der ihr Haus stand, kam schwerlich in Frage. Was, wenn sie ihm auf dem schmalen Gehweg begegnete? Wie ausweichen, falls ihn der Mut verließ? Auf dem Absatz umdrehen und sie im Nacken wissen – unmöglich. Unmöglich. Und überhaupt: Was *wollte* er? Was sollte er sagen? Was glaubte er, daß *sie* sagen würde? Noch nie hatte er ihr Gesicht von nahem gesehen, doch den voraussichtlichen Ausdruck angesichts seiner kannte er längst, kannte er seit Jahren – bei anderen hatte er sich damit abgefunden; bei anderen machte es ihm kaum noch etwas aus.

Und so blieb Paul F. nichts, als sich mit neuen Kartons

und Literflaschen zu versorgen und sich in den Ohrensessel zu setzen – auch wenn ihm wie schon die Hure nun auch Krimis und Rätsel und Oldies nichts mehr bedeuteten – und zu hoffen, daß sie eine ebenso treue Seele war wie er.

Frierende Frauen
Eine Farce

»Herr Katzhoff! Telefon!«

»Ich bin schon weg.« Aber weil ihn seine eigene Schlagfertigkeit milde stimmt: »Wer ist es denn.«

»Ihre Frau! Brr, ist das kalt heut …« Zum Zeichen des Fröstelns rüttelt sie einmal ihre mächtige Büste durch.

Katzhoff gibt ein Ächzen von sich, bevor er – dynamisch wie immer – den Weg zurück dann aber doch macht. Den *sie*, und damit meint er nicht die Jakobowski, wird büßen müssen. Da gibt man zuungunsten seines Energieflusses ein einziges Mal der Hoffnung auf irgend etwas Überraschendes nach, und schon zeigt einem einmal mehr der Alltag den Stinkefinger. »Katzhoff.«

»Hellmuth?«

»Ja sicher ›Hellmuth‹. Hellmuth Katzhoff.« Sein verdammter Stolz: Er gäbe was drum, die Miene der Jakobowski überprüfen zu können. Wahrscheinlich muß sie nämlich ein Prusten unterdrücken. Wenn die Jakobowski wegen seiner Schlagfertigkeit ein Prusten unterdrückt, steigt trotz ihres Alters – wie Dr. Büssing sagen würde – »die Temperatur in meinen Boxershorts«.

»Was gibt's?«

»Ich hab ganz vergessen ... Ich bin mit Margitta verabredet, und –«

»Ich geh gleich zum Golfen. Mit Vati und Dr. Büssing. Ich bin schon weg.« Die vage Ahnung eines taktischen Fehlers – ein, zwei Tempi verschenkt zu haben ...

Treffer. »Von dir war ja auch gar nicht –«

»Schlechte Laune?«

Treffer! »Schlechte Laune, schlechte Laune ... Ich wollt nur ... Nur, daß du Bescheid weißt. Weil eigentlich, ich will nicht, daß Mutti so lang ... Na, ist ja sowieso egal, wenn ihr zum Golf ..., dauert's ja eh länger.«

Er versteht nicht ein Wort. Nicht eines.

»Ja, ja. Ich muß los; Dr. Büssing –«

»Ja, ja. Sag ihr –«

»Wem, ihr. Was zittert deine Stimme denn so.«

»Ihr! Mutti! Weil mir kalt ist. Sag ihr bitte, wenn ich nach dem Sport nicht nach Hause komme –«

»Wieso. Wieso das denn nicht. Wann *kommst* du denn nach Hause.«

»Was weiß ich! Wir treffen uns ja erst um neun, und –«

»Um neun erst?«

»Ja, Mensch ...« Was war das denn. Ein Geräusch, als würde sie gewürgt.

»Ich komm ja erst um acht vom Sport, und –«

»Ich denk, du kommst *nicht* vom Sport nach Hause.«

»Ach, Mensch ...« Ein schweres Seufzen und dann ein Geräusch, als hätte sie aufgelegt. Sie *hat* aufgelegt.

Jetzt bringt sie ihn sogar noch ums letzte Wort. Sie hat angerufen, will etwas von ihm – der Himmel weiß, was –, und das bedeutet nach den ihm geläufigen Usancen, sie hat zwar das erste Wort, das letzte folglich aber er.

Sie lernt es nie. Indem sie ihm das letzte Wort verweigert, verläßt sie den Boden des guten Willens. Und schon ist sie wieder in der Bringschuld.

Die Jakobowski geht das natürlich nichts an. »Ist recht«, brummt er in den tutenden Hörer. »Jaa ... Bis später! Ich dich auch. Ja, danke, den werden wir haben!« Daß sein letzter Satz denn doch ein bißchen bitter klingt, kriegt die Jakobowski hoffentlich nicht mit.

Treffer. Mit anverwandelndem Lächeln – durch das sie dem ihr verwehrten Glück, Gattin ihres Chefs zu sein, neidlos ihre Reverenz erweist – fängt die Jakobowski den hingeworfenen Telefonknochen auf.

»Hepp!« ruft Katzhoff schlagfertig, und die Jakobowski unterdrückt ein Prusten, und beinah peinlich berührt, dann aber Nachsicht walten lassend gegenüber seiner nun mal nach wie vor strotzenden Energie, spürt Katzhoff: *So alt ist die auch wieder nicht, die Jakobowski.*

[1986–1990]

Die Weiße Fee von Töwerland

Für V. und M.

Nicht jeden Tag gelingt es ihr, die Empfindungen nach dem Joggen bewußt zu genießen. Diese Sensationen von Entschlackung und wohliger Ermattung, Entgrenzung und Befriedigung. Nicht immer, doch meistens, und dann pulsiert unterm kühlen Schweißfilm das wärmste, reinste Daseinsglück.

Heute ist so ein Tag. Die Märzbecher neben dem Treppenabsatz spotten dem schwindenden Winter, und als i-Tüpfelchen präsentiert das durch den Hausflur quietschende Briefkastentürchen einen Umschlag, der keine Geschäfte betrifft. Er stammt von ihrer Busenfreundin aus Münster; unverkennbar die burschikose Handschrift. Adressiert hat sie ihn an Lisa *»Arrassica« Wacholdt*.

Sosehr sie sich freut – der Beiname versetzt ihr einen Nadelstich. Schauderhaft strahlt er ins Sonnengeflecht aus. Lisa Wacholdt schüttelt sich, und kurz darauf scheint er verschmerzt. In der Maisonette angekommen, zwingt sie sich, als erstes zu duschen; erlaubt sich aber, den Umschlag zu öffnen, bevor sie ihr Tagwerk beginnt. Für Selbständige ist Disziplin die halbe Miete, die andere Hälfte jedoch Gelassenheit.

Vier Dokumente enthält das Kuvert.

Zum einen ein quadratisches Papier mit komplizierten Falzen, wie es als Hülle für Schokoladentäfelchen dient, die auf Kopfkissen exklusiver Hotels bereitliegen. Die Abbildung im Zentrum identifiziert Lisa Wacholdt auf den ersten Blick: die prächtige Fassade des historischen Strandhotels Kurhaus Töwerland, darüber weiße Nordseewolken auf blauem Himmelsgrund, darunter einen grünen Streifen bewachsener Düne und im Sand die bunten Tupfen der Strandkörbe.

Zum zweiten eine private Fotografie, die in einem solchen Strandkorb zwei ungefähr zehnjährige Mädchen zeigt. Das zartere mit brünettem Bob und Hasenzähnen; das kräftigere mit Lollistengel zwischen den Lippen, Apfelbäckchen und von einer Perlmuttspange gebändigtem, langem dunkelblondem Haar. Beider Bambi-Augen vergnügt und verschmitzt und von reinster kreatürlicher Unschuld.

Im weiteren zwei mittig gekniffte Bogen. Der eine die Fotokopie einer Wurfsendung mit folgendem Kopf:

Töwerländer Inselpost
Herausgegeben von der Gemeinde- und Kurverwaltung
No. 17   Für alle Haushaltungen!   4. Mai 1989

Darunter etliche Absätze mit Überschriften wie *Öffentliche Sprechstunde des Bürgermeisters, Anleinpflicht* oder *Töwerlander Cheerleader brauchen Ihre Unterstützung.*

Mit gelbem Leuchtstift markiert ist dieser:

Sonderbarer Vandalismus
Wie schon im vergangenen haben sich auch dieses Jahr wie-

der in den Wochen um Ostern Fälle von sonderbarem Van-
dalismus auf der Insel gehäuft: Dutzendfach wurden Reflek-
toren von Fahrrädern gestohlen, teils eigens aus der Fassung
gebrochen. Hinweise bitte an die Polizei.

Der zweite Bogen besteht aus vanillefarbenem Briefpapier
mit Wasserzeichen, darauf Swantjes energische Handschrift:

Meine allerliebste Lisa!
Dieses denkwürdige Schriftstück habe ich gestern mitten im
krassesten Papierkrieg (dieser Hausbaufinanzierungskram
kostet mich jetzt schon den letzten Nerv, auch wenn sich um
das Allermeiste ja eigentlich Cem kümmert) wiedergefunden ...
unglaublich, oder? Werden Deine Ohren auch grad knall-
rot?!!?
Jedenfalls ist mir anlässlich dieses Fundes aufgefallen, dass
sich der Zeitpunkt unseres Kennenlernens bald zum 25sten
Mal jährt! (Jaul! Allmählich werden wir voll alt ...) Jawohl.
Ostern 1986 war's, als wir uns erstmals begegneten.
Silberfreundschaft!!! Ich finde, das muss gefeiert werden.
Was hältst Du davon, wenn wir uns für die kommenden
Ostertage auf unsere »Osterinsel« einschiffen?

Es folgen logistische Vorschläge. Und weitere Details zu
Swantjes und Cems Nestbau-Planung, inklusive eines fri-
volen Reports über Schwangerschaftsbemühungen sowie
der Frage, was bescheuerter klänge: Cem Lemmermann
oder Swantje Çakmakçi, oder gar Cem und Swantje Çak-
makçi-Lemmermann.

Ja: ehrliche Freude empfindet Lisa Wacholdt über die

unverhoffte, herrlich altmodische Post, Rührung gar. Doch auch der Zwerchfellstich glüht wieder auf. Für sofortige Vertiefung der Sache ist allerdings keine Zeit. Immerhin versetzt der nette Überraschungscharakter sie in die passende Stimmung, einen ersten Entwurf des widerspenstigen Leitartikels für die Reisebeilage ihres Hauptkunden fertigzustellen.

Mitten in der Nacht aber wacht sie auf, gerät in einen Grübelstrudel, der sie um- und umwälzt, und schläft erst eine Stunde vorm Weckerbimmeln wieder ein.

Am Abend ruft Thorben von Wien aus an, klagt, daß er sie vermißt, und fragt, wie es ihr geht. »Ach, Liebster!« legt sie los – zu ihrer eigenen Überraschung. Ursprünglich hat sie's höchstenfalls als Fußnote erwogen. »Schlimme Nacht, letzte Nacht. Stundenlang wach gelegen.«

»Herrje ... Wegen des Artikels?«

»Ach wo – nee, hauptsächlich ging's um ... ach, um die alte Swantje-Schmach, weißt du? Vielmehr: *Arrassica*-Schmach.«

Selbstironisch glucksend wartet sie die zwei Sekunden, bis der Groschen bei ihm fällt. In den acht Jahren, seit sie sich lieben, hat Lisa ihm drei- oder viermal davon erzählt.

»Ach, du ahnst es nicht ...« Thorben lacht dreckig. Raunt dann aber gespielt einfühlsam: »Verstehe.« Belustigtes, wissendes Schnauben. »Beziehungsweise ... was war denn diesmal der Auslöser? Und sag mal«, sein Timbre jetzt von nahezu professionellem Interesse: »Worin lag noch mal genau der Kern?«

Genau die Frage hat sie ihm vor Jahren schon einmal

beantwortet, doch angesichts der unstrittigen Neben-
sächlichkeit der Angelegenheit ist seine Vergeßlichkeit
verständlich. Sie stößt einen Seufzer aus – stimmiger Ausdruck jenes Gefühls, das sie seit ihrer Arrassica-Inkarna-
tion immer wieder einmal umtreibt, alle Jubeljahre wieder.
Ein unverhältnismäßiges Gefühl von Scham und Schuld,
das lächerlich hartnäckig nach Erlösung dürstet.

Silberfreundschaft ...
Ihre Freundschaft ist eine Sandkistenfreundschaft im,
wie die kleine große Arrassica dachte, ›Warzensinne‹ des
Wortes. Handelt es sich doch um die größte Sandkiste des
Landes, die diese Freundschaft gestiftet hat: der siebzehn
Kilometer lange Nordstrand von Töwerland. Schmal wie
ein Schal lag die Insel anderthalb Fährstunden entfernt
vor der ostfriesischen Küste. Liegt da vermutlich immer
noch.
Auf dem Anleger fing alles an. Vage erinnert sich Lisa
Wacholdt an eine aufgekratzte Menschenmenge vor den
Planwagen, in denen das Gepäck verwahrt war. »Im ersten
Jahr«, erzählt sie Thorben, »hab ich mich noch mit meinem
Taufnamen vorgestellt ...«
»Willst du Swantje nicht verraten, wie du heißt, Schätz-
chen?« hatte Mama gefragt und Papa dieses Lachen gelacht, das er lachte, wenn sie nicht zu Hause waren – oder
wenn sie Geschäftsbesuch hatten –, und Swantjes Eltern
hatten eingestimmt. Und obwohl Swantje sie einschüch-
terte, weil einen Kopf größer und drahtiger, tat Lisa, wie
ihr geheißen.
Lisa mochte ihren Vornamen nicht. Und sie haßte ihre
Haare, die packpapierfarben und dünn wie Bohnenstroh

waren und sich weigerten, weiter zu wachsen als bis zum Kragen ihrer hellgrün gesiebten dunkelgrünen Lieblingsbluse – weswegen sie lieber einen Kurzhaarschnitt trug. Den Namen Swantje aber fand sie toll, und noch toller Swantjes honigblondes Rapunzelhaar, das Swantjes Mutter gern zu Zöpfen flocht. Sie schienen so dick und stabil wie die Tampen, mit denen die Fähre festgemacht war, auf der sie gerade übergesetzt hatten, Lisa und Tobi, Mama und Papa, und auf der sie künftig jedes Jahr übersetzen würden, um die Osterwoche auf der Insel zu verbringen, zusammen mit Swantje und Swantjes Mama und Papa, ein Geschäftsfreund Papas.

»Seit meiner Kommunion bin ich nicht mehr dort gewesen«, erzählt Lisa Thorben. Lebhaft erinnert sie sich an die fischfrische Luft. An den torfigen Duft der Pferdeäpfel in den Gassen, das Geklapper der Hufe und höhnische Gelächter der Möwen ...

Nach der Begrüßung waren sie über jenen breiten Verbundsteinboulevard durch ein Schott im Süddeich hineinspaziert ins Städtchen aus mennige- und karminrotem Klinker, die Koffer auf einem Bollerwagen mit Gummireifen, Papa als Zugpferd – dabei wäre Lisa viel lieber mit jenem Gespann gefahren, dessen beide Kaltblüter so hübsch zottigen Fesselbehang hatten, und bezogen ihre Suiten im schlösschenhaften Kurhotel.

Dieser Blick vom Balkon! Über den Vorplatz mit eingelassenem Schachspielfeld hinweg, über Fahrradständer und Sitzbänke, über den Höhenzug der sanft geschwungenen, hellen Dünen hinweg, die mit Strandhafer, heideartigem Kraut und Sanddorngestrüpp bewachsen waren, erblickte man, soweit das Auge nach Ost und West reichte, glatten Strand und gewellte, gleichmäßig rauschende See. Auf dem Drahtseil des Horizonts balancierten zwei winzige Containerriesen. Darüber wölbte sich der gigantische Himmel. War er grau, war auch die See grau, doch erstrahlte die Sonne, erblauten die Wellen, und auf Dünen und Strand schimmerte Goldstaub.

Lisa und Swantje verbrachten jeden Tag zusammen. Swantje kletterte in die Kiefern hinterm Hotel und piesackte Lisa, war die zu schwach dazu oder zu ängstlich. Bei Scharmützeln gegen Jungs waren sie Verbündete. Doch spurte Lisa nicht, schubste Swantje sie. Ja, unverfroren nutzte Swantje ihre körperliche Überlegenheit, um Lisa zu gängeln; nicht schlimm genug allerdings, daß Lisa es Mama und Papa petzen wollte. Im Gegenteil, Lisa bewunderte Swantje, und die coolen Sachen, die Swantje anschob – auf Bäume klettern, Jungs vergackeiern und so –, mochte sie nicht missen.

Und blieb ihr Swantje zunächst auch ein wenig unheimlich, zu Hause in Ibbenbüren prahlte Lisa mit ihrer Feriengefährtin und zeigte überall die Hälfte eines orangefarbenen Katzenauges herum, ein Abschiedsgeschenk von Swantje. Swantje hatte es am Strand gefunden, besaß die andere Hälfte und hatte ihr aufgetragen, die Scherbe im darauffolgenden Jahr wieder mitzubringen, damit sie sie zusammenfügen und ihrer beider »Geist-Energie wieder aufladen« konnten.

»Nächste Ostern hat sie mich bereits am Anleger erwartet«, erzählt Lisa Thorben. Bei der Begrüßung war Lisa noch ein wenig verlegen, doch dann war es Swantje, die ihr eigenes Scherbenkommando versäumt hatte und geradezu wankte. Diesen Moment der Schwächte nutzte Lisa. Sie flüsterte Swantje ins Ohr, sie heiße übrigens in Wirklichkeit nicht Lisa, sondern Arrassica. Im Rahmen einer streng geheimen Einweihung daheim in Ibbenbüren habe sie der große Grüne Magier zur Weißen Fee ernannt, damit sie bei der Errettung der Welt zu helfen vermochte.

Die coole Swantje schien beeindruckt. In Oldenburg gab es so etwas offenbar nicht. Arrassica nahm sie mit ins Kinderzimmer der Wacholdtschen Suite und stellte ihr ihre Entourage vor: die Puppen Susi und Sarah, Tina und Lola sowie das Glühbaby (dessen Haut aufleuchtete, sobald man auf den Bauch drückte – Swantje besaß einen Glühwurm, der ähnlich funktionierte, aber grün wie eine Raupe war und eine rote Zipfelmütze trug); nicht zu vergessen all die Stofftiere, Ponys vor allem, alle mit Namen und besonderen Aufgaben im Kampf um die Weltenrettung, beim entscheidenden Schlag gegen die Grauen Herren und schließlich bei der Erfüllung jener Spezialmission hier auf der »Osterinsel«, wie sie Töwerland für sich nannten.

Diese Spezialmission bestand in der ›Ewatuierung‹ der Puppen und Kuscheltiere nach dem Planeten Fu, wie Arrassica erklärte. Swantje war sofort Feuer und Flamme und verlautbarte vom Fenster her, sie könne einen Teil jenes fernen Sterns erkennen, sofern sie durch die Katzenaugenscherbe in die Sonne schaue.

Fortan stromerten die Freibeuterinnen durch den halben Ort, um nach Reflektoren zu stöbern – je mehr sie besitzen würden, desto mehr Teile von Fu würden sie auskundschaften können; tatsächlich fanden sie auch zwei, drei Stück im Dünensaum neben dem Wanderweg, in der

Gosse vor der Eisdicle oder unterm Rost eines Fußabtreters. Doch sie brauchten mehr, viel mehr, um die unendlichen Weiten des Planeten Fu erkunden zu können, damit all die Puppen und Kuscheltiere ewatuiert werden konnten, wenn die Welt unterging.

Also nahmen sie ihre Leihfahrräder her und schweiften über die Deiche und durch die Gassen. Doch die Ausbeute war kläglich, und Fu war unermeßlich groß, und als Swantje vom Treppenabsatz eines Fahrradverleihs einen Schraubenzieher mitgehen ließ, gingen sie dazu über, das erkenntnisstiftende Material aus Speichen und Fassungen Töwerländer Fahrräder zu prökeln. Es war ja für einen guten Zweck.

»Ich kann mich nur wundern«, erzählt Lisa Thorben, »wie reibungslos die Raubzüge vonstatten gegangen sein müssen ...« Sollte ihr Gedächtnis den in der Sonne funkelnden Haufen größer machen, als er in Wahrheit je gewesen sein konnte – Swantjes Exemplar der *Töwerländer Inselpost* spricht eine realistische Sprache.

Dieser gutwillige Tatendurst, diese unschuldige Erregung und Füllhornlust! Wie es prickelte, wenn Swantje und Arrassica mitsamt ihrer Beute in einer Dünenmulde verschwanden – verbotenerweise –, umgeben von Strandhafer, um, vor dem Seewind und Blicken geschützt, ein Katzenauge nach dem anderen auszuprobieren – sei's zitronengelb, orangefarben oder rubinrot, sei's geriffelt oder gewaffelt, verpickelt oder unter glatter Oberfläche kristallin glühend: lauter Teleskope für die geheimnisvollen Landschaften des Planeten Fu!

Eigentlich hieß Fu die orangefarbene Socke mit schwarzen Knopfaugen über der Faust der Kindergärtnerin, die

Lisa und den anderen Zwergen einst das Lesen beigebracht hatte. In dieselbe Ära gehörte Fellchen, ein nicht einmal taschentuchgroßes Stückchen synthetisches schwarzes Fell – desgleichen mit Knöpfen als Augen –, das jahrelang Lisas liebster Begleiter und Schmusekamerad war. Fellchen war eines Tages spurlos verschwunden. In Lisa Wacholdts Erinnerung verbindet sich der Verlust mit dem drückenden Unbehagen darüber, daß es in der Schule keine frische Milch mehr gab, sowie mit jener bizarren Angst, die Lisa wenige Wochen nach dem ersten Töwerländer Aufenthalt erfaßt hatte: Wenn sie mit Papa und Mama und Tobi zu Oma Ruthchen nach Lingen fuhr, könne sie die Explosion der Kühltürme des Atomkraftwerks auslösen – durch die bloße Kraft ihrer Blicke aus dem Seitenfenster. Jede Sekunde erwartete sie, diesen himmelverdüsternden Rauchpilz emporwuchern zu sehen wie im Fernsehen, und noch am Kaffeetisch blitzte das Phantombild vor ihrem inneren Auge auf.

»Ob es nun in dem Jahr nach Tschernobyl war oder auch noch ein Ostern später«, Lisa weiß es Thorben nicht zu beantworten. Allemal erinnert sie sich, wie Arrassica und Swantje eines Tages im von zahllosen Fußspuren vernarbten Sand nah der Hauptdüne hockten, im Halbkreis aus Strandkörben, in denen unter anderen die Eltern samt Tobi sich sonnten, dergestalt die Rücken geschützt vorm auflandigen, noch recht strengen Wind. Durch die Lücken sah Arrassica die Dünung der Nordsee leicht schäumend über den Strand perlen, sah Pärchen in Anoraks umherschlendern und jede Menge Jungs, die Drachen wildester Rassen steigen ließen. Feinde. Büttel der Grauen Herren.

In nächster Nähe stand plattfüßig eine Möwe im Sand, watete ein paar Schritte und blieb wieder stehen, lauernd und nörgelnd. Argwöhnisch beobachtete Arrassica sie. Im Gegensatz zu Swantje hatte sie Angst vor diesen an Land so ungeschlachten, zänkischen Vögeln mit Fittichen von alarmierender Spannweite; sie verabscheute ihre Geräusche und die gelbe Hexeniris, und gleichzeitig wurde sie das Gefühl nicht los, daß sie in telepathischem Kontakt zu ihnen stand, ja, daß sie ihr gehorchten, sofern sie sich nur scharf genug konzentrierte; und im nächsten Moment spreitete der fürchterliche Vogel seine Bumerangschwingen, überquerte mit wenigen Schlägen Swantjes und Arrassicas Kopf und hackte dem kleinen Mädchen auf dem nahen Bohlenweg das Eis aus der Hand. Unter Schock stand es da, schaute auf ihre zerstörte Waffel und begann zu weinen.

War ich das? Versonnen schaute Arrassica durch die Katzenaugenscherbe in die Sonne. Swantje, die bis eben noch wie besessen an einem Loch gegraben hatte, beobachtete sie dabei. Und noch während jene fremde Mutter das untröstliche fremde Mädchen betütterte, beschloß Arrassica zu handeln. »Kommst du mit?« fragte sie Swantje.

Sie meldeten sich ab. Solang sie das Ultimatum einhielten, durften sie sich – im Gegensatz zu Tobi – frei auf der Insel bewegen. Motorisierten Verkehr gab es nur in Form von Autos der Verwaltung und Versorgung, und überhaupt, immerhin waren sie groß genug, die Welt zu retten.

»Bis dahin«, erzählt Lisa Thorben, »war alles noch Spiel gewesen«, einvernehmliches Spiel, getragen und vorangetrieben von gegenseitiger Anregung, doch dann ... Ist es

in jener Stunde gewesen, daß sie die Grenzen der demo-
kratischen Harmonie mutwillig übertrat? fragt sich Lisa
Wacholdt. In welcher er begann, der glorreiche Aufstieg
zum Zenit der Macht Arrassicas, der Weißen Fee von Töwerland? Ist es überhaupt im selben Jahr gewesen? Ein
Jahr später? Zwei?

Jedenfalls nahmen sie den Abzweig, der zu Töwerlands
Binnensee führte. Am Fahrradparkplatz parkten sie ihre
Fahrräder, und mit ihren Rucksäcken huckepack stapften
sie durch eine Schneise in der deichartigen Düne. Der mit
Zuckersand randvolle, mäandernde Pfad war von dichtem
Gestrüppwald begrenzt. Alles, alles war verzaubert und
magisch aufgeladen; hinter den großen Bulten windflüch-
tigen Strandgrases keckerten Trolle und kicherten Elfen,
und so manche der spröden Sanddornbüsche waren nichts
geringeres als getarnte Hexen, vor denen quakend ein
Gänsepaar floh.

Kurz darauf entdeckten Arrassica und Swantje eine
Lichtung im Dickicht am Wegesrand. Gebückt schlüpf-
ten sie hinein, verhängten den Eingang mit einer Woll-
decke zum Schutz vor Blicken von Wanderern und pack-
ten ihre Rucksäcke aus: Proviant, die Katzenaugenschätze,
Susi und Sarah, Tina und Lola und Glühbaby sowie
Swantjes Puppen und Kuscheltiere, vor allem Glühwurm.
Im Kreise dieser ihrer Schützlinge besprachen sie ihre
Mission.

Sie hatten gerade Cola getrunken und ein paar bereits
abgekühlte Pommes gegessen, da passierte es: »Ich weiß
was«, sagte die Weiße Fee Arrassica.

Nun war es selbstverständlich so, daß Susi und Sarah
und all die andern handeln konnten, atmen, laufen, essen

konnten; sprich: lebten. Allerdings heimlich, immer dann nämlich – und *nur* dann –, wenn die Menschen gerade mal nicht hinguckten. Um sich und Swantje diese Binsenweisheit zu beweisen, bettete Arrassica nun ein Pommesstäbchen in den Sand und legte Swantjes Glühwurm bäuchlings drauf. »Paß du mal auf die Decke auf«, wisperte die Weiße Fee, denn von dem Trampelpfad zum See her nahten Stimmen, »daß keiner reinguckt«, und Swantje drehte sich um und tat, wie ihr geheißen, und dann sagte Arrassica: »So, und jetzt gehen wir weg und lassen ihn mal in Ruhe.«

Und sie schlüpften unter der Decke hindurch und spazierten ein paar Schritte Richtung Binnensee; doch nachdem sie von immer mehr Wanderern überholt wurden, nahmen ihre Bedenken überhand, die Lichtung hinter der Decke allzu lang unbeaufsichtigt zu lassen, und kehrten zurück, und Arrassica sagte: »Guck du nach, ich trau mich nicht.« Und Swantje hob Glühwurm auf, und das Pommesstäbchen war fort.

Swantje wirbelte so heftig herum, dass ihr eigener Zopf sie ohrfeigte. Quarkweiß ihre Nasenspitze, ihre Apfelbäckchen nur mehr blaßrosa. Sie starrte ihre Freundin an, und die schlug die Hand vor den Mund, doch blieb gefaßt, und vielleicht auch dadurch klang Swantjes Schock ganz allmählich so weit ab, daß er sich in geradezu religiöse Leidenschaft zu wandeln vermochte.

»Bis heute seh' ich Swantjes Miene vor mir«, erzählt Lisa Thorben. Den weit offenen Mund, die gläubig-ungläubigen Augen so glänzend wie frische Kastanien ...

Jahrelang ging das so. Eine kleine Ewigkeit. Ab und zu

aß Glühwurm ein Pommesstäbchen oder ein Stück Schokolade. Nicht immer klappte es; dann waren sie beide traurig, Swantje darüber hinaus nahezu beruhigt. Doch gerade die Tatsache, daß es nicht immer klappte, verstärkte den Effekt enorm, wenn es denn mal wieder klappte. Immer und immer wieder einmal nahm Glühwurm oder Glühbaby etwas zu sich, und das, obwohl Swantje jede Aktion mittlerweile mit Argusaugen überwachte. Lisa Wacholdt fragt sich, wie ihr die Kabinettstückchen eigentlich gelungen sind – bis heute gilt sie nicht eben als die geschickteste unter den Zeitgenossinnen und als Hobbyzauberin wäre sie eine Niete –; allein, sie weiß es nicht mehr. Beim ersten Mal hatte sie das kalte, sandige Pommesstäbchen schnell in den Mund gesteckt, als Swantje sich nach der Decke umgedreht hatte, und der Clou mit dem Fortgehen, der zeitlichen Versetzung, trug sicher zu der durchschlagenden Wirkung bei. Doch all die anderen Male?

Ein Rätsel. Dessen Lösung ebenso im Nebel des Vergessens versunken ist, wie es die Umstände des einen einzigen, peinlichen Mals sind, das Swantje sie je gefragt hat: »Wie hast du das eigentlich gemacht, damals?!« Längst erwachsen waren sie, als sie das gefragt hat, und doch ist ein klagender, anklagender Beiklang unüberhörbar gewesen – in Lisas Ohren zumindest. Herausgewunden hat Lisa sich damals, sie weiß nicht mehr, wie.

Und mit dem Pommes-Coup hatte es ja keineswegs sein Bewenden gehabt. Noch harrte das Meisterstück der Weißen Fee seiner Premiere im magischen Theater Töwerlands: Auftritt Fely.

Koseform von Felicitas. Botin jener fernen, geheimnisvollen Welt des Planeten Fu. Und wessen Körpers bediente sich Fely, wenn sie zu Swantje sprach, um ihr von jener fernen, geheimnisvollen Welt zu berichten?

Großartige Fely! Und welch betörend niedliche Stimme sie hatte! Swantje war vollkommen vernarrt in sie, ja verknallt.

War es wohl, fragt sich Lisa Wacholdt, während Thorben am anderen Ende der Leitung lacht, erstmals auf jener Schafweide an der windgeschützten Wattseite gewesen, am Rande des Weges zur Domäne Bill? Mitten in den ersten Butterblumen und Gänseblümchen standen zwei hochbordige, grüngestrichene Wägelchen, ein ein-, ein zweiachsiges, dieses mit Fenster, jenes mit Plane und Luke, aus der eine strohbestreute Planke herausführte, über die sie hineinkrabbelten ... Und dort hockten sie nun im deftig duftenden Stroh, und plötzlich, mitten im Satz, beim fernen Krähen eines Fasans, knipste Arrassica ein trancehaftes Lächeln an, knipste es an, wie der Bewegungsmelder am Elternhaus das Licht am Carport. »Hallo! Ich bin Felicitas vom Planeten Fu!« säuselte Fely, während sie entrückt lächelte, ja strahlend, wie Swantje fand – nur das unverwandte Starren war ihr nicht ganz geheuer –, und so lauschte sie ihr ehrfürchtig und verzückt und gebannt; die Schultern rund, hockte sie da und blickte zu Fely auf; und Fely erzählte und erzählte, und irgendwann dann – manchmal mitten im Satz – ging ein Ruck durch Arrassica, und Fely war wieder ausgefahren.

Und auch damit hatte es die ruhmreiche Weiße Fee nicht gut sein lassen können. Während Swantje noch mühsam ihren hypnotischen Bann abstreifte, fragte Arrassica sie schon, was in Gottes Namen soeben nur geschehen sei?

Sie sei ganz weit weg gewesen und könne sich an nichts erinnern.

Und dann erzählte Swantje Felys Erzählungen nach, und es war an Arrassica, zu lauschen, mit ungläubig-gläubigen Augen so glänzend wie frische Kastanien.

»Du Biest ...«, raunt Thorben ins Telefon.

Sie krümmt sich vor Scham. »Und alle Jahre wieder«, greint sie. »Das ganze restliche Jahr über hab ich davon geträumt, daheim in Ibbenbüren ... Warum hab ich nicht einfach aufgehört damit? Es war, als würde ich dadurch alles nur noch schlimmer machen. Es war unmöglich, ihr das alles zu zerstören! Ich war gezwungen, immer weiterzumachen. Hätte ich sie nicht allzu schrecklich beschämt, wenn ich ihr nach dem Pommes-Coup direkt in ihr schockiertes Gesicht gesagt hätte: Das war doch ich, du Dussel? Und außerdem hab ich irgendwann selber dran geglaubt, und –«

»Und also mußte es immer so weitergehen«, raunt ihr Kerl, »dieses rattenscharfe Gefühl einer unvergänglichen, unermeßlichen Macht und Größe und –«

»Böser Mann!« kreischt sie. Lisa Wacholdt, 32.

Nun, ihrer Sandkistenfreundschaft hat es nicht geschadet. Seit die Geschäfte der beiden Väter derart expandiert waren, daß sie Extra-Urlaube nicht länger erlaubten, sind sie zwar nicht mehr auf Töwerland gewesen, und über die Pubertätsjahre haben sie sich nur geschrieben. Erblüht ist ihre Freundschaft erst so richtig beim gemeinsamen Studium in Marburg. Seither sehen sie sich regelmäßig, wiewohl sie inzwischen in Berlin und Münster leben.

Kein Schade, nein. Und doch – sobald der Töwerländer Sündenfall ins Rampenlicht des Hier und Jetzt zu drängen droht, krümmt sich Lisa Wacholdt innerlich geradezu. Sie braucht nur an Swantjes entsetztes Mädchengesicht zu denken. Sicher, Kinder sind unschuldig. Und doch nagt da ein abergläubischer Verdacht auf frühe Charakterschwäche, und es prangt ein Fettfleck auf dem Bütteneinband des Gründungsmythos; ein Schandmal im Warzensinne des Wortes, das Lisa Wacholdt auszumerzen wild entschlossen ist.

So sitzen sie denn einander bei Kerzenschein gegenüber, am Abend des Ostermontags anno 2011. Zwei schöne, kluge, kerngesunde Erwachsene, die sich das unmäßige Vergnügen gönnen, im Strandhotel Kurhaus Töwerland zu logieren. Zum Abschluß der viertägigen Jubiläumsfeier speisen sie im von Stuck und Kronleuchtern verzierten Weißen Saal, die weiß geschürzten Kellnerinnen und Kellner huschen zwischen den weiß gedeckten Tischen umher, an denen das Publikum gedämpft plaudert; gediegene Musik untermalt die Geräusche von Besteck auf Geschirr, und das Funkeln des Rotweins erinnert an Katzenaugen.

Seit ihrer Ankunft am Karfreitag haben Swantje Lemmermann und Lisa Wacholdt aufs anregendste über Kinder und Karriere geschwatzt, über Politik und Wissenschaft, Medizin und Journalismus debattiert. Tagsüber sind sie spazierengegangen und haben im Strandkorb sonnengebadet, und der nächtliche Wein war edel und süffig zugleich, und den morgendlichen Kater haben Thalasso-Therapie und Sauna vertrieben. Es sind wunderbare Ostertage gewesen. Das wärmste, reinste Daseinsglück. Morgen früh geht's zurück aufs alltägliche Festland.

Und ja, gleich nach der Ankunft an Karfreitag hatten sie Vergleiche zum Töwerland ihrer Kindheit gezogen – damals schien natürlich alles viel größer und weitläufiger – und also auch Erinnerungen ausgetauscht. Anhand von mitgebrachten Fotos, zum Beispiel. Der Begriff *Fu* ist zum Beispiel gefallen, und selbstverständlich der Begriff *Katzenaugen*. Doch bisher weder das Wort *Pommes* noch der Name *Fely*.

Während sie aufs Dessert warten, prosten sie sich zu. Swantje unterdrückt ein Gähnen. Sie hat in der letzten Nacht zu wenig geschlafen – Grübelzirkel wegen Nestbau –, und grade spricht sie von jenen schlaflosen Nachtstunden, die wohl jeder Mensch kennt; finsteren Stunden, in denen die Seele zunächst von den Unbilden des Alltags gebeutelt wird, und sei's von den albernsten – bis sich nach und nach *alle* Kränkungen und Peinlichkeiten, Versäumnisse und Vergehen des bisherigen Lebens aufdrängen, eins nach dem andern, verschwitzt und zerknirscht, zwecks unverzüglicher Sühne, als rufe das Jüngste Gericht. Kurz vor Morgengrauen wird noch der läppischste Posten sein Maximum an moralischer Schwere und Schwärze erreicht haben ... die jedoch in den ersten vollen Sonnenstrahlen verblaßt und verpufft mit mehr oder weniger Rest.

Und stumm nickt Lisa Wacholdt dazu, indes ihr das Herz im Halse pocht; und mit jedem Schluck Wein schwimmen ihr die Fellchen davon und davon.

[1989]

Ballistische Augen

Auf dem Weg von San Salvador nach Chalatenango;
11. November 1989, morgens.

Wie der Schweif eines Eichhörnchens sträubt sich ihr gerafftes Haar. Um ihre Miene lesen zu können – oder das,
was die Sonnenbrille davon übrigläßt –, muß Bolling an
Rittners Hemdsärmel entlang in den Außenspiegel spähen. Sie scheint übers vorbeirasende Gestrüpp hinaus zu
starren, weit hinaus ins vorüberschleichende Zuckerrohrfeld. Gegen das Gleißen der Sonne und die Prügel der
Schlaglöcher hat sie ihre Lippen zu einem verödeten Grinsen gestrafft.

Simone Zimmermann heißt sie. Der Chef der deutschen
Botschaft höchstpersönlich – Rittners Beifahrer da vorn –
hat sie ihm, Bolling, aufs Auge gedrückt. Gestern abend.
Während des Umtrunks in seiner Residenz, spontan anberaumt zur Feier dessen, was »einst eines der wichtigsten
historischen Ereignisse des Jahrhunderts genannt werden« würde, wie der Botschafter wettete. Zimmermann ist
Studentin der Politologie. Angereist aus Hamburg. Verlangt »nichts weiter«, als daß er, Bolling, für sie »Kontakt«
zur Guerilla herstellt. Bolling, seit Jahren Entwicklungshelfer in San Antonio Los Ranchos, hatte sie vorm versammel-

246

ten Stehempfang ausgelacht. Seither redet sie nicht mehr mit ihm.

Nach kilometerlangem Schweigen im Stakkato der Stoßdämpfer sagt Bolling, quasi in den Eichhörnchenschwanz hinein: »Vorschlag zur Güte«, sagt er. »In der Kapelle von Chalatenango muß der Altar wiederaufgebaut werden. Ich frag mal, ob du *da* mitmachen kannst. Okay?« Ihr Schweif zittert im Rhythmus der Stöße. »*Okay?*«

Nach einer Weile ruft Bolling: »Mensch, ich mach mich doch nicht lächerlich bei den Commandantes! Du bist grad mal drei Tage hier; kannst du überhaupt – was kannst du überhaupt. Und außerdem ...«

Er schnauft und wendet sich wieder ihrem Eichhörnchenschwanz zu. »Weißt du, um dies operieren zu lassen«, obwohl sie immer noch aus dem Fenster starrt, deutet er auf die dicke Narbe an seinem Unterarm, durch den der Räuber die Pistolenkugel gejagt hatte, »bin ich extra in die BRD geflogen, weil ich Angst hatte, daß die mich hier unter Narkose aushorchen! Auf Verräternachschub, egal, ob echten oder unfreiwilligen, hat die FMLN grad gewartet.« Eigentlich ist er sich längst zu schade – auch wenn's Spaß macht –, den Macho zu mimen, aber diese heillose Simone Zimmermann provoziert ihn dazu.

Da knallt der Wagen in ein besonders tiefes Loch, und Zimmermann schlägt sich die Stirn am Holm an – so heftig, daß Bolling im Reflex ihre Schulter berührt. Sie zuckt einmal unwirsch. Bolling denkt sich so etwas wie: Tja, Genossin, schon diese harmlose Tour ein Loblied des Teufels, was? Mit der Stachelwalze einer riesigen Spieluhr in den Boden gestanzt von seinen Schergen auf Erden, Amen ...

Spott in der Rhetorik eines Glaubens, den das Volk bejaht, sie aber verachtet – ein bißchen verquast, diese Form von Ironie, das gäbe er zu. Trotzdem. Wem's zu schnöde ist, am Wiederaufbau eines Altars mitzuwirken, hat's nicht anders verdient, oder? Freiheitskampf ja, aber nur für die Atheisten unter den Unterdrückten, oder wie?

Selbst die kleinlichsten Gefühle,

sollte er ihr später schreiben – am Neujahrstag, als sie längst zurück in Hamburg sein würde –,

werden auch in einem fürchterlichen, grausamen Bürgerkrieg nicht weniger. Was weniger wird, sind die luxuriösen Bedenken deswegen. Bei mir jedenfalls war das so. Spätestens, seit ich ihr begegnet war, Mayra. Du weißt schon – Mayra.

Auf dem Weg von Chalatenango nach San Antonio Los Ranchos; 11. November 1989, mittags.

Trotz Passierscheins ist zur Kapelle kein Durchkommen gewesen, und somit ist Simone Zimmermann erst recht nichts weiter als Ballast auf dieser nicht unriskanten Erkundungsfahrt.

Seit seinem Redeschwall während der Wartezeit am Kontrollpunkt der Armee hat Rittner nichts mehr gesagt; nun knüpft er wieder daran an. Gästen, die er in die befreiten Gebiete chauffiert, erzählt er – ungeordnet, aber stets freimütig und keineswegs ungern – von den Verhältnissen im Land. »Mein Schwager ist Scharfschütze«, sagt er und fuchtelt mit der Hand, die er zum Lenken nicht braucht. »Der hat ein gutes Auge, der hat eine ruhige Hand, den tragen sie auf Samthandschuhen überallhin. Arbeitet mit Hochgeschwindigkeitsmunition; wenn ein Soldat seinen Kameraden umfallen sieht und dem an die Schulter faßt und sagt, *que pasa?*, ist der selbst auch schon nicht mehr, bevor er noch den *ersten* Knall hätte hören können. Der Schall kommt gar nicht so schnell nach, wie die sterben.«

Zimmermann stammt aus dem Norden des Westens – ebenso wie Bolling –, und Bolling meint einen Dünkel gegen Rittners hessischen Dialekt bei ihr zu spüren. Doch die Information an sich erregt sie existentiell, auch das meint Bolling zu spüren. Er unterdrückt einen verächtlichen Reflex. Ist es ihm damals nicht ähnlich gegangen?

»Ist Ihre Frau denn auch im Lande?« fragt sie. Mit Leuten, die nicht Bolling heißen, spricht sie anscheinend gern.

»Bewahre«, sagt Rittner. »Die ist bei den Kindern. Das würde die nicht aushalten. In Frankfurt schon schwer genug, aber hier? Schwager bei der Armee, Bruder bei den Rebellen ...«

»... Gatte irgendwo dazwischen«, sagt der Botschafter.

Rittner schnaubt.

Ein barfüßiger Mann mit Hut, Hemd und Hose, im Nakken ein Bündel Holz, wandert ihnen entgegen. Wo er herkommt, endet die Teerpiste, und es beginnen die ins Gebirge gesprengten, grob ausgeschabten Serpentinen.

Zimmermann fragt, wann denn der Urwald beginne. Bolling schielt autohimmelwärts und unterdrückt ein Räuspern. »Wir sind mittendrin«, sagt Rittner ohne einen

Anflug von Spott. »Abgeholzt, teils für Brennholz zum Kochen, teils brandgerodet für Mais- und Bohnenanbau, hier und da wohl auch 'ne Brandbombe der Armee.«

Der Geländewagen bockt über die geröllübersäte Bahn. Zimmermann verkrallt sich in den Haltegriff. Hinter einem Kurvenschacht tauchen die Hütten von Los Ranchos auf, Wände aus lehmverfugten Felsbrocken, Dächer aus Wellblech. Auf eine verrußte Ruine deutet Rittner. »Da«, sagt er, »ist das nicht die, die –«

»Ja«, fährt Bolling fort; er ist derjenige, der Zimmermann die Flausen aus dem Kopf zu schlagen hat. »Die haben sie angegriffen, einfach so. Mit Hubschraubern. Ein Mann und vier Kinder sind umgekommen. Einem Elfjährigen ist die Rakete im Brustkorb explodiert. Wir hatten ... nur ein Stück Unterschenkel. Hat drei Stunden gedauert, bis wir rausgefunden hatten, wer das war.«

Was mag in ihr vorgehen? Und falls das in ihr vorgeht, was auch in Bolling vorging – was mag dann bei *ihr* stärker sein: die Fassungslosigkeit, die Wut oder der Drang, Kaltschnäuzigkeit vorzuspiegeln? Und woher will sie überhaupt wissen, was von alledem sie dringender benötigte im bewaffneten Kampf? Im Außenspiegel des Wagens erkennt Bolling nicht viel mehr als ihre Sonnenbrille, die ein Doppelkaleidoskop aus Himmel und Baumkronen widerspiegelt.

»Was«, fragt plötzlich der Botschafter, an niemand Bestimmten gerichtet, »ist eigentlich dran an den Gerüchten, daß eine Großoffensive der FMLN bevorsteht?«

Rittner schweigt.

Auch wenn der Botschafter die Schuld an dieser Zimmermann trägt, er hat Bollings Dorf stets unterstützt, oft auch persönlich. Nach zwei ruhigen Atemzügen verrät Bolling deshalb: »Einiges, vermute ich.«

Zum ersten Mal seit seiner Ablehnung ihrer Bitte, er möge Kontakt zur Guerilla herstellen, wendet Zimmermann ihm ihr Halbprofil zu, und diese geradezu kirre Geilheit treibt ihm die kalte Wut ins Herz.

Noch in dem Moment,

schrieb er ihr am Neujahrstag,

hätte ich im Leben nicht für möglich gehalten, daß ich Dir je schreiben würde. Aber natürlich, eine Begegnung mit Mayra verändert eben alles. Als ich ihr zum ersten Mal begegnet war, war sie fünf Jahre alt, und seitdem hatte sie meine Gedanken und Entscheidungen mitbeeinflußt, hatte mich in meinen Träumen angeschaut, in Depression oder Euphorie gestürzt ...

In San Antonio Los Ranchos;
11. November 1989, nachmittags.

Rittner läßt ein Dutzend Kämpfer und Kämpferinnen passieren. Sie tragen Tarnjacken und olivgrüne Drillichhosen, breitkrempige Hüte, Rucksäcke und Maschinengewehre an Schulterriemen. Über ein Mäuerchen aus Feldsteinen neigt sich ein Mangobaum, sein Schatten wird von Lichtblasen träg bewegt. Dort parkt Rittner. Aus dem gekühlten Geländewagen steigen die Insassen ins zweischneidige Aroma von Paradies und Hölle. Rittner führt Zimmermann auf die Bretterbude zu, eine Schreinerwerkstatt, die der

Botschafter besichtigen möchte. Halbherzig plant Bolling auszukundschaften, ob vielleicht *dort* Bedarf an einer wie Zimmermann besteht.

Zwischen der Hütte und einem Wäldchen von knorrigen Laubbäumen und Stämmen mit ausladenden Palmwedeln ist Lehmboden, von der Glut der Sonne hartgebacken, staubig. Und da kommen sie. Drei Geschwister. Rubenia, 8, und Mayra, 11, mit dem dreijährigen Hector auf dem Arm. Kommen vom Brunnen her auf sie zu, geradewegs, so daß eine Schule grauer Ferkel auseinanderstiebt. Mit Spannung beobachtet Bolling ihre Wirkung auf Rittner und Zimmermann. Rittner und Zimmermann bleiben stehen. »*Hola*«, unterbricht Rittner seine Ausführungen. »*Que tal, niñas?*« Statt etwas hinzuzufügen, betrachtet er Mayra in einer Mischung aus Verzückung und Verstörung. Nach einer ganzen Weile sagt er: »*Die* hat ja ... 'n Paar listige Augen ...«

Listig? Nun, das ist beileibe nicht der richtige Ausdruck. Mayras Augen, sie sind alles andere als »listig«. Vielleicht mundartliche Verniedlichung? »Paar listige Auge ...« Klingt auf Hessisch wie »ballistische Auge«.

Nun begrüßt auch Bolling sie. »*Hola*«, ruft er, und ein Schauer von Onkelstolz, wie immer durchströmt von mütterlicher Sorge, väterlicher Eifersucht, kindlichem Weltschmerz, sträubt ihm die Nackenhaare.

Beiden Mädchen fehlt der gleiche Eckzahn, was ihrem Lächeln einen herzzerfleischenden Charme verleiht. Ihr Gruß – »*Hola* ...« –: dieselben Noten auf zwei verschiedenen Glockenspielen. Hector, ein winziger Buddha auf Mayras Arm, glotzt. Rubenia, mit rehbraunen Beinen und geringeltem Leibchen, legt die Hände ins Kreuz und lugt über Mayras Schulter.

Mayra trägt ein rosafarbenes T-Shirt mit dem Druck einer roten Orchidee darauf, und ihr cremefarbener Rock hat ein Rosendekor. Als sie den Mund schließt, tritt die Herzkontur ihres Gesichts, angedeutet von Kinn und Jochbeinen, deutlicher hervor, und der Strom ihrer Anmut beginnt, ruhiger zu fließen. Das Fontanellennest im Haar am Hinterkopf ist selbst auf Augenhöhe zu sehen. Ihm entspringt ein mattschwarzer Wirbel, der sich zu angelegten Schwingen fügt. Und unter der Obhut von Pony und Brauenbögen ruhen diese Augen, die Augen einer kreatürlichen Kindergöttin.

Daß Bolling sich nie merken kann, welche Farbe und Musterung sie haben! Im Rausch der Betrachtung ist er jeweils unfähig, sie sich einzuprägen. Bernstein? Kastanie? Süßkirsche?

Rittner und der Botschafter sind im Gebäude verschwunden. »*Adios*«, sagt Bolling zu den Mädchen und prallt mit Zimmermann zusammen. Beide stammeln Entschuldigungen, die Mädchen kichern.

Im Zwielicht der Hütte duftet es nach Sägemehl. Rodrigo pumpt gerade die Arbeitsfläche einer Kreissäge auf unterschiedliche Niveaus, mit einem Wagenheber. Rittner und der Botschafter nicken lächelnd zu dem pfiffigen Einfall. Bolling begrüßt Rodrigo, stellt ihm Zimmermann vor, und anschließend fährt Rodrigo mit seinen Erläuterungen fort. Bolling wartet auf eine Gelegenheit für sein Anliegen.

Unterdessen wirft Zimmermann immer wieder Blicke zur Tür.

Sie ist genauso verknallt wie ich bei der ersten Begegnung, denkt Bolling, halbwegs verächtlich noch. Kleinlich, dumm, das weiß er.

Als Mayra, Hector nun auf den Schultern, dann tatsächlich erscheint wie herbeigesehnt, beobachtet Bolling Zimmermann genau. Hier, in der Schreinerei, haben alle die Sonnenbrillen abgenommen. Mayra hockt sich hin, packt Hector über Kopf bei den Schultern, und Zimmermann macht einen Schritt auf sie zu, doch Mayra hat sich schon tief nach vorn gebeugt, und Hector rutscht aus dem Sattel ihres Genicks und balanciert den Schwung der Landung auf seinen Füßchen ungelenk aus.

Mayra kämmt sich mit den Fingern. Ihre Zähne leuchten. Und ihre Augen ... ballistische Augen.

Zimmermann löst sich aus der Haltung, mit der sie dem Mädchen hat zu Hilfe kommen wollen. Sie löst sich, ihr ganzer Körper löst sich, und plötzlich blickt sie Bolling mit nackter Iris ins Gesicht. Nicht wegen ihrer Beule an der Stirn, wegen dieses Blicks läßt er seinen Schild sinken.

Wahrscheinlich hat sie, als sie das Flugticket bestellte, die Debatten in verräucherten Hinterzimmern einfach ebenso gründlich satt gehabt wie einst er.

»Kannst du denn – Tortillas backen zum Beispiel«, sagt er, »oder überhaupt kochen, oder ...«

»Nein«, sagt sie, weh lächelnd. Eine Weile scheint sie nach einem anderen, treffenden Wort zu suchen, findet es aber nicht und hebt die Hände und schaut in Mayras Augen.

Sie hatten nie, wie man so sagt, »gefunkelt«,

schrieb er ihr am Neujahrstag,

sie hatten nie »gestrahlt« – und doch hatten sie reines, be-
seeltes Licht verströmt, stimmt's? Jeder sah das. Jeder, der ihr
je begegnet ist, sah das sofort. Dieser Blick hatte alles frei-
gebig verströmt, wonach Menschen sich zeitlebens sehnen.
Und wovor sie sich zeitlebens fürchten, weil die Höhe des
allzeit drohenden Verlusts tödlich sein kann.
Doch bevor man sich wappnen konnte, war man ja schon
getroffen.

San Salvador;
11. November 1989, abends.

Noch während der Rückkehr ist es typisch früh Nacht geworden, und der Botschafter hat sie alle auf ein Glas in seinen Garten gebeten, einen Garten mit Oleander und Orchideen, roten und violetten Bougainvillea, Hibiskus und
Palmwedeln. Ein amselähnlicher Vogel fliegt zur beleuchteten Tränke in der Mitte des Rasens, gewahrt Bolling und
Rittner, Zimmermann und den Botschafter und dessen
Frau und verschwindet wieder im Dunkel des Pinienwal-
des hinter der Mauer. Das Zirpen der Zikaden laut, ein
durchgehender Dreschlaut ohne Schwankungen, nur hin
und wieder ein Schnarren wie von Sand im Getriebe. Plötzlich sogar ein paar Sekunden totale Pause, in der das Ohr
taub vor Stille wird.

Hier oben auf dem sechskantigen Hochpavillon wehen
ihnen Brand- und Müllgeruch in die Nase. Die Hunde der
Umgebung kläffen in Intervallen. *Heffheffheffheffheff. Heff.*

Pause. *Heffheffheffheffheff. Heff.* Pause. Die Schattenrisse der Bergzüge, von Bäumen gefranst, überragt der Doppelkegel des San Vicente, um eine kräftige Nuance fahler.

Am Himmel keine Wolke, vielmehr Sterne, und da unten, im dunstigen Talkessel, flackern die weißen und orangefarbenen Lichter der Stadt wie Tausende von Flämmchen in einem abkühlenden Lavastrom. Der Botschafter erzählt, vor dem Rathaus Schöneberg habe Willy Brandt gesprochen. »Der Satz wird einmal in die Geschichte eingehen«, sagt er: »*Wir sind jetzt in einer Situation, wo wieder zusammenwächst, was zusammengehört.*«

11.11., 20 Uhr 11. Zimmermann hat sich abgewendet, und sie nehmen gerade den ersten, nach der anstrengenden Tour wohltuenden Schluck Alkohol, da kracht es, wie ein Karnevalsfeuerwerk teils gleichzeitig, teils in Abständen von wenigen Sekunden, in der näheren Umgebung und auch da unten im Kessel. An bestimmten Koordinaten steigen Rauchwölkchen auf, flächendeckend sind die Lichter erloschen; andere Gebiete folgen nach weiteren Detonationen – erst die Blitze, dann das Krachen, dann der Rauch im Dunkel.

Bolling faßt sich als erster. »Doch früher als erwartet«, sagt er.

Der Botschafter eilt die Treppen hinunter und über den Rasen ins Haus, um zu telefonieren.

Und Du,

schrieb Bolling später, nach der Evakuierung – am Neujahrstag –, nach Hamburg,

Du fragtest – in dem Moment! –, wie sie eigentlich heißt!
Du entsinnst Dich sicher. Sie hieß Mayra, entsinnst Du Dich?

Es war einmal eine Königin

Die erste Walze kann bei Aufleuchten der Start-Taste gestartet, die anderen Walzen können bei Aufleuchten der Stopp-Taste vorzeitig gestoppt werden. Erscheint zweimal der gleiche Betrag und Joker oder dreimal der gleiche Betrag, so wird dieser gewonnen. Joker allein gewinnt 0,30 DM. Bei Doppelchance wird der höhere Betrag gewonnen.

Bisher hält Irmi sich ganz gut. Seit zweieinhalb Stunden arbeitet sie mit nur zwei Heiermännern, und immer noch kann sie die neonrote Anzeige davon abhalten, unter die 10-Mark-Grenze zu sinken. Sie spürt es im Bauch, daß der Joker, dieser hübsche, freche Spinner, sich irgendwann zwischen die beiden Könige schieben will und Irmi zur Fuffziger oder Hunderter verhelfen. Kalle hat gesagt, daß die Hunderter zuletzt vor einem Vierteljahr gekommen ist. Nee nee, bisher hält Irmi sich ganz gut. Seit zweieinhalb Stunden kauert sie auf dem Barhocker, die Absätze eingeklinkt in die Querstrebe, das Rückgrat krumm, aber erst das dritte Bier oben auf der Gurke – keinen einzigen Kurzen, bisher –; das Glas wackelt, wenn Daumenkuppe und Zeigefingerknöchel gegen die Stopp-Taste knallen. Zigaretten hat sie noch genug, zum Klo ist sie grad gewesen.

»Jawoll!« ruft Jörgi, und aus dem Fernseher tönen Gejubel und prasselnder Applaus. Irmi dreht sich um auf ihrem Hocker, als Jörgi sich triumphierend umdreht auf seinem Hocker.

»Hat er gewonn'?«

»Zweiten Satz!« ruft Jörgi.

»Was?«

»Zweiten Satz!« ruft Jörgi. »Zwei zu eins, nach Sätzen, jetzt. Zwei er, einen der Ami. Wenn er den nächsten gewinnt, hat er gewonn'.«

»Wills' noch ein'?« fragt Kalle.

»Ja, gib ma' noch ein'«, sagt Jörgi. »Nützt ja nix.«

»Irmi?«

»Was?«

»Auch noch ein'?«

»Nnnee, hab' noch. Wollte Alfi nich' runterkomm'?«

»Der kuckt bestimmt oben.«

Sie nimmt sich vor, die nächsten vier oder fünf Walzen austrudeln zu lassen. Die Gurke muß sich beruhigen, muß sich einpendeln in ihren ursprünglichen Rhythmus, nachdem die 3.00/0.60 penetrant links auftauchen – da kann sie machen, was sie will –, und rechts hat sich die 3.00 für mindestens zehn Walzen nicht mehr blicken lassen, geschweige im Mittelfeld. Aber Irmi hält sich ganz gut heute, bisher.

Erscheinen Königin–Joker–Königin, so werden DM 1,20 und drei Sonderspiele gewonnen. Bei König–Joker–König werden DM 1,20 und Sonderspiele gewonnen. Die Anzahl der Sonderspiele wird auf dem Sonderspieletableau automatisch und mit unterschiedlicher Häufigkeit ausgespielt. Während der Sonderspiele wird jeder Gewinn auf DM 3,– erhöht. Außerdem werden bei kariertem Feld auf der mittleren Walze

DM 3,– gewonnen. Sonderspiele werden nur bis zum Zähler-
stand 110 gegeben. Werden Sonderspiele gewonnen, wird
das folgende Spiel durch Druck auf die Start-Taste oder nach
30 Sekunden automatisch eingeleitet.

Links rastet der König von selbst ein, und rechts meint sie
ihn dadurch hineingestoppt zu haben, daß sie gehört hat,
wie viele Umdrehungen die Walze hinter sich hatte – die
hat irgendeine Unwucht drin oder so was –, und kurz nach
dem Aufleuchten der Stopp-Taste rotiert die Walze kurz
vor der fünften vollen Umdrehung, und da schießt wie von
einer Armbrust katapultiert ihr Daumen vor – im letzten
Spiel hat der König nämlich zwei davor gelegen. »Na komm
zu Frauchen«, faucht sie und verdeckt mit der Linken das
Mittelfeld, bis sie das orgiastische zweitönige Alarmpiepen
der Gurke hört. Jawoll!
Aber die Spannung löst sich erst und gebiert Resigna-
tion, als gelber Schein die rote Silhouette der 3 aus dem Ta-
bleau herausstanzt.

Gewonnene Beträge bzw. Sonderspiele werden auf der Risi-
koleiste angezeigt und können riskiert werden durch Be-
tätigen der aufleuchtenden Risikotaste. Dabei wird entweder
der nächste Gewinn oder nichts erreicht. Der Gewinn kann
erneut riskiert werden. Zusammen mit Sonderspielen ge-
wonnene Beträge oder 100er -Serien werden nicht riskiert.

Sie putzt die Leiste bis zur Fünfundzwanziger, dann verläßt sie der Schneid. Sie hätte es kaum verkraftet, wenn sie
die weggedrückt hätte. Dann hätte sie nach Hause gehen
können. Ihr Deckel bei Kalle ist so groß wie ein Tennis-

schläger. Nun denkt sie: Alles oder nichts, entscheidet aber gleich darauf zu genießen, wie die elektronische Gewinnmelodie in ihren Ohren schwoft. Immerhin kann sie das Ganze damit in die Länge ziehen.

Nierenförmige Puzzleteile ihres Gesichts blitzen spiegelsilbern um das Mittelfeld herum, das dreimal hintereinander die unkarierte 1,20 zur Schau stellt, und jetzt 3,00. Hup-hup-hup und klick-klick-klick. Das fünfte Spiel wieder nichts, links die Königin/0,30, rechts 1,20/0,60, Mittelfeld 3,00, Zigarette. Königin/0,30, weg damit, wieder Königin/0,30, Mittelfeld Joker, dieser grinsende Arsch mit Ohren, na endlich mal wieder. Irmi trinkt aus. »So, gib ma' noch ein'«, sagt Irmi.

»Was?«

»Gib ma' noch ein'.«

Kalle schiebt wortlos ein Glas unter den Zapfhahn. Im Fernseher Stille, Ächzen, Ploppen und Raunen, und dann wieder Gejubel und prasselnder Applaus. »Mensch, Mensch, Mensch«, stöhnt Jörgi.

»Wills' nich' langsam mal nach Hause?« ruft Kalle zu Irmi hinüber.

»Ers' abräum'.«

»Wann kommt er denn.«

»Wer.«

»Na Benni!«

»Weiß er noch nich'.«

»Wieso das denn nich'.«

»Weiß nich', ob überhaupt.«

»Wieso *das* denn nich'.«

»Scheiße gebaut.«

Gejubel und prasselnder Applaus aus dem Fernseher.

»Jawoll!« ruft Jörgi und dreht sich triumphierend auf seinem Barhocker zu Irmi um.

»Und so'n klein' Spaßmacher dazu«, sagt Irmi.

»Was?«

»Klein' Spaßmacher dazu.«

Alle vorgelegten und gewonnenen Beträge werden gespeichert und können durch Druck auf den Rückgabeknopf abgerufen werden. Bei Erreichen von DM 60,– werden DM 10,– automatisch ausgezahlt.

Jeden Gewinn verputzt die Leiste, Irmi hätte doch bis hundert riskieren sollen. Rollen und rollen, die Walzen, trudeln wie eine komische Uhr. Könige, Königinnen und Joker, unbezwingbar; unbedingt will Irmi noch einmal das feiste, geile Grinsen des Jokers zwischen den beiden bärtigen Monarchen sehen. Sie erpreßt die Gurke, bedroht und foltert sie, prüft den Bizeps beim Brechen des Trudelns; keine hat soviel Kraft gehabt wie sie. Früher hat sie die Kartons nur so gewuppt, daß die Püppchen nur so geguckt haben.

Aber er läßt sich nicht blicken, der grinsende Joker. Ich fege die Gurke, denkt sie; ich fege die Gurke, ich fege die Gurke, ich fege die Gurke. Die Hundert, die Hundert, ich krieg sie, die Hundert.

Höchstgewinn: DM 3,–. Mindestspieldauer: 15 Sekunden. Personen unter 18 Jahren ist das Spielen an Geldspielgeräten nicht erlaubt.

Jeden Gewinn verdoppelt sie zu nichts, die Hundert will sie. Kalle stellt ihr eins auf die Gurke. »Das ist das fünfte,

Irmi«, sagt er, und da ist ein Getöse im Fernseher und ein Geschrei – »Jawoll!« schreit Jörgi und dreht sich um auf seinem Barhocker. »Wahnsinn!«

»Hat er gewonn'?« fragt Irmi.

»Was?« schreit Jörgi und starrt wieder in den Fernseher.

»Hat er gewonn'?«

»Jo!« schreit Jörgi. »Wahnsinn! Gib ma' noch ein', Kalle! Siebzehn Jahre alt, der Bengel! Sagenhaft!«

»Wie Benni«, sagt Irmi. Und da bremst der Joker inmitten der bärtigen Monarchen. Und dann dieses elektronische Gebimmel, und die Leiste flirrt, und dann bleibt Irmi die Luft weg. Die Hundert, die Hundert blinkt. »Jawoll!« schreit Irmi.

Sie hat gar nicht gemerkt, daß Alfi runtergekommen ist, bis er ihr einen aufdrückt. »Wie alt bis' denn geworden?« fragt er. Irmi ist ganz aus dem Häuschen. »Was? Hundert!« schreit sie, und Kalle, Jörgi und Alfi lachen sich scheckig, und dann merkt sie es auch und lacht sich auch scheckig.

In Kanada läuft das Wasser bergauf

We were just young and restless and bored ...
BOB SEGER, ›*Night Moves*‹

nee nee im grunde war das n total nachdenklicher typ irgendwie.
der hatte bloß ne macke mit seiner karre. da hat er doch jede mark
für locker gemacht. außer fürs saufen. im grunde war er ja nich
aufn kopp gefalln. die behnewitz hatte ja damals gemeint er soll
nur wegen seinem stottern auf die volksschule. willst noch n bier? –
mhm. – na und dann zu hause seine mudder der hof das war ja
auch übel alles. schließlich hatte er ja auch noch n job. Er hängt
die Jacke an den Haken, er streicht ein paarmal über die
strohgelben Strähnen. Er lauscht nach Blech von Koch-
töpfen hinter der Küchentür und geht den Flur zurück. Vor
der Haustür mit der geriffelten Scheibe der Hof, er riecht
nach Gülle. Jemand sägt das Holz nicht mehr, sondern
wirft die Scheite. Auf dem Kopfsteinpflaster vor dem trie-
fenden Silo steht der Wagen. Er tickt noch. Ein roter P7 mit
schwarzen Streifen, einem breiten, längs von der Kante
des Kofferraumdeckels über Dach und Motorhaube bis
zum Kühler gezogen, und zwei schmalen, einem links,
einem rechts vom breiten. An beiden Flanken in großen
schwarzen Buchstaben: WILLEM 2. Alles andere ist rot

wie ein Knall. Die Außenspiegel vorn an den Kotflügeln, die Außenspiegel an den Türen, die Antenne (ein Fuchsschwanz hängt von der Spitze herab), die Stoßstangen, die Spoiler, die Radkappen, der Kühlergrill, das Chassis. Knallrot. Innen ist alles schwarz. Er drückt den Knopf ein, zieht den Schlag auf, setzt sich in den Fahrersitz, ein graues Hosenbein bleibt draußen. Der Lackschuh war schwarz. Seine Unterarme liegen auf den Oberschenkeln. Alles ist schwarz, das Lenkrad. Die Armaturen, grün werden sie leuchten, wenn es dunkel sein wird. Das Handschuhfach. Die Sitze. Die Mittelkonsole, schwarz, schwarz eine Stahlklammer: eine Klemme am Armaturenbrett, die hart schnalzt, als er die Bierflasche herausnimmt, sie ist leer. Er nimmt sie mit der linken Hand aus der rechten und schleudert sie hinaus, ohne hinzusehen. Er zieht am kurzen Schaltknüppel. Der Knauf ist rund, blank, schwarz und so glatt, als wäre er feucht. Er neigt den Kopf nach links und dreht den Schlüssel, der ins Schloß geglitten ist, kurz nach rechts, bis zu einer leichten Sperre: und noch ein Stück. Bullig blubbernd springt der Wagen an. Gas flattert aus dem Auspuff. Lichtmaschine. Keilriemen. Der Motor läuft rund, er raunt. Die Windschutzscheibe ist hell, die Windschutzscheibe ist sauber. Die Unterarme liegen wieder auf den Oberschenkeln. Der Motor raunt, läuft rund. Die Unterarme auf den Oberschenkeln, der Kopf nach links geneigt. Es summt im Gesäß, vibriert im Kreuzbein. Die Samstagmittag-Sirenen haben in den Nachbardörfern zu jaulen begonnen, beginnen kurz darauf auch im Dorf. Er beugt sich vor. Er drückt einen Knopf, und eine Musik-Cassette springt vor. Er steckt sie in eine Lade in der Konsole. Er stellt den Motor aus. Am Hof vorbei fährt der Nachbar mit dem Trecker, die

Gabel hoch über dem Leinendach, fünf Kilometer zurück ist er von dem roten P7 überholt worden. Wilhelm hebt wieder den Zeigefinger und steigt aus. Er sieht dem Trekker nach, die rosigen rauhen Hände auf die Hüften gestemmt, sein fahles Kinn auf dem *rollkragen. so'n rolli! kenns doch die dinger von vor zwanzig jahren! (gelächter) – voll modisch oder wat. (gelächter) schwör ich dir. keine kohle fürn hemd übern arsch zu ziehn aber in seine karre voll investiert. mit seiner karre hatte er echt ne macke. – hat er nich immer pornos im handschuhfach gehabt? hat bossel mir erzählt. – logisch der is doch zum wichsen immer in die walachei gefahrn weil er zu hause nich konnte wegen seiner mudder mit der hat er doch in einem zimmer gepennt. – echt? – ja. aber der hatte echt ne macke mit seiner karre wenn der zehn kilometer gefahrn war hat er gleich wieder nachgetankt, kann das nich ab wenn der tank leerer wird meinte er. im grunde war das n richtig nachdenklicher typ. einmal meinte er zu mir er würde gern wissen was der verpaßt hat den er in der stadt überholt hat und der dann wieder hinter ihm an ner ampel steht. – was der versäumt hat oder was. – ja. der muß doch was verpaßt haben weil willem eben früher da war. – total irre. – im grunde war das n total nachdenklicher typ.* Er sitzt auf der Couch vor einem dreibeinigen Tisch mit abgerundeten Ecken. Auf einem Holzbrettchen fünf Toasts mit Sardinen, eines, von dem er zweimal abgebissen hat, in seinen öligen Fingern, er kaut mit halboffenem Mund. Sein Haar ist naß und fett. Er trägt ein weißes Unterhemd und eine weiße Unterhose. Seine Beine sind unbehaart. Die Muskeln hart. Er hat Augen, die sind braun wie ein Acker. An der schrägen Wand über dem grünen Sofa hängen zwei Abbildungen von schönen nackten Frauen und eine von einem hellroten Ford Mustang. Daneben Fotos von tiefen Wäldern und einem

Wasserfall. Auf dem Bildschirm eines tragbaren Fernsehers läuft ein Fußballspiel. Wilhelm ißt das Brot und schlüpft in eine zu weite Hose und ein kariertes Hemd. Er zieht einen Gürtel in die Hose, auf den von der Schnalle ringsherum bis zur Lasche Lederschlaufen genäht sind, in denen stecken kleine Fläschchen, packpapierartig verpackt, drei Dutzend vielleicht. Er stellt sich vor einen mannshohen Spiegel und befühlt den Flaum auf der Oberlippe. Auf dem Backenknochen glänzt ein Pickel mit einem gelben Gipfel. Wilhelm stellt Musik an und dreht sie laut. Ein gleichmäßiger Rhythmus. Er macht das Licht aus, legt sich auf die Couch, zieht ein Fläschchen aus dem Gürtel, dreht den Deckel ab und läßt die braune Flüssigkeit auf den Gaumen tropfen. Eine alte Frau in einer ausgebleichten Kittelschürze öffnet die Tür: *häs du all wedder de aarbeitsbüx no'n danzen an. mok de negermusik mol lieser willem. – ätzend. (gelächter) – kann ich dir sagen. (gelächter) aber weg wollte er ja auch nich. aufblühn tat er bloß beim feuerwehrdienst und am wochenende oder schützenfest und so. da war streßsaufen angesagt. aber der is nie ausfallend geworden oder so. im grunde n total friedlicher typ. der hat sich auch nie geprügelt oder so. ich glaub da hatte er muffe vor obwohl der auch ganz schön was inne muscheln hatte. der soff bloß ein bier nach'm andern und seine patronen dazu. hat er immer zu seinen magenbittern gemeint. die hatte er wie so'n cowboy im patronengürtel. – echt? – eine patrone geb ich mir noch meinte er immer. ein ding nach'm andern ganz sutje bis er vollgekübelt war. gekotzt hat der nie. überhaupt has du dem das nie angemerkt. der grinste bloß immer so wurde rot im gesicht und die augen glasig. der hat auch total normal mit'n bullen gelabert. hat immer unheimliches schwein gehabt. der hat bestimmt zehnmal geblasen aber der hatte da n trick. hat immer nur mit halber kraft gepustet und wenn die bullen meinten er soll in einem zug die tüte vollblasen hat er gemeint g-geht nich hab a-asthma. (gelächter) ist immer gutgegangen mit ihm. – fast immer. – na ja. fast immer. tja,* die Haare sind trocken. Er nimmt eine Windjacke unter den Arm und geht die Stiegen hinunter. Er sagt einen Gruß durch die Stubentür, ins dämmrige Wechselblau. Er geht hinaus auf den Hof. Es ist ruhig im Dorf, nur entfernt ein Moped. Der Wagen glänzt dunkel. Er steigt ein. Im Wagen ist es kühl. Er nimmt ein Fläschchen aus dem Gürtel, hält es, geöffnet, mit drei Fingern. Mit der anderen Hand schaltet er die Innenbeleuchtung ein, tippt auf verschiedene Musik-Cassetten, zieht eine heraus und schiebt sie ein. Er dreht den Knopf über einen kleinen Widerstand fast ganz nach rechts. Nach sekundenlangem Rauschen schallt modische Musik sehr laut aus vier Lautsprechern. Er betätigt die Zündung: eine leichte Erschütterung, dann sanftes, summendes Beben. Licht. Das Fachwerk im Kegel, und Katzenkopfpflaster. Innenraum dunkel. Er trinkt das Fläschchen leer. Er grunzt. Er stellt die Lüftung ein: kühler Geruch. Er lehnt sich zurück. Er tritt das linke Pedal bis auf den Boden. Er schiebt den Schaltknüppel ein kleines Stück nach vorn, fast geräuschlos. Er berührt das Lenkrad. Er wirft Blicke in Spiegel. Er dreht das Lenkrad leicht. Er tippt zweimal auf das rechte Pedal. Er nimmt den linken Fußballen halb hoch, den rechten setzt er behutsam aufs Gaspedal: Das spürt er nur wie ein Kitzeln. Ein breiter heller Streifen Licht schwenkt über eine Fachwerkwand, wischt über einen Gartenzaun, schmutziges Pflaster, Pfützen, einen Baum, ein kleiner Sprung, und heftet sich auf Asphalt. Wilhelm fährt. Es herrscht gute Sicht. *postschaffner? (gelächter) – das heißt so.*

meistens hat er gemeint er ist lehrer. – lehrer? – briefkastenleerer.
(gelächter) – leerer! (gelächter) – da hat er sich mal auf ner fete
mit'm richtigen lehrer unterhalten. – wo kam der denn her? – mit
dem war jeanette wiebusch damals zusammen. den hat er so ver-
arscht. hat zu ihm gemeint l-lehrer bis du. b-bin ich auch. und der
kuckt willem natürlich groß an und willem meint zu ihm b-brief-
kastenl-leerer. (gelächter) meistens hat er aber nich viel geredet.
Er drückt sachte den Blinkerhebel hinunter: der tickt. Sein
linker Ellenbogen auf der Armlehne. Der rechte Arm ge-
streckt zum obersten Punkt des Lenkrads. Er reiht sich in
den fließenden Verkehr ein. Vor ihm, hinter ihm Wagen.
Ein gleißender Platz voller Wagen, den er passiert. Zwei
Mädchen mit hellbraunen Schenkeln: Es ist März. Eine
bunte helleuchtende Schrift an einem großen Gebäude: *ta*
töff. – in bevern der laden? – genau. da is er jeden sonnabend hin.
meistens nach n paar stunden wieder abgehaun weil er mit sei-
nem rolli keine chancen hatte. (gelächter) Er fährt mit einer Geschwindigkeit von siebzig Kilometern pro Stunde. Vor ihm
Rückleuchten von Wagen, schräg gestaffelt, den langge-
zogenen Hügel hinauf, bis zum Horizont, wo eins dieser
roten Teufelsaugenpärchen nach dem anderen verschwindet. Im zitternden Panoramaspiegel unendlich viele weiße.
Eine blaßorangefarbene Kreuzungslichtung erscheint im
Blickfeld, kommt näher, hüllt ihn ein, wird blasser, läßt
ihn. *hat er den typ eigentlich gekannt? – den andern? – ja? – nee.*
nee nee. ach das hat der doch öfter veranstaltet so'ne wettfahrten.
ein blick an ner ampel bißchen gas geben und ab ging die lucy. ich
bin ja mal mit ihm nach hamburg gefahrn. beide schon gut n
brand gehabt. kamen wir auch grad aus'm ta töff. wir rein in die
kiste und ab. er meint noch mal kurz auf'e reeperbahn ich sag is
gut ab dafür. und wir losgebrettert. is ganz normal gefahrn zu

anfang. wollt ja auch nich unbedingt auffalln wegen alk. plötzlich kriegt er n kick haut den dritten gang rein und drückt auf die tube daß das nur so klötert. zieht die kiste bis hundertzwanzig im dritten und fährt wie die sau. wie'n geisteskranker in die kurven da am ende vor willemsburg. und wenn du um die letzte kurve komms kanns du die ampeln schon sehen. is aber noch n paar hundert meter weit. und die warn grün die ampeln. wat macht willem? heizt voll drauf zu. mit hundervierzig über die hellrote ampel und dann in die eisen weil da kommt ja gleich die scharfe kurve die kannst du höchstens mit sechzig nehmen. höchstens. – n verrückter. – schwör ich dir. und das alles natürlich voll wie zehn mann. und dann du scheiße er immer mit seiner stoppuhr. er hatte ja ne stoppuhr ins cockpit eingebaut. Aus den Büschen rechts funkelt's in ebenmäßigem Auf und Ab. Links weiße, dicke, flache Balken: weiß – weiß – weiß – weiß. Vor ihm rote Teufelsaugenpärchen, rückwärts sich bewegend, vor ihm fort. Im Panoramaspiegel weiße, unendlich viele, zitternd hinter ihm her. Der Motor läuft ruhig. Wilhelm hält eine Geschwindigkeit. Wilhelm hat Gedanken. Er nimmt die Bierflasche aus dem Stahlhalter und nimmt einen großen Schluck. Es klickt: Er hat sie zurückgetan. Wilhelms Augen sind braun. Er wischt sich mit dem rosigen, blauädrigen Handrücken über die dicken Lippen: Keiner sieht es. Wilhelm dreht die Cassette um. Nach leerem Rauschen ein schmatzender Baß in pumpendem Schlagzeug: weiß-weiß weißweiß-weiß. Die Kurve schmiegt sich in eine tiefe Senke. Baumstämme, graue, ziehn vorbei, braun meine Augen, weiß-weiß weißweiß-weiß. Alles bewegt sich bis auf die starre Kühlerhaube, um die herum sich alles bewegt. Er ist an einem Ort. Jede Sekunde anderswo. Er sitzt hier an einem Ort, jede Sekunde *anderswo. egal. wenn du ihn gefragt*

hast freitagsabends er grinste so beknackt und meinte: anderswo
nimmt er den Fuß vom Gas. Geräusche und Zeiger gehen
zurück. Sanfter, unsichtbarer Druck im Kreuz. Bäume und
Streifen zugleich werden ungleich langsamer. Steinbrok-
ken deutlicher und Grasbüschel und Asphaltporen. Stirn
und Augen werden klarer. Auf dem Handballen dreht er
den Wagen in einen Feldweg. Durch Schlaglöcher schau-
kelt er, Büsche im Licht. Ein weiter tiefer Platz öffnet sich:
eine alte Kiesgrube. Hohlwege, bewachsene Böschungen.
Kleine Seen, Müll drin. Junge Birken, ihre dünnen Wipfel
reichen nicht bis an den Rand der steilen Hänge: Die sind
voll dunkler Soden über dem gelben Lehm, vier, fünf Ka-
ninchen hoppeln: Der Mond ist eine Scheibe. Unten huscht
ein Lichtstrahl kreuz und quer, beschreibt Linien und
Halbkreise, es wird ein Wagen hin- und zurückgetrieben,
der Motor heult, vom unebenen Boden und Schlaglöchern
zum Jammern gebracht. Sand spritzt ins Laub und zer-
sprüht auf breiten Wasserlachen. Niemand weiß, wie lang.
Und dann: Der Wagen steht. Das Licht ist an. Der Motor
läuft. Die Tür geht auf. Einer steigt aus und läuft mit großen Schritten weg vom Heck des Wagens und kehrt um
und wieder um, reckt die Fäuste, und brüllt fürchterliche
Wörter und kehrt wieder um mit großen Schritten und
haut sich an die Stirn und auf die Beine, läuft und stapft
und steigt wieder in das Auto, der Motor heult auf im Leer-
lauf und heult rauf und runter: Der Wagen steht, die vier
Blinker blinken zugleich, die Scheibenwischer wischen, die
Scheinwerfer blenden auf und ab und auf, der Motor heult
rauf und runter, gleichzeitig tönt die Hupe, zehnmal, elf-
mal, einmal ganz lang und drei-, viermal kurz, der Wagen
setzt sich in Bewegung, schnell, schleudert das Heck von

rechts nach links nach rechts, verläßt die Kiesgrube, holpert in schnellerer Fahrt wieder nach der Landstraße. Die Blinker blinken nicht mehr. *willem zwo hat er seine karre genannt. ne zeitlang hat er ja auch mal in hamburg gewohnt. da hatte er die karre auch schon. mit exi is er sonntags abends dann immer wieder ins postwohnheim nach billstedt zurückgebrettert. exi mit seiner eigenen und willem mit seiner karre. exi hat erzählt daß sie wie die geisteskranken durch neugraben und harburg gekachelt sind. wenn sie auf'm parkplatz zu hause ausstiegen hatten sie beide am ganzen leib gezittert meint exi. aber willem hat gegrinst. neuer rekord. einundvierzig minuten dreizehn sekunden oder was weiß ich. irgendwie war der auch nich ganz dicht. einmal heiligabend ohne ampeln und so will er noch ne minute oder so drunter gelegen haben.* Er sitzt im schwarzen Innern. Alles ist an seinem Platz. Es leuchtet grün: Die Armaturen zeigen an. Auch blau ein Punkt und einer rot. Symbole. Zweitausend, dreitausend. Die Zeiger zittern. Viertausend. Drei Viertel. Hundertfünfzig. Null Punkt dreiundfünfzig. Die Stoppuhr tickt. Vor ihm die Straße, ein leicht schlenkernder, sich verjüngender Kanal mit trüben Ufern: vorn, direkt vor der Scheibe, schnell und breit, hinten fern, langsam und schmal. Weiß und weiß und weiß. Die Streifen zur Linken ein begradigter Rosenkranz. Vor ihm, weit, ein rotes Pärchen Teufelsaugen, im oberen rechten Eck der Windschutzscheibe, jetzt kommen sie allmählich näher, rutschen zur Mitte der Windschutzscheibe, kommen ganz langsam auf ihn zu, mitten in der Windschutzscheibe langsam auf ihn zu, der Horizont ist dunkel, noch ein Stückchen schneller zu, ein Stück schneller, schneller zu, werden kräftiger rot, kräftig rot, werden rot, rot, schneller zu, der Horizont ist frei, -rizont ist frei, ist freiii, freiii,

freiii, er hat ein paar weiße Pärchen Augen im Spiegel, er hört wieder pumpendes Schlagzeug im Baß: weiß-weiß weißweiß-weiß. Fahrn. *ja aber als er wieder ins dorf zurückkam is er zur stader feuerwehr übergewechselt. die hatten dann ja auch bei großunfällen einsätze. leute rausschweißen und so. hat dem nie was ausgemacht im gegenteil. ich glaub der fand das sogar geil. wenn der so erzählt hat – kriegst echt n föhn. einmal mußte er n kleines kind aufsammeln aus'm straßengraben dem lief die grütze aus'm kopp. – äh nee ... – das hat der so erzählt ohne mit der wimper zu zucken. der hat auch zu hause und bei den nachbarn und so immer jungen katzen die übrig war'n mit'm hammer die birne eingehau'n.* Da ist noch ein Stückchen im Pedal. Das Lenkrad schwitzt. Er hält das Steuer mit links, in die rechte Faust der glatte Knauf: glatter Knauf rechte Faust. Der Motor hat Kraft, Kraft hat der Motor. Er läuft so ruhig, keine Nebengeräusche. Der Motor läuft so ruhig, und wenn Wilhelm den Muskel neben dem Schienbein nur ein bißchen streckt, das ist nicht viel, dann nimmt der Motor einen anderen Ton an. Das Lenkrad hat kein Spiel. Kein Spiel im Lenkrad. Nimm es zwischen zwei Finger, und es folgt. Laß es los auf grader Strecke, und es hält sich in der Spur. Jetzt in die Stadt: ein gelbes Schild, sanfter unsichtbarer Druck im Kreuz. Dreh die Fensterscheibe runter, leg den Ellenbogen raus und sieh alles an. Fahr langsam. Nur ein bißchen strecken, dann nimmt er wieder einen anderen Ton an. *irgendwie war der auch pervers der hund. wie der das beschrieben hat von dem unfall auf der umgehungsstraße vor'm halben jahr. der bundeswehr-lkw. da sagt er der fahrer hatte die ganze visage voll blut und saß hinter der kaputten scheibe als ob er nich bis drei zählen könnte. – oder als er sich diesen schrottford den unfallwagen zum ausschlachten für hundert mark*

auf'n hof geholt hat. ich komm sonnabends vom frühschoppen
mein zu ihm na willem kanns da überhaupt noch was von gebrau-
chen. willem grinst wieder so beknackt. gibt mir den sicherungs-
kasten aus dem wrack und meint der sicherungskasten ist noch
eins-a und grinst immer noch so blöd. ich denk wat grinst der idiot
denn dauernd so blöde und kuck mir das ding genauer an und
denk ich krieg n föhn. da steckt da noch so'ne runzlige braune Fin-
gerkuppe drin. mit'm stück schwarzer fingernagel. Fahr und
fahr und fahr. Die rosigen rauhen Finger auf dem Knauf,
ums schlanke Rad. Immer gleich, alles gleich. Er fährt und
rollt. Starr nur die Haube, stetig der sich verjüngende Kanal, der hat nie ein Ende. Auch die Nacht ist lang. Sirren
jetzt, die Reifen, bißchen. Rund der Motor läuft und raunt:
nur ein bißchen strecken: ein gelbes Schild mit rotem Balken. Er streckt den Muskel, der Motor nimmt einen anderen Ton an. So ein Geräusch! Der Knüppel gleitet kurze
Wege, weich wie durch Schleim. Weißweiß-weiß. Er trinkt
ein Fläschchen leer. Pumpt, das Schlagzeug, im Baß. Der
Sitz ist warm, die Hand ist warm: Keiner sieht es. Es
summt im Gesäß, vibriert im Kreuzbein. Und wenn er den
Muskel neben dem Schienbein streckt, nur ein bißchen
streckt, das ist nicht viel. Er trinkt ein Fläschchen leer, das
letzte. Wilhelm hat Gedanken: Grün und gelb und rot ist
die Nacht und weiß. Da ist Blut im Tank. Nimm den dritten Gang: Die weiße Schnur zieht dich heran und wabert
bißchen weg, braun meine Augen. Fahr und fahr und fahr.
Jede Kurve kennt er. *aber einmal auf ner fete schon ziemlich*
angetörnt hat er mit so'm Typ gelabert, stundenlang. so hab ich
den nie gesehn gehabt. der hat gelabert! und alles auf platt. wenn
er platt sprechen konnte und wenn er besoffen war hat er kaum
gestottert. zum schluß haben sie sich am laufenden meter auf die

*schultern geklopft pernod cola gesoffen und bloß immer gelallt:
genau. kanada. in kanada is allens anners. in kanada löpt dat
woter bargop. (gelächter) – wa? (gelächter) – ja. ich weiß auch
nicht. und dann ham sie sich darüber totgelacht. genau. kanada
segg ick. nix anners as kanada.* Da hinten, schon bei der kleinen Siedlung, ein rotes Pärchen Teufelsaugen: Hol es dir.
Alles ist an seinem Platz: der Knauf wie feucht. Knete ihn.
Da ist noch ein Stückchen im Pedal: näher: blau oder grün
ein anderer P7: ein rotes Pärchen Teufelsaugen, hol es dir,
das rote Pärchen Teufelsaugen, das wird schneller. Ha, was
willst du denn. Ein rotes Pärchen Teufelsaugen. Darunter
weißer Mund. Es dreht sich jemand um. Es lächelt jemand,
das rote Pärchen Teufelsaugen. Alles geht ein bißchen
schneller. Es lächelt jemand um. Ein rotes Pärchen Teufelsaugen, darunter weißer Mund, der wird schneller. Du mich
was willst du denn du würstchen. Komm, komm *du arme sau
dich mach ich doch das packst du nich du nich.* Das schaff ich
auch *die kenn ich doch die kurve ah siehst du wohl im dritten
packst du mich nich du nich du arme sau dich fick ich doch. ja ja.
ja ja.* Ja ja, fahr doch fahr *doch dich mach ich doch du wichser
dich fick ich doch.* Da hinten auf der Geraden *bist du dran du
stück scheiße* die Nacht ist schwarz und lang. Ein roter
Punkt fliegt aus dem Seitenfenster, tanzt funkenstiebend
auf der Straße unter seine Räder. Aufkleber auf dem grünen oder blauen Lack: Bei mir ist noch ein Stückchen drin
*was glaubst du denn du arschgesicht du angeber dir brech ich dir
hau ich deine zähne mitm hammer.* Nimm die letzte noch ein
bißchen schneller, das geht. Der Boden, schon vor der Kurve, wird ein bißchen leichter, weicher. Und jetzt tritt ganz
runter, beiß fest zu. Näher ran: spann die Muskeln fest,
fest an: Die Schulterblätter sind ganz hart. Auf den Augen

ist ein Film. Die Brust ist steif, irgendwo tropft Wasser ab. Hellbrauner März, meine Augen weiß und warm und weiß und anders wird es alles werden. Schmutz am blauen oder grünen Kotflügel, Aufkleber gelb und rot: und jetzt geh rüber, der Horizont ist frei, der Horizont ist frei, der Horizont der Horizont, jetzt nicht mehr, jetzt ist er nicht mehr frei, ein weißes Pärchen Augen: die sind noch weit: das schaffst du. Bleib hier. Was soll passieren. Gibt noch Gas, die Sau. Sieh rüber. Noch grinst er. Er hat dunkle Haare. Trägt er einen Schlips? Bremst nicht ab, das Schwein. Du Schwein. Er lächelt. Die bremst nicht ab, die Sau. Es war ganz warm im Wagen, sehr weich und schwarz. Seine Augen waren braun. Er atmete ganz flach und lächelte. Der Knauf war rund und blank und glatt und naß. Die Wiese war feucht, der Lackschuh war schwarz. Die Wiese war feucht, der Lackschuh war schwarz. Der Lackschuh war schwarz, war schwarz.

Drachen über der Alster

Hallo Hans, erinnerst du dich noch an mich? Jan-Peter Petersen. Der vom Dorf, entsinnst du dich? –

Entsinnst du dich, daß wir meistens noch eine Zigarette rauchten auf dem Platz vor dem Portal der Berufsschule? *Handels- und Höhere Handels- und Wirtschaftsschule am Lämmermarkt* ... Wie du dann manchmal gesagt hast, »das Schlimme« sei ja, daß überall immer »ein paar Schluckeulen dazwischen sind«?

Ich sitze hier bei einer Flasche Rotwein, Hans, der Aschenbecher ist randvoll von Kippen, und vor mir liegt ein vergilbtes Blatt Papier, es stehen zwanzig Namen darauf und zwanzig Telefonnummern und Adressen, ein Joaquin Lopez hat es getippt am 14.5.73. Erinnerst du dich an ihn? Ich nur dunkel. Erinnerst du dich an Hans Büssing? Unser Klassenlehrer. Der mit der Donald-Duck-Stimme. Erinnerst du dich an Dieter Boff? Peter Bernstorff? Michael Grüne, Manfred Rath? Joseph Lillborn, Sabine Vogeler? Und an die Große mit den langen glatten braunen Haaren, die immer diesen supermini Lacklederrock trug? Die, die dir später schrieb, sie sei verheiratet und erwarte ein Kind, wie hieß die noch?

Montags hatten wir Schule, morgens um viertel vor acht begann der Unterricht, oft waren wir mißmutig, nicht selten verkatert, die jahrelange Woche lag vor uns, um viertel vor eins war Schluß und um viertel nach zwei mußten wir zurück in der Firma sein. Und freitags hatten wir Schule, das Wochenende zum Greifen nah, freitags hatten wir schon um elf Schluß, was wir unseren Chefs natürlich nie weitersagten, so daß wir reichlich Zeit hatten, im *Alsterhaus* unsere Altbiere zu trinken, bis wir um viertel nach zwei zur Firma schwankten.

An einem solchen Freitagmorgen nahm ich den Weg zur Schule über den Steindamm zu Fuß, und etwas scheu, aber interessiert beobachtete ich Rentner, die nicht mehr schlafen konnten und keine Familie mehr hatten und schon um diese Zeit in den Spielhöllen verschwanden, Penner, die besoffen buchstäblich im Rinnstein lagen, Huren, immer noch oder schon wieder kobernd, und all die anderen, Kaufleute, Sekretärinnen, leitende Angestellte, die nur das sahen, was sie sehen wollten.

Der Weg vom Hauptbahnhof dauerte ungefähr eine Viertelstunde, ich war spät dran, so mußte ich mir die Zigarette verkneifen, offensichtlich waren schon alle oben. Ich stieg die abgewetzten Steinstufen des Backsteingemäuers hinauf in den dritten Stock und betrat das Klassenzimmer. Einige standen in Grüppchen beisammen und diskutierten die Chancen des HSV oder besprachen Pläne fürs Wochenende, andere saßen auf ihrem Stuhl am Fenster und betrachteten die vielbefahrene Wallstraße dort unten, wieder andere hatten ihre Köpfe auf den Tisch gelegt und dösten. Du bist auf mich zugekommen, Hans, und während du die paar Schritte zu meinem Platz neben mir her gegangen bist, hast du mich freundlich angegrinst und deine obligatorische Frage gestellt: Wie steht's an der

Front? Alles in deutscher Hand? Ich schmetterte die Tasche in eine Ecke und rapportierte zackig: Roger, Mann, heute ist Freitag, und du: Oh Mann, das schwör ich dir, heut könnt' ich Häuser und Kirchen in Brand stecken.

Du hast diese Redewendung als Ausdruck von sowohl Wut als auch Freude verwendet, welche der beiden Empfindungen jeweils zutraf, konnte man deiner jeweiligen Grimasse entnehmen, und die deutete heute auf Freude. Wie immer hast du Stoffhose, Blazer, Hemd und Krawatte getragen. Bei Weltfirma Prüters unerläßlich, pflegtest du zu sagen. In meiner Firma wurde die Kleiderordnung nicht so strikt gehandhabt, jedenfalls nicht bei uns Auszubildenden, die wir selten oder nie Lieferanten-, Vertreter- oder gar Kundenbesuch hatten.

Du warst ein gutaussehender Kerl mit dunklem, sauber gescheiteltem Haar, dunklem Schnauzer und braunen Augen. Du hast mir mal deinen Personalausweis gezeigt, dessen Paßfoto dich mit sechzehn oder siebzehn zeigte. Die Haare stießen auf die Schulterklappen einer Armyjacke, und blaß und schmal war dein Gesicht, die typische Übergangsform vom Hippie zum Polit-Freak jener Jahre. Ich war erstaunt, verstand aber. Du konntest deine Rolle nur spielen, wenn Requisiten und Kostüme stimmten. Zum Beispiel weiß ich genau, daß du zu Anfang die CDU goutiert hast, weil auch das dazugehörte als Geschäftsmann. Später, du hattest die Prüfung, glaube ich, schon hinter dir, da saßen wir im *Alsterhaus* und tranken unser Alt, und du hast gesagt, wir werden gewinnen, und ich fragte, wer ist wir, und du: Die SPD natürlich, und hast den Kopf geschüttelt ob der dummen Frage. Ich sagte, du habest doch früher mal für die CDU votiert, aber du hast das als Hirngespinst zurückgewiesen, und ich bestand nicht drauf. Vielleicht hattest du mich ja bloß verarscht.

Einmal hast du nämlich erzählt, wie ihr in eurer »Roten Zelle Berne« zu Schülerzeiten agitiert hattet, Scheiben vom CDU-Ortsverband eingeworfen, Sprühdosen-Aktionen mit Rotfront-Parolen – und tatsächlich begrüßtest du mich manchmal mit erhobener Faust: Rotfront, Mann! –, nächtliche Flugblätter-Aktionen, Mercedesse anpinkeln und so weiter. Ich war dumm damals, ein dummer Hund vom Dorf, und fragte, warum du früher so gewesen bist, und mit einer wegwerfenden Handbewegung, schon wieder halb auf dem Wege zum Ausschank, hast du gesagt: Wir hatten eben was gegen diese Leute.

Die Stunden am heutigen Freitag nahmen wir kaum wahr, da waren sie schon vorbei. Ein bißchen Wirtschaftsenglisch – du und ich waren die Besten in dem Fach, stimmt's, Hans? –, ein bißchen Buchführung, die ich nie begreifen würde, allerdings gab ich mir auch gar keine Mühe, sogar in der Prüfung später legte ich den Aufgabenbogen zur Seite, tat keinen Strich zur Lösung, und glich das Manko mit gerade eben genügend Punkten für Wirtschaftslehre aus. Ein bißchen Politik zum Schluß und fertig. Es war elf Uhr, und mehr als drei freie Stunden lagen vor uns, Zeit genug, vier bis fünf halbe Liter Altbier zu trinken im *Alsterhaus*. Mit großen Schritten liefen wir zur U-Bahn-Haltestelle Lohmühlenstraße, fuhren bis zum Jungfernstieg, und kurz darauf saßen wir in der Cafeteria im Keller des *Alsterhauses*.

Eine seltsame Atmosphäre herrschte hier, ich begann sie zu vermissen, kam ich längere Zeit nicht her. Ein einziger riesiger Raum mit einem langen Selbstbedienungstresen, an dessen Ende scheinbar unerschöpflich der Bierhahn sprudelte. Rechts davon ein paar Stehbiertische aufgepflanzt, an einem von ihnen hast du bereits gewartet an jenen Abenden, wenn wir uns hier mit Jürgen und Lauschke trafen, und mit den »Honoratioren« geplaudert, wie wir sie nannten, Rentner im Anzug, die vornehm und zurückhaltend, aber begierig nach ein paar Worten waren. Etliche Säulen unterteilten den Saal, und überall aufgestellt waren pflegeleichte, schmucklose Tische und Stühle. Gemurmel und Geraune, Geschepper von Besteck und Geschirr beschallten ungedämpft den Raum, schwollen über Mittag maximal an und ebbten nach halb zwei, zwei wieder ab. Junge Penner, alte Penner und Rentner, die ihr Butterbrot mitbrachten, alte Frauen, die ein Stück Kuchen aßen, nur mittags auch Verkäuferinnen und Angestellte und wir bildeten den Gästestamm. In den Gängen schlurfte krummgebuckelt der »Adonis«, wie du und Jürgen ihn mit eurem eigentümlichen Humor genannt habt, den alten Mann, einsneunzig groß, Schimpansenarme, fortdauernd geschürzte Lippen, unter dem gestreiften Arbeitskittel schlotterten die ewigen braunen Hochwasserhosen. Tagaus, tagein schob er mit schwachsinnigem Gleichmut den großen Geschirrwagen aus Aluminium vor sich her, in den er die von den Tischen geklaubten schmutzigen Gläser, Teller und Bestecke stapelte.

Wir setzten uns an einen freien Tisch, du hast die Gauloises aus der Jackettasche gezogen und zwei Mark auf den Tisch gelegt. Du bist dran. Ich bestellte am Ausschank zwei halbe Alt, der Bedienung waren wir wohlbekannt.

Worüber unterhielten wir uns, Hans? Anfangs über Banales, nach dem dritten Halben wurden wir kühner, melancholischer, versauter oder einfach alberner. Um zwölf, halb eins kamen Jürgen und Lauschke. Wie kam es dazu, daß wir uns näher kennenlernten? Erinnerst du dich? Irgendwann steckten wir immer häufiger zusammen, Jürgen, du und ich, soffen einen Halben nach dem anderen, später, zum Ende der Lehrzeit, und auch noch danach, auch nach Feierabend, bis um halb sieben geschlossen wurde, und dann zogen wir weiter ins *Büro* in den Colonnaden, gegenüber von der *Stadtschänke*, oder eben in diese, und gaben uns den Rest. Nach vier oder fünf Halben lösten sich die Zungen, und die »holde Weiblichkeit«, wie Jürgen sich ausdrückte, wurde Thema Nummer eins. Geheimnisse tauschten wir aus, die immer einen rauhbeinigen erotischen Touch hatten. »Tja«, pflegtest du zu seufzen, »die Langhaarigen, die machen uns fertig ...!«

Erinnerst du dich, wie ihr mich nachts um elf, »voll wie zehn Mann«, wie du dich auszudrücken pflegtest, im letzten Zug nach Buxtehude geleitet habt, nur weil wir das so in den Kopf kriegten nach der ganzen Sauferei? Wir nahmen uns noch Bier mit und mischten unser Abteil auf, es war natürlich leer. Jürgen ballerte mit seiner Gaspistole aus dem Fenster, einfach, weil er »Trieb drauf« hatte. Gib mir mal 'ne Zigarette, hast du gesagt, oder du wirst enteichelt. »Enteichelt« oder »enteit«. Oder auch »enteiert«. In Buxtehude besuchten wir die zwielichtige Disco unweit vom Bahnhof, tranken nur noch wenig. Der Dampf war raus. Wir waren müde. Ich rief meinen Vater an, er möge uns abholen – unglaublich, aber so lautete die Abmachung: Wenn kein Zug mehr ins Dorf fuhr, durfte ich ihn anrufen! –, und wir gingen ihm entgegen. Da kamen drei Typen hinter uns her und machten uns dumm an, und wir sahen zu, daß wir wegkamen. Aber als wir eine besonders düstere Stelle passierten, kriegten sie uns doch noch zu fassen, sie sprangen aus ihrem Wagen und hauten uns die Jacke voll, ich bekam nicht viel ab, »meiner« war human und verabreichte mir bloß ein paar Backpfeifen, während er mich ein wenig abseits trieb, um dem Gruppendruck zu entkommen, und du, Hans, hattest dich, sensibilisiert durch einige Erfahrungen mit den damals in Hamburg noch nicht verbotenen Hells Angels, hinter einem Strauch versteckt. Jürgen aber mußte einstecken, und als er versuchte, seine Gaspistole zu benutzen, da traten sie ihm erst recht gegen den Kopf, in den Magen, bis ein Streifenwagen nahte und dem Spuk ein Ende bereitete. Die Typen verschwanden mitsamt Jürgens Gaswumme, und als wir ihn fragten, wie es ihm gehe, antwortete er, während er Knochen kotzte, es gehe ihm blendend.

Das traf deinen Sinn für Humor präzis, Hans, stimmt's? Dein Humor, Hans! Einmal bot ich dir eine Stulle an. Hier, willst du? Mit Pilzwurst! Du hast aufgekeucht und, einen Schritt zurückweichend, eine Hand ans Ohr gelegt, gefragt: Mit bitte was? Eine Stulle mit bitte was ist das?, und hast gegluckst, und ich wiederholte verständnislos und trotzig, das sei eine Stulle mit Pilzwurst oder was, und du bist in brüllendes Gelächter ausgebrochen, hast dir auf die Schenkel und mir auf die Schulter gehauen und geschrien: Ein Prolet! Pilzwurst! Was für ein Bauer!, du warst der Meinung, es heiße Champignonpastete. Und einmal saßen wir im *Alsterhaus*, schon reichlich angetörnt, wir tranken Altbier, und uns gegenüber saß eine Dame mittleren Alters, die ihr Seezungenfilet zerlegte, und ich futterte eine Currywurst mit Fritten und rülpste wie ein Idiot. Und die

Dame ließ ihr Besteck fallen, wischte sich den Mund und zischte: Sie sollten sich Ihr Kindergeld wiedergeben lassen, und verließ augenblicklich ihren Platz, und du hast dich an deinem Bier verschluckt und gekräht vor Lachen, krebsrot im Gesicht und immer wieder hustend und zwischendurch wiederholend: Sie sollten sich Ihr Kindergeld wiedergeben lassen! Ich verstand das überhaupt nicht, wieso wiedergeben lassen und so, egal, du hast dich überhaupt nicht wieder eingekriegt. Und einmal kam ich morgens in die Schule, setzte mich an meinen Platz und las weiter in *Der alte Mann und das Meer*, und du, vergnügt über deine eigene abfällige Bemerkung, ach, das kenn ich, als ob du mich dadurch erniedrigen könntest, hast gefragt, soll ich dir erzählen, wie's ausgeht, und ich drohte mit standrechtlicher Enteierung, wenn du dich nicht unterstehen solltest, aber Manfred Rath drängte, und du erzähltest in einer Lautstärke, daß ich es auf jeden Fall mitbekam, ach, der alte Penner fährt raus aufs Meer und da kommen fünf Haie und fressen den alten Penner auf, und als du mein aufrichtig wütendes Gesicht sahst, warst du völlig verzückt und bist schauspielerisch ein paar Schritte rückwärts geflohen und hast dich halbtot gelacht.

Oder deine Sprüche. Du hast immer gesagt, warst du nun schlecht oder gut gelaunt, ich bin wieder total bocklos, oder: Ich bin wieder total trieblos heute, und hast geseufzt: Was soll bloß aus Deutschland werden, und hast bekümmert den Kopf geschüttelt. Oder dein unterdrücktes Fluchen, wenn du montags deine Lottozahlen mit denen aus der Zeitung verglichen hast: Ich könnte mich mit Benzin übergießen und anzünden, wieder 'ne Woche arbeiten! Und unser anschließendes Phantasieren, was wir tun würden, gewännen wir eine Million, ich würde, hast du gesagt, mir vor dem Rathaus, in aller Öffentlichkeit, ordentlich einen von der Palme schütteln, und zwar im Zangengriff, mit dem Firmenschild um den Hals!, und dann würde ich mit 'ner Taxe zur Firma fahren und dem Chef auf den Schreibtisch kacken, 'ne wahre Boa Constrictor würde ich ihm draufsetzen.

Und einmal waren wir – die gesamte M 73/6 – mitsamt Hans Büssing auf der Hannover-Messe, mit einem Bus fuhren wir auf den riesigen Parkplatz, strömten auf dem Gelände aus, verteilten uns auf die Hallen, und du und ich und ein paar andere »Spritköpfe« sprengten uns von der Gruppe ab und suchten uns einen sonnigen Platz mit Bierverkauf in der Nähe, wir soffen uns gewaltig einen an, und bald war es an der Zeit, den Bus wieder aufzusuchen, es war zwanzig vor vier, und so besoffen, wie wir waren, würden wir bestimmt Mühe haben, ihn wiederzufinden, also brachen wir auf, suchten vorher noch eine Toilette auf, für mich blieb nur Platz in einer Kabine, und als ich herauskam, waren die anderen schon weg, und ich hatte den Anschluß verloren. Es waren Tausende von Bussen auf dem riesigen Parkplatz, der Klassenlehrer hatte gesagt, Punkt vier fahren wir ab, es war drei Minuten vor, nichts zu sehen, keine Busse mit Passagieren, keine bekannten Gesichter, kein Hamburger Kennzeichen, es wurde vier Uhr und zwei, drei Minuten nach vier, und plötzlich hupte es direkt neben mir, und ich raffte meine Plastiktüte mit den noch besorgten Halben und sprang hinein – meine Klassenkameradinnen und -kameraden hatten noch fünf Minuten für mich herausgeholt, die mich gerettet hatten. Großes Gejohle, Biere wurden geköpft, wir saßen auf der hinteren

Bank, du, Manfred, ich und ein paar andere und tranken aus unseren Bierflaschen, und bald hatten wir, wie du immer sagtest, »Druck auf dem Säbel«, und lautstark verhandelten wir mit dem Busfahrer über eine Pinkelpause, die schließlich auf einem Rastplatz gewährt wurde, und wir raus wie der Blitz und erleichterten uns, und dann konnte es weitergehen, wir schliefen ein, ich schlief, wie man nur besoffen schläft, flach und schwer, und irgendwann wachte ich auf, der Bus hielt, zwei, drei Leute stiegen aus, ich bemerkte nur meine volle Blase und lief hinterher, stand dann da, ein paar Meter weg vom Bus, und pinkelte mit den anderen in einer Reihe, und da gab der Busfahrer Gas, scherte wieder auf die Autobahn ein, und ich stand da, »mit dem Prügel in der Hand«, wie du am Montag in der Klasse grölen solltest, und du lachtest wie der Teufel. Einer der Leute, die ausgestiegen waren, sagte mir, daß sie hier in der Nähe wohnten und deshalb hier abgesetzt worden waren. Ich stellte mich auf den Parkstreifen und hielt den Daumen raus.

Du hattest eine Freundin, Hans, über die du manchmal sprachst, wenn wir das Altbier in uns hineingossen, die Langhaarigen machen uns noch alle fertig, sagtest du und sprachst von Angelika, und einmal fragte ich, wie geht's Angelika, und du hast gesagt, wer ist Angelika, und dumm wie ich war, sagte ich's dir, und du hast gesagt, kenn' ich nicht, und ich beharrte darauf – ich war wirklich ziemlich dumm –, daß du mir erzählst, was mit ihr war, beharrte so lange, bis du nichts mehr gesagt und stumm wie ein Kranker in großen Zügen dein Bierglas geleert und ein neues geholt hast.

Du mußt sie geliebt haben, manchmal hast du sehr zärtlich von ihr gesprochen, allerdings in verkappter Form, du hast es sehr genau genommen mit den Männervorschriften über Gefühle. Und einmal hast du beiläufig erzählt, daß sie Schluß gemacht habe und jetzt mit einem »Neger« zusammen sei, »häßlich wie die Nacht«, und im anschließenden Hauptsatz hast du gesagt, du träfest dich am Wochenende mit einer »süßen Maus«, und als ich ein paar Wochen später nachfragte, wie es gewesen sei, hast du gefragt: Was, und ich sagte es dir, und du hast mit einer abschneidenden Handbewegung gesagt, es sei nicht das richtige gewesen, und dir eine Gauloise angesteckt und einen großen Schluck Bier getrunken. Und einmal saßen wir im *Alsterhaus* und tranken einen Halben Alt und sprachen über unsere Firmen, und du hast über deinen Chef gesprochen, der, wenn er in Urlaub sei, nicht zu ersetzen sei, und daß, nach seiner Rückkehr, erst einmal die durch seine Abwesenheit entstandenen Verluste zusammengerechnet würden, und da hast du dich plötzlich mitten im Satz unterbrochen, über meine Schulter hinweggestarrt mit halboffenem Mund, dein Schnauzer zitterte und deine Schultern zuckten und du bist ganz steif geworden und blaß wie der blanke Tisch, und dann bist du aufgesprungen, hast gemurmelt: Komme gleich wieder, und bist in dem Gedränge auf der Treppe zu den Verkaufsräumen verschwunden.

Nach ungefähr zwanzig Minuten, ich saß längst vor meinem nächsten Halben, bist du zurückgekommen, hast zitternd vor unserem Tisch gestanden, hektische rote Flecken im Gesicht und am Hals, und nur gesagt: Angelika. Ich hatte mir das gedacht, was oder wer sonst hätte dich so aus der Fassung bringen können, und du hast da gestanden, hast eine Zigarette aus der noch auf dem Tisch liegenden Packung gefingert und sie gierig angesteckt, und dann hast du einmal tief eingeatmet, dir einen Ruck gegeben und gesagt, schnell 'nen Halben jetzt, und bist zum Ausschank geeilt. Ich war erschrocken über dein Aussehen, aber als du an den Tisch zurückgekehrt bist, hattest du schon einen tiefen Zug genommen und wieder eine normale Gesichtsfarbe, nur deine Hände zitterten noch ein wenig. Du hast nichts gesagt, nur, daß du sie getroffen habest, und auf mein nachfragendes Und? nur mit einer wegwerfenden Geste geantwortet.

Und einmal lernte ich sie kennen, und ich war denn doch ein bißchen verwundert, daß es sie tatsächlich gab; es war im *Alsterhaus*, du hattest deine mündliche Prüfung hinter dir, Hans, ich hatte in eine andere Klasse müssen, weil ich, da ich die Ausbildung später als ihr anderen begonnen hatte, nicht zur Prüfung mit den anderen zugelassen worden war. Wir hatten schon einige Halbe getrunken, als sie kam, und sie war wirklich ein phantastisches Mädchen, sie hatte dunkles Haar und ein puppen-, doch lebhaftes Gesicht, und sie zwitscherte gleich drauflos, du bist aufgesprungen, als sie an unseren Tisch kam, hast ihr den Mantel abgenommen, ihr eine Hand zwischen die Schulterblätter gelegt, sie auf einen Stuhl genötigt, und wir redeten ein bißchen. Später gingen wir in die Schallplattenabteilung, man konnte sich die Platten dort auch anhören, und hörten uns die von mir wiederentdeckten Barclay James Harvest an, *Mocking Bird* und *She said*, und ich schwärmte davon und versuchte, ihr und dir Zustimmung abzugewinnen. Angelika nickte und lächelte, aber du warst nicht zu begeistern, »Procul Harum für Arme«, hast du verächtlich gesagt, außerdem wärst du lieber in der Cafeteria geblieben, um ein paar Bier zu trinken, aber Angelika wollte jetzt noch zu Planten un Blomen, wo irgendeine Veranstaltung stattfinden sollte, ich rief in der Firma an, daß ich krank sei, wir liefen dorthin, es regnete, alles war schon vorbei, die Dixieland-Kapelle baute ab, wir schlenderten über das Gelände, Angelika und ich blieben stehen, du bist weitergegangen, Hans, Angelika sagte, er ist so furchtbar phlegmatisch, früher war er engagiert, die NS-Geschichte interessierte ihn, er hat *Mein Kampf* gelesen, schrieb unverlangt ganze Pamphlete gegen Rechts, er war interessiert, aktiv, machte und tat, und jetzt sitzt er nur vor dem Fernseher und im *Alsterhaus* und in der *Krone* in Berne und trinkt ein Bier nach dem anderen, du hast dich nach uns umgeblickt und gewartet, wir kamen nach, wir waren am Plaza-Hotel angelangt, und dort stand ein Streifenwagen, zwei Polizisten durchsuchten zwei langhaarige Typen, und als habest du erahnt, worüber Angelika mit mir gesprochen hatte, hast du lauthals zu schimpfen begonnen, seht sie euch an, die Bullen, sind die doof, seht euch bloß die doofen Bullen an, wir zogen dich am Ärmel, du hast immer weiter lamentiert, und ich spürte, daß du den Hans von vor ein paar Jahren imitiert hast, aber schlecht, und dann warst du plötzlich ganz still. Wir gingen in die *Stadtschänke*, und ich fragte dich, wann denn die Fete heut abend anfängt, denn heut abend sollte eine Klassenfete zum Abschluß der Lehre gefeiert werden, und du hast gesagt, mir egal, um acht oder so, und ich fragte, dumm wie ich war, wollen wir hin, ich wäre gerne hingegangen, aber du hast den Kopf geschüttelt, und Angelika nippte an ihrem Gläschen Altbier (»Kinderbecher« nannten wir das Format) und sagte, warum gehen wir nicht hin, du bist so lahm, so furchtbar, und auch ich hackte auf dich ein, und du hast dagesessen und deinen Halben ausgetrunken und geraucht und hast abwechselnd nichts gesagt oder: Ihr könnt ja hingehen, und dann hast du wieder dagesessen und geraucht und ein neues Bier bestellt und geschlagen und illusionslos ausgesehen, traurig und trotzig. Er kapselt sich ab, sagte Angelika, nahm ihren Mantel und ging, und wir saßen schweigend da, und hastig hast du dein Bier ausgetrunken, und allmählich verschleierten sich deine Augen, und dein Kopf begann zu wackeln wie der eines alten Mannes, und wenn es *so* weit war, dann hattest du *einige* Liter »über den Knorpel gegossen«.

Wir verloren uns eine Weile aus den Augen, Hans, irgendwann einmal hast du mich dann wieder angerufen, wir trafen uns im *Alsterhaus*, es war ein Freitagabend, du hast erzählt, du seist ein paar Tage krank gewesen und habest währenddessen keinen Tropfen Alkohol getrunken, der Arzt habe es dir verboten, irgendwie Kreislauf und vegetatives Nervensystem oder so, und ich wollte Genaueres wissen, zeichneten sich bei mir doch ähnliche Probleme ab, aber du hast abgewunken und nur gesagt: Man macht sich eben zu viele Gedanken, und du hast wieder so geschlagen gewirkt, wie du immer wirktest, wenn du nicht gutgelaunt oder gedankenlos warst, aber nur kurz, sofort hast du dich wieder zusammengerissen, dir energisch eine Zigarette angesteckt und verkündet, ich lade dich ein, hast mein leeres Glas vom Tisch genommen und bist mit zwei frisch gezapften Altbieren zurückgekehrt. Wir tranken genüßlich, blickten uns um, beobachteten Adonis, du hast einen Witz erzählt, wir lachten herzlich, tranken noch ein Bier, und du hast gesagt, das trinken wir ex, du warst schon angetrunken, schon nach dem zweiten Halben, diesmal war ich nicht so dumm, ich spürte, es hing mit deiner Krankheit zusammen, ich spürte, wir waren seelenverwandt, wir setzten an und schluckten, du hast deinen Halben auf ex geschafft, ich nicht, ich schaffte ihn nicht, ich wollte es auch gar nicht schaffen, das waren Spielchen, die wir eigentlich bereits hinter uns gelassen hatten, bevor wir uns überhaupt kennengelernt hatten, genau deswegen wolltest du sie ja vermutlich reanimieren, und dann versuchte ich es doch, dir zum Gefallen, Hans, es war halb sieben, und wir beschlossen, noch in die *Lohmühle* zu gehen, um noch ein Bier zu trinken, dort, wo wir oft in Freistunden, Pausen oder montags nach der Schule auf die Schnelle ein Bier getrunken hatten. Wir warfen unsere Jacken über, verließen die Cafeteria, und auf dem Jungfernstieg herrschte ein heftiges Getümmel, das alljährliche Alstervergnügen war ausgerufen, und wir bahnten unseren Weg zum U-Bahn-Schacht, und da hast du mich plötzlich an der Jacke festgehalten, hast dich bei mir eingehakt und mit dem ausgestreckten Arm in das Azurgewölbe über der Binnenalster gezeigt, wie zwei alte Männer oder zwei kleine Jungs standen wir dort. Ich hob das Kinn und blinzelte in die Sonne, und dort flog er, ein Papierdrachen, ein federleichtes Holzkreuz mit buntem Papier als Flügelbespannung, hoch über der Alster, ruckend und reißend an der Leine, die ihn hielt. Ich wußte und weiß nicht, was uns dazu bewegte, minutenlang auf diesen Papierdrachen zu starren, keine Ahnung, was dich dazu bewegt hat, ihn mir zu zeigen, als wäre er ein UFO, ich spürte nur meine Verbundenheit zu dir in diesem Moment, spürte unsere Seelenverwandtschaft, spürte, daß du es spürtest, wir trösteten uns über irgendwas hinweg mit diesem Anblick oder benannten und bannten damit unsere Angst.

Wir fuhren mit der U-Bahn zur *Lohmühle*, und als wir ausstiegen, hast du gesagt: Wer zuerst oben ist, und wir fingen an zu laufen, nahmen drei Stufen auf einmal, und du hast gewonnen, keuchend gab ich die erste Runde, wir waren betrunken und sentimental, und du hast nicht mehr gesprochen, aber ich redete auf dich ein, wollte mit dir disputieren, wollte uns Mut machen, ich war ein paar Monate, vielleicht auch anderthalb oder zwei Jahre jünger als du, ich wollte nicht so wie du traurig und geschlagen und illusionslos dasitzen, ich redete leidenschaftlich auf dich ein, du hast kaum genickt, nicht gesprochen, ich vermied es, nach Angelika zu fragen, schlau wie ich war, erst als ich danach fragte, wann du dich am wohlsten fühlst, wenn du in einer Kneipe sitzt? in einem Rockkonzert? in der Firma? zusammen mit anderen Leuten? oder zu Hause beim Fernsehen, allein, mit einer Flasche Bier?, da hast du genickt und gesagt, ja, dann, und ich fragte nicht mehr und sprach auch nicht mehr, mein euphorisch leuchtendes Gesicht verglühte langsam wie das Bild vom Licht, das man im Dunkeln noch im Auge hat.

Wir sahen uns lange nicht, erst Monate später, als ich schon in Hamburg wohnte, beschäftigt als Sachbearbeiter von Bergmann & Co., beschlossen Jürgen und ich, uns mit dir zu treffen, im *Alsterhaus*, dein Gesicht war aufgedunsen und blaß, du hattest einen Wanst und hast ein Gemisch aus Cola und Brause getrunken. Du hattest seit längerem keinen Alkohol mehr getrunken, hast Pillen bekommen, wir sprachen wenig, du warst fast wie immer, nur etwas anders, übrig war nur noch das Trotzige, wir trafen uns noch ein oder zwei Mal, dann lange nicht, und dann wieder, als du wieder Alkohol getrunken hast, »Alk-ho, der mächtige Gott des Sprites«, habe dich mit einem Fluch belegt, hast du gesagt, eines Tages habest du Ärger im Büro gehabt, und da sei es eines Abends so gekommen. Wir beschlossen, ins Kino zu gehen, konnten uns aber nicht einigen, du wolltest nicht mehr bis zum *Savoy* laufen, sondern hier an Ort und Stelle, das heißt nebenan, den Film *Vergewaltigt* sehen. Jürgen und ich versuchten wortreich, dich davon zu überzeugen, daß das Geldverschwendung sei, du sagtest nichts zu unseren Argumenten, hast uns nur angeboten, den Eintritt und unsere Biere zu zahlen, wenn wir mitgingen, du habest einfach keine Lust zu laufen, wir waren verärgert über so viel Starrsinn, trennten uns und sahen uns nie wieder.

Wo bist du jetzt, Hans? Lebst du noch?

Ich denke oft an dich, einmal, zwei Jahre nach unserem letzten Treffen, meinte ich, bei einem Auftritt von Hans Scheibner am Großneumarkt Angelika gesehen zu haben, aber ich war verkatert, meine Brille beschlagen, und ich sprach sie nicht an. Ich denke noch oft daran, wie wir im *Alsterhaus* saßen und Altbier tranken, immer noch habe ich deine Telefonnummer im Kopf, aber ich rufe nicht an, weil ich nicht weiß, ob du noch Hans bist, rufe nicht an, weil ich weiß, those *were* the days, my friend.

Der Sommer, in dem ich ein Zebra ritt

Als ich fünfzehn war, gingen in meiner überaus überschaubaren Lebenswelt ungeheuer viele Dinge vor. So viele, daß mir noch in der Erinnerung schwindelt. Einander ähnliche und ganz unterschiedliche Dinge, gegensätzliche und widersprüchliche Dinge (und das häufig auch noch in rasanter Folge, oder gar gleichzeitig).

Zum Beispiel flog ich vom Gymnasium, wo ein Landei wie unsereins stets am Rande der Klasse voller rassiger Chefarzt- und Stadtrats-Söhne entlangschlingerte – nie gemobbt, doch gern gefoppt –; auf der Realschule dann aber sollte ich, zu meiner eigenen Verblüffung, ohne Umschweife in der Clique der duftesten Typen landen. Nicht nur, daß ich die ungewohnte Anwesenheit von Klassenkamerad*innen* geradezu genoß und unverzüglich eine Brünette in engen braunen Feinkordhosen zu verehren begann (was sie nie erfahren sollte), nein: Darüber hinaus bekam ich, wie ich's mir immer gewünscht hatte, einen Spitznamen verliehen (›Morty‹), wurde von Reinhold ›Holly‹ Bardowieck höchstpersönlich gebeten, in seiner Band zu trommeln, und erarbeitete mir binnen weniger Wochen einen Ruf als feinsinniger, aber trinkfester Dichter. Astrein.

Ohnehin war zu dem Zeitpunkt längst eine neue Ära an-

gebrochen. Den allegorischen Höhepunkt all der wechsel-
haften Dinge nämlich, die mir in jenem ereignisreichen
Lebensjahr widerfuhren, hatten Karin Kolk und Rosi Pen-
ninck markiert, indem sie Volli Gerdsen und meine Wenigkeit zu entjungfern beliebten – wie sich später herausstellte in ein und derselben Nacht, da Karins Vater sich in
der Scheune erhängte.

Wir schrieben also Sommer '72, und zu Anfang dieses
Sommers war ich eigentlich ziemlich *down* gewesen. Rott-
leff, die ätzende fette Sau, hatte mir am Ende der Oberter-
tia meine verdiente Zwei in Englisch verweigert, und da
ich mit der nunmehr einzigen (in Deutsch) nur eine der
drei Fünfen in Mathe, Physik und Chemie ausgleichen
konnte, wurde ich vom Direx geschasst. Ob er das mit einem Arztsohn auch gewagt hätte? Meine Mutter, die sich
die teuren Schulbücher vom Munde abgespart hatte, war
am Boden zerstört, und mein Vater beschimpfte, verfluch-
te, enterbte und ignorierte mich – in dieser Reihenfolge.
Damit entfloh ich, quasi vogelfrei, in die großen Ferien.
»School's out forever!« shoutete Alice Cooper aus dem Dek-
kel meines Plattenspielers. (Sowie außer »We ain't got no
principals« auch etwa »We ain't got no innocence«. Schön
wär's. Ein paar Wochen noch hatte ich meine Unschuld zu
tragen wie eine Eselsmütze.)

Zu den Dingen, die mein Alltagsleben mit fünfzehn
prägten, hatten bis zu der denkwürdigen Nacht in jener
stearin-, patschouli- und haschischvernebelten WG-Woh-
nung – neben den hochgeschätzten Mädels der »Jugendgruppe Beeckdörp« – auch weniger repräsentative Damen-
bekanntschaften gehört. Zum Beispiel mit dieser Blondine
da, in dieser Telefonzelle da. Notdürftig (oder wie Hannes

Bartels sich bei anderer Gelegenheit ausdrückte: »notzüchtig« bekleidet mit einem A-förmigen Ultraminikleid jener Jahre, räkelt sich das »junge Mädchen«, wie man damals sagte (und heute wieder sagt), in dieser Telefonzelle da. Wo ihm schließlich dieses weitverbreitete Malheur widerfährt, gewissenhaft dokumentiert in jener Photo-Reportage der *Praline*: Grad noch telefoniert das arglose Geschöpf (Abb. 1), da macht sich unversehens sein Schlüpfer selbständig; unaufhaltsam gleitet er über die Oberschenkel (Abb. 2), um via Knie (Abb. 3) bis hinunter auf die Fesseln zu rutschen (Abb. 4). In hitzigen Schüben bekundete ich dem armen Ding meine Solidarität, indem ich *meinen* Schlüpfer auszog. (Einen unvermeidlichen weißen Schießer Feinripp, wie sie mir im Dutzend nach wie vor meine Mutter kaufte; auch das mußte anders werden ... Leider brauchte ich das knappe Taschengeld dringend für Platten, Zigaretten und Bier.)

Zu jenen weiblichen Unwesen, deren zweidimensionale Existenz mich langsam, aber sicher aufrieb, zählte des weiteren etwa eine Miss Sally Carr. Ihre Hot Pants waren dermaßen knapp ... nun ja, sie war Schottin, har, har. Ihr hielt ich schon länger die Stange, har, har; genauer gesagt, seitdem die Single *Chirpy chirpy cheep cheep* ihrer Begleitband Middle of the Road veröffentlicht worden war. – Ach, und die aus dieser Eisreklame in der *Quick*, und diese »Mulattin« aus der *Wochenend*, und natürlich, sowieso, Raquel Welch und Brigitte Bardot hier und da, und, und, und ... und vor allem aber Karin Kolk. Während ich, gegenüber vom Kolkschen Hof, im doppelstämmigen Kastanienbaum hocke, bückt sie sich in ihrem geblümten Glockenminirock nach der feuchten Wäsche in der Plastikwanne zu ihren

Füßen, bückt und bückt sich immer wieder, um sie auf Geheiß Mutter Kolks Stück für Stück an die Leine zu klemmen ... ein Evergreen der zweckdienlichen Erinnerung (Originalereignis: anno '68). Immerhin war Karin *wirklich*.

O ja, im Sommer '72 reichte es mir allmählich mit den zweidimensionalen Bekanntschaften. Beim dreihundertachtundneunzigsten Mal ertappte ich mich dabei, der Insassin der Telefonzelle die aufreizende Bestürzung nicht mehr so recht abzukaufen. Auch Sally Carrs Pferdegesicht begann mich zu stören (obwohl mich bisher nichts weniger interessiert hatte als ihr *Gesicht*); anzuöden der Bikini jener Fremden, die da mit Hingabe dieses Eis am Stiel schleckte. Schluß! Ab sofort betrachtete ich mich als freien, selbstbestimmten Mann, unter dessen Würde es künftig sein möge, all diesen störrischen Exhibitionistinnen als Sexobjekt zu dienen.

O ja, ich war reif für den letzten Schritt. Schon lange lagen die verschiedenen Phasen der psychophysischen Vorbereitung hinter uns. Die Knutsch-Orgien bei Feten auf Bauerndielen, in Partykellern und Kinderzimmern ebenso wie auf den Matratzen im Jugendraum. Die Knutschfleck-Wettbewerbe. Kuck ma hier, dorr! – Borr! Als hätte dich 'ne Kuh getreten! Aber auch die homoerotischen Als-ob-Rituale, die zusehends bizarr anmuteten ...

Anfangs begnügten wir uns noch mit einem schlichten EKG (Eierkontrollgriff), allerdings bei jeder sich bietenden Gelegenheit. Man konnte nicht mehr arglos eine Treppe hinaufsteigen, ohne prompt *a tergo* geschändet zu werden, stets begleitet von maßlos lüsternem Grollen. Die Antwort fiel natürlich nicht minder frenetisch aus – mit einer Beimengung von Pseudo-Empörung: Perverse Sau, dorr! o. ä.

Allerdings: Schimpf, wo war dein Stachel? Nicht ohne Korps-Stolz posaunte Andy Spick ständig die Parole hinaus: Arsch an die Wand, die Beeckdörper kommen! Am Ende veranstalteten wir nicht nur trockenen Rudelbums inklusive orgiastischem Gestöhne und Porno-Dialogen – Jetzt kannst du was erleben! Jaaaa, tiefer, du Hengst! –, sondern fotografierten die dionysische Raserei auch noch, ja nahmen sie mit dem Kassettenrekorder auf! Um uns beim anschließenden Abhören ein weiteres Mal schief und krumm zu lachen.

Auch das also war bereits Geschichte. Parallel dazu in zweijähriger Fetenpraxis pettinggestählt, war ich nun so was von bereit für den letzten Schritt. Fast, jedenfalls. Sechs Wochen zuvor, bei Vollis und meinem bierseligen Besuch von Margitta Beecken und Evelyn Haag in deren elterlicher Wohnung, war es mir allerdings nicht wieder gelungen, die ... das ... nun, diesen *Eingang* aufzuspüren. Daß es einen gab, wußte ich wohl, Herrgott, ich war ja nicht vollkommen verblödet (wiewohl der Sexualkundeunterricht in entscheidenden Details lückenhaft geblieben war). Eine geschlagene Stunde lang war ich mit meinen fünf Daumen in Margittas allzu engem Hosenstall zugange gewesen, hatte jedoch unter dem drahtigen Moos nichts als beinharten Knochen vorgefunden.

Zum Mäusemelken! Was war denn da los, verdammt noch mal! Zu Beginn des Abends hatten wir paarweise in Evelyns Zimmer herumgefummelt, doch als Volli und sie zum Mittelteil übergingen, schlossen Margitta und ich uns im Badezimmer ein, um auf dem Wannenvorleger niederzusinken, und alle naslang hämmerte Evelyns Bruder – Befehlsempfänger einer Sextanerblase – an die Tür. (Ätzend!

Von wegen »sturmfreie Bude«!) Ich mußte selber pinkeln, traute mich aber nicht, denn vor der Schüssel lag nun mal Margitta, halb neben, halb unter mir, im Stockfinstern, mit, wie ich alle naslang tastend überprüfte, geöffnetem Reißverschluß und aufwärts gerafftem T-Shirt, duftend, duldend, unkritisch. Gespenstischerweise gab niemand von uns ein Wort von sich. Eine Stunde lang lagen wir stumm im stockfinsteren Bad, eine Stunde lang flöhte ich, zunehmend schwitzend und mit überfüllter Blase, aber stumm, Margittas Schambeinfrisur, eine Stunde lang hielt ein und dieselbe Margitta stumm die Füße still, und alle zehn Minuten hämmerte Evelyns Bruder gegen die Tür, zunehmend wütender, aber stumm.

Okay, dieses verschwundene Organ, das war ein bißchen beunruhigend gewesen. Okay, das war *schwer* beunruhigend gewesen. Bei Licht betrachtet, ein Alptraum. Ätzend! Aber schließlich *hatte* ich es bereits einmal zu fassen gehabt, in einem Baumwollhöschen unter Heike Friedrichs Rauten-Rock, auf jener Matratzen-Fete im Jugendraum (Hein Beeckens ehemaliger Schweinestall, übrigens; »bezeichnenderweise«, wie viele Beeckdörper meinten). Oder war auch das nur ein Traum gewesen? Es waren literweise Bier und Saurer Pit im Spiel gewesen. Das ewige Dilemma: ohne Alkohol mangelte es an Mut, mit Alkohol an Erinnerung ... Quatsch, ich war mir sicher. Direkt neben mir hatte Willi Kotten gehockt und angestrengt versucht, nicht allzu auffällig zu spannen; wieder mal hatte er keine abgekriegt, und während er entsprechend *down* mit einer Buddel Asbach knutschte, setzte er die Nadel des Plattenspielers immer wieder aufs neue in die erste Rille von *Tom Tom Turnaround.*

Wie auch immer, ich war ein Mann, basta. Bis auf diesen einen letzten Schritt betrachtete ich meine Charakterbildung als abgeschlossen, meine Persönlichkeit als ausgereift. Ich rauchte Reval ohne Filter, denn Filter, ach Gottchen, Filter. Ich trank Alkohol in der Öffentlichkeit. Ich hatte entdeckt, daß Willy Brandt recht hatte, unrecht hingegen Horst Morten. Das Gesäusel der Bee Gees war passé, längst Rock mein Ding, Hard Rock wie der von Led Zeppelin, Deep Purple, Black Sabbath, aber auch gern ein bißchen gediegenerer. Im März hatte ich – ohne Wissen von Käthe und Horst Morten – das erste Live-Konzert meines Lebens erlebt. (Zusammen mit Kolki, Volli und Rosi. Gefahren war Karin, die gerade ihren Führerschein bestanden hatte, in einem rostigen grauen Kadett B von Rosis älterer Schwester. Auf dem Hinweg knallte uns ein Rebhuhn gegen die Windschutzscheibe, die sprang, aber hielt.) Frumpy, in der Bremervörder Schützenhalle. Eintritt 5,50 Mark. Es war unglaublich groovy gewesen ... schon beim Einlaß. All die groovy Typen! Man fragte einfach mal jemanden nach einer Zigarette und so. Die Hippie-Mädchen! Die Pot-Schwaden hier und da! Das würzige Aroma der Reval, das sich mit dem herben des Jevers an Zunge und Gaumen vermählte ... und schließlich der Jubel, als sie die Bühne betraten: Jean-Jacques Kravetz (Keyboards) und Rainer Baumann (Gitarre), Karl-Heinz Schott (Baß) und Carsten Bohn (Drums) – vom Schnarren der Snare-Kettchen beim Dröhnen der Baßtöne klirrten die Kettchen, in denen meine Seele lag –; und als der coolen Göttin Inga Rumpfs heiseres Timbre die ersten Noten intonierte, sprengte sie jene Kettchen, in denen meine Seele lag, und mir lief ein Schauer nach dem anderen über den Rücken, so daß ich aufsprang, um die wilden Locken zu schütteln bis zum Schleudertrauma.

Übrigens datiert die letzte »Persönliche Hitparade« – die ich über sage und schreibe acht Monate wöchentlich, ja in Hoch-Zeiten, weil ich es nicht abwarten konnte, alle drei Tage ganz allein für mich notiert hatte – vom 29. April 1972. Platz 19 *Roundabout* (Yes), Platz 16 *The Wizard* (Uriah Heep), Platz 12 *Poor Boy* (Chicken Shack), Platz 8 *Tumbling Dice* (The Rolling Stones) und Platz 1 – natürlich – *Rock 'n' Roll* (Led Zeppelin). Bezeichnend, daß diese meine stubenhockerische Leidenschaft in diesem meinem fünfzehnten Lebensjahr zu Ende ging. Es war Zeit rauszugehen. Zeit für den wirklichen, den wahren Rock 'n' Roll.

Auch meine Lektüre war fortgeschritten. Längst las ich nicht länger *Bravo*, sondern *Pop* und *Musik Express*, ja *Sounds*. Längst las ich nicht länger Enid-Blyton- oder Agatha-Christie-Krimis wie noch mit dreizehn, sondern Hermann Hesse und Friedrich Dürrenmatt, und ich *schrieb* auch keine Enid-Blyton- oder Agatha-Christie-Krimis mehr wie noch mit dreizehn, sondern wenn überhaupt, dann experimentelle Hörspiele und sozialkritische Lyrik.

Karriere

Er wurde geboren
zu Hause.
Er wurde erwachsen
woanders.

Als Achtjähriger
tötete er
Fliegen.

Er hatte nur noch die Mutter.
Er sollte machen
Karriere.

Als Zwanzigjähriger
tötete er.
Er machte Karriere.
Und er tötete.

Und plötzlich starb
die Mutter.
Niemand verlangte Karriere.

Als Zweiundzwanzigjähriger
tötete er
sich.

Außerdem war ich schließlich Drummer und arbeitete an einer Rock-Oper für meine künftige eigene Band, Changin' Thoughts. (Die es allerdings niemals geben sollte. Doch wenn es sie gegeben hätte, so hätte das Doppelalbum *Live at the Carnegie Hall* – oder wenigstens at Onkel Pö's Karnickelhalle – ausgesehen:

side one
Let's Make Music! 22'09"

side two
Poison in the Money 14'37"
Cries of the Audience 0'57"
Helpin' Sick People 9'17"

side three

Soul Excitement (instrumental)	10'05"
Have You Ever Had Such Kind Of Feelin'?	5'17"
Kill the Monkey Bird	3'53"
Celebratin' Victory	7'45"

side four

That's the Freedom Which I Mean	4'05"
Searchin' for a Girl	15'00"
Changin' Thoughts (instrumental)	7'11"

Ich brauchte nur noch Texte und Kompositionen.)

Schade war, daß meine hoffnungsvolle Laufbahn als Journalist so schmachvoll abgebrochen war ... (O ja, ich wollte machen / Karriere! Bundes- oder Welt-Politik interessierte mich zwar praktisch gar nicht, dafür aber hatte ich in Gemeinschaftskunde etwas aufgeschnappt, das ich voll und ganz für mich reklamierte: das »Recht auf freie Entfaltung der Persönlichkeit«.)

Im Frühjahr hatte Veronika, die Leiterin unserer Jugendgruppe – nur zwei Jahre älter als wir, doch zwölf Jahre vernünftiger – mich angesprochen: Du schreibst doch gern. Hast du nicht Lust, bei einer wöchentlichen Sonderseite mit Jugendthemen im *Stader Tageblatt* mitzumachen? Außer ihr seien Freddie (21) und Manuel (17) mit von der Partie, Genossen von den Jusos.

Astrein! Mit Freddie als Gruppensprecher absolvierten wir einen ersten Sondierungstermin beim Chefredakteur, posierten für ein Gruppenphoto in der Druckerei, verfaßten unsere Selbstporträts, und schon kurz darauf erschien in der Wochenend-Ausgabe die Rubrik *Plus* 4. Leider war in unseren Texten kein Stein auf dem anderen geblieben.

Meiner las sich nun wie folgt:

BODO (15) ist der Redaktions-Benjamin. Das macht ihm aber nichts – er wollte immer schon mal Ben heißen. (Lieber noch Big Ben.) Bodo hockt seine Stunden in der 9. Klasse des Athenaeums ab, liest unterm Tisch moderne Literatur und hört in seiner Freizeit Popmusik. Zu seinen Meetings fährt er mit seinem Fahrrad. Er ist nämlich Revolutionär. Daß er in der Penne eine Ehrenrunde gedreht hat, ist für ihn Ehrensache.

Er ist nämlich Revolutionär ... Ätzend! Im Original hatte ich geschrieben, angesichts der Fortbewegungsart von Freddie (R4), Veronika (Fuß, Bus, Bahn) und Manuel (Mofa) sei meine geradezu revolutionär, denn ich galoppierte auf einem wie ein Zebra lackierten Fahrrad zu meinen Treffen. (Tatsächlich hatte ich meinen klapprigen schwarzen Drahtesel eigenhändig nicht nur mit *Peace*-Zeichen, sondern mit weißen Lackringen um Rahmengestänge, Gabel und Schutzbleche aufgemotzt; die einzige handwerkliche Arbeit, die ich je beendet habe.)

Der Spott der Arztsöhne am Montag war mir gewiß. »Caramba! Comandante Big Ben aus Beeckdörp!« »Vorsicht, Revolutionär im Anmarsch! Gleich rollen hier Köpfe!«

Da auch Freddie, Veronika und Manuel sich kaum wiedererkannten in ihren Porträts, protestierten wir beim Chefredakteur. Der konstatierte unüberbrückbare Differenzen, und zackikowski, *minus 4.* (Den Presseausweis führte ich noch monatelang in meiner Brieftasche mit mir.

Damit hätte die Polizei mich überall durchlassen müssen! Klammheimlich hoffte ich auf einen Mord oder wenigstens Großbrand. Am besten an der Schule.)

Schwamm drüber. Was mich nicht umbrachte, machte mich nur härter. So oder so war ich unwiderruflich ein Mann.

Nicht nur an meinem Charakter, auch an meinem Äußeren hatte ich energisch gearbeitet (Expander, Liegestütz). Verstohlen hatte ich meine welligen Haare wachsen lassen, Millimeter für Millimeter, in der wahnwitzigen Hoffnung, Horst Morten würde es nicht bemerken. Wir begegneten uns recht selten; nach Feierabend leistete er oft noch Nachbarschaftshilfe (hier einen Jägerzaun ausbessern, dort eine Gartenbank tischlern), frönte der Musik und Vereinsarbeit und Jagd – ein passionierter Hansdampf in allen Gassen. Außerdem ging ich ihm aus dem Weg. Zu spät wurde mir klar, daß genau darin der taktische Fehler lag: Natürlich fiele der tägliche Millimeter viel weniger auf als der wöchentliche Zentimeter.

So oder so, der Bruch war unvermeidlich. Wenn er denn käme, müßte ich eben in eine Kommune ziehen (genau wie Karin es mit sechzehn getan hatte). Vielleicht könnte ich vom Schreiben leben, oder vom Musikmachen. (In Stades funkelnagelneuer Fußgängerzone, für die wir neulich demonstriert hatten, zu trommeln, wäre allerdings eher fragwürdig. Außerdem gäbe Horst Morten sein Schlagzeug wohl so schnell nicht dafür her ...) Egal wie, auf keinen Fall würde ich mich von einem Friseur verstümmeln lassen.

Bis dahin haderte ich selber mit meiner Frisur. Façon mit Seitenscheitel sah kindisch aus, lang mit Seitenscheitel ätzend. Zu meinem Leidwesen aber war ich nun mal mit einem Seitenscheitel geboren worden. Konnte Olaf Pastowiak zum Beispiel mit seinen Haaren anstellen, was er wollte, Links-, Rechts-, Mittelscheitel, ganz egal, war ich mit einem angeborenen Seitenscheitel links geschlagen. Das sah ätzend aus; weit ätzender allerdings, wenn ich mir einen Mittelscheitel zu ziehen versuchte; naß ging's noch, aber wehe, das Haar trocknete, dann sah mein Kopp aus wie der Arsch eines Schafbocks.

Immerhin trug ich als einziger von allen, die ich kannte, eine violette Feincordjacke; mein Markenzeichen. Schon von weitem konnte man mich anhand dieser violetten Feinkordjacke erkennen, und manchmal stellte ich mir vor, wie meine Klassenkameradin, die mit der braunen Feincordhose (die spätere Helferin meines Hausarztes), mich von weitem herannahen sah und schüchtern vor sich hinraunte: Oh, violette Feincordjacke! Das muß Morty sein, der Drummer von Holly's Holies. Ich senke besser schon mal schüchtern den Blick. Auch aufgrund meines Zebras war ich rasch zu identifizieren.

Sicher, den Vogel schoß Thorsten Brockmann ab – Haare bis an die Hüften, Fusselbart, Bundeswehr-Parka und geflickte Jeans sowie, Achtung: oben Chapeau-claque und unten holländische Holzschuhe mit Puscheln. Okay, Wahnsinn. Definitiv nicht zu überbieten. Aber der war schon fast achtzehn.

Insgesamt war ich's zufrieden. Selbst auf dem Foto im *Stader Tageblatt* fand ich mich passabel. Ich war praktisch schon ein Mann, verdammt noch mal.

Nur dieser eine, einzige, letzte Schritt noch, und den tat ich dann zusammen mit Volli, passenderweise an einem unglaublich schwülen Abend. Bis dahin war ich nur einmal »im Boede« gewesen, wie wir Tagediebe und Taugenichtse zu sagen pflegten. Sprich, im Boedeweg, wo mitten zwischen lauter gediegenen Jugendstil-Villen jene eine hervorspukte, die ein Rechtsanwalt und Millionenerbe zum Spottzins an Wohngemeinschaften vermietete. Der Garten war verwildert, *Imagine there's no heaven* stand unter den Portikus gesprüht, und quer übers Türblatt *R. A. F.* Dort hauste »der Abschaum der Menschheit«, wie die Familienoberhäupter Beeckdörps wußten. Hätte etwa Horst Morten gewußt, daß sein erst wenige Wochen zuvor mit Schimpf und Schande vom Gymnasium geflogener Sohn dort auf der Schwelle stand und um Einlaß läutete, hätte *er* die GSG 9 erfunden.

Aus den sperrangelweit geöffneten Fenstern im Obergeschoß schallte in astreiner Hi-Fi-Qualität der Satzgesang von Matthew Southern Comfort: »... we are stardust, we are golden – and we've got to get ourselves back to the garden ...« Da niemand öffnete, steckte Volli zwei Finger zwischen die Lippen und durchschoß den dichten Sound-Teppich mit einem nadelspitzen Pfiff. Nahezu sofort tauchte Karin auf. Mit durchgestreckten Ellbogen stützte sie sich auf die Fensterbank und beugte sich vor, um uns in den Blick zu bekommen. Die feuchtglänzenden, goldenen Glocken in ihrer tiefgeknüpften indischen Bluse bimbammelten unerhört. Beim Versuch, gleichzeitig hin- und wegzugucken, kugelten wir uns die Augen aus. Entgeistert hielt ich mich am eigenen Gürtel fest.

Wie es ihre Art war, bölkte Karin uns an. Was wollt *ihr* denn hier, ihr Freaks, und so; macht 'n Abgang, ihr kriegt bloß 'n Mordsärger mit euren Alten, und wer ist dann wieder schuld, und so, und schließlich, beinah übergangslos: Habt ihr Fluppen dabei?

Ich war dreifach eingeschüchtert. Erstens, weil mich die Villa an sich einschüchterte. (Übrigens hatte ich nie verstanden, wieso so was als »Jugendstil« galt. Nach meinem Empfinden hatte das verschnörkelte Gemäuer so viel mit Jugend-Stil zu tun wie Ilja Richter mit Rockmusik.) Zweitens, weil wir uns auf dem Präsentierteller hier nun schon minutenlang herumdrückten. Zwar handelte es sich beim Boedeweg um eine Nebengasse, doch gelegentlich patrouillierte auch der ein oder andere Beeckdörper hindurch. Und drittens, weil Karin uns so anblaffte. Dabei waren wir verabredet! Gegen Freibier sollten wir die Wände von Karins zweitem Zimmer von alten Tapeten befreien.

Allerdings hatte Kolki, ihr Bruder, dabei sein sollen. Der war aber zum vereinbarten Zeitpunkt nicht am Treffpunkt eingetroffen, und da wir kurz zuvor, als wir im Kaff auf dem Milchbock hockend drauf warteten, daß Hinni seine Kneipe öffnete, ›Bullenbeißer‹ begegnet waren – Kolkis und Karins betrunkenem, seltsamem Vater –, vermuteten wir Ärger zwischen Vater und Sohn. Weswegen wir davon abgesehen hatten, bei Kolki zu klingeln, und schließlich auf eigene Faust in die Stadt gefahren waren, und zwar, weil Vollis Fahrrad einen Platten hatte, per Anhalter. Und nachdem wir den ganzen Nachmittag herumgealbert hatten wie bekifft, rissen wir uns nunmehr am Riemen. Karin mochte keine albernen Fünfzehnjährigen.

Zwei Stunden später waren wir wirklich bekifft, und auch Karin und Rosi alberten herum wie die Fünfzehnjährigen. Ich war eher ernst. Mich faszinierte alles. Die bunten Wachssträhnen an den Weinflaschen zum Beispiel, oder die Mücken, die zuhauf durchs offene Fenster hereingeisterten und – manchmal zwei zur gleichen Zeit – ihre langen Rüssel in meiner Haut versenkten, während ich fasziniert zuguckte. Kuck mal, sagte ich zu Karin, und auch sie war vollkommen fasziniert. Als Rosi Volli bei der Hand nahm und in ihr Zimmer überführte – bis heute sehe ich vor meinem geistigen Auge die umsichtige Lüsternheit unter dem verschleierten Blick, den sie Karin zuwarf (die wiederum Rosi irgend etwas kichernd zumurmelte) –, packte wiederum Karin mich am Kragen und küßte mich, daß mir Hören und Sehen verging.

Und auch im folgenden machte eigentlich alles sie. Immerhin weiß ich noch, wie ich den Reißverschluß ihrer ausgebleichten, kunstvoll gestopften Jeans öffnete, um maskuline Entscheidungsfreude zu demonstrieren, um zu zeigen, daß ich sehr wohl wußte, wozu ein solcher Reißverschluß in Wahrheit da war; doch als ich meine fünf von Mückenstichen genoppten Daumen in den Hosenstall schob, fand ich natürlich wiederum die ... das ... den Einlaß nicht. Ich weiß noch, daß ich trotz der Vollnarkose durch den schwarzen Afghanen dachte: Was zum Kuckuck machst du hier? Ab nach Hause und dann chirpy chirpy cheep cheep! Das Problem war, daß mein inneres Schaubild von der weiblichen Anatomie jenen Einlaß nach wie vor stur *im* Schambein verortete. Weiter unten kam ja wohl kaum in Frage, da drohte ja wohl das Dings, das andere da. Irgendwo – vielleicht bei den Orgien mit meinen Kumpels – hatte ich gelernt, daß der Mann *senkrecht* auf die Frau einkopulierte. Irgendwie ähnelte mein inneres Schaubild von der Missionarsstellung einem Idiotentest: rundes Klötzchen senkrecht ins runde Loch, fertig. Bestanden.

Nun, dank Karin kam es doch anders. Allerdings viel zu schnell ...

Ja: Viele, viele Dinge gingen vor, als ich fünfzehn war. Doch womöglich schwindelt mir in der Erinnerung daran gar nicht aufgrund der Anzahl jener Dinge, oder aufgrund ihrer Verschiedenheit oder Gegensätzlich- und Widersprüchlichkeit. Vielleicht schwindelt mir bloß, weil sie so abgrundtief liegt, diese Erinnerung; oder vielleicht auch aufgrund von etwas ganz anderem: der Kurzatmigkeit vielleicht, unter der meinesgleichen leidet, seit jener zeitgeschichtlichen Blase der Sauerstoff ausging, der unseren Geist mit einer selbstverständlichen Zuversicht nährte; einer Zuversicht, die ganz unabhängig vom Grad des individuellen politischen Bewußtseins weste; damals, in jenem »kurzen, glücklichen Moment« des Jahres 1972 (der mit dem Massaker von München ja nur allzu rasch wieder vorbei war), da »eine wünschenswerte Zukunft der sozialen Gerechtigkeit und historischen Verantwortung« möglich schien, wie ein renommierter Publizist vierzig Jahre später schrieb.

Pünktlich im Jahre 1980, als sowieso alles finsterer wurde (»Hey! Teachers! Leave them kids alone!«), schleppte ich mich zu meinem Hausarzt. Meine ehemalige Klassenkameradin siezte mich, als sie mir auf sein Geheiß eine Depotspritze in den blanken Hintern rammte.

Sie hatte mich nicht erkannt. Die violette Cordjacke paßte mir schon lange nicht mehr. Sie hatte mich nicht erkannt – oder wollte mich nicht erkennen –, und das wußte ich zu schätzen.

[1968]

Heiligabend
Ein Tagebucheintrag

Dienstag, den 24.12.68: Heute ist Weihnachten! Ich bin so aufgeregt wie noch nie! Ich saß mit A. und S. im Kinderzimmer und übten das Gedicht und das Lied. Zuerst wollen wir die erste Strophe von *Kling, Glöckchen!* singen (ich dazu flöten), dann sagen A. und S. ein Gedicht auf. Darauf singen wir die zweite Strophe und dann sag ich noch ein Gedicht auf. Zuletzt kommt dann noch die dritte Strophe. Plötzlich rief Mama, ich solle zu Oma gehen und etwas besorgen. Das tat ich mit Freuden, denn dann verstrich die Zeit schneller. Dann endlich war es so weit. Ich mußte zuerst in die Badewanne, dann mußte ich mich umziehen, dann mußten wir essen und dann mußten wir noch warten. Da ging die Tür von der Stube auf und wir traten ein. War das ein Lichterglanz! Ich hatte meine Flöte mitgenommen. Wir spielten noch *Oh Tannenbaum* und *Oh, du Fröhliche*. Dann sangen A., S. und ich und sagten unsere Gedichte auf. Dann durften wir uns unsere Geschenke ansehen. Ich hatte .... also, erstens: ein paar Schuhe, zweitens: ein Hemd mit Schlips, drittens: vier Bücher, *Jan und die Juwelendiebe*, *Das Geheimnis der Oceanic*, *Geheimpolizei Schwarze Sieben 7*, *Die fröhlichen Falkenbergs im Geisterhaus*, fünftens: einen Kamm (endlich mal!), einen großen Teller voll Süßigkeiten sechstens! Junge, Junge, war ich selig! Mama, die glaubte, ich wäre enttäuscht von den Sachen, sagte: »Ist nicht viel, nicht wahr?« Sie hatte sich aber unnötig gesorgt. Ich war wunschlos glücklich. Die Schuhe hatten es mir vor allem angetan, und das Hemd und die Bücher und die Süßigkeiten und der Kamm. Ja, das ist ja alles. Es waren Wildlederschuhe; die hatte ich mir schon immer gewünscht! Dann klingelte es plötzlich. Ich rannte nach unten und machte auf. Es waren Oma und Opa. Von denen kriegte ich auch noch Handschuhe, Fingerhandschuhe und so hellbeigefarbene Strümpfe; die sind klasse! Die passen gut zu den Schuhen und der braunen Hose. Überglücklich gingen wir, als es neun Uhr schlug, ins Bett.

Mamapapamamapapa
Ein ausgemaltes ›Memoir‹

›Die Babies‹ bitten zum Tanz!

Musik! Das Zischen und lungenblähende Puffen, mit dem das verrußte Monstrum von Dampflok wieder ins Rollen kommt, schwerfällig, doch unaufhaltsam, um die drei moosgrünen Waggons weiterzuziehen, weiter nach Horneburg und Buxtehude, nach Harburg und Hamburg … und da vorn das spröde Geläut, mit dem die Bahnschranken sich heben: Musik in den Ohren des jungen Schulz, immer noch und immer wieder, so jung ist er noch. Hinter den Scheiben des Wärterhäuschens der kurbelnde Wärter.

Und noch mehr Musik: vornehmes Blubbern von vier Zylindern unter der Haube eines Opel Olympia, der auf Weißwandreifen die Geleise überquert, funkelnagelneu, lässig gelenkt von einem Mann mit Filzhut und gereckter Zigarre; Zerrbilder von Fassaden und Eichenlaub huschen über den glänzenden braunen Lack, die Strahlen der Aprilsonne blitzen aus Stoßstangen und Zierleisten. Zum Verdauungsspaziergang nach dem panierten Schweinekotelett mit Bratkartoffeln tragen die Leute ihren Sonntagsstaat, und auch Schulz trägt Anzug. Seinen Konfirmationsanzug vom letzten Jahr, samt Schlips. Darüber hinaus aber auf dem Rücken an zwei Riemen eine große Trommel mit aufgepflanztem kleinem Becken, dem bei jedem zweiten Schritt ein dünnes Singen entfährt, und über der rechten Schulter die Träger einer weiten Leinentasche, die eine Snare-Trommel, den eingeklappten Ständer dafür sowie Trommelstöcke enthält. Außerdem zerbeultes Soldatengeschirr, das Mutti mit Blutwurststullen beschickt hat. Gut, daß die Insel im Burggraben nur ungefähr dreihundert Meter vom Bahnhof entfernt ist. Ist zwar nicht schwer, all das Zeug, aber sperrig.

Ach, und nun kommt ihm auf dem krummen Bürgersteig die Lehrherrin entgegen, vielmehr des Lehrherrn freundliche Gattin, Adele Weber, geb. Kassau. Über ihre Frisur hat sie ein buntes Kopftuch drapiert, aber nicht so eins, wie die Trümmerfrauen trugen, sondern viel eleganter.

Noch nicht allzu lange kann sich der junge Schulz mit den graublauen Augen und der blonden Tolle auf die günstige Wirkung verlassen, die seine Art zu lächeln und plietsch aus'm Busch zu gucken erzielt, und deshalb verunsichert ihn Adele Webers ungewohnte Reserviertheit. Seit anderthalb Jahren schon ist er Lehrling im Sanitär-Heizung-Klempnerei-Betrieb ihres Mannes: *Gesundheitstechnische Anlagen Josef Weber, Altländer Straße 13, Stade*, so steht's auf dem Briefkopf unter je einer Skizze von einem Waschtisch und einem Heizkörper; und wir sprechen hier von der Firma, die das erste Kupferfalzdach der Cosmae-Kirche gefertigt hat! Die Hälfte der Lehrzeit hat Schulz also schon fast hinter sich, aber so ein komisches Gesicht angesichts seiner Person hat Frau Weber noch nie gemacht.

»Gerd, mein Junge! Ja sag, wo willst denn du hin mit dem Ding da?« Die Webers sind Österreicher, und obwohl alteingesessen, hört man das noch ein bissl.

»Auf die Insel«, versetzt er strahlend, »zu Fügemann. Tanztee. Musik machen.«

»Das denk' ich mir.« Da steht sie da und macht ein Gesicht. An der rechten Armbeuge baumelt die Handtasche, die linke Faust im Handschuh aus dünnem schwarzem Leder aber hat sie in die Manteltaille gestemmt. »Du bist ... Musikant?!« Musikanten genießen nicht gerade den allerbesten Ruf. Ungefähr wie Zirkusartisten oder Zigeuner. »Weiß deine Mutter das?«

»Ja. Ja, das weiß sie.«

»So, so. Und hat nix dagegen?«

»Nee. Nein. Kann ich büschen dazuverdienen.«

»So. Hm. Meinst du nicht, es wär' besser für dich, wenn du am heiligen Sonntag a bissl ausruhst – oder ... hast du denn zum Beispiel schon dein Werkstattwochenbuch geführt?«

»Ja! Gestern.«

»So. Was hast denn letzte Woche gelernt?«

»Also, Schuhfedern herstellen ... Lötwasser herstellen ... Warmwasserbereiter prüfen ... ähm ... Milchkanne reparieren ...«

»Hm.« Ihre schöne Stirne glättet sich. »Hör mal, mein Junge. Wenn du mir versprichst, dein Wochenbuch immer sauber und gewissenhaft zu führen und in den Zwischenzeugnissen immer die besten Noten nach Haus zu bringen, dann darfst weiter Musik machen. Aber nur dann, verstanden?«

»Ja«, sagt er betreten. »Ist gut.«

»Woher hast denn diese Riesentrommel, sag mal?« Jetzt lächelt sie. »Ist ja größer als der ganze Bursch!«

»Das ist 'ne alte Spielmannszugtrommel, geschenkt gekriegt, und das Trommelfell ist aus Kalbshaut. Selbstgegerbt.«

Frau Weber lacht. »Selbstgegerbt! Na, das riecht man.«

Dabei hat sich der Gestank doch schon tüchtig verflüchtigt. Peinlich berührt denkt der junge Schulz an seinen allerersten Auftritt, vergangenes Silvester bei Kutscher in Himmelpforten. Aufgeputzte Bauerntöchter aus Burweg und Bockel, Balje und Oederquart, Breitenwisch und Kranenburg, Lahmstedt und Krummendeich, Sauensiek und Dollern, Dienstmägde des Freiherrn Marschalck von Bachtenbrock aus Hechthausen, Lehrmädchen des Stader Kaufhauses aus Hagen, Deinste, Fredenbeck – wer immer sie waren, die da standen vor der grob gezimmerten Bühne: wie sie die Näschen rümpften, sich abwinkend abwandten und kicherten! Und er hatte schon befürchtet, sein Spiel sei der Grund.

Dafür hat er sie allesamt um zehn nach Haus geschickt. Ja, wirklich! Hat die Durchsage ins Mikrophon gesprochen, alle unter sechzehn Jahren müßten nun den Saal verlassen. Dabei war er selber erst fünfzehneinhalb ...

»Wer hat dir das denn eigentlich beigebracht, sag mal?« Frau Weber scheint tatsächlich interessiert, doch allmählich wird Schulz unruhig. Er muß seine Schießbude aufbauen. Bubi, Helmuth und die beiden Werners sind bestimmt schon da.

»Zwei Österreicher«, sagt er. »Ja, wirklich! Herr Czepan und Herr Dellner. Kriegsgefangene. Von den Tommies. In

Faßberg-Unterlüß. Abkommandiert zum Ernteeinsatz, als wir noch in Neuland gewohnt haben, Mutti und ich. Berufsmusiker, früher, beim Heeresmusikkorps. Die konnten vielleicht Trompete spielen!«

Das war natürlich was gewesen! Und der 13jährige Schulz, er schlug den Takt dazu mit den Fingern auf der Tischplatte, und der Czepan sagte: Mensch Junge, du hast ja 'n prima Taktgefühl; prüfte es mit dem Metronom und sagte: Mensch Junge, sehr gut, überholst nicht und hinkst nicht hinterher, du bist ja richtig rhythmusfest. Und der Hans-Jürgen Hildebrandt aus Engelschoff, der in Harburg die Musikschule und eine Big Band leitete, der erteilte ihm in Neuland Unterricht, gratis. Rein nach Intuition; nach Noten gab's noch nicht. Hans-Jürgen hat ihm auch das Wirbeln beigebracht. Kiek her, mien Jung, immer tweemol: links-links-rechts-rechts-links-links-rechts-rechts, ma-ma-pa-pa-ma-ma-pa-pa, und dann ganz allmählich immer schneller, ma-ma-pa-pa-mamapapa*mamapapamamapapa-mamapapa*, bis die Stockspitzen von selber tanzen, Sechzehntel ... Zweiunddreißigstel ... Vierundsechzigstel ... drrrrrrrrrrrrrrrrrrrr ... sühst du woll?

»Und der Czepan, der hat mir diese Trommelstöcke geschnitzt.« Er gräbt schon in der Schultertasche.

»Na, laß mal, Junge. Hast es ja bestimmt eilig. Ist dir die nicht zu schwer, die Trommel, sag mal?«

»Nö. Nein. Nur büschen sperrig.«

Büschen dazuverdienen, büschen sperrig; büschen dies, büschen das. Er merkt gar nicht mehr, wie sehr sich sein brandenburgischer Zungenschlag eingemissingscht hat, seit es Mutti und ihn von der Warthe an die Elbe verschlug.

Das hat der junge Schulz dem einen der beiden Werners zu verdanken, Werner Bohn. Sowieso hat er dem alles Mögliche zu verdanken, viel mehr als bloß, zum Beispiel, die Fertigkeit des Schlipsknotenbindens. Vor allem hat der ihm det Berlinern ausjetrieben. Hat ihm geduldig erklärt, wann es *mir* heißt und wann *mich*. Ja, Werner ist sein bester Freund, und übrigens anderthalbmal so groß wie er, Schulz. Folglich nennen sie sich, nach den Figuren von Karl May, Pit Holbers (lang und dünn) und Dick Hummerdull (kurz und dick; dabei ist Schulz dick beileibe nicht).

Werner war es auch, der einen Kumpel damit beauftragte, drei Schilde zu fertigen, verziert mit einer Handvoll Musiknoten, dem Schriftzug ›Die Babies‹ und dem Emblem einer Nuckelflasche, alles mit demselben schrägen Schwung. Hinter je einem sitzen Werner mit seiner Trompete, der andere Werner mit seinem Tenorsaxophon und Helmuth mit seinem Akkordeon. Der junge Schulz, er verschanzt sich hinter seiner Schießbude und Bubi Scheel hinter seinem Klavier.

Und so sitzen sie auch tatsächlich schon auf der Bühne, als Schulz den Saal von Fügemanns Gastwirtschaft auf jener Insel im Stader Burggraben betritt: der stabile, lustige Werner Jark (der nur drei Jahre später, nach einer langen, hitzigen Nacht voller Schwank und Schwof, bei einem frühmorgendlichen Bad in der Oste ertrank); Helmuth Hirschfeld, ein ruhiger, feiner Kerl, Sparkassenlehrling, wie Jark aus Düdenbüttel – sein Vater spielt beim Rundfunkorchester! –, und Bubi Scheel, der Intellektuelle der Runde, der später Landgerichtspräsident in Hannover wurde. Offensichtlich gehen sie die Titelliste durch, und der lange Werner ›Pit Holbers‹ Bohn ruft ihm winkend und grinsend entgegen: »Hummerdull! Wo bleibst du denn! Eins – zwo – eins zwo drei vier ...«

Der Kupferaschenbecher

Erstmals hatte der junge Schulz mit dem ollen Fügemann – einem kleinen, korpulenten Kerl mit witzigem Kopp – zu tun, als einer von Seppl Webers Gesellen ihn zu ihm geschickt, in seiner Eigenschaft als Installateurlehrling nämlich. In den Fremdenzimmern pulte er Urinstein aus den Geruchverschlüssen der Handwaschbecken; der nächtliche Weg zum Klo am Ende des Ganges war wohl allzu umständlich für die stetig wachsende Kaste der Handelsvertreter. Und eines Tages informierte Schulz den geschäftstüchtigen Gastwirt, daß er außer mit der Wasserpumpenzange auch mit den Trommelstöcken umgehen kann. So kam das.

Er ist ein Sonntagskind. Hat Glück ... im Unglück von Krieg und Vertreibung. Von den Russen verschleppt, ist Papa verschollen seit Winter ’45, Lotte ist kurz darauf an Diphtherie gestorben, und Ilse lebt in der Ostzone; doch Schulz’ Bruder, der auch Helmut heißt, nur ohne h – seit die Tommies ihn entlassen haben wohnhaft im Alten Land –, Helmut arbeitet bei einem Ofensetzer in Stade, und der wiederum verhilft ihm letztlich zu jenem *Lehrvertrag für Handwerkslehrlinge* mit Josef Weber. *Das Lehrverhältnis beginnt am 1. Oktober 1948 ... wird der Lehrling für die Frühjahrsprüfung 1952 vorgemerkt ... Erziehungsbeihilfe pro Monat im ersten Lehrjahre 25,– RM* (das R durchgestrichen und durch ein

D ersetzt) ... *Urlaub im ersten Lehrjahre 15 Arbeitstage* ... und so weiter, unterschrieben vom Lehrherrn, Mutti und dem Lehrling selbst.

Und er ist ein guter Lehrling. Und er hat gute Lehrer. Eddie Münzenhofer von der Berufsschule zum Beispiel. Ihm hat Schulz von Adele Webers Bedingung erzählt, und Eddie hat gesagt, das kriegst du hin, ich unterstütz' dich dabei. Er ist gar nicht wie ein Lehrer, vielmehr wie ein Freund. Willst noch 'n Augenblick hierbleiben, dann erzähl' ich dir noch ein bißchen mehr, sagt er oft.

Und so ist Adele Weber, geb. Kassau, künftig sehr zufrieden mit Schulz' Noten in den Zwischenzeugnissen – und überhaupt. Stichprobenartig prüft sie sein Werkstattwochenbuch:

Klobeckenabfluß gereinigt. Zur Reinigung alter Abflußrohre werden Spiralen genommen. Wir hatten es mit einem Klobeckenabfluß zu tun. Zuerst nahmen wir das Klobecken ab. Dann steckte der Geselle die Spirale in den Abfluß, und ich mußte drehen. Die Spirale hat eine Klaue, die bei der Umdrehung allen Schmutz losreißt.

Vorkopf einer Kastenrinne angefertigt. Ein Vorkopf wird aus Zinkblech angefertigt. Er verschließt die Enden der Rinnen, damit das Wasser nicht herauslaufen kann. Zu jeder Rinne gehören Modellvorköpfe. Diese werden dann auf Zinkblech gelegt und abgezeichnet. Dann werden sie gebördelt und abgekantet.

Verzinnen eines Messinghahnes. Wo das Bleirohr angelötet werden sollte, machte ich den Messinghahn mit der Feile blank. Dann wärmte ich die Lötlampe an und ... so weiter und so fort.

Und die Wochenenden, sie zerfetzen förmlich in Vierundsechzigstel; der junge Schulz wirbelt zwischen Hochzeiten, Geburtstagen und Tanztees hin und her und trommelt, was das Zeug hält; manchmal sind sie zu viert, manchmal zu zweit oder zu dritt – es war in Schöneberg im Monat Mai, wenn bei Capri die rote Sonne im Meer versinkt, und es klingt ein Lied aus längst vergangenen Tagen, doch wer soll das bezahlen, wer hat das bestellt? Wer hat so viel Pinkepinke, wer hat so viel Geld?

Und schließlich und endlich ist es so weit, und Seppl Weber nimmt ihn beiseite: »*Hich*-du-altes-Oarschloch, du bist mein bester Lehrling!«, und dann verpaßt er ihm einen Klaps in den Nacken oder knufft ihn gegen die Schulter. Treiben und Bördeln, Weichlöten und Hartlöten und Schweißen, all' das hat er sehr gut gelernt in all' den über drei Jahren. »*Hich*-du, bei deinem Talent fürs Blech: Du machst a ganz b'sonderes G'sellenstückl, gell?« Und dann führt er ihn vom Firmengebäude in sein Wohnhaus, hundert Meter stadteinwärts, in den Keller – ins Allerheiligste: Da hat er eine Privatwerkstatt eingerichtet, alles so sauber, alles so picobello aufgeräumt, das beste Werkzeug, die besten Treibhämmer und alles; die ausladende Werkbank mit je einem Schraubstock an jedem Ende, tageslichtbeschienen durch schöne große Kellerfenster; davor der Hocker, denn ein Klempner arbeitet immer im Sitzen, dann ist der Oberkörper am ruhigsten; nebenan die dicken Eichenklötze, in deren Schnittflächen Polierstock, Bördel- und Umschlageisen stecken; die Sickenmaschine mit den vielen verschiedenen Rollen – Sicken, rinnenförmige Vertiefungen in Blech, erzeugen immer Stabilität! –, die Trommelstanze für kreisrunde Löcher in Leder oder Metallen bis zu drei Millimeter Dicke, und, und, und ...

... und dieser Duft! Der junge Schulz liebt diesen ganz speziellen Duft nach säurefreiem Weißöl, mit dem alle Maschinen eingestrichen werden, um die menschlichen Schweißabsonderungen zu neutralisieren – wenn du Zink, Messing oder Kupfer mit bloßen Händen anfaßt, oxydiert das nämlich ruck, zuck! –; es duftet in diesem Keller wie im Bauch eines Schiffes. Eine Ehre, hier arbeiten zu dürfen, und Schulz weiß das und weiß das zu würdigen.

Jeden Morgen um sechs weckt Mutti ihn. Er schläft im selben Zimmer wie sie. Sie wohnen bei Opa Waller, den Mutti betreut; er ist verkrüppelt und recht bejahrt. Betreuung gegen Unterkunft, ein gutes Angebot, weswegen Mutti und er nach Hechthausen gezogen sind, weg von dem verächtlichen Bauern in Neuland und hierher, in dieses reetgedeckte Knusperhäuschen am Rande des Forstes von Freiherrn Marschalck von Bachtenbrooks Gut Hutloh, ein ehemaliges Gesinde- gleich gegenüber vom Forsthaus (mit Plumpsklo in einem Nebengebäude); vor der Haustür eine uralte, turmhohe Linde mit wild verzopftem Stamm, die zur anderen Seite hin eine zweiflügelige, schmiedeeiserne Pforte überdacht – das Tor zum »Knutschweg« in den Wald, auf den der junge Schulz seine Freundinnen führt ... unter zahlreichen anderen die unvergeßliche Sina Ribinin, o Sina Ribinin!, Töchterchen eines deutschrussischen Dienstmädchens des Freiherrn, aber auch etwa Margret Wulf, die aus ihrem feuchten Munde nicht gerade taufrisch geduftet hat.

Die Wohnstube in jenem verwunschenen Häuschen benutzen Opa Waller, Mutti und der junge Schulz gemeinsam, desgleichen die Küche – morgens um sechs schläft Opa Waller allerdings noch. Mutti kocht dem Jungen Mukkefuck, schmiert ihm ein Brot und beschickt das Soldatengeschirr mit Stullen fürs zweite Frühstück und für die Mittagspause, und während dessen putzt der junge Schulz sich die Zähne, wäscht und kämmt sich und zieht sich die blaue Hose und eine Arbeitsjacke an und, damit er büschen ordentlich aussieht, noch 'ne andere drüber weg. Dann nippt er am Muckefuck, und schon erklingt das Bimmeln der Bahnschranken.

Nun aber los. Er schnappt sich seine Tasche und rennt raus, den kurzen Waldweg entlang, an der geschlossenen Schranke vorbei direkt auf den Bahnsteig, wo ihm das öl-schwarze Ungetüm von Dampflok schon entgegengeschlit-tert kommt; ein Tuten, als nieste eine Riesin, und eingebet-tet in Qualmwolken kommen die Waggons quietschend und zischend zum Stehen. Alles einsteigen, bitte! Ratatam, ratatam ... der Rhythmus der Bahnschienen und das Ge-hechel der Lok ... Hechthausen ... Himmelpforten ... Ham-mah ... Stade. Fünfundzwanzig Minuten. Hinten durch die Anlagen, am Burggraben entlang, Altländer Straße runter, über die Industriegeleise: Viertelstunde.

Doch ab heute biegt er hundert Meter vorher ab. Ab heu-te braucht er nicht ins Firmengebäude, sondern darf direkt in Seppl Webers Allerheiligstes. Drei Wochen lang ist er vom normalen Tagesgeschäft entbunden ... Ja, wirklich! Drei volle Wochen gibt ihm der Chef, um ein Gesellenstück zu fertigen, über das die Innungsmeister nur so staunen sollen, einen glänzenden Aschenbecher aus Kupfer, genau wie Seppl Weber selbst zu seiner Zeit einen gemacht hat: sechseckige Grundfläche, sechs fünfunddreißig Millimeter hohe Wände, die im Winkel von vierzig Grad auf die per-fekte Halbkugel des Aschekessels einstürzen, und der Flä-chenverschnitt zwischen Rund und Hexagonal sauber ge-punzt. Drei Zigarrenablagen eingekerbt, eine flankiert von den Sinnbildern Kreuz und Pik – filigran umrissen, versteht sich –, desgleichen eine von Herz und Karo und die dritte von vierblättrigen Kleeblättern. Was für ein kostbares Werkstück, ja Stück Kunsthandwerk! Ob er, der junge Schulz, das ebenso schön hinkriegen wird? Drei Wochen reine Handarbeit. Es schimmert in edelstem Kupferrot, und es ist schwer, und wenn Schulz es ein wenig schüttelt, klingt die Füllung aus Quarzsand wie eine ferne Rumbakugel.

Los geht's. »Schau, *Hich*-du-altes-Oarschloch«, knuff, »das ist doch was ganz anderes als die Bauklempnerei auf dem Dach, gell? Feinklempnerei vom Feinsten! Zuerst die Zeichnung, wie du's pausen willst, gell? Genau nach den Abmessungen. Sechs Kanten à neunzig Millimeter. So. Dann die Laschen für die Wände. Fünfunddreißig Millimeter hoch – so – und im Winkel von vierzig Grad. So. Hier ausschnipseln, klar. Und in der Mitte – *Hich* – … nimmst den Zirkel, stellst fünfundachtz'g Millimeter ein … so. Gell? Bist doch net bleed!« Knuff.

Und aufs Zweihunderfünfzig-mal-zweihundertfünfzig-Millimeter-Kupferblech (cu 0,8 mm) abpausen. Mit kleiner Nadel ganz leicht einritzen – nicht beschädigen! –, so daß man's auch wieder wegpolieren könnte. Dann mit der Blechschere sauber ausschneiden. Und nun zur Hauptarbeit: die Halbkugel treiben. »Dazu brauchst, hier, die Treibplatte.« Ein Brikett aus Blei. »Elf Kilo Dichte pro ein Dezimeter. Der hält die ersten groben Schläge aus, gell? Und jetzt mit dem Kugelhammer …« Er beginnt, locker, entspannt und doch konzentriert am Rand des Zirkelkreises entlangzuhämmern. »Schau. So. Machst dir mehrere kleine Hilfskreise, und dann Linie für Linie rundherum, gell? Und das geht jetzt drei Tage so, von morgens bis abends. Drei Tage, wetten? *Hich*-du-altes-Oarschloch.« Klatsch.

Unterdessen es einmal von Hammerschlägen ausgefüllt wurde, ist das zurechtgeschnittene Kupferblech von seinen derben Narben ganz hart geworden, und um es wieder zu entspannen, erhitzt der junge Schulz es mit autogener Flamme bis auf siebenhundert Grad und taucht das bläulich angelaufene Stück in kaltes Wasser: Schon ist es wieder butterweich, für den nächsten Arbeitsgang. Um die feineren Hammerschläge ausführen zu können, nimmt er als Unterlage einen Polierstock aus Stahl – Blei gibt zu sehr nach, das taugt nur für die groben Dellen.

Und wirklich: Insgesamt drei Tage lang à achteinhalb Stunden wird der junge Schulz mit Treiben verbringen. Locker, entspannt und doch gleichbleibend konzentriert klopft er mit dem Kugelhammer auf das Stück Kupferblech ein, immer rundherum, bis nach und nach ein kugelrundes Kesselchen aussackt, so glatt, dass man ihm, fährt man mit den Fingerkuppen über die Wölbung, die einzelnen Schläge kaum noch anmerkt – allenfalls ein angenehm anmutendes Narbenprofil wie aus der Natur erspürt man (und wenn sich das Licht darin bricht, erahnt man es) –; er klopft sich schier in Trance, der junge Schulz, von den Zehenspitzen bis an die Haarwurzeln erfüllt vom ruhigen, ausdauernden, treibenden Tun, von der unerschütterlichen Vorfreude auf das befriedigende Zwischenresultat, berauscht vom Duft des weißen Öls, eins mit sich und der Aufgabe und beseelt von der bangen Hoffnung auf Anerkennung … auf Zukunft, Erfolg und neue Heimat.

Nun abkanten. Auf einer Richtplatte aus Stahl. Mit einer

kleinen Falzzange, die genau Kantenlänge hat, im Knickbereich exakt paßlich. Die Schenkel müssen schon vorher sauber angefeilt sein. Die sechs Nähte werden weichgelötet. Dann wird das noch bodenlose Stück auf den Kopf gestellt und mit flüssigem Blei ausgegossen. Zwar wird die Füllung später wieder erhitzt und ausgelassen – sonst wär' das fertige Ding zu schwer –, doch einstweilen wird sie gebraucht, um weiterarbeiten zu können. Sobald alles abgekühlt ist, beginnt die hauptsächliche Feinarbeit.

Zunächst klopft Schulz mit Hilfe eines Zwanzig-Millimeter-Rundstahls eine Zigarrenablage in jede zweite Kante. Dadurch beult das Material innen und außen wieder aus, und Schlicht- und Tellerhammer kommen zum Einsatz, Stunden um Stunden um Stunden.

Und schließlich wird gepunzt. Mit einem Körner als Punzmeißel werden die drei Kantenfelder zwischen den Zigarrenablagen sorgfältigst gekörnt; die Motive – Kreuz und Pik, Herz und Karo und die beiden Glückskleeblätter – werden als Papierschnipsel aufgeklebt und mit dem Ziehmesser abgepaust, und dann wird drumherumgepunzt.

Nunmehr erhitzt Schulz die Bleifüllung mit der Lötflamme – um Blei zu verflüssigen, reichen schon dreihundertdreißig Grad –, und nachdem sie vollständig ausgelaufen ist, bringt er in unsichtbarer Löttechnik den Boden ein: verzinnt die künftigen Lötstellen von innen per Lötkolben und verlötet die Innenkanten. Dann folgt die Füllung mit Quarzsand (*Quarz*sand deshalb, weil ideales Gewicht und bereits getrocknet; normaler könnte sich bei etwaiger Restfeuchte ausdehnen), und dann kommt der Bodendeckel drauf, paßgenau. Mit einer Holzlatte wird feste draufgedrückt, und wo der überschüssige Zinn herausquillt, wird

er mit einem Dreikantschaber abgenommen. Und schließlich und endlich wird poliert, mit sogenannter Schwabbel-
paste auf einer sogenannten Schwabbel, einem Schleif-
stein mit mehrlagiger dicker Filzschicht.

Fertig! *Fertig*!

Nur noch folgendes in den Boden ritzen:

Gesellenstück
Gerhard Schulz
1952

Drei Wochen für einen Aschenbecher.

Doch natürlich ist es viel mehr als bloß ein Aschenbecher. Da leuchtet es, das Schmuckstück, strahlt bronze-
farbene Erhabenheit ab, steht schwer und souverän und
wie aus einem Guß – Handarbeit mit Leidenschaft (die
kleinen menschlichen Schwächen in unsichtbarer Löttechnik eingearbeitet). Nicht nur, daß Seppl Weber vor Zufriedenheit geradezu brummt – »*Hich*-du-altes-Oarschloch!
Sauber!« – und auch Adele Weber, geb. Kassau, ihm über
den blonden Schopf streicht; und nicht nur, daß es vom
Lehrlingswart und Innungsobermeister mit einer Eins be-
wertet und zweimal zu Ausstellungen geschickt werden
wird – nein, dieser Kupferaschenbecher, er wird des jungen Schulz' Unterpfand für ein langes, friedliches, tatkräf-
tiges und genußreiches familiäres Leben voller kleinbür-
gerlichem Glück sein: Kühl, handschmeichlerisch und
schön, regt das Werk zu Geselligkeit an. In vier Jahren bereits wird sein künftiger Schwiegervater, ein Mann mit
Frau und vier Kindern, meisterhafter Maurergeselle seines
Zeichens sowie Nebenerwerbsbauer und passionierter Jä-

ger, die ersten Aschepfropfen künftig unzähliger Zigarren darin abstreifen, nie jedoch seine Bescheidenheit, seine Ruhe und seinen Starrsinn, seine Herzensbildung und unaufdringliche Menschlichkeit – die er samt und sonders, zusammen mit einer zugegebenermaßen mitunter jähzornigen, gegenüber seinen Söhnen gar handgreiflichen Streitbarkeit, an seine einzige Tochter vererbt hat. Zahllose angeheiratete Verwandte, Freunde und Freudinnen des Hauses, Nachbarinnen und Nachbarn aus dem künftigen Heimatdorf werden die Asche ihrer Zigarren und Zigaretten in diesem Aschenbecher abstreifen – ja, und auch ein Sohn wird das tun, in beängstigendem Maße, glücklicherweise ganz im Gegensatz zu den Töchtern.

Kalbsfell

Hinter der Trommel her
Trotten die Kälber.
Das Fell für die Trommel
Liefern sie selber.

BRECHT, *Der Kälbermarsch*

Nach der Gesellenprüfung sagt Seppl Weber mit Bedauern, aber fest: Ein halbes Jahr kann ich euch noch beschäftigen, dann geht das nicht mehr. Seht zu, daß ihr in der Zeit was Neues findet.

Immerhin verdient der junge Schulz nunmehr ein Schweinegeld: Stundenlohn 97 Pfennig! Über 180 Mark im Monat! Ganz allmählich wird er wer. Längst nicht mehr ist er nur der arme kleine Dussel aus dem Osten. Knapp achtzehn Jahre alt, platzt er schier vor Energie. Wochentags hämmert er und bördelt, dengelt und falzt, schweißt und lötet, pümpelt und stemmt Wände und Böden auf. Mittags erwärmt er auf dem Bunsenbrenner den Erbseneintopf, den Mutti ihm mitgegeben hat, und haut im vollgequalmten Aufenthaltsraum rein für zwei. Eine kühl brodelnde Coca-Cola dazu – die kann er sich jetzt leisten (ebenso wie als Nachtisch ein Eis bei Behrens in der Salzstraße) –, während die Altgesellen diese neue »10 Pfg. Bild Zeitung« lesen (die Gruselgeschichten von Ostzonensuppenwürfeln, der armen Königin Soraya und KZs im tausendjährigen Reich erzählt, Dinge, von denen nicht nur der alte Grundschullehrer Klindworth in Neuland offenbar nie gehört hatte, sondern ganz offenbar überhaupt nie irgend jemand).

Zum Feierabend reichlich ein paar Scheiben Schwarzbrot mit Mutti und Opa Waller – oder sogar noch mal ›warm‹ –, und danach gleich wieder los. Zum Beispiel zum Training bei TuRa Hechthausen. Schulz ist Rechtsaußen, unheimlich schnell, doch die Flanken und Schüsse verrecken meist kurz vorm Ziel. Unlängst ist der neue Platz eingeweiht worden, und der Bürgermeister hat aus gegebenem Anlaß sogar ein Gedicht aufgesagt:

Kiek wiet, stah fest und rög di,
du deutsche Jugend auch!
Pfleg du dir deine Kräfte
nach alt' Germanen Brauch.
Stähl dir den Geist, die Hand,
so wirst du mit erbauen
ein neues Vaterland.

Oder ab in die Gastwirtschaft von Offenborn, wo Bubi, Helmuth und die Werners schon auf ihn warten: üben, üben, üben. Schließlich geht's am Wochenende wieder rund: ›Die Babies‹ bitten zum Tanz!

Dann hört er, in Mulsum sei ein Meister verstorben (der übrigens die Dachrinnen an zufälligerweise dem Haus angebracht hat, in dem der alte Schulz noch heute lebt), und Witwe Trina Behr suche einen Gesellen. »Kannst du ok Nummern op de Melkkannen moken?« fragt ihn jene große, stabile Frau. Und er bejaht, der junge Schulz, denn mit Weißblech und Messing kann er umgehen, inklusive unsichtbarer Lötung gar. Und so bezieht er ab Herbst 1952 über dem Laden für Töpfe und Pfannen, den Trina Behr neben der Klempnerei in Mulsum betreibt, ein Zimmer, in dem er von Montag- bis Freitagnacht schläft, und so beginnen seine Mulsumer Jahre. Er tritt in den dortigen Schützenverein ein, lernt den Posaunisten und Geiger Willi Tiedemann kennen, einen alten Heeresmusiker. »Herbie hat nicht immer Zeit«, sagt Willi und spricht von seinem Schlagzeuger; »willst du dann nicht für ihn einspringen?« Eine Ehre, denn die Truppe um Willi Tiedemann, das war schon mal ein ganz anderer Fall als die ›Babies‹ – mit Noten und allem Pipapo –, und Herbie Hennemeyer hat sogar schon Hänge-Toms – konnte zwar noch nicht viel damit anfangen, sah aber doll aus! –; überhaupt: Herbie, Herbie gleitet in einem Ford G13 mit Weltkugel als Kühlerfigur über die Dörfer! (Und später, mit seiner eigenen Kapelle, wird Herbie Hennemeyer am Ende jeder Feier, auf der er spielt – bis weit in die sechziger, siebziger Jahre hinein, ja, gelegentlich noch in den Neunzigern –, Horst Wessels Kampflied der SA in

den Saal grölen: »Die Fahne hoch, die Reihen fest geschlossen ...!«)

Und der junge Schulz, so trommelt er sich durch die
mittleren fünfziger Jahre, ebenso euphorisch wie sein Publikum. Aus allen Nähten, Nuten und Fugen platzen die
Zelte, Scheunen und Säle vor lauter feier- und tanzwüti-
gem Volk. Bauern- und Feuerwehrbälle und Kriegerver-
einsjubiläen, Ernte- und Schützen- und Hochzeitsfeste,
Tanz in den Mai und Eierschnorren: Die Schnäbel auf
den Schnapsbuddeln japsen und glucksen, unentwegt
krähen die Zapfhähne; es schäumt und brodelt und riecht
nach Hopfen und Malz, nach Schweiß und Pitralon, nach
4711 und blankgewichstem Leder – und draußen vor der
Tür nach Flieder. (Oder Jauche. Oder auch Pisse, Kotze,
Overstolz.) Eine Tanzschule nach der anderen eröffnet;
der Krieg ist vorbei, und nach jedem Krieg wollen die
Menschen wieder fröhlich sein, wollen Gegenwart und
Zukunft!

Und so tanzen sie, die Menschen; tagsüber stehen sie
fest und regen sich, gestählt an Geist und Hand, und an
den Wochenenden tanzen sie sich die Seelen aus den Lei-
bern, tanzen nach alt' Germanen Brauch: Schütt die Sorgen in ein Gläschen Wein ... Nimm mich mit, Kapitän, auf
die Reise ... Rote Rosen, rote Lippen, roter Wein ... Pack die
Badehose ein.

Ja. Während draußen in der Welt die Welt da draußen
für den dritten Weltkrieg sich rüstet, rüsten sich Inseln
der Seligen wie Engelschoff und Himmelpforten zum
Tanz. Das Wunder von Bern findet in Hesedorf statt, wo
der junge Schulz während einer verlängerten Bühnen-
pause in der Kneipenstube neben dem Saal verfolgt, wie

Helmut Rahn das runde Leder in einem Fernsehkasten versenkt.

Und nur ein Jahr und fünf Tage später ereignet es sich, das Wunder von Hagen, das Wunder seines Lebens namens Hildegard.

Anmerkungen

Die Informationen über Dompfaffen in »Hüli mit Füll« stammen aus: Ruth Berger, »Warum der Mensch spricht. Eine Naturgeschichte der Sprache«, Frankfurt am Main 2008.

Die Informationen über Parasiten in »Das Unheimchen« stammen aus einem Artikel, der im Wissenschaftsressort der Süddeutschen Zeitung vom 8. Dezember 2012 erschien: Sebastian Herrmann, »Herrscher über die Zombies«. (Dank an Dokumentar Achim Schimpf-Wörner)

Das Zitat im vorletzten Absatz von »Der Sommer, in dem ich ein Zebra ritt« stammt aus dem Essay von Hans Ulrich Gumbrecht: »Nach 1945. Latenz als Ursprung der Gegenwart«, Berlin 2012.

Für weitere Informationen da und dort vielen Dank an Patrick D. in Münster, Vera G. in Osnabrück, Michael M. in Hamburg und Maik B. in Berlin!

Die Onno-Viets-Trilogie –
»Die Welt ist danach nicht mehr die gleiche.« *FAS*

368 Seiten, € 19,99   336 Seiten, € 19,99   368 Seiten, € 19,99

»Schulz ist einer unserer nicht nur lustigsten, sondern auch intelligentesten Schriftsteller. Ein Meisterwerk des bösen Humors.« *Die Welt*

»Der brillante literarische Querkopf Frank Schulz hat den lustigsten Roman der Saison geschrieben, der auch noch einer der tiefsinnigsten ist.« *FAZ*

»Ich hatte viel von ihm gehört, nur Gutes über ihn gelesen, jetzt habe ich ihn endlich kennengelernt. Onno Viets, eine Romanfigur, die man nicht mehr vergisst.« *Dörte Hansen, Buchreport*

Galiani Berlin
www.galiani.de

Die legendäre »Hagener Trilogie« als E-Book

»Schulz zählt zu den genauesten, unterhaltsamsten, wortgewaltigsten Autoren des Landes.« *Stern*

»Frank Schulz ist ein Meister aller Klassen, er kann in allen Humorkategorien blind mitfiedeln.« *Sven Regener, Laudatio auf Frank Schulz anlässlich der Verleihung des Kasseler Preises für grotesken Humor*

»Ein mit nicht mehr zu übertreffender Souveränität komponiertes Buch.« *FAZ über Das Ouzo-Orakel*

»So hätte Arno Schmidt geschrieben, wenn er nicht bescheuert gewesen wäre.« *Gerhard Henschel*

www.galiani.de Galiani Berlin

Alle anderen: Ja. Sie: Nein.
Karen Duves grandioser Roman über
Annette von Droste-Hülshoff

592 Seiten, € 25

Annette von Droste-Hülshoff im Sommer 1820: Eine junge Frau, die aus der Zeit und aus der Rolle fällt. Das adlige, aber gar nicht vornehme Fräulein fragt neugierig dazwischen, wenn die Herren sich unterhalten wollen, sie futtert wie ein Scheunentor, sie stürmt zwei Stufen auf einmal die Treppen im Schlosspark hinauf, weil ihr ihre damenhaft flanierende Schwester und der unfitte Wilhelm Grimm zu langsam sind. Und dann verliebt sie sich auch noch in einen jungen Dichter, der der Verwandtschaft so gar nicht passt ...

Karen Duves neuer Roman: witzig, klug, historisch genau und unheimlich unterhaltsam.

www.galiani.de